Anna Savas

# FOUR HOUSES OF OXFORD

## BRICH DIE REGELN

ANNA SAVAS

# FOUR HOUSES OF OXFORD

BRICH DIE REGELN

Band 1

Ravensburger

MIX
Papier aus verantwortungsvollen Quellen
FSC® C111262

1 3 5 4 2

Originalausgabe



Dieses Werk wurde vermittelt durch die
Literarische Agentur Thomas Schlück GmbH, 30161 Hannover.

Lektorat: Franziska Jaekel
Umschlaggestaltung: Carolin Liepins unter Verwendung von Fotos von Shutterstock (© Greens87, © Papuchalka – kaelaimages, © pixel creator, © logoboom, © Ollyy, © Ironika, © Hanna Savich, © KDdesignphoto, © Mrs.Moon, © rangizzz)



Printed in Germany

ISBN 978-3-473-58618-9
www.ravensburger.de

*Für Benedikt*

# PLAYLIST

Breathe – *NF*
JEKYLL & HIDE – *Bishop Briggs*
Play Dirty – *Kevin McAllister, [SEBELL]*
Cross – *Echos*
Into The Fire – *Thirteen Senses*
SUCKAPUNCH – *You Me At Six*
Losing You – *UNSECRET, Sam Tinnesz*
Truth Hurts – *Lizzo*
Deathbeds – *Bring Me The Horizon*
Saints – *Echos*
Legendary – *Welshly Army*
Animal – *AG, MOONZz*
Don't Save Me – *Chxrlotte*
No Sanctuary – *UNSECRET, Sam Tinnesz, Fleurie*
Empire – *Beth Crowley*
Here I Am – *Tommee Profitt, Brooke*
Man or a Monster – *Sam Tinnesz, Zayde Wolf*
Alpha – *Little Destroyer*
Gilligan's Island – *Tommee Profitt, Nicole Serrano*
Monsters – *Tommee Profitt, Xeah*
Play with Fire – *Sam Tinnesz, Ruelle, Violents*
Chemical – *The Devil Wears Prada*
Fallout – *UNSECRET, Neoni*

Wicked Game – *Grace Carter*

How Villains Are Made – *Madalen Duke*

Slip Away – *UNSECRET, Ruelle*

bad guy – *Billie Eilish*

No F.E.A.R. – *Madalen Duke*

Sehr geehrte Ms Scott,

herzlich willkommen an der University of Oxford.
Wir freuen uns, Sie ab Herbst bei uns begrüßen zu dürfen. Aufgrund Ihrer besonderen Leistungen möchten wir Sie einladen, den Diamonds beizutreten, einer der renommiertesten Studentenverbindungen unserer Universität und Teil der Vier Farben.
Neben der kostenlosen Unterbringung in unserem Verbindungshaus und der Verpflegung durch einen Privatkoch bieten wir Ihnen weitere Annehmlichkeiten wie ein Fitnessstudio mit Wellnessbereich und eine umfangreiche Bibliothek, die ausschließlich den Mitgliedern der Vier Farben zur Verfügung stehen. Darüber hinaus wird Ihr Studium durch exklusive Tutorien begleitet und Sie bekommen die Möglichkeit, bedeutende Kontakte in Wirtschaft und Politik zu knüpfen. Wir werden von einflussreichen Alumni dabei unterstützt, Ihnen den Weg zum Erfolg zu ebnen, und wünschen unseren Mitgliedern nur das Beste.
Bitte teilen Sie uns innerhalb der nächsten vier Wochen mit, ob Sie diese Einladung annehmen werden.
Wir freuen uns auf Ihre Rückmeldung.

Hochachtungsvoll

Elizabeth Campbell
Vorsitzende Diamonds

# KAPITEL 1

◆

## HARPER

Fluchend hastete ich Richtung Bahnhof. Der Tag hatte mies angefangen und so wie es schien, war vorerst auch keine Besserung in Sicht.

Ich war spät dran. Viel zu spät, und das nur, weil ich den Bus genommen hatte. Heute wäre ich sogar schneller gewesen, wenn ich gelaufen wäre, weil der Bus wegen eines Unfalls in einer Einbahnstraße stecken geblieben war. Das war vor einer halben Stunde gewesen. Als ich noch eine Menge Zeit gehabt hatte.

Jetzt hatte ich keine Zeit mehr.

Die Rollen meines Koffers gaben ein nervtötendes Klackern von sich, als ich ihn über den unebenen Bürgersteig zog. Der Wind fuhr durch meine Haare und ich fröstelte. Es war erst Anfang September, aber der Herbst war schon deutlich spürbar. Die Blätter der Bäume verloren bereits ihr Grün, wurden braun und rot, und obwohl es noch früh war, war es seltsam dämmrig. Als wollte es heute nicht richtig hell werden. Offenbar war das Wetter genauso schlecht drauf wie ich.

So hatte ich mir den Start in mein neues Leben definitiv nicht vorgestellt.

Ich stieß ein erleichtertes Seufzen aus, als ich um die nächste Ecke bog und endlich der Bahnhof Manchester Piccadilly in Sichtweite kam. Für einen Moment hielt ich inne und atmete tief durch. Meine Beine schmerzten und meine Lunge brannte. Meine Kondition war wirklich unterirdisch.

Aber es nützte nichts. Ich musste weiter. Ich schob die Träger meines Rucksacks auf den Schultern zurecht und wollte mich gerade in Bewegung setzen, als jemand so heftig gegen mich stieß, dass mir der Griff meines Koffers aus der Hand gerissen wurde. Fluchend stolperte ich nach vorn, schaffte es aber gerade noch, mich zu fangen, bevor meine Knie Bekanntschaft mit der Straße machten.

Der groß gewachsene, dunkelhaarige Typ, der mich angerempelt hatte, hastete weiter, ohne mich auch nur eines Blickes zu würdigen, von einer Entschuldigung ganz zu schweigen. Fassungslos starrte ich ihm nach und brauchte einen Moment zu lange, um meine Stimme wiederzufinden.

»Arschloch!«, schrie ich ihm hinterher, aber er ignorierte mich.

Gott, warum mussten die Leute dermaßen ätzend sein? Okay, nicht alle waren unausstehlich, aber als Menschenfreund würde ich mich nicht unbedingt bezeichnen. Wahrscheinlich waren die wechselnden Pflegefamilien, bei denen ich mein ganzes Leben lang gewohnt hatte, daran nicht ganz unschuldig.

Für einen Moment wanderten meine Gedanken zu Victor und Anita, dem Ehepaar, bei dem ich die letzten Monate verbracht hatte. Wir hatten uns nicht besonders gut verstanden – die Untertreibung des Jahres – und sie waren mindestens so froh gewesen wie ich, als ich achtzehn geworden war und damit offiziell für mich selbst verantwortlich. Ich spürte nicht einmal einen Funken Wehmut darüber, dass die vergangene Nacht auch die letzte in dem heruntergekommenen Haus gewesen war, in dem winzigen Zimmer, das ich mir wochenlang mit zwei anderen Mädchen hatte teilen müssen. Das war wirklich keine spaßige Angelegenheit gewesen.

Das Läuten einer fernen Glocke riss mich aus meinen Gedanken. *Mist!* Sieben Minuten. Ich hatte noch exakt sieben Minuten, bis mein Zug abfuhr.

Hastig schnappte ich mir meinen Koffer und rannte los. Ich erreichte den Bahnhof gerade noch rechtzeitig, hetzte durch die Halle zum richtigen Gleis und blieb abrupt stehen, als die Anzeigetafel an Gleis 6 nicht Oxford, sondern Sheffield anzeigte.

»Nein, nein, nein!« Konnte dieser Tag noch schlimmer werden? Wo war mein Zug?

Hektisch sah ich mich um. Hier musste doch irgendwo jemand sein, den ich fragen konnte! Wieso war hier niemand?

Mir entwich ein frustrierter Laut, dann sprintete ich zurück in die Halle und zur Information. Ich war so in Panik, dass ich meinen Zug auf der Anzeigetafel auch nicht fand. Keine zwei Minuten mehr.

*Verdammt. Verdammt. Verdammt!*

Mein Herz raste. Ich konnte es mir nicht leisten, diesen Zug zu verpassen. Mir fehlte das Geld für ein neues Ticket. Ich musste in diesen Zug!

Dann entdeckte ich ihn doch endlich in der viel zu langen Liste und rannte los. Gleis 11. *Ernsthaft?* Das war fast am anderen Ende des Bahnhofs.

Auf dem Weg rempelte ich mehrmals jemanden an, aber das war mir egal. Ich hatte keine Zeit, mich zu entschuldigen, und ich konnte auch nicht nach dem richtigen Waggon suchen, als ich endlich das Gleis erreichte und tatsächlich Oxford auf der Anzeigetafel stand. Also sprang ich einfach in den Wagen vor mir. Die Türen schlossen sich mit einem leisen Zischen hinter mir und einen Moment später setzte sich der Zug mit einem Ruck in Bewegung.

Schwer atmend lehnte ich mich an die Wand und schloss für einen Moment die Augen. So ein Scheißtag.

Als mein Herz wieder einigermaßen gleichmäßig schlug, zog ich mein Handy aus dem Rucksack, rief das Ticket in der Trainline-App auf und machte mich auf die Suche nach meinem Platz. Zum Glück dauerte es nicht lange, bis ich die Nummer fand, ich musste mich dafür noch nicht einmal durch den halben Zug drängeln. Ich betrachtete das als Fortschritt. Vielleicht würde der Rest des Tages doch noch besser werden.

»Darf ich mal?«, fragte ich das Mädchen, das mit einem Buch in der Hand auf dem Nachbarplatz saß, und zwang mich zu einem freundlichen Lächeln.

»Klar.« Sie drehte sich ein Stück zur Seite, nachdem ich meinen Koffer auf die Gepäckablage gewuchtet hatte, und als ich mich endlich auf das durchgesessene Polster fallen ließ, stieß ich ein befreites Seufzen aus.

Meine Sitznachbarin widmete sich glücklicherweise sofort wieder ihrem Buch. Erleichtert, dass sie offenbar kein Mensch war, der sich sofort mit jeder fremden Person unterhalten wollte, wandte ich mich ab und zog meine Kopfhörer aus dem Rucksack, von denen einer einen absolut nervigen Wackelkontakt hatte.

Während die ersten Klänge des Songs *Breathe* von NF erklangen, vibrierte wie aufs Stichwort mein Handy und zeigte mir eine neue Nachricht an.

Cece 9:23:
Hat alles geklappt? Mein Zug geht in eineinhalb Stunden. Wir treffen uns dann am Bahnhof? 😍

Automatisch breitete sich ein Lächeln auf meinem Gesicht aus. Cece war meine beste Freundin, seit ich mit zwölf ein paar Monate bei ihrer Familie gewohnt hatte, bevor ihre Eltern sich scheiden ließen und sie mit ihrer Mutter nach Southampton gezogen war. Danach war ich bei einer neuen Familie in Manchester gelandet und inzwischen hatten wir uns seit zwei Jahren nicht mehr gesehen. Es sei denn, Video-Calls zählten, dann sahen wir uns praktisch täglich. Sie war die Einzige, der ich voll und ganz vertraute, die Einzige, die jedes meiner Geheimnisse kannte.

Dass wir jetzt zusammen in Oxford Jura studieren würden, war ein kleines Wunder. Ohne das Stipendium, das ich bekommen hatte, hätte ich nie dort anfangen können. Dann hätte ich auch nicht die Möglichkeit gehabt, Cece jeden Tag zu sehen, und nach den letzten Jahren war die Aussicht auf eine Konstante in meinem Leben – vor allem, wenn es sich dabei um meine beste Freundin handelte – ein Geschenk des Himmels.

Ich schüttelte über meine eigene Rührseligkeit den Kopf. Normalerweise war ich nicht so sensibel. Aber heute war nicht normalerweise.

Ich 9:23:
Machen wir ❤

Cece 9:24:
Gut, und dann will ich alles über Xavier wissen!

Mein Lächeln erlosch. Ich hatte Cece wirklich viel zu erzählen. Es gab keinen Xavier, hatte es auch nie. Aber wir waren dazu übergegangen, den Absender der Briefe, die neben der Einladung der Diamonds ganz tief unten in meinem Rucksack lagen, so zu nennen. Zugegeben, die Briefe könnten auch von einer Frau geschrieben worden sein, aber die Schrift auf den Umschlägen war kaum lesbar gewesen und es gab nur wenige Namen mit X, die keine absoluten Zungenbrecher waren. Xavier war also die naheliegende Lösung gewesen. Ganz abgesehen davon, konnte es einem Menschen, der einfach nur mit X unterzeichnete und sich auch nicht auf dem Umschlag kenntlich machte, wohl egal sein, welchen Namen wir ihm gaben.

Es war Wochen her, seit ich den ersten Brief bekommen und zuerst für einen schlechten Scherz gehalten hatte. Doch in kurzen Abständen waren weitere Briefe angekommen und irgendwann hatte ich mich dabei ertappt, die Worte darin zu glauben.

Tja und jetzt musste ich mit Cece über all das sprechen, damit ich sichergehen konnte, dass ich nicht den Verstand verlor. Ich hatte ihr zwar erzählt, was in den Briefen stand, aber etwas zu hören oder schwarz auf weiß zu lesen, waren nun mal zwei verschiedene Dinge. Und was ich darüber erzählte, klang deutlich bescheuerter, als die Briefe es tatsächlich waren.

Ich schrieb ihr kurz zurück und starrte dann aus dem Fenster auf die vorbeiziehende Landschaft. Es juckte mir in den Fingern, die Briefe aus dem Rucksack zu holen und sie noch einmal zu überfliegen, dabei konnte ich sie praktisch auswendig.

*Harper, ich weiß, das klingt verrückt, aber du musst …*

Ich schloss die Augen und ließ die Briefe im Rucksack, während die Wörter durch meinen Kopf tanzten. Wörter, die mein ganzes Leben verändert hatten. Noch mehr als die Einladung der Diamonds. Denn es waren Xaviers Briefe, die mich dazu gebracht hatten, die Einladung der Studentenverbindung auch anzunehmen – nicht die Annehmlichkeiten, die Elizabeth Campbell mir versprochen hatte, so verlockend sie auch sein mochten. Für jeden anderen vermutlich auch wären. Nur eben nicht für mich.

◆

Als der Zug schließlich in den Bahnhof von Oxford einfuhr, griff ich ein zweites Mal an diesem Tag nach meinem Koffer. Ich verließ den Zug und schaute mich suchend nach Cece um.

Wir hätten wirklich etwas präziser sein können, als es um unseren Treffpunkt gegangen war. Ich zog mein Handy aus der Tasche, schickte ihr eine kurze Nachricht und setzte mich dann in Bewegung, um nach ihr zu suchen. Sie musste auf jeden Fall schon angekommen sein. Die Strecke von Southampton nach Oxford war deutlich kürzer als von Manchester aus.

Doch ich kam nicht weit.

Ich hatte die Bahnhofshalle noch nicht einmal halb durchquert, als ich erst einen blonden Haarschopf und dann das dazugehörige Gesicht entdeckte. Die Augen. Das Lächeln. Noch immer viel zu vertraut.

Wie erstarrt blieb ich stehen. Mein Herz schlug auf einmal rasend schnell. Mir wurde schlecht. So richtig schlecht. Ich hörte das Blut in meinen Ohren rauschen, für einen Moment geriet die Welt um mich herum aus dem Gleichgewicht. Das konnte nicht sein, er konnte nicht wirklich hier sein. Das war nicht möglich.

Jemand rempelte mich an, ich stolperte zur Seite und der Bann brach. Hastig richtete ich mich wieder auf, blickte genau dorthin, wo er gerade noch gestanden hatte – und starrte ins Leere. Hektisch schaute ich mich um, fand ihn aber nicht. Er war nicht da. Als hätte er sich in Luft aufgelöst. Blinzelnd schüttelte ich den Kopf.

Ich hatte ihn mir nur eingebildet. Das war die einzige Erklärung. Er *konnte* gar nicht hier sein. Keine Ahnung, was mein Unterbewusstsein mir damit sagen wollte, aber er war nicht hier.

Und was, wenn doch?

Nein.

Nicht er.

Er war meine ganz persönliche Hölle.

Und er war *nicht* hier.

Ich wirbelte herum und hastete kopflos durch die Halle, mein Koffer polterte lautstark hinter mir her. Bilder stiegen vor meinem inneren Auge auf. Bilder von uns beiden. Bilder, die wehtaten. Weil er mich einfach verlassen hatte, obwohl er versprochen hatte, bei mir zu bleiben. Er hatte sich erst in mein Herz geschlichen und es mir dann aus der Brust gerissen.

Zwei Jahre waren seitdem vergangen. Wieso tat es immer noch weh? *Wieso?!*

Vor dem Bahnhof blieb ich keuchend stehen und hätte am liebsten losgeschrien. Er war nicht hier. Er war nicht hier. ER. WAR. NICHT. HIER.

Wie oft war es während der letzten Jahre vorgekommen, dass ich für den Bruchteil einer Sekunde geglaubt hatte, ihn wiederzusehen?

Viel zu oft.

Wie oft war es real gewesen?

Kein einziges Mal.

Frustriert trat ich gegen die niedrige Mauer, vor der ich stehen geblieben war, und stieß einen spitzen Schrei aus, als ein stechender Schmerz durch meinen Fuß jagte.

*Verdammt!* Stöhnend ließ ich mich auf die Mauer sinken und vergrub das Gesicht in den Händen.

*Reiß dich zusammen, Harper. Reiß dich zusammen!*

Die Wahrscheinlichkeit, ihm nach zwei Jahren ausgerechnet hier zu begegnen, war total gering.

*Tief durchatmen.*

Zwei Jahre und jetzt sollte er plötzlich wie aus dem Nichts auftauchen? Nein, ganz sicher nicht.

Unwillkürlich umfasste ich mit der rechten Hand mein linkes Handgelenk, tastete nach dem Armband, das ich dort für eine kurze Zeit getragen und das mir alles bedeutet hatte.

*Hoffentlich. Hoffentlich. Hoffentlich.*

# KAPITEL 2

## HARPER

Das Klingeln meines Handys holte mich unsanft zurück in die Realität. Ungelenk fischte ich es aus meiner Jackentasche und verzog das Gesicht, als ich Ceces Namen auf dem Display sah. Ich hatte sie komplett vergessen, nur weil mich ein blödes Hirngespinst völlig aus der Fassung gebracht hatte.

Ganz toll.

»Hey«, begrüßte ich sie und rieb mir in einer erschöpften Geste über das Gesicht, um auch die letzten Gedanken an ihn zu vertreiben.

»Wo steckst du? Ich finde dich nicht.« Sie klang so fröhlich und aufgeregt, dass meine Anspannung ganz von selbst ein bisschen nachließ.

»Ich komme zu dir. Oder sollen wir uns am Starbucks treffen? Ist vielleicht einfacher«, erwiderte ich und räusperte mich, als ich hörte, wie rau und belegt meine Stimme klang.

»Perfekt, dann bis gleich.«

Nachdem ich aufgelegt und noch einmal tief durchgeatmet hatte, schnappte ich mir meinen Koffer und kehrte in die Bahnhofshalle zurück. Obwohl ich mir inzwischen sicher war, dass ich ihn mir nur eingebildet hatte, kam ich nicht dagegen an, mich noch einmal nach ihm umzuschauen.

Er war nirgendwo zu sehen.

Erleichterung durchflutete mich.

*Alles ist gut.*

Energisch schob ich jeden Gedanken an ihn in den hintersten Winkel meines Kopfes und ging zum Starbucks-Stand hinüber, wo Cece bereits auf mich wartete.

Wärme breitete sich in mir aus, als ich sie entdeckte. Sie sah aus wie immer. Ihre Haare schimmerten in einem warmen Dunkelbraun, sie trug ein cremefarbenes Kleid unter einem kurzen weinroten Mantel, dazu eine ebenfalls weinrote Strumpfhose und die gleichen Dr. Martens wie ich.

Mit ausgebreiteten Armen lief sie mir entgegen und wir fielen uns um den Hals. Tief atmete ich ihr blumiges Parfüm ein, das mir immer noch vertraut war, obwohl wir uns so lange nicht gesehen hatten. Viel zu lange.

Erst jetzt merkte ich, wie sehr ich sie tatsächlich vermisst hatte, und meine Augen begannen zu brennen. Hastig blinzelte ich die Tränen weg.

»Hast du dich verlaufen?«, neckte sie mich und schulterte ihren Rucksack, nachdem wir uns wieder voneinander gelöst hatten.

»So halb.« Das war nicht gelogen. Aber auch nicht die Wahrheit. Ich schüttelte mich, um mich davon abzuhalten, wieder an ihn zu denken. Wenn ich Cece erzählte, wen ich zu sehen geglaubt hatte, würde sie mir einen Vortrag halten, den ich nicht hören wollte. Also ließ ich es bleiben.

Ihm stand der Raum nicht zu, den er unweigerlich einnahm, wenn wir über ihn redeten. Schon lange nicht mehr. Deshalb weigerte ich mich konsequent, an seinen Namen auch nur zu denken, geschweige denn ihn auszusprechen.

»Also, wollen wir dann los? Auf uns wartet ein Geheimnis, das gelüftet werden will.« Ihre Augen glitzerten aufgeregt und ich schmunzelte.

»Kann es sein, dass du die Briefe spannender findest als ich?«

Sie hob die Arme und blinzelte unschuldig. »Vielleicht. Ganz vielleicht bin ich auch ein klitzekleines bisschen neidisch.«

»Worauf? Dass ich seltsame Briefe von einem Verrückten bekomme?«

»Ja. Nein. Nicht unbedingt. Ich meine ... du musst schon zugeben, dass die ganze Sache ziemlich spannend ist.«

Ich zog die Augenbrauen hoch. »Willst du tauschen?«

Also das wagte ich doch sehr zu bezweifeln. So toll war mein Leben wirklich nicht. Auch wenn sich in letzter Zeit einiges getan hatte.

»Nein danke. Eigentlich bin ich ganz zufrieden. Außerdem bin ich ein echter Angsthase. Du lässt mich einfach an deinen Abenteuern teilhaben und ich bin zufrieden.« Mit einem verschmitzten Lächeln hakte sie sich bei mir unter und wir liefen Richtung Ausgang.

»In einer Studentenverbindung aufgenommen zu werden, würden die meisten nicht unbedingt als Abenteuer bezeichnen«, gab ich trocken zurück und ignorierte, dass mein Herz aus dem Takt geriet.

»Wären wir in den USA, hättest du recht. Aber wir sind in Oxford und du gehörst zu den *Diamonds*. Das *ist* ein Abenteuer«, widersprach sie und warf mir einen vielsagenden Blick zu.

Ich rollte übertrieben mit den Augen und schwieg, obwohl ich ihr insgeheim recht gab. Die Diamonds waren so viel mehr als eine simple Studentenverbindung.

♦

»Ich muss zugeben, das ist gar nicht übel.« Breit lächelnd warf Cece ihren Rucksack in eine Ecke ihres neuen Zimmers und stellte den Koffer vor ihrem Kleiderschrank ab.

Sie war im Wadham College untergebracht worden, einem der neununddreißig Colleges und Private Halls der University of Oxford. Ich hatte das Wadham College bisher nur auf Bildern im Internet gesehen, in der Realität war es allerdings noch beeindruckender. Es wirkte wie ein Schloss, in dessen Mitte eine große Wiese dazu einlud, es sich im Sommer draußen mit einem Buch bequem zu machen.

Hohe Schornsteine ragten aus dem dunklen Dach des sandfarbenen Gebäudes in den Himmel empor. Über der hohen Eingangstür, die man eher als Tor bezeichnen konnte, befand sich ein Erker, in dem hoffentlich zwei Lesesessel standen, sonst wäre der Platz total verschwendet. Durch schmale, aber hohe Fenster fiel Licht ins Innere – na ja, sofern es draußen auch richtig hell wurde. In Oxford war es noch diesiger als in Manchester.

Ceces Zimmer war nicht übermäßig groß, aber es war ein Einzelzimmer und sie hatte ein eigenes kleines Bad. Mehr hatte sie nicht gewollt.

Der helle Holzboden war zwar alt und man sah, dass schon viele Studierende vor ihr in diesem Zimmer gewohnt hatten, aber alles war gut gepflegt. Die weißen schmucklosen Wände würden nicht lange leer bleiben. Cece hatte eine Vorliebe für Lichterketten und

Artprints. In ihrem Zimmer in Southampton konnte man kaum noch die moosgrüne Farbe der Wände sehen.

Vor dem Fenster stand ein Bett, das breit genug war, um eine Nacht gemeinsam darin zu schlafen, bevor ich mich morgen auf den Weg zum Verbindungshaus der Diamonds machen würde. Außerdem gab es einen schmalen Schreibtisch, einen braunen Ledersessel und einen Kleiderschrank, der für Cece definitiv zu klein war, wenn ihre Mum ihr erst mal ihre restlichen Sachen nachgeschickt hatte.

»Das Zimmer ist toll«, bestätigte ich, und bei dem Gedanken, dass ich bei den Diamonds ebenfalls ein Zimmer ganz für mich allein haben würde, machte mein Herz einen erwartungsvollen Satz. Gleichzeitig breitete sich eine nagende Unruhe in mir aus.

Nachdem ich die Einladung einer der vier elitären Studentenverbindungen der University of Oxford – den Vier Farben – bekommen hatte, war mein erster Gedanke gewesen, dass sie einen Fehler gemacht hatten. Schließlich hatte ich mich nicht um einen Platz beworben. Einer Studentenverbindung beizutreten, war so ziemlich das Letzte gewesen, was ich mir für mein Studium vorgestellt hatte.

In einem Haus voller fremder Menschen wohnen, die ich nach absehbarer Zeit wieder aus den Augen verlieren würde? Nein danke, davon hatte ich mein Leben lang wirklich genug gehabt.

Trotzdem war ich neugierig geworden und hatte die Vier Farben gegoogelt. Schließlich erhielt man nicht jeden Tag die Einladung einer geheimnisvollen Studentenverbindung. Bei meiner Recherche war ich auf deren Website gestoßen, die allerdings so wenig preisgab, dass man zwar mehr wissen wollte, aber nicht durchschauen konnte, wer oder was tatsächlich dahintersteckte. Es hatte nicht einmal Fotos der Verbindungshäuser gegeben.

Trotzdem wurden die Vier Farben immer mal wieder in verschiedenen Artikeln erwähnt. Ein ehemaliges Mitglied hatte es im Ruderteam zu Olympia geschafft und direkt beim ersten Versuch Gold gewonnen, ein Mädchen war, kaum nachdem sie das Studium beendet hatte, Juniorpartnerin einer großen Anwaltskanzlei in London geworden. Es gab noch mehr unglaubliche Geschichten über Studierende, die bei den Vier Farben gewesen waren, Zeitungs- und Blogartikel. Lebensläufe auf den Webseiten großer Firmen.

Doch über die Vier Farben selbst hatte ich nichts finden können. Sie wurden oft erwähnt, hatten aber niemals das Wort ergriffen, nicht einen Beitrag selbst geschrieben. Bis ich schließlich nach stundenlanger Suche in den Tiefen des Internets auf ein Forum gestoßen war, in dem sich Studierende anonym zu den Vier Farben ausgetauscht und darüber spekuliert hatten, warum die Verbindungen nach den Farben eines klassischen Kartenspiels benannt worden waren – Diamonds, Hearts, Spades und Cross – und warum so viele von ihnen so erfolgreich geworden waren, dass der Verdacht nahelag, man müsse nur Mitglied werden, damit sich alle Wünsche und Träume erfüllten.

Überflüssig zu erwähnen, dass sie nicht zu einer Einigung gekommen waren. Der letzte Beitrag war vor ein paar Jahren geschrieben worden, zwei kryptische Sätze, die den anderen Usern nahelegten, sich nicht zu sehr mit den Vier Farben zu beschäftigen, wenn man etwas zu verlieren hatte. Eine Drohung, die lächerlich hätte wirken müssen. Dennoch war mir beim Lesen ein merkwürdiger Schauer über den Rücken gekrochen, als würde etwas in mir instinktiv zurückschrecken.

»Harper? Alles okay?« Cece schnipste mit den Fingern direkt vor meinem Gesicht herum und riss mich aus meinen Gedanken.

»Hm?«, machte ich und rieb mir irritiert über die Schläfe.

»Du siehst aus, als hättest du einen Geist gesehen.« Ein Schatten huschte über ihr Gesicht. »Du hast schon wieder an die Briefe gedacht, oder?«

Ich zuckte mit den Schultern und schlenderte zu ihrem Bett. »Nein.« Genau genommen hatte ich nur über die Vier Farben und ihren kaum vorhandenen Internetauftritt nachgedacht.

»Du bist eine miserable Lügnerin, weißt du das?« Missbilligend runzelte Cece die Stirn und meine Lippen verzogen sich unwillkürlich zu einem kleinen Grinsen.

»Gar nicht wahr. Du kennst mich nur gut genug, um mich zu durchschauen. Manchmal.«

»Immer«, widersprach Cece und warf sich neben mir auf die weiche Matratze. »Also? Hast du an die Briefe gedacht?«

»Vielleicht«, gab ich widerstrebend zu und ließ mich auf den Rücken fallen.

»Uuuuund?« Sie stupste mich auffordernd an. »Lass dir doch nicht jedes Wort aus der Nase ziehen.«

»Mach ich nicht. Ich dachte einfach, wir könnten erst mal feiern, dass wir beide hier sind, anstatt uns Gedanken über anonyme Briefe zu machen.«

Cece schnaubte. »Na klar. Versteh mich nicht falsch, ich freue mich wirklich sehr, dass wir hier sind und uns jetzt jeden Tag sehen können, aber deine *mysteriösen* Briefe«, korrigierte sie mit Nachdruck in der Stimme, »sind nun mal wirklich spannender als alles andere.«

Seufzend gab ich mich geschlagen und rollte mich aus dem Bett. Cece würde ohnehin nicht lockerlassen, bevor wir den Inhalt der Briefe nicht bis ins kleinste Detail auseinandergenommen hatten. Vielleicht machte sie sich insgeheim auch ein bisschen Sorgen, was das alles zu bedeuten hatte, aber vor allem brannte sie vor Neugierde. Mir ging es nicht anders, deshalb griff ich nach meinem Rucksack, zog die Briefe heraus und kehrte zu meiner besten Freundin zurück. Mit leuchtenden Augen streckte sie mir die Hände entgegen. Ich reichte Cece die verknitterten Umschläge und behielt nur den allerersten Brief, den ich bekommen hatte. Die Einladung der Diamonds.

Das Papier war schwer, in der Mitte prangte das Wappen der Diamonds. Mein Zeigefinger glitt über das goldgeprägte Zeichen. Es war faszinierend, wie ein eigentlich simples Blatt Papier förmlich nach Geld und Macht schreien konnte.

Zum tausendsten Mal las ich die Zeilen, die mir ein neues Leben versprachen. Und zum tausendsten Mal fragte ich mich, was ich hier eigentlich machte.

Eine Studentenverbindung, neue Mitbewohner, ein verdammter Wellnessbereich … das war ich nicht. Ich legte weder Wert auf Luxus noch auf Gesellschaft – Ceces mal ausgenommen.

Ich wollte meiner Vergangenheit entkommen, nie wieder von jemandem abhängig sein. Ich wollte dieses Studium, um später Kindern zu helfen, die ein ähnliches Schicksal hatten wie ich. Doch eigentlich wollte ich einfach nur mein Leben leben, für mich selbst verantwortlich sein und mich nicht länger den Wünschen und Regeln anderer unterordnen müssen.

Mehr hatte ich nie gewollt.

Obwohl das nicht ganz stimmte. Es gab da noch etwas anderes. Eine tief verwurzelte Sehnsucht, ein Schwachpunkt, den sich ein völlig Fremder zunutze gemacht hatte, um mich zu den Vier Farben zu holen.

Fragte sich nur, warum.

# KAPITEL 3

## HARPER

»Hör auf, so misstrauisch zu gucken«, befahl Cece, entwand mir die Einladung der Diamonds und ließ sie auf das Bett fallen.

»Ich *bin* misstrauisch!«

»Ich weiß. Aber im Allgemeinen mögen die Leute keine misstrauischen Menschen und du willst doch herausfinden, was es mit Xaviers Briefen auf sich hat, oder?« Sie wedelte mit dem Blatt – ganz normales weißes Druckerpapier – vor meinem Gesicht herum.

Ich zog eine Augenbraue hoch und sparte mir eine Antwort, was Cece ein fröhliches Kichern entlockte. Sie hatte recht und sie wusste, dass mir das vollkommen klar war.

Doch sie wurde schnell wieder ernst und räusperte sich. »Okay, können wir bitte noch einmal alles durchgehen? Ich hab irgendwie das Gefühl, etwas verpasst zu haben.«

»Ach was. Ich weiß gar nicht, was du meinst«, gab ich ironisch zurück.

Cece ignorierte den Spott in meiner Stimme – sie wusste, dass er nicht ihr galt – und konzentrierte sich auf das Wesentliche. »Wann kam noch mal der erste Brief von Xavier?«

Ich musste nicht einmal einen Blick darauf werfen, denn abgesehen davon, dass der Brief nicht datiert war, wusste ich es auch so. »Etwa zwei Wochen nach der Einladung der Diamonds. Am 7. Juli.«

Mein Geburtstag. Oder zumindest der Tag, den das Jugendamt für meinen Geburtstag gehalten hatte. Ich schauderte.

»Das ist wirklich ein *bisschen* creepy.« Cece verzog das Gesicht.

»Was du nicht sagst.« Ich nahm ihr den Brief aus der Hand und las die wenigen Zeilen, die ich längst auswendig kannte.

*Harper,*
*ich weiß, das klingt verrückt, aber du musst die Einladung der Diamonds annehmen. Es geht um mehr als nur ein paar Studierende, die sich zu einer Verbindung zusammengeschlossen haben.*
*Wenn du den Diamonds beitrittst, wird sich nicht nur dein Leben verändern, du wirst Leben verändern.*
*X*

Ich erinnerte mich noch genau daran, wie mir ein ungläubiges Lachen entwichen war, als ich den Brief zum ersten Mal gelesen hatte. Schließlich konnte das nur ein schlechter Scherz sein. Bis mir klar wurde, dass niemand wusste, dass ich eine Einladung der Diamonds bekommen hatte. Abgesehen von Cece und den Diamonds selbst. Und meine beste Freundin hätte sich so etwas niemals ausgedacht.

Dann hatte ich Panik bekommen, weil jemand, der sich nicht zu erkennen gab, ganz offensichtlich wusste, wo ich wohnte, wo ich studieren würde und dass ich überlegte, den Diamonds nicht beizutreten, um mit Cece zusammenzuziehen.

»Meinst du, dass ein Verbindungsmitglied den Brief geschrieben haben könnte?«, fragte Cece.

Seufzend fuhr ich mir mit beiden Händen durch die langen blonden Haare. »Ich habe keine Ahnung. Ehrlich. Ich meine, was sollte an meinem Beitritt so wichtig sein?«

»Da fragst du echt die Falsche. Ich würde ja sagen, sie haben dich genommen, weil du einfach toll bist, aber ich bin auch deine beste Freundin und dementsprechend voreingenommen. Außerdem – und du weißt, wie sehr ich dich liebe – lernt man deine liebenswerten Seiten erst mit der Zeit kennen, daran kann es also nicht liegen.«

Ich musste lachen. »Ich glaube auch nicht, dass mein Charakter ausschlaggebend für die Einladung war.«

»Deshalb müssen wir uns Gedanken darüber machen, was tatsächlich dahintersteckt.« Cece schwang die Beine aus dem Bett, ging zu ihrem Koffer und kam einen Moment später mit einer Flasche Wein und zwei Plastikbechern zurück zum Bett, ein triumphierendes Grinsen im Gesicht. »Und wenn wir uns schon mit diesem mystischen Zeug befassen, sollten wir es richtig tun.«

»Meinst du, Alkohol hilft beim Denken?« Ich zog eine Grimasse und ihr Lächeln erlosch.

»Nein, aber es könnte helfen, nicht in Panik zu verfallen.«

Ich schluckte schwer, mein Mund war auf einmal ganz trocken. »Dann bin ich dabei.«

Wortlos schenkte sie den Wein ein und reichte mir einen Becher. »Okay, was haben wir? Anonyme Briefe und eine Einladung zu einer Studentenverbindung, für die du dich nicht beworben hast.«

»Gar nicht bewerben konnte«, korrigierte ich sie. »Aber ich habe keine Ahnung, wie die Diamonds ausgerechnet auf mich gekommen sind. Vielleicht arbeiten sie mit der Zulassungsstelle der Uni zusammen, sichten unsere Unterlagen und entscheiden danach, wen sie einladen. Es gibt auf jeden Fall keine Möglichkeit, sich bei den Vier Farben zu bewerben.«

»Aus irgendwelchen Gründen scheinst du aber wichtig zu sein, sonst hättest du wohl kaum die Einladung und dann diese merkwürdigen Briefe bekommen.«

»Oder es ist eine Art Spiel und irgendjemand will sich nur über mich lustig machen.« Frustriert stöhnte ich auf.

Cece warf mir einen zweifelnden Blick zu. Okay, im Grunde glaubte ich selbst nicht daran. Ich trank einen Schluck Wein und angelte mir den nächsten Brief von Xavier, der eine Woche später angekommen war, nachdem ich den Diamonds immer noch nicht zugesagt hatte.

*Harper,*
*ich verstehe, dass du zögerst, aber ich habe es ernst gemeint. Die Diamonds können dein Leben verändern. Sie können dir deinen sehnlichsten Wunsch erfüllen. Sie können herausfinden, wer deine Mutter ist. Wer du bist.*
*X*

Mir lief ein Schauer über den Rücken, weil diese letzten beiden Sätze mehr bei mir ausgelöst hatten, als die Frage, wer hinter den Briefen steckte, was dieser geheimnisvolle Schreiber alles über mich wusste und wie gestört das Ganze eigentlich war.

Meine Eltern und meine Vergangenheit waren schon immer mein Schwachpunkt gewesen. Das Einzige, womit man mich verletzen konnte. Die Zeit, nachdem meine Mitschüler das begriffen hatten, war ziemlich ätzend gewesen.

Erinnerungen stiegen in mir auf, die ich jahrelang verdrängt hatte. Wie sie sich über mich lustig gemacht hatten, weil ich nie Markenklamotten getragen, ein Handy oder anderen materiellen Kram besessen hatte, den eigentlich kein Kind brauchte. Wie mir in der Schule Nachrichten zugesteckt worden waren. *Niemand will dich haben, nicht mal deine Eltern, also geh einfach.* Ich hätte das nie an mich heranlassen dürfen, aber egal, wie kalt und unnahbar ich mich gegeben hatte, ihre Worte hatten wehgetan. Energisch schüttelte ich die Bilder ab, die sich ungebeten in meinen Kopf schlichen.

Ich hatte keine Ahnung, wer ich war, wusste nicht einmal, ob mein Geburtstag wirklich mein Geburtstag war. Mein ganzes Leben lang war ich von einer Pflegefamilie zur nächsten weitergereicht worden und hatte mich immer gefragt, warum ich abgegeben worden war.

Nein, nicht abgegeben. Ausgesetzt wie ein ungeliebtes Haustier. Man hatte mich in einer öffentlichen Toilette nicht weit vom Bahnhof entfernt gefunden. Etwas, das ich eigentlich nie hätte erfahren dürfen. Aber Ronny, mein Pflegevater, als ich acht gewesen war, hatte mir diese Information an einem Abend ins Gesicht geschleudert, als ich ihm mal wieder zu frech gewesen war. Ich hatte ihn gehasst und wahrscheinlich hatte das Gefühl auf Gegenseitigkeit beruht. Sehr wahrscheinlich.

Seit diesem Tag versuchte ich herauszufinden, wer meine Eltern waren. Ohne Erfolg. Es gab keinen Anhaltspunkt, nichts woran ich anknüpfen konnte. Keine Überwachungskameras, keine Zeugen. Trotzdem hatte ich nie aufgegeben.

Ich wollte Gewissheit, wollte das Loch in meinem Inneren füllen. Ich wollte wissen, warum ich nie eine eigene Familie gehabt hatte. Warum sie mich nicht gewollt hatten.

Mehr nicht.

Genau das hatte ich in einem der Aufsätze geschrieben, die ich für die Studienbewerbung einreichen musste. Wir sollten unsere Herzenswünsche niederschreiben, und das hatte ich getan. So wie es aussah, war zumindest dieser Aufsatz irgendwie in Hände geraten, für die er nicht bestimmt war.

»Weißt du, was ich nicht verstehe? Warum unser guter Xavier nicht in der Lage war, *einen* eindeutigen Brief zu schreiben. Warum diese Mininachrichten, die absolut nicht hilfreich sind?« Ceces Schnauben holte mich ins Hier und Jetzt zurück. »Ich meine, *sie können herausfinden, wer deine Mutter ist …* Warum kann er nicht gleich dazuschreiben, wie sie das anstellen wollen? Ist ja nicht so, als hättest du nicht selbst ewig versucht, etwas über sie herauszufinden.«

»Na ja, er hat es schon erklärt, mehr oder weniger. Aber erst im dritten Brief. Vielleicht hat er mehrere Briefe geschrieben, weil er gemerkt hat, dass ich mich nicht so schnell überzeugen lasse. Oder um zu verhindern, dass jemand alles auf einmal liest, falls der Brief verloren geht oder so.« Gott, jetzt redete ich selbst schon irgendwelches kryptisches Zeug. Klar, Briefe gingen verloren, aber wem auch immer diese Nachrichten in die Hände gefallen wären, hätte X allerhöchstens für verrückt erklärt. So wie ich es auch tun sollte.

Ich trank noch einen Schluck und ging in Gedanken die Worte durch.

*Harper,*
*wie ich schon geschrieben habe, sind die Vier Farben keine normalen Studentenverbindungen. Ihre Mitglieder besitzen außergewöhnliche Fähigkeiten, die alles ändern können. Sie sind nicht nur in der Lage, dir deinen Herzenswunsch zu erfüllen, sie können so viel mehr.*
*X*

»Und was genau sollen das für außergewöhnliche Fähigkeiten sein? Meinst du, bei den Vier Farben gibt es geniale Hacker, die in irgendwelche Datenbanken reinkommen, von denen sonst kein Mensch weiß und in denen gaaaanz zufällig alle Stammbäume dieser Welt eingetragen sind?« Sie verdrehte so übertrieben die Augen, dass ich grinsen musste.

»Also das halte ich doch für unwahrscheinlich. Vielleicht geht es viel eher um die Kontakte, die sie haben. In der Einladung der Diamonds stand schließlich auch etwas von bedeutenden Kontakten, die wir in Wirtschaft und Politik knüpfen können«, zitierte ich mehr oder weniger wörtlich, glaubte aber selbst nicht so richtig daran, dass Xavier das gemeint hatte.

»Das ist aber keine Fähigkeit, sondern Vitamin B«, gab Cece zurück.

»Ich weiß«, sagte ich seufzend. »Aber welche Fähigkeiten soll er sonst meinen? Was soll an den Vier Farben so außergewöhnlich sein?«

Cece zuckte mit den Schultern. »Das ist eine gute Frage. Vielleicht redet er ja von Magie.« Sie lachte, doch ich konnte nicht mit einstimmen.

Magie auch nur im Scherz in Betracht zu ziehen, war bescheuert.

Es gab keine Magie, keine übernatürlichen Fähigkeiten, keine Vampire, keine Werwölfe, oder was auch immer für Wesen es sonst noch in die Fantasie der Menschen geschafft hatten. Ja, es war bescheuert und trotzdem … trotzdem gab es einen kleinen Teil von mir, der sich fragte, ob Xavier genau das gemeint hatte. Ob diese außergewöhnlichen Fähigkeiten irgendeine Form von Magie beinhalteten.

Oder ich verlor endgültig den Verstand.

»Harper?« Cece boxte mir nicht unbedingt sanft gegen den Oberarm und schien mich mit ihrem Blick durchbohren zu wollen. »Sag mir nicht, dass du auf einmal an Magie glaubst. Das war ein Scherz. Wir sind doch nicht in einer Teenie-Serie über Vampire oder in einem Buch über die Nachkommen der griechischen Götter. Und du bist die Letzte, die als Protagonistin taugen würde. Nicht naiv genug«, fügte sie hinzu, als ich empört die Augen verengte.

»Das nehme ich jetzt mal als Kompliment.«

Cece feixte. »Solltest du auch. Aber mal im Ernst: Du glaubst das doch nicht wirklich, oder?«

»Nein, ich glaube nicht an Magie, aber …«, setzte ich an, brach dann jedoch ab. Ich schaffte es nicht mal, es auszusprechen.

»Aber du kannst es auch nicht vollkommen ausschließen.«

Mit einem genervten Aufstöhnen raufte ich mir die Haare. »Mir ist schon klar, wie dämlich das klingt. Wahrscheinlich ist das alles nur ein wirklich schlechter Scherz und ich bin eben doch naiv genug, um darauf hereinzufallen. Aber überleg mal: dieser Junge, der direkt bei seinem ersten Versuch bei Olympia Gold gewonnen hat, obwohl man vorher noch nie etwas von ihm gehört hatte. Und dieses Mädchen, das Partnerin in einer Anwaltskanzlei geworden ist, obwohl sie gerade erst ihren Abschluss gemacht hatte. So etwas geht niemals, wirklich niemals so schnell. Und dann war da noch ein Mädchen, das jetzt mit irgendeinem Thronfolger der britischen Königsfamilie verlobt ist und –«

»Okay, okay«, unterbrach Cece meinen Redefluss und griff nach meiner Hand. »Ich verstehe, worauf du hinauswillst. Das sind viele seltsame Ereignisse, die die Vier Farben betreffen.«

»Es gibt noch mehr.«

»Ich weiß. Aber … Magie? Ehrlich? Das klingt eher nach Korruption oder Bestechung im großen Stil.«

»Keine Ahnung.« Unschlüssig biss ich mir auf die Unterlippe, meine Gedanken rasten. »Was ist, wenn … wenn alles, was passiert ist … wenn das ihre Herzenswünsche waren? Immerhin hat Xavier davon gesprochen, dass die Vier Farben mir meinen sehnlichsten Wunsch erfüllen können.«

»Das klingt total verrückt.« Cece trank einen großen Schluck von ihrem Wein.

»Das Ganze *ist* verrückt«, bestätigte ich.

»Trotzdem hast du den Diamonds zugesagt, obwohl du Studentenverbindungen ätzend findest, keine Mitbewohner haben willst und dem Ganzen wirklich nichts abgewinnen kannst.«

»Stimmt.« Ich legte den Kopf zur Seite und musterte Cece mit einer Mischung aus Belustigung und Sorge. »Weißt du, dafür, dass du vorhin noch alles wahnsinnig spannend, aufregend und mysteriös gefunden hast, klingst du jetzt so, als würdest du mich am liebsten davon abhalten wollen, morgen zu den Diamonds zu gehen.«

Ein schuldbewusster Ausdruck huschte über ihr Gesicht und ich hielt unwillkürlich den Atem an, während ich auf ihre Antwort wartete. Wenn sie mir jetzt sagte, ich sollte nicht zu den Diamonds gehen, dann … keine Ahnung, was ich dann tun würde. Auf jeden Fall wollte ich wissen, wer meine Eltern waren. Ganz abgesehen davon hatte ich jetzt keine andere Wahl mehr. Ich hatte ein Zimmer im Verbindungshaus, nicht in einem der Colleges. Wenn ich irgendwo wohnen wollte, musste ich zu den Diamonds.

»Wenn auch nur die geringste Chance besteht, dass Xavier recht hat, dann muss ich wissen, wie sie meine Mutter finden wollen. Und das kann ich nicht, wenn ich ihnen nicht beitrete.«

»Ich will dich nicht davon abhalten«, antwortete sie schließlich mit einem tiefen Seufzen. »Ich finde das alles auch immer noch mystisch und spannend, aber … keine Ahnung … diese Briefe zu sehen … Als du sie mir am Telefon vorgelesen hast, hat es sich anders angefühlt. Weniger … angsteinflößend. Also ja, ich gebe zu, dass ich mir Sorgen mache. Was ist, wenn ein Irrer dahintersteckt, der dich in eine Falle locken will, um dir etwas anzutun? Dass du ein Pflegekind warst, steht in deinen Unterlagen, an die er ja offensichtlich herangekommen ist. Und dass du etwas über deine Eltern erfahren möchtest, stand in deinem Aufsatz.«

»Ich weiß.« Nervös wickelte ich mir eine Haarsträhne um den Finger. »Aber mal ehrlich, es wäre doch bescheuert, mich nur in eine Studentenverbindung zu locken, um mir eine Falle zu stellen. Der Kerl weiß so viel über mich, er hätte mir auch in Manchester auflauern können. Und na ja, was habe ich schon zu verlieren?«

»Ähm, eine ganze Menge?«, meinte Cece empört.

Meine Augenbrauen wanderten nach oben. »Hab ich nicht, und das weißt du auch, Cece.«

Ein Schatten huschte über ihr Gesicht. Sie wusste, dass ich recht hatte. Dann straffte sie sich und verzog den Mund zu einem angedeuteten Lächeln. »Ich bin auf jeden Fall froh, dass du nicht auf ihn gehört und mir alles erzählt hast.« Sie griff nach dem letzten Brief.

*Harper,*
*wenn du zu den Diamonds gehst, rede mit niemandem über diese Briefe.*
*X*

»Bin ich auch. Und vielleicht können sie mir wirklich helfen, meine Mutter zu finden. Und selbst wenn nicht, ist es nicht so schlecht, den Diamonds beizutreten. Sie haben viele Verbindungen in der Politik und das kann mir bei meinen Plänen nur helfen«, erwiderte ich in dem Versuch, mir meinen Beitritt in die Studentenverbindung schönzureden.

Ich hatte mich nicht nur für Jura beworben, weil es ein sinnvoller Studiengang war, mit dem man am Ende gute Berufschancen hatte. Ich wollte Menschen helfen, vorzugsweise Kindern wie mir, die allein und hilflos in einer Welt untergingen, die sich nicht für sie interessierte. Für diese Kinder wollte ich kämpfen. Weil es nicht viele Menschen gab, die das taten, aber zu viele Kinder, die es verdient hatten, dass jemand für sie kämpfte. Und weil es gerade in sozialen Bereichen wichtig war, dass man die richtigen Leute kannte, um Druck auszuüben und das nötige Kleingeld aufzutreiben, konnte eine Mitgliedschaft bei den Diamonds eigentlich nur helfen. Hoffentlich.

Ceces Hand tastete nach meiner, unsere Finger verschränkten sich, der Blick ihrer dunklen Augen war besorgt. »Harper, versprich mir, dass du vorsichtig bist, okay? Wenn da wirklich irgendetwas faul ist, dann … keine Ahnung … ist das Ganze wahrscheinlich nicht ungefährlich.«

Ich nickte, während mein Puls sich beschleunigte. Der Gedanke war mir auch schon gekommen, vor allem weil Xavier so hartnäckig darauf bestanden hatte, dass ich die Einladung annahm. Eigentlich sprach alles dafür, dass ich beide Beine in die Hände nehmen und von hier verschwinden sollte, noch bevor ich das Verbindungshaus der Diamonds betreten hatte.

Aber ich hatte noch nie das getan, was ich hätte tun sollen, und ich war viel zu neugierig. Und wenn ich ehrlich war, reichte allein die Aussicht, mehr über meine Herkunft zu erfahren, um alle Gedanken an mögliche Gefahren, oder dass ich mich in Schwierigkeiten bringen könnte, in den Wind zu schlagen.

»Versprochen.«

# KAPITEL 4

## HARPER

»Ernsthaft? Hier wohnt ihr?« Cece starrte mit offenem Mund auf das Verbindungshaus der Diamonds.

Ich konnte es ihr nicht verdenken. Ich war genauso fassungslos wie sie. Nachdem wir die halbe Nacht gequatscht hatten, um dann bei einer Netflix-Serie einzuschlafen, waren wir heute Morgen in einem niedlichen kleinen Café frühstücken gewesen. Anschließend waren wir auf dem Weg hierher an vielen beeindruckenden Gebäuden vorbeigekommen, aber das Verbindungshaus toppte alles.

Hinter einem schmiedeeisernen Tor, auf dem das Symbol der Diamonds prangte und das in eine hohe Mauer eingelassen war, die das ganze Grundstück umschloss, erhob sich ein altes vornehmes Herrenhaus. Die graue Frontseite des Hauses – der Begriff war lächerlich unzureichend, denn es wirkte wie ein Schloss in Miniaturformat – war von Efeu bewachsen, drei Stufen führten zur Eingangstür. Wie groß das Anwesen tatsächlich war, ließ sich von der Straße aus nicht erkennen. Bäume verdeckten einen Teil des Gebäudes, aber ich erkannte Erkerfenster und sogar einen kleinen Turm. Es war vollkommen übertrieben, aber atemberaubend schön.

»Sieht ganz so aus«, murmelte ich.

Cece schnaubte. »Wenn die in so einem Haus wohnen, können sie das mit der Magie auch gleich an die Tür schreiben. Ich meine, das könnte die Kulisse für einen verdammten Fantasyfilm sein.«

»Wer glaubt jetzt an Magie?« Grinsend stieß ich ihr meinen Ellbogen in die Seite.

»Ich glaube an gar nichts«, protestierte sie.

»Natürlich nicht«, zog ich sie auf und legte ihr einen Arm um die Schultern.

»Schön, ich geb's zu. Vielleicht glaube ich ein kleines bisschen daran. Aber nur, weil dieses Haus aussieht, als würde es hier ein Tor zu einer Parallelwelt geben und –« Sie brach ab, als ich losprustete. »Na gut, das klingt vielleicht etwas abgedreht.«

»Nur ein bisschen.«

Aber sie hatte recht. Das Verbindungshaus strahlte tatsächlich etwas Düsteres, Mystisches aus. Oder wir empfanden das nur wegen Xaviers Briefen so, die versteckt unter einem Stapel Pullover in Ceces Kleiderschrank lagen. Wenn er mich davor warnte, irgendjemandem von den Briefen zu erzählen, war es wahrscheinlich besser, sie nicht mit zu den Diamonds zu nehmen.

Cece wurde ernst und griff nach meiner Hand. »Ich wünschte wirklich, ich hätte auch eine Einladung bekommen. Dann müsstest du da nicht alleine rein. Und ich müsste mir keine Sorgen um dich machen.« Sie warf mir einen übertrieben bösen Blick zu. »Wehe, du passt nicht auf dich auf!«

»Mach ich immer. Ich bin gut darin, auf mich selbst aufzupassen, das weißt du doch.« Ich drückte ihre Hand und zwang mich zu einem aufmunternden Lächeln. »Du solltest jetzt zurückgehen. Deine Mum wartet doch sicher schon darauf, dass du sie anrufst und ihr das Zimmer zeigst.«

»Jaaaa«, erwiderte sie gedehnt. »Es wird echt Zeit. Und für dich ist es okay, wenn ich gehe? Sonst schreibe ich Mum, dass es später wird.«

»Nein, schon gut. Ich komm klar.«

»Okay, aber du meldest dich nachher bei mir und erzählst mir alles!«

»Natürlich«, versprach ich.

Wir verabschiedeten uns voneinander und Cece ließ mich allein vor dem Verbindungshaus zurück. Unschlüssig blieb ich auf der Straße stehen. Ich sollte einfach die Klingel drücken, mich bemerkbar machen und dann reingehen. Aber irgendwie … konnte ich nicht. Xaviers Worte gingen mir wieder und wieder durch den Kopf. Ich hatte keine Ahnung, ob ich ihm glauben konnte. Wahrscheinlich nicht. Vor allem *sollte* ich das nicht tun.

»Kann ich dir irgendwie helfen?«

Die freundliche Stimme riss mich aus meinen Gedanken und ließ mich herumfahren. Hinter mir stand ein Mädchen, das so typisch britisch aussah, dass ich beinahe gelacht hätte. Ihre rotblonden Haare fielen in perfekten Wellen über ihre Schultern und ihre Haut war so hell, als hätte sie noch nie ohne Sonnenschutz das Haus verlassen. Auf ihrem herzförmigen Gesicht hatte sich ein weiches Lächeln ausgebreitet, ihre grünen Augen funkelten neugierig. Sie trug einen blau karierten Rock, der ein paar Zentimeter über ihren Knien endete, darüber einen beigen Pullover und einen schmal geschnittenen Blazer mit dem gestickten Wappen der Diamonds rechts über der Brust.

Sie machte schon mal keinen gefährlichen ersten Eindruck. Würde man eine zufällig vorbeikommende Person fragen, wer von uns beiden eher in Schwierigkeiten geraten würde, würde die Wahl mit sehr großer Wahrscheinlichkeit auf mich fallen – das Mädchen, das unter einer uralten Lederjacke ein zu kurzes schwarzes Kleid trug, dazu eine durchscheinende schwarze Strumpfhose und klobige Dr. Martens. Das Mädchen mit den langen blonden Haaren, die wild zerzaust waren, dem misstrauischen Blick und dem eine Spur zu trotzig nach vorn geschobenen Kinn – eine Angewohnheit, die ich mir nicht abgewöhnen konnte, egal wie sehr ich es versucht hatte.

»Also?«, fragte das Mädchen, noch immer mit diesem höflichen Lächeln auf den Lippen, und mir fiel wieder ein, dass sie mir eine Frage gestellt hatte.

»Eigentlich nicht. Ich muss nur … reingehen.« Mit einer vagen Handbewegung deutete ich auf das Verbindungshaus.

»Dann kann ich dir auf jeden Fall helfen. Ich wohne hier.« Sie streckte mir eine Hand entgegen. »Ich bin Elizabeth Campbell.«

»Harper Scott«, stellte ich mich vor und begriff in der nächsten Sekunde, dass ich die Einladung der Diamonds von ihr bekommen hatte. »Du bist die Vorsitzende der Diamonds.«

Verblüfft starrte ich sie an. Ich wusste nicht, wie ich mir Elizabeth Campbell vorgestellt hatte, aber ganz sicher nicht so jung. Sie konnte nicht älter als zwanzig sein. Allerdings sollte ich mit meinen gerade mal achtzehn Jahren die Klappe besser nicht zu weit aufreißen.

»Sieht ganz so aus. Aber nenn mich ruhig Beth, das machen alle.« Mit einem fröhlichen Lachen zog sie einen Schlüssel aus der Tasche ihres Blazers und öffnete das Tor. »Komm mit. Ich zeige dir alles und dann bekommst du auch deinen eigenen Schlüssel.« Sie bedeutete mir mit einer Handbewegung, ihr zu folgen, und nach einem kurzen Zögern setzte ich mich in Bewegung.

»Hast du gut hergefunden?«, erkundigte sie sich und warf mir über die Schulter hinweg einen fragenden Blick zu.

»Ja, mein Handy hat geholfen.« Ich zog die Schultern hoch und verfluchte mich innerlich selbst. Ich konnte echt nicht mit Menschen umgehen. Vor allem nicht mit Fremden.

Beth lachte. »Ich wäre ohne Google Maps auch total aufgeschmissen. Mein Orientierungssinn ist quasi nicht vorhanden.«

»Geht mir genauso.« Ich versuchte mich an einem Lächeln, scheiterte jedoch kläglich.

Wieso stellte ich mich so an? Es musste doch möglich sein, eine normale Unterhaltung zu führen, bei der die Sätze aus mehr als vier oder fünf Wörtern bestanden. Na ja, offensichtlich war es das nicht. Zumindest nicht für mich.

»Dann sind wir ja schon zu zweit. Übrigens bist du die Letzte von den Neuen«, wechselte Beth das Thema.

Neugier stieg in mir auf. »Wie viele sind wir denn?«

»Vier. So wie jedes Jahr. Die anderen haben schon auf dich gewartet, damit ich endlich alles erklären kann.«

»Sie haben auf mich gewartet? Ich dachte, der letzte Anreisetag wäre morgen«, erwiderte ich stirnrunzelnd.

»Mach dir deswegen keinen Kopf.« Beth winkte ab. »Lexie ist schon seit drei Tagen hier, sie ist einfach ungeduldig. Die beiden Jungs kamen gestern.«

Ich beschloss, später darauf zurückzukommen, wer die anderen Neuankömmlinge genau waren. »Was musst du uns denn erklären?«

War es so einfach? Würde ich so schnell erfahren, was genau Xavier mit diesen außergewöhnlichen Fähigkeiten gemeint hatte?

Beths Lächeln verrutschte, ein Schatten huschte über ihr Gesicht, nur für den Bruchteil einer Sekunde, aber ich sah es trotzdem. Ohne die Briefe wäre es mir wahrscheinlich entgangen. »Eine ganze Menge.« Sie räusperte sich, dann war das Lächeln wieder da und sie deutete nach links. »Da drüben findest du übrigens die anderen Verbindungshäuser. Unser Anwesen ist das erste, dann kommt das Haus der Hearts, der Spades und am Ende der Straße liegt das der Cross.«

Ich nickte stumm und blickte in die Richtung, in die sie deutete. Allerdings war dank der hohen Mauer nicht allzu viel von den anderen Verbindungshäusern zu sehen. Beth schloss die Tür auf und ich folgte ihr in das Gebäude, in dem ich die nächsten Jahre leben würde. Allein die Eingangshalle war größer als das Wohnzimmer von Victor und Anita. Eine Treppe führte nach oben, vermutlich zu den Schlafzimmern. Rechts erhaschte ich einen Blick auf ein geräumiges Esszimmer, links schien der Aufenthaltsraum zu sein, denn ich konnte ein paar Sessel und hohe Bücherregale erkennen.

Mit großen Augen schaute ich mich um, und ein zufriedener Ausdruck breitete sich auf Beths Gesicht aus, als sie mein Staunen bemerkte. Als hätte sie genau darauf gewartet.

»Willkommen bei den Diamonds, Harper.«

◆

»Und das ist dein Zimmer«, verkündete Beth überschwänglich und öffnete die dritte Tür auf der rechten Seite, nachdem wir in den zweiten Stock gegangen waren. Sie hatte mir unten meine Schlüssel gegeben und dann vorgeschlagen, erst einmal meine Sachen nach oben zu bringen, bevor sie mir die Mitglieder der Diamonds vorstellen würde. »Lexie hat das Zimmer neben dir, ihr teilt euch das

Bad in der Mitte. Wenn du magst, mach dich kurz frisch, ich gehe schon mal runter und hole die anderen, in Ordnung?«

Ich nickte und zwang mich zu einem Lächeln, während sich mein Magen verkrampfte. Auf einmal war ich viel zu nervös.

»Dann bis gleich.« Leichtfüßig lief Beth die Treppe wieder hinunter, während ich mein Zimmer betrat.

Ein ungläubiges Kichern platzte aus mir heraus. Das Zimmer war riesig. Mindestens doppelt so groß wie mein altes und es gehörte mir allein. Es gab einen geräumigen Kleiderschrank, einen Eckschreibtisch und ein Bett, das Platz für locker drei Personen bot.

Achtlos warf ich meinen Rucksack in die Ecke, ließ meinen Koffer direkt hinter der Tür stehen und trat ans Erkerfenster. Die Fensterbank war so breit, dass ich bequem darauf sitzen und lesen konnte, und der Blick nach draußen war atemberaubend. Der Garten erstreckte sich weit hinter dem Haus, es gab ordentlich gestutzte Bäume und … war das ein Pool?

Ich öffnete das Fenster und lehnte mich ein Stück hinaus in der Hoffnung, einen Blick auf die anderen Verbindungshäuser werfen zu können, aber der Winkel war nicht gut, und wenn ich nicht gleich an meinem ersten Tag aus dem Fenster fallen wollte, sollte ich mich nicht noch weiter nach vorn lehnen. Stattdessen ließ ich mich für einen Moment auf der Fensterbank nieder und atmete tief die klare, kühle Luft ein. Es roch nach Herbst.

Wäre es nach mir gegangen, wäre ich jetzt einfach hier sitzen geblieben und hätte ignoriert, dass unten einige Menschen auf mich warteten, aber ich war sicher, dass Beth mich holen kommen würde, wenn ich zu lange auf mich warten ließ. Also erhob ich mich und ging ins Bad, nachdem ich meine Kosmetiktasche aus dem Koffer geholt hatte. Es gab eine Tür, die von meinem Zimmer direkt dort hineinführte, und eine zweite Tür gegenüber, die wohl zu Lexies Zimmer gehörte.

Kopfschüttelnd sah ich mich im Badezimmer um. Es gab nicht nur eine Dusche, sondern sogar eine frei stehende Badewanne. Mit Löwenfüßen. Als wären wir in einem Hotel und nicht in einem Verbindungshaus. Die Vier Farben hatten eindeutig eine Menge Geld.

Die eine Hälfte des Badezimmers war bereits von Lexie belegt worden, ich entdeckte mehr Make-up, als ich jemals besessen hatte, sowie verschiedene Haarstylingprodukte und Dutzende Fläschchen Nagellack, in den unterschiedlichsten Blau- und Grautönen. In das Handtuch, das neben dem linken Waschbecken hing, waren offenbar ihre Initialen eingestickt. *AK.*

Beinahe hätte ich geschnaubt, da entdeckte ich das Handtuch neben dem rechten Waschbecken mit meinen eigenen Initialen. *HS.*

Okay, Punkt für Lexie. Sie hatte diese Handtücher ganz offensichtlich nicht mitgebracht.

Ich warf einen Blick in den Spiegel. Mein Haar war noch zerzauster als sonst, aber ich machte mir nicht die Mühe, es in Ordnung zu bringen. Das war ohnehin ein hoffnungsloses Unterfangen. Mein Make-up sah ganz passabel aus, also trug ich nur einmal frisches Deo auf, bevor ich das Bad und dann mein Zimmer verließ, und nach unten ging.

Aus dem Aufenthaltsraum drangen fröhliches Gelächter und Gesprächsfetzen. Still blieb ich in der Tür stehen und gönnte mir diesen Moment, mir einen ersten Überblick zu verschaffen. Alle waren so in ihre Gespräche vertieft, dass sie mich nicht bemerkten.

Mein Blick fiel wie von selbst auf ein Mädchen mit einem kohlrabenschwarzen zerzausten Pixiecut. Ihre Haut war beinahe so hell wie Beths, die dunklen Augen schwarz umrandet und ihre Nägel ebenso schwarz lackiert. Es war kein allzu großes Kunststück zu erraten, dass ich Lexie vor mir hatte. Sie lümmelte auf einem der Sofas, das rechte Bein hatte sie angezogen, das linke hing locker über der Armlehne, und sie funkelte gerade herausfordernd einen dunkelhaarigen Jungen an, der ihr in einem Sessel gegenübersaß und sie frech angrinste.

Ich zählte einmal durch – offenbar hatten die Diamonds zwanzig Mitglieder, mich eingeschlossen –, dann blieb mein Blick an Beth hängen, die zusammen mit ein paar älteren Studierenden vor einem hohen Bücherregal stand. Lachend schüttelte sie den Kopf, als ein hochgewachsener Junge mit roten Haaren etwas sagte, das ich nicht verstehen konnte. Als hätte sie meinen Blick gespürt, wandte Beth den Kopf in meine Richtung, ein strahlendes Lächeln breitete sich auf ihrem Gesicht aus.

»Hey, da bist du ja!« Sie löste sich aus der Gruppe und kam zu mir. Innerhalb eines Wimpernschlags richteten sich sämtliche Augenpaare auf mich.

»Leute, das ist Harper«, verkündete Beth, legte mir eine Hand auf die Schulter und schob mich in den Aufenthaltsraum hinein. Ich musste mich zwingen, ihre Hand nicht sofort abzuschütteln. Ich mochte es nicht, von Fremden berührt zu werden. Zum Glück schien sie mein Unbehagen zu bemerken, denn sie ließ mich schnell wieder los.

»Hi«, sagte ich mit einem unbehaglichen Lächeln. Ich kam mir vor wie auf dem Präsentierteller.

Die anderen murmelten eine freundliche Begrüßung in meine

Richtung, dann stellte Beth mir der Reihe nach alle Diamonds vor. Neben Lexie und mir waren Tom und Jasper dieses Jahr neu dazugekommen. Der Rest war schon ein Jahr oder länger hier. Die meisten betrachteten mich neugierig, nur Lexies Blick konnte ich nicht richtig deuten. Sie musterte mich von oben bis unten, in ihren Augen lag ein seltsames Glühen. Besonders begeistert schien sie nicht von mir zu sein. Das konnte ja heiter werden.

»Okay, da wir dann jetzt vollzählig sind … Harper, setz dich doch dazu, dann kann ich euch kurz erklären, wie es bei uns laufen wird.« Beth deutete auf das Sofa, und Jasper und Lexie rutschten zur Seite, damit ich mich zwischen sie setzen konnte.

»Hey«, begrüßte Jasper mich leise, während Lexie sich so weit an den Rand des Sofas schob, dass wir uns auf keinen Fall berühren konnten.

»Hi.« Ich hob die Mundwinkel ein kleines Stück. Ein echtes Lächeln war gerade einfach nicht drin. Mir schlug das Herz bis zum Hals, eine seltsame Spannung hatte sich im Raum ausgebreitet.

»Alles klar?« Jasper sah auf eine unaufdringliche Art gut aus mit den hellbraunen Haaren und der undefinierbaren Augenfarbe, die auf den ersten Blick eine Mischung aus blau und grau zu sein schien. Doch als er den Kopf neigte, erkannte ich auch ein warmes Braun um seine Pupille. Ich öffnete den Mund, um etwas zu erwidern, aber Beth kam mir zuvor.

»Dann kann es ja losgehen. Am Freitag findet wie jedes Jahr eine Party zur Einführung unserer neuen Mitglieder statt. Dort werdet ihr auch die anderen Farben kennenlernen. Selbst wenn ihr keine Partygänger seid, müsst ihr kommen. Ihr könnt euch meinetwegen vor jeder Party drücken, vor dieser jedoch nicht.« Beth schaute uns vier eindringlich an.

Ein flaues Gefühl breitete sich in meinem Magen aus. Gleichzeitig stieg Neugierde in mir auf. Warum mussten wir uns auf dieser Party so zwingend blicken lassen, selbst wenn wir vielleicht keine Lust hatten?

»Das wird doch etwa nicht so wie in diesen amerikanischen Teeniefilmen«, sagte Lexie trocken. »Uns werden Masken über den Kopf gestülpt, wir werden an irgendeinen gruseligen Ort gebracht und müssen peinliche Aufgaben erfüllen.«

Beth schüttelte den Kopf, aber ich sah, wie sich ihr Gesicht verdunkelte. Kaum merklich, aber doch sichtbar. Meine Handflächen wurden feucht. Ich sah mich um, doch alle anderen schienen völlig entspannt zu sein.

»Nein, ganz so wird es nicht ablaufen«, erwiderte Beth. Der Schatten war wieder verschwunden, stattdessen lächelte sie breit.

»Verrätst du uns denn, wie es wird?« Tom lehnte sich in seinem Sessel zurück und kniff leicht die Augen zusammen. Seine braunroten Haare fielen ihm in wirren Locken in die Stirn und über den Rand seiner Brille. Seine scharf geschnittenen Wangenknochen und die schmale Nase waren von unzähligen Sommersprossen gesprenkelt.

»Ihr seid viel zu neugierig.« Chuck, der schon im dritten Jahr bei den Diamonds war und dessen Namen ich mir nur gemerkt hatte, weil seine Stimme ungewöhnlich tief und rau und trotzdem seltsam weich war, verschränkte die Arme vor der Brust. »Lasst euch einfach überraschen, mussten wir alle.«

»Also wusstet ihr auch nicht, was euch erwartet?«, mischte ich mich ein und beobachtete aufmerksam Chucks Reaktion, wartete auf ein Zeichen, das mir verriet, dass ich nicht die Einzige war, die vorher Briefe bekommen hatte. Xavier hatte nichts von einer Party geschrieben, aber Chuck zuckte nicht einmal mit der Wimper. Wäre ja auch zu einfach gewesen.

»Nein. Und eine Sache werdet ihr hier ganz schnell lernen: Nichts geht über Geheimhaltung«, erwiderte er mit einem so feierlichen Gesichtsausdruck, dass ich in jeder anderen Situation gelacht hätte.

»Das stimmt zwar, aber du musst die Neuen ja nicht sofort verschrecken.« Ein Mädchen mit dunklen Haaren und ebenso dunklen Augen – ich glaubte, sie hieß Caroline – versetzte Chuck einen leichten Schlag gegen den Hinterkopf und grinste uns dann der Reihe nach an. »Macht euch keinen Kopf. Das wird lustig. Chuck ist ein Griesgram und viel zu ernst, aber ihr werdet euch noch an ihn gewöhnen.«

Beth ließ sich jetzt auch auf einen Sessel fallen und zog die Beine an. »Ihr werdet euch an einige Dinge gewöhnen müssen, aber ihr habt auch ein bisschen Zeit. Diese Woche finden noch keine Kurse statt, also schaut euch um, lernt den Campus kennen und fragt uns alles, was ihr fragen wollt, okay?«

»Wann gibt's was zu essen?«, erkundigte sich Tom und ein paar der Älteren lachten.

Chuck grinste. »Zumindest einer von euch stellt schon mal die richtigen Fragen.« Er schaute auf die Uhr über dem Kamin und sagte dann: »In einer halben Stunde.«

# KAPITEL 5

## HARPER

Der weiche Teppich dämpfte meine Schritte, als ich am nächsten Abend die Treppe hinunterlief, jedoch weder zum Aufenthaltsraum ging, in dem sich ein Großteil der Diamonds nach dem gemeinsamen Essen versammelt hatte, noch nach draußen, wo der Rest von uns im Pool saß und den lauen Herbstabend genoss. Pardon, es war gar kein Pool, sondern ein beheiztes Sole-Becken, damit wir Diamonds uns nach unseren anstrengenden Kursen und Vorlesungen entspannen konnten. Und falls das noch nicht ausreichte, gab es auf dem Anwesen auch eine Sauna, die wir jederzeit nutzen konnten.

Ich war in einer so absurd anderen Welt gelandet, die alles in den Schatten stellte, was ich bisher gekannt hatte, dass es beinahe lustig gewesen wäre, würde es mir nicht jede Minute vor Augen führen, was ich zurückgelassen hatte.

Bevor ich mich in unliebsamen Erinnerungen verlor, eilte ich am Aufenthaltsraum vorbei in den hinteren Teil des Herrenhauses. Rechts ging es zur Küche, die ich jedoch auch unbeachtet hinter mir ließ. Schließlich hatte ich eine Mission. Zumindest würde Cece es so bezeichnen, eine nette Umschreibung dessen, was ich tatsächlich tun wollte: Herumschnüffeln.

Es war erst mein zweiter Tag hier und vielleicht sollte ich eher versuchen, Anschluss zu finden, als mich von Anfang an zur Außenseiterin zu machen, aber ich war noch nie ein besonders geduldiger Mensch gewesen, und ich wollte wissen, was hier vor sich ging. Ob hier überhaupt irgendwas vor sich ging. Aber ich konnte schließlich nicht zu Beth oder den anderen gehen und sie direkt nach ihren angeblich außergewöhnlichen Fähigkeiten fragen. Das wäre doch etwas sehr auffällig, wenn ich nichts über die Briefe verraten wollte. Und auch wenn ich nicht wusste, warum, nahm ich doch zumindest Xaviers Warnung ernst, mit niemandem darüber zu reden. Na ja, abgesehen von Cece.

Beth machte einen netten Eindruck, genau wie Caroline und Chuck, aber ich war nicht so naiv zu glauben, dass sie nicht auch andere Seiten haben konnten. Jemanden einzubeziehen war keine Option. Ich musste selbst herausfinden, was es mit den Vier Farben auf sich hatte oder ob Xavier sich aus irgendeinem Grund einen wirklich miesen Scherz erlaubt hatte – und der beste Ort, um mit dem Herumschnüffeln anzufangen, schien für den Anfang die hauseigene Bibliothek der Diamonds zu sein.

So leise wie möglich, weil ich keinen Wert auf Gesellschaft legte, folgte ich dem Flur, bis ich die helle Flügeltür erreichte, hinter der die Bibliothek lag. Ich drückte die messingfarbene Klinke herunter und fand mich plötzlich in einer anderen Welt wieder. Das dunkle Parkett knarzte unter meinen Schuhen, als ich mit großen Augen eintrat.

Staunend blickte ich mich um. Die Bibliothek war riesig, die Decke meterhoch, und obwohl die Wände mit goldverzierten Regalen bedeckt waren, die bis zur Decke reichten, war der Raum einladend hell. Das weiße Holz leuchtete beinahe im Licht der untergehenden

Sonne, die ihre letzten Strahlen durch die hohen Fenster zwischen den einzelnen Regalen schickte. In der Mitte des großen Raums standen zwei weiße Tische auf zierlichen Beinen, acht ebenso zarte Stühle luden zum Sitzen ein, wirkten aber nicht besonders bequem.

Mein Blick huschte über die unzähligen Bücher, die die Regale füllten, manche davon waren so alt, dass sie den Eindruck machten, sie könnten zu Staub zerfallen, sobald man sie nur schief anschaute. Andere dagegen wirkten neu, beinahe ungelesen, und vielleicht waren sie das auch. Hunderte, wahrscheinlich sogar Tausende Bücher standen in den Regalen, viel zu viele, als dass die zwanzig Mitglieder der Diamonds, die hier Jahr für Jahr wohnten, jemals alle in die Hand hätten nehmen können.

Langsam ging ich durch die Bibliothek und versuchte, mir einen Überblick zu verschaffen, um herauszufinden, wo ich mit meiner Suche anfangen sollte. Das Problem war nur, dass ich absolut keine Ahnung hatte, wonach ich überhaupt suchte. Ich zweifelte sehr daran, dass es in dieser Bibliothek ein Regal mit Büchern gab, die sich den *Geheimnissen der Diamonds* widmeten. Das wäre zu schön, um wahr zu sein, und viel zu einfach. Also konnte ich nur darauf hoffen, dass mir zufällig irgendetwas ins Auge fiel. Ein Buch über die Entstehungsgeschichte der Vier Farben oder Verzeichnisse über ehemalige Mitglieder. Irgendetwas anhand dessen sich diese besonderen Fähigkeiten ableiten lassen konnten.

Nach über einer Stunde gab ich auf und verfluchte mich dafür, dass ich keinen richtigen Plan hatte. Hier standen zwar unendlich viele Bücher, die wir für unser Studium ganz sicher noch brauchen würden, allerdings fand ich nichts, was mich in irgendeiner Weise weitergebracht hätte, wenn ich nicht vorhatte, von Jura zu Literatur zu wechseln. Gut, ich hatte mir auch nicht jeden Buchrücken angeschaut, sonst hätte ich hier nicht nur Stunden, sondern Wochen verbringen können.

Seufzend wandte ich mich ab und verließ die Bibliothek mit einem dumpfen Gefühl der Ernüchterung. Aus dem Aufenthaltsraum drang Gelächter, ich hörte fröhliche Stimmen und ein kleiner, neugieriger Teil von mir wollte zu den anderen gehen und wenigstens einen Tag lang so tun, als wäre alles in Ordnung, als wäre ich ein sozial kompatibler Mensch, der sich in der Anwesenheit anderer wohlfühlte, als hätte ich diese Briefe von Xavier niemals bekommen.

Der sehr viel größere Teil von mir drängte jedoch danach, mich weiter umzuschauen und meinen Mitbewohnern so weit wie möglich aus dem Weg zu gehen. Schon jetzt war abzusehen, dass mir früher oder später alles zu viel werden würde. So wie ich mich kannte, eher früher als später.

In einem Haus mit neunzehn anderen Studierenden zu wohnen war etwas, woran man sich erst gewöhnen musste. Irgendwo hörte fast immer jemand Musik, unterhielt sich auf dem Flur oder trampelte die Treppen hoch und runter.

Ich seufzte und ließ den Aufenthaltsraum ebenso links liegen wie das Fitnessstudio im Keller – ich bezweifelte doch sehr, dass ich dort etwas anderes finden würde als Sportgeräte, die ich vermutlich nie im Leben nutzen würde. Stattdessen stieg ich eine Treppe nach der anderen nach oben, bis ich die Arbeitsräume unter dem Dach erreichte. Es gab vier dieser Studienzimmer, in denen jeweils zwei dunkle Tische mit insgesamt fünf gepolsterten Stühlen standen. Große Fenster in den Dachschrägen ließen genug Licht herein, trotzdem gab es an jedem Platz eine Leselampe – wohl für den Fall, dass wir uns zu abendlichen Lernsessions motivieren konnten.

Die gesamte Einrichtung des Hauses schrie nach Geld und Tradition: dunkle Möbel aus Massivholz, weiche Teppiche und gedeckte, aber geschmackvolle Farben. Alles sah genauso aus, wie man sich ein Herrenhaus von innen vorstellte, sogar diese Arbeitsräume. Nur die Bibliothek schien nicht direkt hierherzupassen, so hell und offen, wie der Raum gestaltet war. Andererseits war es genau das, was sie zum Herzstück des Hauses machte. Hilfreich war sie trotzdem nicht gewesen.

Vielleicht hatte ich hier oben mehr Glück. Neben den Tischen gab es in jedem Studierzimmer zwei Kommoden, die perfekt in die Schrägen passten. Ein Funken Hoffnung stieg in mir auf und erlosch sofort wieder, als ich feststellen musste, dass in die Schubladen nicht umsonst ein Schloss eingelassen war. Frustriert zog ich an den Schubladen, doch sie gaben keinen Millimeter nach.

Auch in den nächsten zwei Räumen waren die Schubladen verschlossen, und obwohl ich wusste, dass es im letzten Zimmer nicht anders sein würde, versuchte ich es noch ein viertes Mal. Das Holz ächzte protestierend, als ich mit aller Kraft an der Schublade zerrte, aber ohne den Schlüssel hatte ich keine Chance.

Es sei denn …

»Suchst du was Bestimmtes?« Die dunkle, kühle Stimme ließ mich ertappt herumfahren. Eli stand in der Tür, die Arme vor der Brust verschränkt, und musterte mich durchdringend. Er war im dritten Jahr bei den Diamonds, und das war auch so ziemlich das Einzige, was ich über ihn wusste. Mehr wollte ich auch gar nicht wissen, denn er hatte etwas derartig Unangenehmes an sich, dass sich mir die feinen Härchen im Nacken sträubten.

Betont gleichgültig, als hätte er mich nicht gerade beim Herumschnüffeln erwischt, zuckte ich mit den Schultern und ließ die Schublade los. »Nein, ich wollte mich nur ein bisschen umschauen.«

Eli machte einen Schritt auf mich zu, die Hände lässig in den Hosentaschen vergraben. Das kantige, scharf geschnittene Gesicht machte ihn auf eine düstere Art attraktiv, und so wie er auftrat, war ihm das auch vollkommen bewusst. Er war ein ganzes Stück größer als ich, und als er jetzt vor mir stehen blieb und auf mich herabsah, wurde mir schnell klar, dass er seine Größe gern benutzte, um andere einzuschüchtern.

Trotzig hob ich das Kinn und funkelte ihn an. In seinen dunklen Augen lag ein seltsam berechnender Ausdruck, als versuchte er, alles und jeden zu durchschauen.

»Du hast hier nichts zu suchen, das ist dir klar, oder?« Seine Stimme war ein leises, verführerisches Schnurren, gleichzeitig schwang eine deutliche Drohung mit.

Seine Worte verschlugen mir für einen winzigen Moment die Sprache. Es war vollkommen klar, dass er nicht die Arbeitsräume meinte. Aber wenn er glaubte, dass ich mich so leicht aus der Fassung bringen ließ, hatte er sich die Falsche für sein dämliches Machtspielchen ausgesucht.

Meine Augenbrauen wanderten nach oben. »Ach nein?«

Er kam noch ein Stück näher, und ich musste mich zwingen, nicht vor ihm zurückzuweichen. Sein Lächeln war sanft und eiskalt zugleich. »Jemand wie du hat hier nichts verloren.«

Ich legte den Kopf zur Seite und tippte mir nachdenklich ans Kinn, während ich seinen Blick übertrieben ratlos erwiderte, obwohl Wut in mir aufstieg. »Hilf mir doch kurz auf die Sprünge, wer ist denn *jemand wie ich*?«

»Ein Pflegekind ohne Vergangenheit, ohne Familie und ohne

Sinn für Tradition und Stil.« Er musterte mich von oben bis unten – mein kurzes Kleid, die klobigen Stiefel und mein zerzaustes Haar – so angewidert, dass ich beinahe gelacht hätte, auch wenn absolut nichts an dieser Situation witzig war.

»Entschuldige, mir war nicht klar, dass wir verpflichtet sind, karierte Hemden und Pullover zu tragen.« Unschuldig blinzelte ich ihn an und versuchte zu verbergen, dass mein Puls in die Höhe geschossen war. Woher wusste er, dass ich ein Pflegekind war? Wussten etwa alle Bescheid? Und wenn ja, wer hatte es ihnen gesagt?

Elis Augen verengten sich zu schmalen Schlitzen. »Mit Sarkasmus kommst du hier nicht weit, Harper. Du magst vielleicht unser kleiner Sozialfall sein, und ich habe wirklich keine Ahnung, was das Komitee sich dabei gedacht hat, ausgerechnet jemanden wie dich aufzunehmen, aber du bist keine von uns und wirst es auch nie sein.«

Ich schnaubte, schob mich an ihm vorbei und warf mein Haar über die Schulter. »Keine Sorge, das ist auch nicht meine Absicht. Idioten gibt's hier offensichtlich schon genug.«

Ich wartete seine Antwort gar nicht erst ab, besonders schmeichelhaft wäre sie zweifellos sowieso nicht ausgefallen, sondern ließ ihn einfach stehen. Meine Hände zitterten, als ich den Flur entlanglief und die Treppen nach unten ging. Nachdem ich endlich die Tür meines Zimmers hinter mir zugeschlagen hatte, hätte ich am liebsten geschrien.

Dass Kinder grausam sein konnten, wenn sie die Schwachstellen anderer kannten, war mir früh klar geworden, aber irgendwie hatte ich gehofft, dass an der Uni alle erwachsen genug wären, damit mir so etwas erspart blieb. Ich hatte mir während der letzten Jahre zwar einen eisernen Panzer zugelegt, aber als Studentin hätte ich gern darauf verzichtet – genau wie auf die Sprüche, die ich mir oft genug angehört hatte.

*Du bist keine von uns und wirst es auch nie sein.*

Wie von selbst ballten sich meine Hände zu Fäusten, meine Augen begannen zu brennen, doch ich drängte die Tränen energisch zurück. Ich hatte nie irgendwo hingehört. Nicht zu Anita und Victor, bei denen ich zuletzt gewohnt hatte und die mich eigentlich gar nicht gewollt hatten, und auch nicht zu all den anderen Pflegefamilien der letzten Jahre.

Cece war meine beste Freundin, aber sie hatte Eltern, eine Familie, ein Zuhause. Sie hatte einen Ort, an den sie zurückkehren konnte, ein Sicherheitsnetz, das sie immer auffangen würde. Ich nicht.

*Du bist keine von uns und wirst es auch nie sein.*

Meine Fingernägel bohrten sich so fest in meine Handflächen, dass es wehtat, und ich zwang mich, tief durchzuatmen, um nicht die Fassung zu verlieren.

Ich war nicht hier, um eine von ihnen zu werden.

Ich hatte andere Ziele.

Und von denen würde ich mich mit Sicherheit nicht abbringen lassen. Weder von Eli noch von sonst jemandem.

# KAPITEL 6

## HARPER

Es nieselte schon den ganzen Tag. Der Himmel war so grau, dass es nicht danach aussah, als würde es in den nächsten Stunden besser werden. Aber mich störte das nicht. Ich mochte Regen. Ich mochte das Geräusch der Regentropfen auf meinem Regenschirm und ich lief gern durch Pfützen. Ich mochte das Gefühl, dass der Regen die Welt ein bisschen sauberer machte, dass ich nach dem schlechten Wetter etwas klarer sehen konnte.

Ich hatte mich mit Cece in der Innenstadt verabredet, weil ich nach zwei Tagen dringend eine Abwechslung brauchte. Wir hatten während der letzten achtundvierzig Stunden zwar oft miteinander geschrieben, aber das war nicht das Gleiche.

Ich entdeckte sie bereits von Weitem. Sie hatte schon immer eine Schwäche für knallgelbe Regenmäntel gehabt, weil sie Regen – im Gegensatz zu mir – gar nicht mochte und sich auf diese Weise wie ihre eigene Sonne fühlte. Auf jeden Fall leuchtete sie entsprechend.

»Das wird aber auch Zeit«, beschwerte sie sich und verzog schmollend das Gesicht, als ich sie erreichte. Sie stand vor dem niedlichen Café, in dem wir an unserem ersten Morgen in Oxford schon gefrühstückt hatten, die Regentropfen perlten von ihrem Mantel ab.

»Du hättest auch schon reingehen können«, erwiderte ich ungerührt und zog die Tür auf.

Sie stieß ein theatralisches Seufzen aus. »Natürlich hätte ich das, aber was wäre ich für eine Freundin, wenn ich nicht auf dich gewartet hätte?«

»Eine, die trocken geblieben wäre.« Grinsend schob ich sie ins Innere.

Wir fanden einen Tisch in einer Ecke etwas abseits vom geschäftigen Treiben des Cafés und damit für uns genau richtig. Es dauerte nicht lange, bis ein Kellner zu uns kam und wir unsere Getränke bestellen konnten.

»Und? Hast du inzwischen was herausgefunden?«, wollte Cece wissen, nachdem der Kellner wieder verschwunden war.

»Nein, ich habe in den letzten beiden Stunden, seitdem wir das letzte Mal geschrieben haben, nichts Neues herausgefunden«, gab ich spitz zurück und bereute meinen Tonfall sofort, als Ceces Augenbrauen in einem stummen Vorwurf nach oben wanderten. Sie konnte nichts dafür, dass ich nach wie vor im Dunklen tappte. Ich schenkte ihr ein entschuldigendes Lächeln. »Tut mir leid, das war blöd. Es ist nur … so langsam habe ich wirklich das Gefühl, dass Xavier sich einen schlechten Scherz erlaubt hat. Immerhin habe ich nichts mehr von ihm gehört, seit ich die Einladung angenommen habe. Vielleicht ist er ja doch einer der Diamonds und wollte nur testen, ob ich mich mit so einem Mist ködern lasse.«

»Und zu welchem Zweck?« Cece lehnte sich auf ihrem Stuhl zurück.

»Keine Ahnung. Um sich über mich lustig zu machen?« Automatisch wanderten meine Gedanken zu Eli. Ihm würde ich so etwas definitiv zutrauen. Gleichzeitig hoffte ich inständig, dass er es nicht war. Denn dann wusste Eli nicht nur von meiner Vergangenheit als Pflegekind, sondern auch von meinem Herzenswunsch, und so wie er sich mir gegenüber verhalten hatte, zweifelte ich keine Sekunde daran, dass er diese Information irgendwie gegen mich verwenden würde.

Ceces dunkle Augen verfinsterten sich. Ich hatte ihr von Eli erzählt und sie war nicht besonders begeistert gewesen. Stinksauer traf es eher. »Das will ich nicht hoffen. Denn wenn doch, komme ich vorbei und mache sie alle fertig.«

Ich musste lächeln, obwohl das alles andere als lustig war. Aber die Vorstellung, wie Cece sich mit Eli oder einem der anderen anlegte, hatte was. Sie war stärker, als sie aussah, und auch kleine Fäuste konnten wehtun. »Das ist sehr lieb von dir.«

»Für dich lege ich mich mit allen an«, gab sie zurück und ich spürte, wie meine Kehle eng wurde. In Momenten wie diesen fragte ich mich immer, wie ich eine Freundin wie Cece verdient hatte. Ich hatte noch keine Antwort gefunden.

»Musst du nicht.« Meine Stimme klang rau, und bevor sie mir widersprechen konnte, räusperte ich mich und wechselte das Thema. »Wie ist es im Wadham?«

Einen Moment lang zögerte Cece, aber dann ging sie bereitwillig auf den Themenwechsel ein. Sie begann von den anderen Studierenden zu erzählen, die mit ihr auf dem Flur wohnten, von den Spieleabenden und Kneipentouren, die bereits organisiert worden waren. Sie erzählte mir von den beiden Mädchen, die sie kennengelernt hatte und die ebenfalls Jura studieren würden. Ich spürte, wie Wehmut in mir aufstieg, während ich Cece zuhörte. Das hätte ich auch haben können. Ein normales Studentenleben, nicht diese abgedrehte Version, in die ich hineingerutscht war. Wobei sie bisher gar nicht so abgedreht war, wie ich erwartet hatte.

»Okay, können wir bitte noch mal auf die Vier Farben zurückkommen?«, fragte Cece irgendwann. »Ich erzähle dir wirklich gern von dem, was ich in den letzten Tagen so erlebt habe, aber erstens habe ich dir das meiste davon schon geschrieben und zweitens muss es doch irgendwo wenigstens einen kleinen Hinweis gegeben haben, ob Xaviers Geschwafel die Wahrheit ist, oder nicht?«

»Nein, es gibt absolut gar keinen Hinweis. Und es will auch niemand mit mir reden. Ich hab's versucht.« Meine Gedanken wanderten zurück zu dem Gespräch, das ich heute Morgen mit Caroline geführt hatte. Oder vielmehr versucht hatte zu führen.

Mit jemandem über etwas zu reden, ohne es eindeutig zu benennen – wie zum Beispiel die Briefe –, war gar nicht so einfach, und jede Frage, die mich interessierte, war mir nicht über die Lippen gekommen, weil ich mich nicht verraten wollte. Allen anderen Fragen nach den Vier Farben und was genau es eigentlich bedeutete, ein Mitglied der Diamonds zu sein, war Caroline so geschickt ausgewichen, dass mir irgendwann der Gedanke gekommen war, sie tat das nicht zum ersten Mal. Das half mir allerdings auch nur bedingt weiter. Ihr Lachen, als sie schließlich gemeint hatte, ich solle die Party abwarten, klang mir immer noch in den Ohren wider.

»Und jetzt?« Unschlüssig verzog Cece das Gesicht, nachdem ich ihr von diesem Fehlversuch erzählt hatte.

»Ich schätze, ich muss wohl tatsächlich die Party abwarten.«

»Wahrscheinlich.« Sie seufzte schwer. »Ich finde es echt ätzend, dass ich nicht mitkommen kann.«

Ich hätte mich auch wohler gefühlt, wenn sie dabei sein könnte, aber die Party war exklusiv für die Vier Farben. Außenstehende hatten da nichts zu suchen. Chucks Worte, nicht meine. Ich hatte ihn heute Morgen gefragt, ob wir jemanden mitbringen durften. Durften wir nicht.

»Ich erzähle dir alles am Samstag«, versprach ich.

»Das will ich auch schwer hoffen. Ich will jedes Detail wissen!«

»Glaub mir, da bist du nicht die Einzige.« Ich rührte meinen Kaffee um und beobachtete, wie die Milch sich in einem Strudel um den Löffel drehte.

♦

Als Cece und ich uns zwei Stunden später voneinander verabschiedeten, regnete es immer noch. Sie machte sich auf den Weg zurück zum Wadham, weil dort heute eine der vielen Einführungsveranstaltungen für die Bewohner des Colleges stattfand, während ich beschloss, noch etwas durch die Innenstadt zu schlendern. Ich wollte noch nicht zurück zum Verbindungshaus.

In der Innenstadt entdeckte ich schließlich einen kleinen Plattenladen und blieb stehen. Das Geschäft wirkte etwas heruntergekommen, urig und sah nach dem perfekten Ort für mich aus. In Manchester hatte ich in einem ganz ähnlichen Laden gearbeitet und Neal, der Besitzer, hatte nie mehr Worte als nötig von sich gegeben. Wir hatten uns hervorragend verstanden.

Ein Funken Wehmut stieg in mir auf und ich trat näher an das Schaufenster heran. Ich vermisste den Job, denn ich hatte es geliebt, Kunden die Platten von Bands zu empfehlen, von denen sie noch nie etwas gehört hatten, und den ganzen Tag von Musik umgeben zu sein.

Wie von selbst wanderten meine Gedanken zu einem ebenfalls verregneten Tag vor etwas mehr als zwei Jahren zurück, als ich einen Jungen mit traurigen Augen und gebrochenem Herzen in den Plattenladen geschleppt hatte, der drei Tage lang kein Wort gesagt hatte. Ich hatte gehofft, ihn abzulenken oder aufzumuntern, ihm irgendwie helfen zu können … Die Bilder trafen mich wie ein Schlag, fühlten sich an, als wäre es gestern gewesen, als wäre seitdem nicht eine gefühlte Ewigkeit vergangen.

Mein Herz krampfte sich zusammen, als ich mir für einen Moment einbildete, seine Hand unter meinen Fingern zu spüren und das erste echte Lächeln auf seinem Gesicht erstrahlen zu sehen. Traurig und gebrochen, aber echt. An jenem Tag hatte alles angefangen. An jenem Tag hatte er das erste Stück meines Herzens gestohlen. Ein stechender Schmerz fuhr durch meine Brust und ich schnappte nach Luft. Das Gefühl war viel zu heftig für all die Zeit, die seitdem vergangen war.

Es kostete mich mehr Kraft, als ich jemals zugeben würde, die Erinnerungen an ihn abzuschütteln und mich wieder voll und ganz auf den Laden vor mir zu konzentrieren. Auf die Gegenwart. Nicht die Vergangenheit.

Für einen Moment überlegte ich, hineinzugehen und zu fragen, ob eine Aushilfe gebraucht wurde, aber es war dumm, mir einen Job zu suchen, bevor ich wusste, welches Lernpensum auf mich zukommen würde. Und dann war da noch die ungewohnte Tatsache, dass ich es nicht nötig hatte. Der Gedanke kam mir immer noch seltsam vor. Seit ich alt genug war, um einen schlecht bezahlten Nebenjob zu haben, hatte ich immer gearbeitet. Ich war nie gern von anderen abhängig gewesen, und egal, wie wenig Geld ich bei den einzelnen Jobs verdient hatte, es war immer mein eigenes gewesen.

Jetzt sah die Sache anders aus. Heute Morgen hatte Beth sich mit Lexie, Jasper, Tom und mir in einen der Arbeitsräume zurückgezogen und verkündet, dass wir in Zukunft von den Alumni der Diamonds finanziert werden würden. Das schloss nicht nur unsere Studiengebühren und unseren Aufenthalt im Verbindungshaus mit ein, sondern auch ein beträchtliches Taschengeld.

Tom hatte protestiert. Ihm hatte das schlechte Gewissen, das Geld anzunehmen, deutlich im Gesicht gestanden. Jasper schien auch nicht allzu begeistert gewesen zu sein, Lexie dagegen hätte keinen gleichgültigeren Eindruck machen können. Und ich … tja, ich würde mich sicher nicht beschweren.

Zum ersten Mal in meinem Leben musste ich nicht darüber nachdenken, was ich mir leisten konnte und was nicht. Ich hatte Tag und Nacht gelernt, um es nach Oxford zu schaffen, und dass die Diamonds mich angenommen hatten, war zuallererst ihre Entscheidung gewesen, nicht meine. Das musste reichen, um das seltsame Gefühl in meinem Inneren loszuwerden, das mir immer wieder zuzuflüstern versuchte, mich nicht so abhängig zu machen.

Entschlossen drückte ich die Tür des Plattenladens auf. Ich brauchte zwar keinen Job, aber dafür konnte ich ein bisschen von dem Geld ausgeben, das vor ein paar Stunden auf mein Konto überwiesen worden war.

Das Geschäft war überraschend gut besucht. In einer Ecke stand eine alte, sichtlich durchgesessene Sofagarnitur, auf der ein paar junge Leute herumsaßen, alle mit dampfenden Tassen in der Hand.

Ein Lächeln breitete sich auf meinem Gesicht aus, als ich mich umsah. O ja, hier würde ich mich wohlfühlen. Die Wände waren mit alten Schallplatten geschmückt, es gab unzählige Regale, die man nach Platten und CDs durchstöbern konnte, und als ich weiter nach hinten ging, entdeckte ich sogar Instrumente. Hauptsächlich Gitarren, aber auch Streichinstrumente. In einer Ecke stand ein Schlagzeug, ein paar Meter weiter ein Klavier. Ich hatte schon immer eine Schwäche für Musik gehabt, war aber selbst leider grauenhaft unmusikalisch, sodass man mir im Musikunterricht in der Schule nie mehr als eine Triangel zugetraut hatte. Wie hatte ich dieses Teil gehasst.

Gerade als ich die Hand nach einer Gitarre ausstrecken wollte, erklang hinter mir eine melodische Stimme. »Kann ich dir helfen, Liebes?«

Ertappt fuhr ich herum und begegnete dem Lächeln einer Frau mittleren Alters. Sie war klein, ihre wilden Locken waren vollkommen grau und sie strahlte eine Autorität aus, die im krassen Gegensatz zu ihrem freundlichen Lächeln stand. Sie sah aus wie jemand, der sich gegen alles und jeden durchsetzen konnte und mit dem man sich lieber nicht anlegen sollte.

»Nein, ich schaue mich nur um. Danke«, erwiderte ich.

Sie musterte mich, ihr Lächeln verblasste und sie runzelte die Stirn. »Kennen wir uns?«

Instinktiv wich ich einen Schritt zurück, ein seltsamer Druck breitete sich in mir aus. »Nein, sicher nicht.«

»Wirklich? Du kommst mir sehr bekannt vor.« Sie sah mich so durchdringend an, dass ich abwehrend die Arme vor der Brust verschränkte. Da war etwas in ihrem Blick, das mich irritierte, aber ich konnte nicht sagen, was genau.

»Das kann nicht sein, ich bin neu hier.«

»Dann muss ich dich wohl verwechselt haben. Entschuldige

bitte.« Sie lachte auf und der Druck in meiner Brust löste sich so schnell, wie er gekommen war. »Möchtest du einen Kaffee, während du dich umschaust?«

»Nein, danke«, erwiderte ich mit einem kleinen Lächeln. Wenn ich jetzt noch einen Kaffee trank, war an Schlaf heute nicht zu denken.

»Gut. Wenn was ist, komm nach vorn zur Kasse. Viel Spaß.« Sie wandte sich ab, allerdings nicht ohne mir noch einen nachdenklichen Blick über die Schulter zuzuwerfen.

Ich widmete mich wieder den Instrumenten, wurde aber das Gefühl nicht los, dass ich irgendetwas verpasst hatte.

◆

Es dämmerte, als ich mich auf den Weg zurück zum Verbindungshaus machte. Es war so spät, dass die Diamonds ziemlich sicher bereits ohne mich zu Abend gegessen hatten, aber ich war darüber nicht unbedingt traurig. Ich brauchte eine Pause.

»Komm schon, wo bist du?«, murmelte ich leise, als ich schließlich vor dem Anwesen der Diamonds angekommen war und in meinem Rucksack nach dem Schlüssel suchte, den ich brauchte, um überhaupt auf das Grundstück zu kommen. Ein triumphierendes Grinsen breitete sich auf meinem Gesicht aus, als ich ihn endlich aus der Tasche fischte.

»Harper?«

Ich erstarrte. Die Welt um mich herum blieb stehen. Sogar mein Herz kam stolpernd zum Stillstand, bevor es rasend schnell weiterschlug.

*Nein. Nein. Nein.*

Das konnte echt nicht wahr sein!

Er war hier. Er war wirklich hier. Ich hatte ihn mir am Bahnhof doch nicht nur eingebildet.

Die Stimme war fremd und gleichzeitig unendlich vertraut. Er klang anders. Natürlich klang er anders. Es war zwei Jahre her, seitdem wir das letzte Mal miteinander gesprochen hatten. Seitdem er mich vergessen hatte. Trotzdem hätte ich seine Stimme unter Hunderten wiedererkannt. Wahrscheinlich sogar unter Tausenden.

Langsam drehte ich mich um und musterte ihn von oben bis unten, tat dabei jedoch so, als würde in meinem Inneren kein Sturm toben, der das Mädchen, das ich nach seinem Verschwinden geworden war, mit sich zu reißen drohte.

Finley Walsh war erwachsen geworden.

Er war erwachsen geworden und sah entschieden zu gut aus. Er war schon als Teenager hübsch gewesen, jetzt war er … heiß. So ungern ich es zugab und sosehr ich mir wünschte, er wäre unscheinbar und hässlich, ließ sich nicht leugnen, *wie* heiß er war.

Was hatte ich dem Schicksal, dem Zufall – oder welche übernatürliche Macht mir seine Anwesenheit in Oxford eingebrockt hatte – nur angetan?

Er war groß, viel größer, als ich ihn in Erinnerung hatte. Seine Schultern waren breiter geworden, ihm war anzusehen, dass er viel Sport trieb, und obwohl er lediglich eine schlichte schwarze Hose zu einem Jeanshemd und Sneakers trug, konnte man auf den ersten Blick erkennen, dass er nicht auf ein Stipendium angewiesen war.

Mein Blick zuckte zurück nach oben, zu den zerzausten blonden Haaren, die am Oberkopf länger waren als früher. Sein Gesicht hatte sich verändert, der Kiefer war ausgeprägter, die Wangenknochen schärfer geschnitten. Nur die grünen Augen waren immer noch dieselben. So unfassbar grün. Und das Lächeln, das sich jetzt auf seinem Gesicht ausbreitete. Auch das war vertraut.

»Tut mir leid, kennen wir uns?«, fragte ich stirnrunzelnd und kleisterte einen betrübten Ausdruck auf mein Gesicht, als würde es mir *wirklich* leidtun, dass ich absolut keine Ahnung hatte, wer er war.

Finley blinzelte irritiert und für ein paar Sekunden kämpften in meinem Inneren Erleichterung und Enttäuschung gegeneinander. Nahm er mir das wirklich ab? So eine gute Schauspielerin war ich nun auch wieder nicht, und obwohl auch ich mich während der letzten Jahre verändert hatte, sah ich dem Mädchen, das ich früher gewesen war, noch immer sehr ähnlich.

Er trat einen Schritt auf mich zu und musterte mich aus zusammengekniffenen Augen. Dann breitete sich ein Grinsen auf seinem Gesicht aus. Dieses Grinsen, das mich zuerst in Schwierigkeiten und dann um den Verstand gebracht hatte. Plötzlich fühlte ich mich in mein sechzehnjähriges Ich zurückversetzt und die Maske, hinter der ich mich versteckte, verrutschte.

Ich schluckte schwer und sein Grinsen wurde breiter.

»Harper, hör auf mich zu verarschen. Wir haben uns zwar lange nicht gesehen und du hast dich verändert, aber ich kenne dich. Ich weiß, wie du aussiehst«, sagte er, als hätte er meine Gedanken gehört. Seine Stimme war tief, ein bisschen rau und gleichzeitig weich – und ihr Klang jagte mir einen Schauer über den Rücken, den ich krampfhaft zu unterdrücken versuchte.

Ich seufzte und verlor meine Maskerade endgültig. »Wäre ja auch zu schön gewesen«, murmelte ich und verschränkte die Arme vor der Brust.

Finleys Lächeln erlosch schlagartig. Als hätten meine Worte ihn verletzt. Klar, als ob. Ich konnte ihn gar nicht verletzen. Ich würde ihm nie so wehtun können, wie er mir wehgetan hatte. Und dafür hasste ich ihn.

Er straffte sich, und als er dieses Mal lächelte, wirkte es gequält. »Hör mal, ich weiß, dass du sauer auf mich bist, und du hast jedes Recht dazu, aber –«

»Aber was?«, unterbrach ich ihn scharf. »Aber ich könnte jetzt trotzdem nett zu dir sein? Ich könnte so tun, als wäre nichts gewesen?«

»Nein, ich … Was machst du eigentlich hier?«, fragte er und wechselte damit so abrupt das Thema, dass ich für einen Augenblick den Faden und meine Wut verlor.

»Wonach sieht's denn aus? Ich wohne hier.« Ich deutete auf die Einkaufstaschen neben mir, in denen sich nicht nur Platten, sondern auch ein Karton mit einem zwar alten, aber noch funktionierenden Plattenspieler befand. Ich hatte viel von meinem Taschengeld ausgegeben.

Finley schienen meine Einkäufe allerdings nicht besonders zu interessieren. Er war blass geworden und ich sah, wie er die Hände kurz zu Fäusten ballte, bevor er sich dazu zwang, sie wieder zu entspannen.

»Du wohnst *hier*?«, wollte er wissen und deutete auf das Verbindungshaus, als hätte ich mich irgendwie missverständlich ausgedrückt.

»Hast du ein Problem damit?« Nicht, dass es mich kümmerte. Seine Meinung war mir schon lange nicht mehr wichtig. Er konnte zur Hölle fahren und von mir aus da bleiben.

»Du gehörst zu den Diamonds?«

»Ja. Und ich glaube, ich sollte jetzt reingehen.« Ich machte Anstalten, nach meinen Tüten zu greifen, als Finleys Hand sich um meinen Arm schloss und mich zurückhielt.

Ich zuckte zusammen, versuchte die Hitze zu ignorieren, die sich von seiner Hand einen Weg über meinen Arm in meine Brust und direkt in mein Herz bahnte.

»Tu das nicht.« Seine Stimme klang leise, eindringlich, beinahe … flehend.

»Lass. Mich. Los«, presste ich zwischen zusammengebissenen Zähnen hervor und zwang mich, seine Hand nicht mit einer heftigen Bewegung abzuschütteln. Die Berührung weckte zum zweiten Mal an diesem Tag schmerzhafte Erinnerungen. Wieder schlichen sich Bilder in meinen Kopf, bettelten um Aufmerksamkeit, nachdem ich sie während der letzten zwei Jahre in den tiefsten Tiefen meines Gedächtnisses vergraben hatte.

Als er mich endlich losließ, konnte ich mir ein erleichtertes Aufatmen nicht verkneifen. Es war nicht richtig, dass mein Körper auf eine kleine Berührung von ihm so reagierte. Wahrscheinlich lag es daran, dass ich ihn hier nicht erwartet hatte. Trotzdem passte es mir nicht. Ganz und gar nicht.

»Harper, verschwinde von hier. Vertrau mir und geh da nicht wieder rein.« Sein Blick brannte sich in meinen, und wenn ich es nicht besser wüsste, hätte ich den Ausdruck in seinen grünen Augen für Sorge gehalten. Aber ich wusste es besser. Finley machte sich schon lange keine Sorgen mehr um mich.

*Vertrau mir und geh da nicht rein.*

Beinahe hätte ich gelacht. Wieso sollte ich ihm vertrauen? Nach allem, was passiert war? Das konnte er vergessen.

»Warum sollte ich nicht reingehen?« Auffordernd zog ich die

Augenbrauen hoch, bemüht, sonst keine Miene zu verziehen, während es in mir brodelte.

Als er aufblickte, erkannte ich Hoffnung in seinem Blick. Hoffnung, dass ich auf ihn hören würde, aber darauf konnte er lange warten. Wenn überhaupt, dann interessierte mich nur, was er wusste. Hatte er vielleicht auch Briefe bekommen? Wusste er, was hinter der Fassade der Vier Farben steckte? Oder warum versuchte er offensichtlich mich zu warnen?

»Ich … ich kann's dir nicht sagen. Es ist nur … Du kannst mich hassen, wenn du willst, aber du musst mir vertrauen.«

Meine Lippen verzogen sich zu einem zuckersüßen Lächeln. »Hass ist ein viel zu starkes Gefühl, Finn. Ich hasse dich nicht.« Die Lüge schmeckte bitter, aber sie war nötig. »Du bist mir einfach nur scheißegal. Und mein Vertrauen hast du schon vor Jahren verloren.«

Ein tiefer Schmerz blitzte in seinen Augen auf, aber das kümmerte mich nicht. Durfte es nicht.

Als ich dieses Mal nach meinen Tüten griff, hielt er mich nicht auf. Entschlossen öffnete ich das Tor, betrat das Grundstück und ließ ihn einfach stehen. Blindlings stolperte ich den Weg zum Haus entlang.

*Warum zum Teufel war er hier?*

# KAPITEL 7

♠

## FINLEY

»Geht's dir gut, Mann? Du siehst aus, als hättest du einen Geist gesehen.« Jacksons spöttische Stimme holte mich zurück ins Hier und Jetzt und ich wandte mich zu ihm um.

Wie lange hatte ich vor dem Anwesen der Diamonds gestanden und auf das Tor gestarrt, hinter dem Harper verschwunden war? Waren nur Sekunden vergangen oder mehrere Minuten? Ich war mir nicht sicher.

»Klar, alles gut«, log ich und zwang mich zu einem entspannten Grinsen, als wir uns gemeinsam in Bewegung setzten und zum Verbindungshaus der Spades gingen, in dem ich seit drei Tagen wohnte. Doch mein Herz raste. Jackson hatte keine Ahnung, wie sehr er mit seiner Aussage ins Schwarze getroffen hatte.

Ich hatte zwar keinen Geist gesehen, aber Harper kam der Sache schon ziemlich nahe. *Harper.*

Ihr Name brachte eine Saite in mir zum Klingen, die lange stumm gewesen war. Weil ich während der letzten Jahre alles dafür gegeben hatte, nicht an sie zu denken, sie voll und ganz aus meinem Kopf zu verbannen, mir keine Sorgen um sie zu machen. Keine Angst um sie zu haben. Sie nicht zu vermissen.

Harper gehörte zu einem Teil meines Lebens, an den ich mich nicht erinnern wollte. Weil es zu sehr wehtat.

Niemals hätte ich damit gerechnet, sie ausgerechnet hier wiederzutreffen. Aber sie war es, auch wenn ich für den Bruchteil einer Sekunde fast auf sie hereingefallen wäre, als sie mir vorgespielt hatte, sie würde mich nicht kennen. Ich wollte nicht, dass sie hier war. Sie hatte hier nichts zu suchen, nicht in Oxford und erst recht nicht bei den Diamonds.

Aber ich hatte sie schon in dem Moment erkannt, als ich sie vor dem Tor in ihrem Rucksack herumkramen sah. Ich kannte diese langen blonden Haare, die in zerzausten Locken über ihren Rücken fielen. Ich kannte ihre schmale Statur und die langen Beine, obwohl sie sich in den letzten Jahren verändert hatte. Vor allem aber kannte ich die schwarze Lederjacke, die sie damals schon getragen hatte und die ihr viel zu groß gewesen war. Jetzt saß sie perfekt.

Harper war erwachsen geworden, aber die blaugrauen Augen, die mich wütend angefunkelt hatten, waren noch dieselben, genau wie die vollen Lippen, die vor zwei Jahren noch nicht zu ihrem schmalen Gesicht gepasst hatten. Inzwischen war ich wahrscheinlich nicht mehr der Einzige, der schon von diesen Lippen geträumt hatte.

*Scheiße.*

»Also hast du keinen Geist gesehen?« Jacksons schwarze Augenbrauen wanderten nach oben, er musterte mich skeptisch, dann hellte sich sein Gesicht auf und ein vielsagendes Funkeln trat in seine braunen Augen. »Hast du vielleicht die kleine Blonde entdeckt, die vor ein paar Tagen eingezogen ist? Ich hab das Gefühl, als hätten die Diamonds die heißeren Mädchen abbekommen, dabei sind wir doch …«

Genervt blendete ich seine Stimme aus. Ich war mir noch nicht sicher, was ich von Jackson halten sollte. Er war genauso neu bei den Spades wie ich, doch im Gegensatz zu mir schien er wirklich hierherzugehören, völlig egal, wie klischeehaft das war.

Er war arrogant, viel zu sehr von sich selbst überzeugt und der Meinung, die ganze Welt würde ihm früher oder später zu Füßen liegen. Vermutlich war das auch so. Er war der jüngste Spross einer der reichsten Adelsfamilien des Landes, würde eines Tages ein Vermögen erben und redete gern darüber.

Er redete grundsätzlich zu viel und gerade jetzt konnte ich sein Gelaber nicht ertragen. Vor allem nicht, wenn er von Harper sprach – und ich machte mir keine Illusionen darüber, dass er eine andere meinte. So viele blonde Mädchen konnten in den letzten Tagen nicht bei den Diamonds eingezogen sein, wenn es jedes Jahr nur vier Neulinge pro Farbe gab.

Ich hatte alles dafür gegeben, einer von ihnen zu werden. Auch wenn ich mir nicht sicher gewesen war, ob es wirklich funktionieren würde, hatte ich mich an Dorians Bewerbungsunterlagen für Oxford orientiert. Schließlich hatte er es zu den Cross geschafft.

Tja, und jetzt war ich hier, allerdings hatte ich im Gegensatz zu allen anderen nicht vor, lange zu bleiben. Ich hatte ein Ziel, das ich um jeden Preis erreichen wollte. Danach würde ich dafür sorgen, dass die Vier Farben in Flammen aufgingen. Metaphorisch gesehen.

Vielleicht auch nicht.

Auf jeden Fall würden sie für das bezahlen, was geschehen war. Ich wusste, dass sie nicht unschuldig waren, keiner von ihnen.

»Meinst du, sie kommt am Freitag auch zur Einführungsparty? Ich glaube, dann versuche ich mal …«

Redete er etwa immer noch von Harper?

»Lass die Finger von ihr«, knurrte ich, bevor ich mich davon abhalten konnte. Ich hatte kein Recht dazu, so etwas zu sagen, aber jetzt ließen sich die Worte nicht mehr zurücknehmen.

Jackson hob die Hände und eine tiefe Falte grub sich zwischen seine Augenbrauen. »Bleib mal locker. Was hast du denn auf einmal für ein Problem?«

»Gar keins.«

Ohne ein weiteres Wort ließ ich Jackson im Eingangsbereich unseres Verbindungshauses stehen und stürmte nach oben in mein Zimmer. Er rief meinen Namen, doch ich ignorierte ihn. Die Tür fiel mit einem lauten Knall hinter mir ins Schloss, ein unmissverständliches Zeichen dafür, dass er und alle anderen mich besser in Ruhe lassen sollten.

Alles in diesem Zimmer, in diesem Haus, in der gesamten verfluchten Studentenverbindung schrie geradezu nach Geld. Nach Geld und nach Geheimnissen. Ich wusste, dass es sie gab, wusste, dass die Vier Farben etwas verborgen hielten. Dorian hatte jedoch nie etwas gesagt, nicht das kleinste Detail verraten. Er hatte zu tief dringesteckt. Und was hatte es ihn – was hatte es *uns* – gekostet?

Einfach alles.

Vergeblich versuchte ich, mich zu sammeln und meine Gedanken zu ordnen. Was zum Teufel hatte Harper bei den Diamonds zu suchen? Dass sie ein Teil der Vier Farben war, brachte meine Pläne völlig durcheinander. Sie war nicht vorgesehen, eine Ablenkung, die ich nicht gebrauchen konnte.

Wusste sie, dass bei den Vier Farben irgendetwas nicht mit rechten Dingen zuging? Oder war ihr das egal?

Ein stechender Schmerz schoss durch mich hindurch, als meine

Gedanken zurück zu Dorian wanderten. Acht Monate waren seit dem zweitschlimmsten Tag in meinem Leben vergangen, aber es tat immer noch genauso weh wie damals. Und es würde weiter wehtun, bis ich herausgefunden hatte, was wirklich passiert war.

Was mich zurück zu der Ablenkung brachte. Ich durfte nichts riskieren. Harper sollte nicht hier sein. Wir hatten uns zwei Jahre nicht gesehen, und obwohl ich wusste, dass sie mich hasste, konnte ich nicht zulassen, dass sie blieb. Sie musste verschwinden.

Bevor es kein Zurück mehr gab.

# KAPITEL 8

♦

## HARPER

Sich mit Lexie das Bad zu teilen, war eine reine Geduldsprobe. Sie brauchte ewig. Jeden Tag. Mehrmals am Tag. So oft ging doch kein normaler Mensch duschen oder baden. Und sie konnte mir nicht erzählen, dass sie mit ihrem Pixie lange brauchte. Genauso zweifelte ich daran, dass sie sich im Badezimmer auf den Boden setzte, um ihre Nägel zu lackieren, wenn in ihrem Zimmer ein weicher Teppich lag und auf der Kommode ein Fernseher stand, mit dem man sich die Zeit vertreiben konnte, bis der Nagellack getrocknet war.

Ich war mir fast sicher, dass sie mich testete, ich hatte nur keine Ahnung warum oder worauf sie es anlegte. Vielleicht darauf, dass ich platzte. Da konnte sie lange warten. In mir brodelte es zwar, aber ich war nicht blöd. Ich würde mich ganz sicher nicht schon in der ersten Woche mit ihr streiten. Es reichte, dass ich mir mit Eli bereits meinen ersten Feind gemacht hatte, bevor überhaupt ein richtiges Gespräch mit ihm möglich gewesen war.

Trotzdem starrte ich seit geschlagenen zwanzig Minuten auf die Tür und fragte mich, wie lange sie dieses Mal brauchen würde.

Das Vibrieren meines Handy brachte mich schließlich dazu, den

Blick zu lösen. Ich las Ceces Nachricht, die draußen vor dem Tor auf mich wartete, und schwang die Beine aus dem Bett, um runterzugehen und ihr zu öffnen. Schnell schlüpfte ich in meine Stiefel, ließ die Lederjacke aber in meinem Zimmer. Es war erst September und meistens noch angenehm warm.

Heute war der Himmel sogar ausnahmsweise wolkenlos und unendlich blau, die Sonne strahlte und das Grün der Wiese leuchtete intensiver als sonst. Ich sah Ceces breites Grinsen schon von Weitem, während ich über den gepflasterten Weg Richtung Tor lief.

»Das ist so abgefahren«, begrüßte sie mich, als ich sie hereinließ. Aufregung schwang in ihrer Stimme mit.

»Warte erst mal ab, bis du das Haus von innen gesehen hast.« Ich hatte ihr Fotos von meinem Zimmer geschickt, wäre mir aber ein bisschen blöd vorgekommen, auch die Räume der unteren Etage zu fotografieren.

Ceces Augen weiteten sich, als wir das Gebäude betraten, und ich musste lächeln. Unwillkürlich fragte ich mich, ob ich im ersten Moment den gleichen Ausdruck ungläubigen Staunens auf dem Gesicht gehabt hatte.

»Willst du deine Sachen nach oben bringen, bevor ich dir alles zeige?«, fragte ich und deutete auf ihre Jacke und den Rucksack, der über ihren Schultern hing. Sie fror immer und nahm meistens sogar im Sommer einen Pullover mit, nur für den Fall, dass ihr doch kalt wurde.

Cece nickte und wir gingen nach oben, ohne dass wir jemandem begegneten. Es war seltsam, in manchen Momenten gab es keinen einzigen ruhigen Ort im Haus, an dem man sich verkriechen konnte, in anderen war es vollkommen still.

»Auf deinen Fotos sah das hier gar nicht so groß aus«, sagte

Cece, als wir mein Zimmer betraten und sie ihre Sachen auf meinen Schreibtischstuhl fallen ließ. »Ich glaube, ich sterbe vor Neid!«

»Bitte nicht, ich brauche dich doch noch.« Amüsiert beobachtete ich, wie sie sich einmal im Kreis drehte.

»Das stimmt wohl. Ich würde an deiner Stelle auch nicht auf mich verzichten wollen.«

Ich verdrehte die Augen, musste aber lachen. »Will ich wirklich nicht.«

»Sag ich ja«, bestätigte sie triumphierend. »Kann ich mal kurz dein Bad benutzen?«

»Klar, allerdings bezweifle ich, dass es frei ist.« Ich verdrehte die Augen und gab mir keine Mühe, die Stimme zu senken. Ich war mir sicher, dass Lexie mich durch die verschlossene Tür nicht hören konnte, aber selbst wenn doch, kümmerte es mich nicht.

»Blockiert Lexie schon wieder das Bad?« Mitfühlend sah Cece mich an.

»Jep. Keine Ahnung, was sie da ständig treibt.«

Ceces Mund verzog sich zu einem anzüglichen Grinsen. »Also mir würde da schon was einfallen, aber …«

»Gott, Cece, das will ich nicht hören.« Demonstrativ hielt ich mir die Ohren zu, hörte ihr Kichern aber trotzdem.

»Was denn? Wer denkt denn hier zweideutig? Ich meinte Gesichtsmasken und Peelings und …«

»Schon gut, hör auf. Komm, wir gehen runter, da gibt es auch eine Toilette, und dann zeige ich dir den Aufenthaltsraum und unsere Bibliothek.«

»Ja bitte! Es war schon ziemlich gemein von dir, mir nicht mal von der Bibliothek ein paar Fotos zu schicken, obwohl sie so toll ist.«

»Ich hätte nie im Leben ein Foto machen können, das der Realität auch nur ansatzweise gerecht wird«, protestierte ich und schob Cece aus meinem Zimmer.

Ich zeigte ihr, wo die Toiletten waren, und ging dann hinüber zum Aufenthaltsraum, um auf sie zu warten. Zum Glück war im Moment niemand da, also ließ ich mich auf einen der großen Ohrensessel direkt vor dem Fenster fallen, und mein Blick wanderte wie von selbst zu der Mauer, die unser Grundstück von dem der Hearts trennte. Ich konnte nichts dagegen tun. Ob Finley dort wohnte? Oder bei den Spades oder Cross?

Er hatte nichts davon gesagt, dass er auch zu den Vier Farben gehörte. Stattdessen hatte er mich vor ihnen gewarnt, eigentlich ein sicheres Zeichen dafür, dass er zu keiner der vier Verbindungen gehörte. Aber irgendwie glaubte ich das nicht.

Warum hätten wir uns sonst ausgerechnet in der hintersten Ecke von Oxford vor den Verbindungshäusern begegnen sollen, wenn er nicht hier wohnte? Warum hatte er mich gewarnt? Was hatte das zu bedeuten?

Ich stieß ein unwilliges Schnauben aus. Ich sollte überhaupt nicht darüber nachdenken. Es spielte keine Rolle, was Finley sagte oder tat. Es interessierte mich nicht.

Tat es wirklich nicht.

Ganz und gar nicht.

*Wow.*

»Bitte sag mir, dass das kein echter Marmor im Bad ist.« Ceces Lachen riss mich aus meinen Gedanken. Sie warf sich auf den Sessel neben mir und ließ die Beine über die Armlehne baumeln.

»Ich fürchte schon.« Ich könnte es zwar nicht beschwören, aber ich war mir ziemlich sicher, dass in diesem Haus alles aus Marmor war, was wie Marmor aussah. Und alles was glänzte, war mit ziemlich großer Wahrscheinlichkeit auch aus Gold.

»Etwas anderes würde mich ehrlich gesagt auch wundern. Der Aufenthaltsraum ist aber auch nicht übel. Und der Sessel ist echt bequem.« Sie strich über die weichen Polster, den Blick fest auf ihre Hände gerichtet. Ihre Stimme klang eine Spur zu beiläufig, als sie weitersprach. »Sag mal, wie sind die Jungs hier denn so? Also abgesehen von Eli. Du hast noch gar nicht erzählt, ob hier jemand … Potenzial hat.«

Einen Moment lang konnte ich sie nur stumm anstarren. »*Potenzial*?« War das ihr Ernst?

»Ja … es muss doch jemanden geben, den du … gut finden könntest.« Sie zuckte mit den Schultern, aber ihre Wangen waren knallrot angelaufen und sie schaute mich noch immer nicht an.

Und dann begriff ich plötzlich, worum es hier eigentlich ging.

»Cece, was hast du vor?«

Die Röte auf ihrem Gesicht vertiefte sich. »Vielleicht … also ganz vielleicht habe ich jemanden kennengelernt. Und weil ich nicht so irre bin, mich sofort allein mit einem fremden Typen zu treffen, dachte ich …«

Ich stöhnte auf. »Du hast nicht ernsthaft an ein Doppeldate gedacht, oder?«

»Doch, eigentlich schon«, erwiderte sie schulterzuckend.

»Cece, komm schon, ich gehe nicht mal auf Einzeldates geschweige denn auf Doppeldates.«

»Jetzt stell dich doch nicht so an!« In gespieltem Schmollen schob sie die Unterlippe vor. »Das wird bestimmt lustig und du –«

»Willst du mich wirklich nur auf ein Doppeldate schleppen, damit du dich nicht allein mit einem Fremden verabreden musst –

womit du bisher nie ein Problem hattest, wenn ich dich daran erinnern darf – oder willst du einfach nur, dass ich mich mal wieder verabrede?«, unterbrach ich sie.

Dieses Mal wurde sie nicht rot, obwohl ich sie ganz eindeutig ertappt hatte. »Vielleicht. Aber was wäre denn daran so schlimm?«

»Gar nichts. Es ist nur … Finley ist hier«, platzte es aus mir heraus.

Ceces Augen weiteten sich. »Was?«

»Finley ist hier«, wiederholte ich, obwohl sich die Worte falsch anfühlten.

»Finley … *Finley*?« Sie klang so ungläubig, dass mir ein hilfloser Laut entwich.

Ich nickte und hatte plötzlich einen dicken Kloß im Hals.

»Wo? Wie?«

»Ich glaube, er gehört auch zu den Vier Farben. Vorgestern hat er … mich gewarnt. Vor all dem hier.« Ich senkte die Stimme, nicht sicher, ob ich nicht wollte, dass uns jemand hörte, oder ob ich es tat, weil ich mit der ganzen Situation überfordert war und meine Stimme eindeutig belegt klang.

Cece schnappte nach Luft. »Vorgestern? Und das sagst du mir erst jetzt?«

»Es tut mir leid, ich wollte einfach nur …« Ich brach ab.

»Vergessen, dass er da ist?«

»Ja. Nur dass das nicht funktioniert.« Ich seufzte.

»Glaubst du, er weiß, was hier vor sich geht?« Vorsichtig warf sie einen Blick Richtung Flur, doch noch immer ließ sich niemand blicken.

Ich biss mir auf die Unterlippe und wickelte mir eine Haarsträhne um den Finger, wie ich es immer tat, wenn ich unruhig war. »Keine Ahnung. Vielleicht. Er hat gesagt, dass ich gehen soll. Und dass ich ihm vertrauen soll.«

»Das ist alles? Was hat der denn genommen?« Empört verzog Cece das Gesicht. »Glaubt er ernsthaft, dass du das tust?«

Ich hob die Schultern und wollte gerade etwas erwidern, als eine amüsierte, aber kühle Stimme uns ertappt aufschauen ließ.

»Wer glaubt, dass du was tust?« Eli kam in den Aufenthaltsraum geschlendert und augenblicklich wünschte ich, Cece und ich hätten uns wieder in mein Zimmer zurückgezogen oder wären in die Bibliothek gegangen, wie wir es vorgehabt hatten, anstatt hier sitzen zu bleiben. Nicht nur wegen unseres Gesprächsthemas, sondern vor allem, weil uns dann eine Begegnung mit ihm erspart geblieben wäre.

»Lass sie in Ruhe, Eli.« Augenrollend betrat Caroline hinter ihm den Aufenthaltsraum und boxte ihn nicht besonders sanft gegen den Oberarm, bevor ich auch nur zu einer Antwort ansetzen konnte. Sie setzte sich in einen der anderen Sessel und verzog die vollen Lippen zu einem entschuldigenden Lächeln.

Ich musste nicht einmal den Kopf drehen und hinsehen, um zu wissen, dass Cece sich verkrampfte. Ich konnte ihren Zorn spüren.

»Was denn?« Eli warf sich auf eins der Sofas und blinzelte erst Caroline und dann mich so unschuldig an, dass mir ein unangenehmer Schauer die Wirbelsäule hinablief. »Ich werde doch wohl mal fragen dürfen. Schließlich sind wir alle eine große glückliche Familie, oder nicht?«

Beinahe hätte ich gelacht. Stattdessen schenkte ich ihm ein zuckersüßes Lächeln und setzte gerade zu einer nicht besonders netten Erwiderung an, als ein dumpfer Schmerz hinter meiner Stirn explodierte. Mir entwich ein ersticktes Stöhnen und ich verzog das Gesicht.

*Was zur Hölle?!*

»Alles okay?« Besorgt setzte Cece sich auf.

Ich schüttelte mich und sah Eli aus dem Augenwinkel grinsen. *Scheißkerl.*

»Ja, alles gut«, sagte ich an Cece gewandt. »Ich hab nur ein bisschen Kopfschmerzen.«

»Sicher?«, wollte sie stirnrunzelnd wissen. »Du bist ganz blass geworden.«

Für einen kurzen Moment kniff ich die Augen zusammen, in der Hoffnung, das Pochen dadurch vertreiben zu können, was natürlich nicht funktionierte. Wäre ja auch zu einfach gewesen.

»Ich denke schon, ich …« Erneut brach ich ab, als das dumpfe Hämmern sich in einen stechenden Schmerz verwandelte.

»Harper?« Das kam von Caroline. Oder? Ich war mir plötzlich nicht mehr sicher.

Der Schmerz schwoll an, grub sich mit scharfen Klauen in meinen Kopf. Mein Magen rebellierte, auf einmal war mir kotzübel.

»Ist das normal, dass sie so grün wird?« Die Stimme gehörte eindeutig Eli, den gehässigen Unterton hätte ich überall wiedererkannt, und wenn ich gerade nicht das Gefühl hätte, mich jeden Moment übergeben zu müssen, hätte ich ihm eine Antwort an den Kopf geschleudert, die er so schnell nicht vergessen würde.

Stattdessen sprang ich auf und hastete nach oben. Ich hörte, wie Cece meinen Namen rief, hörte Caroline, die erbost »War das wirklich nötig?« fragte, doch ich ignorierte sie beide. Kalter Schweiß brach mir aus, mein Herz begann zu rasen, während ich die Stufen hinaufstolperte.

Ich hatte absolut kein Problem damit, unten auf die Toilette zu gehen, aber ich würde mich nicht direkt neben dem Aufenthaltsraum übergeben. Wahrscheinlich würde Eli dann vor der Tür warten, um mich auszulachen oder einen blöden Spruch loszulassen. Danke, darauf konnte ich wirklich verzichten.

Doch als ich endlich mein Zimmer erreichte, um ins Bad zu stürzen, musste ich feststellen, dass die Tür verschlossen war. Immer noch.

Mit geballter Faust schlug ich gegen das dunkle Holz, vor meinen Augen begann sich alles zu drehen, aber meine Lunge funktionierte noch. Genau wie meine Stimmbänder. »Lexie! Mach die Tür auf oder ich schwöre, ich komme in dein Zimmer und kotze dir direkt aufs Bett!«

Mein Hals brannte von der aufsteigenden Galle und ich war kurz davor, meine Worte wahr zu machen, als endlich der Schlüssel im Schloss herumgedreht wurde und die Tür aufschwang.

Ich zwängte mich an Lexie vorbei, ohne ihr auch nur einen Blick zu schenken, riss den Toilettensitz hoch und beugte mich keuchend über das Becken. Meine Hände umklammerten das weiße Porzellan so fest, dass es wehtat.

Doch der Brechreiz verschwand genauso schnell, wie er gekommen war, und auch die Kopfschmerzen ebbten ab. Ich wartete, aber es schien vorbei zu sein. *Gott sei Dank.*

Zitternd ließ ich mich auf die kalten Fliesen sinken und sah zu Lexie hoch, die sich keinen Zentimeter vom Fleck bewegt hatte.

»Und deswegen machst du so einen Aufstand? Sonst geht's dir aber gut, oder?« Mit hochgezogenen Augenbrauen beobachtete sie mich, ein spöttischer Zug umspielte ihre Lippen.

Ich zeigte ihr nur den Mittelfinger.

Sie grinste, doch als sie sich über mich beugte, lag tatsächlich so etwas wie Sorge in ihren Augen. »Mal im Ernst, geht's dir wirklich gut?«

»Klar, deswegen ziehe ich auch so eine Show ab. Weil es mir wahnsinnig gut geht.« Stöhnend richtete ich mich auf und griff nach der Hand, die plötzlich in meinem Blickfeld erschien.

Ihr Grinsen wurde breiter, während sie mich wieder auf die Beine zog. »Das wollte ich hören. Ich dachte schon, ich müsste mir Sorgen machen.«

Ich verdrehte die Augen, doch meine Mundwinkel zuckten. »Nicht nötig.«

»Harper? Alles okay?« Ceces Stimme ließ mich den Kopf drehen. Mit bestürzter Miene erschien sie in der Badezimmertür.

Ich nickte. »Ja, geht schon wieder.«

»Gut.« Sie seufzte erleichtert, dann verdüsterte sich ihr Gesicht. »Hast du ein Problem damit, wenn ich Eli eine reinhaue? Er ist ein noch größerer Arsch, als du gesagt hast.«

Ich musste lachen. »Bitte. Tu dir keinen Zwang an.«

Verdient hatte er es auf jeden Fall.

»Ich bin übrigens Cece.« Sie streckte Lexie die Hand entgegen, die meine Mitbewohnerin zögerlich ergriff.

Die beiden wechselten ein paar Worte, die allerdings nicht richtig bei mir ankamen. Meine Gedanken überschlugen sich. Ich hatte noch nie solche Kopfschmerzen gehabt. Nicht so heftig und nicht so plötzlich. Ein ungutes Gefühl breitete sich in mir aus. Was zur Hölle war da gerade passiert?

# KAPITEL 9

## HARPER

»Wen willst du denn bestrafen?« Lexies amüsierte Stimme brachte mich dazu, mich umzudrehen.

Seit sie mir dabei zugesehen hatte, wie ich mich beinahe übergeben musste, hatten wir uns … na ja, *angenähert* wäre das falsche Wort, aber wir ignorierten uns zumindest nicht mehr wie zuvor.

»Was meinst du?«

Ich hatte gerade mein Zimmer verlassen, um mich auf den Weg zu dieser Party zu machen, auf der wir alle antanzen mussten und auf der ich hoffentlich irgendetwas Nützliches erfahren würde.

Lexies Blick glitt über mich hinweg, ihre Lippen zuckten. Sie hatte das gleiche Halblächeln drauf wie ich und es passte mir nicht, dass ich sie deswegen ein bisschen mehr mochte. »Dein Outfit.«

Ich musste nicht noch einmal nachfragen, denn ich wusste genau, was sie meinte. Sie wusste allerdings nicht, dass mein Outfit für mich nichts Besonderes war. Okay, vielleicht ein bisschen. Ich trug meine üblichen Dr. Martens und eine durchscheinende schwarze Strumpfhose, dazu ein eng anliegendes schwarzes Kleid mit langen Ärmeln und einem kurzen, weit fallenden Rock, der gerade bis zur Mitte meiner Oberschenkel reichte. Soweit nichts Besonderes. So lief ich fast jeden Tag herum. Ich mochte keine Hosen und in Schwarz fühlte ich mich am wohlsten. Was Lexie meinte, war vermutlich der tiefe V-Ausschnitt im Rücken meines Kleids. Er reichte fast bis zu meiner Hüfte und es war offensichtlich, dass ich keinen BH trug.

»Ich will niemanden bestrafen.«

Das war die Wahrheit. Und irgendwie auch nicht. Ich wollte etwas beweisen und war mir nicht einmal sicher, was genau. Oder wem. Mir oder ihm?

Ich verkrampfte mich, das Eis in meiner Brust bekam einen Riss, als ich schon wieder an Finley denken musste, und erneut schoss Wut durch meine Adern. Er hatte hier nichts zu suchen und noch weniger das Recht, mir irgendetwas zu sagen.

*Vertrau mir und geh da nicht rein.*

*Geh da nicht rein.*

Mir war die Schärfe in seiner Stimme nicht entgangen. Ich kannte ihn immer noch gut genug, um so etwas zu merken. Und es gefiel mir nicht, dass ich seine Worte nicht loswurde. Dass ich wieder und wieder daran denken musste und mich fragte, ob er auch Briefe bekommen hatte, ob er wusste, was hier vor sich ging. Ob er mehr wusste als ich.

Dabei sollte das keine Rolle spielen. Es *spielte* keine Rolle, verdammt noch mal.

»Wenn du meinst.« Lexies Stimme riss mich aus meinen Gedanken. Sie zuckte mit den Schultern, zog die Tür ihres Zimmers hinter sich zu und trat zu mir. Ich straffte mich und schob jeden Gedanken an Finley energisch in den hintersten Winkel meines Kopfes, wo er von mir aus verrotten konnte.

»Willst *du* denn jemanden bestrafen?« Vielsagend zog ich die Augenbrauen hoch und musterte sie, wie sie mich gemustert hatte.

Mir war schon am ersten Tag aufgefallen, wie hübsch sie war. Die großen dunklen Augen und scharfen Wangenknochen in Kombination mit ihren kurzen Haaren verliehen ihr etwas Düsteres, Außergewöhnliches. An diesem Abend trug sie eine enge schwarze Jeans, dazu ein weinrotes Crop-Top und High Heels, die unmöglich bequem sein konnten. Ich hätte in solchen Schuhen keine drei Meter laufen können, sie dagegen schwebte förmlich über den Teppich. Ihre Absätze schienen nicht mal in dem weichen Boden zu versinken.

»Ich will nur jemanden abschleppen.« Ein diabolisches Grinsen breitete sich auf Lexies Gesicht aus und ich musste unwillkürlich lachen.

»Also das solltest du hinbekommen.« Wahrscheinlich würde ihr jeder auf dieser Party aus der Hand fressen. Tom auf jeden Fall und Chuck schien auch nicht unbedingt abgeneigt zu sein, genauso wie Allison, die Lexie während der letzten Tage beim Abendessen auffällig oft beobachtet hatte.

»Ich bekomme immer, was ich will.« Sie hob die schmalen Schultern und lief an mir vorbei die Treppe hinunter.

Ich folgte ihr. »Warum fällt es mir nicht schwer, dir das zu glauben?«

Unten drehte sie sich zu mir um, ihr Blick war eine Spur zu unschuldig. »Ich weiß nicht.« Sie griff nach ihrer Jacke, die im Eingangsbereich an der Garderobe hing. »Und jetzt komm, wir sind spät dran.«

◆

Ich war beeindruckt, das musste ich zugeben. Die Einführungsparty fand in einem Herrenhaus nur ein paar Straßen weiter statt. Das Gebäude war riesig. Noch größer als die Häuser, in denen wir mit zwanzig Leuten wohnten. Über der breiten Eingangstür prangten in Gold die Symbole der Vier Farben. Wie dezent.

Das Haus war also nicht nur eine Location für die Party, sondern … ja, was eigentlich? Ein Gemeinschaftshaus?

Die Musik war so laut, dass ich den Bass in jeder Faser meines Körpers spüren konnte, als wir hineingingen. Das Licht war gedämpft, trotzdem war zu erkennen, dass die Architektur atemberaubend war und die Einrichtung unfassbar teuer sein musste. Die hohen Decken waren stuckverziert, der Salon beinahe leer geräumt, damit genug Platz zum Tanzen war. Die Bücherregale verschwanden hinter dunklen durchscheinenden Tüchern. Lesen würde hier heute Abend ohnehin niemand.

Meine Mundwinkel wanderten nach oben, während ich den anderen beim Tanzen zuschaute und mich an die Nächte zurückerinnerte, in denen ich mich in dunkle Clubs geschlichen hatte, für die ich eigentlich zu jung gewesen war, um stundenlang zu tanzen. Wenn ich mich zu den hämmernden Beats bewegte, hatte ich die Welt um mich herum vergessen. Ich bezweifelte allerdings, dass das heute funktionieren würde.

Lexie und ich schoben uns an ein paar Leuten vorbei, die ich nicht kannte – offensichtlich Mitglieder einer anderen Farbe –, sprachen aber kein Wort, während wir uns weiter im Herrenhaus umschauten. Keine von uns hatte das Bedürfnis zu reden, Lexie schien allerdings genauso wenig allein hier herumlaufen zu wollen wie ich.

Erst als wir an einem Pärchen vorbeikamen, das sich offensichtlich nicht um Privatsphäre scherte, durchbrach Lexie das Schweigen.

»Hier hängen überall Vorhänge und die beiden haben es nicht mal in eine dunkle Ecke geschafft. Was meinst du, ob die gesehen werden wollen?«, fragte sie, ein amüsiertes Funkeln war in ihre Augen getreten.

Ich warf einen kurzen Blick zu dem Mädchen hinüber, dessen Rock definitiv nicht mehr die Stellen bedeckte, die er bedecken sollte, und schnaubte. »Keine Ahnung, aber ich will das auf jeden Fall nicht sehen.«

Lexie grinste. »Ja, den Anblick hätte ich mir auch gern erspart. Ich glaube …« Sie verstummte, fischte eine Sekunde später ihr Handy aus ihrer kleinen Handtasche und starrte mit gerunzelter Stirn auf das Display. »Ich bin gleich wieder da«, sagte sie und verschwand ohne weitere Erklärung, bevor ich etwas erwidern konnte.

Unschlüssig, ob ich auf Lexie warten sollte, blieb ich vor dem Speisesaal stehen, in dem ein Tisch stand, an dem locker dreißig Personen Platz fanden. Die Stühle sahen so unbequem aus, dass sie ganz sicher ein Vermögen gekostet hatten.

Doch Lexie kam nicht zurück, und nachdem ich fast zehn Minuten auf sie gewartet hatte, ging ich wieder in den Salon. Vielleicht war sie längst zurückgegangen, weil sie nicht damit gerechnet hatte, dass ich auf sie warten würde. Hätte ich an ihrer Stelle vermutlich auch so gemacht.

Ich zwängte mich zwischen den Tanzenden hindurch, bis ich ein bekanntes Gesicht entdeckte. Jasper kam mir entgegen, die Brauen vielsagend hochgezogen, ein Lächeln auf dem hübschen Gesicht.

»Du hast dich in den letzten Tagen ganz schön rar gemacht.«

Seine Stimme war über den Lärm um uns herum kaum zu verstehen.

Für den Bruchteil einer Sekunde versteifte ich mich, dann sah ich ihm in die Augen, entdeckte nur Offenheit neben einem Funken Neugierde, und entspannte mich wieder. »Ich bin nicht daran gewöhnt, von so vielen Menschen umgeben zu sein, das ist alles.«

»Das habe ich mir fast gedacht. Ich habe mich schon gefragt, ob du dich hier blicken lässt oder es irgendwie geschafft hast, dich zu drücken.«

»So rebellisch bin ich dann doch nicht«, gab ich zurück. Er musste nicht wissen, dass ich mir diese Party niemals hätte entgehen lassen.

Jasper schaute mich mit schief gelegtem Kopf abwägend an, dann grinste er. »Darauf würde ich nicht wetten.«

Ich lachte auf. »Ich auch nicht. Und jetzt brauche ich was zu trinken, kommst du mit?« Ich nickte Richtung Bar.

»Klar!« Er ließ mir den Vortritt, und nachdem wir uns etwas zu trinken bestellt hatten, mischten wir uns mit unseren Drinks wieder unter die Menge.

Mein Blick tastete auf der Suche nach dunkel umrandeten Augen ganz von selbst jedes Gesicht ab. Lexie war noch immer nicht wieder aufgetaucht und allmählich fragte ich mich, ob sie wohl abgehauen war – oder hier irgendetwas anderes vor sich ging. Ein unangenehmer Schauer lief mir über den Rücken.

»Willst du tanzen?«, fragte Jasper, machte allerdings selbst nicht den Eindruck, als hätte er wirklich Lust dazu, sondern eher, als wäre er heute Abend lieber ganz woanders. Sein Blick zuckte unruhig durch den Raum, eine Hand hatte er in die Hosentasche geschoben, die andere umklammerte das Glas so fest, dass seine Knöchel weiß geworden waren.

Aber was wusste ich schon? Wir kannten uns nicht, hatten kaum mehr als drei Sätze miteinander gewechselt.

Einen Moment lang überlegte ich, sein Angebot anzunehmen, doch dann schüttelte ich den Kopf. »Nett von dir, aber nein, ich wollte mal nach Lexie sehen. Sie ist vorhin rausgegangen und seitdem nicht zurückgekommen, aber geh du ruhig.«

»Okay, dann …« Jaspers restliche Worte kamen nicht mehr bei mir an, vermischten sich mit der Musik, als mein Blick an einem vertrauten blonden Haarschopf hängen blieb und jeder Gedanke an Lexie verblasste. Es war genau wie in der Bahnhofshalle vor einer Woche. Nur dass ich diesmal sicher war, dass ich ihn mir nicht nur einbildete. Wäre auch zu schön gewesen.

Nur ein paar Meter von mir entfernt unterhielten sich ein großes schlankes Mädchen und ein Typ, dessen Armmuskeln beinahe sein Oberteil sprengten, mit Finley. Das schwarze T-Shirt, das er zu einer schwarzen Jeans und schwarzen Boots trug, schmiegte sich auf eine viel zu perfekte Weise an seinen Oberkörper. Es war albern, aber mich störte, dass er schwarz trug. Andererseits konnte ich die Farbe schlecht für mich allein beanspruchen. Auch wenn ich es gerade gern getan hätte, egal wie melodramatisch und kindisch das war.

Seine Haare waren so zerzaust wie früher, und als er lachend den Kopf nach hinten warf, krampfte sich mein Magen zusammen. Ich konnte sein Lachen fühlen, obwohl ich es nicht hörte. Aber ich wusste, wie es klang.

Mein Herz begann zu rasen. Ich war davon ausgegangen, dass er auch hier sein würde, immerhin hatte ich mich nicht umsonst in dieses Kleid gezwängt. Aber damit zu rechnen und ihn tatsächlich hier zu sehen, waren zwei völlig verschiedene Dinge.

Als hätte er gespürt, dass ich ihn anstarrte, wandte Finley den Kopf in meine Richtung. Sein Blick, durchdringend und intensiv, brannte sich in meinen. Er machte einen Schritt auf mich zu und endlich erwachte ich aus meiner Erstarrung.

Ohne nachzudenken, ließ ich Jasper stehen, überhörte, dass er meinen Namen rief, und schlängelte mich durch die Menge. Jetzt lief ich schon vor Finley weg. Ganz toll.

*Feigling*, zischte eine leise, hämische Stimme in meinem Inneren.

*Nein.* Abrupt blieb ich stehen. Ich lief nicht vor ihm davon, weil ich feige war. Ich hatte Angst, das stimmte. Aber ich hatte Angst davor, was aus mir herausbrechen würde, wenn ich noch einmal mit ihm sprach. Beim letzten Mal hatte ich es geschafft, den Zorn in mir zurückzudrängen, auch wenn er das vermutlich anders sah. Ich konnte nicht dafür garantieren, dass mir das ein zweites Mal gelang. Es war also zu unser aller Besten, dass ich jetzt versuchte, ihm aus dem Weg zu gehen.

*Wow.* Ich war so richtig gut darin, mich selbst zu belügen.

»Harper.«

Er tauchte so unvermittelt vor mir auf, dass ich instinktiv einen Schritt zurückwich. Für einen kurzen Augenblick war ich drauf und dran, ihn zu ignorieren und einfach wegzugehen, aber ich war mir ziemlich sicher, dass er mir folgen würde. Besser, ich brachte es gleich hinter mich.

»Was willst du?«

»Können wir reden?« Der Blick seiner grünen Augen war besorgt. Vertraut. Viel zu vertraut.

Wieso konnte ich diesen Blick nicht vergessen? Wieso konnte ich nicht *alles* vergessen?

Weil das Leben nun mal nicht so einfach ist. Du vergisst die schmerzhaften Dinge nicht. Sie krallen sich in dir fest, graben sich tief in dich hinein, bis du dir sicher bist, dass du sie nie loswerden wirst. Vielleicht bist du irgendwann stark genug, zu verzeihen und dann loszulassen.

Ich würde alles dafür geben, loslassen zu können. Aber ich war nicht bereit dazu, ihm zu verzeihen. Meine Wut auf Finley war immer noch ein Teil von mir. Und ich fragte mich, ob sich das je ändern würde.

Heute ganz sicher nicht.

»Willst du mich noch mal warnen? Mir sagen, dass ich besser verschwinden sollte?« Ich machte wieder einen Schritt nach vorn, direkt auf ihn zu. Es war pure Provokation, um ihn zu reizen und mir selbst etwas zu beweisen. Seine Augen weiteten sich und ein kribbelndes Triumphgefühl stieg in mir auf. »Weißt du, deine Warnung verliert *etwas* von ihrer Wirkung, wenn du selbst den Vier Farben angehörst, Finn.«

Ich konnte die Wärme spüren, die von ihm ausging, und zu dem Kribbeln in mir gesellte sich eine irritierende Hitze. Ich drängte sie zurück.

»Harper, du *musst* gehen. Verschwinde von dieser Party, verlass die Diamonds. *Bitte.*« In seiner Stimme schwang eine Dringlichkeit mit, die dafür sorgte, dass sich sämtliche Härchen an meinem Körper aufstellten.

Seine Hand zuckte und kurz dachte ich, er würde wieder nach mir greifen, aber den Fehler machte er dieses Mal glücklicherweise nicht. Gut. Sonst hätte ich mich gewehrt. So konnte ich mich darauf beschränken, ihm einen eisigen Blick zuzuwerfen und die Arme vor der Brust zu verschränken.

»Warum?«

*Sag es. Sag es. Sag es. Dass du auch Briefe bekommen hast, dass du weißt, dass hier irgendwas vor sich geht, das nicht normal ist.*

Er wand sich, in seinen Augen lag eine unerklärliche Qual. Verdammt, sogar mit diesem Gesichtsausdruck sah er gut aus. Oder gerade deshalb. Ich hatte seit jeher eine Schwäche für die gequälten Typen.

»Ich … ich kann's dir nicht erklären. Har–«

»Nicht!«, fiel ich ihm scharf ins Wort. »Sag nicht, dass ich dir vertrauen soll! Das tue ich nicht! Und weißt du was? Es interessiert mich nicht! Nichts von alldem. Du kannst mir nicht erklären, warum ich gehen soll? Schön, von mir aus. Juckt mich nicht. Wenn es sich nur darum dreht, dass du mich nicht hierhaben willst, weil du damit nicht umgehen kannst, dann hast du Pech gehabt! Ich werde diese Chance ganz sicher nicht aufgeben, damit du dich besser fühlst!« Es spielte keine Rolle, dass ich ursprünglich gar nicht vorgehabt hatte, den Diamonds beizutreten. Dass ich die Chance wahrgenommen und beiseitegeschoben hatte. Diese Tatsache hatte in dem Moment an Bedeutung verloren, als er mich das erste Mal gebeten hatte, zu gehen.

»Darum geht es nicht.« Er stieß einen frustrierten Laut aus und fuhr sich mit beiden Händen durch die Haare.

»Dann sag mir, worum es geht, oder lass mich in Ruhe.« Auffordernd sah ich ihn an, doch er sagte kein Wort mehr.

Mit einem abfälligen Schnauben schob ich mich an ihm vorbei und stieß absichtlich mit voller Wucht gegen seine Schulter, doch er rührte sich keinen Millimeter. Schade. Allerdings hätte es mich auch gewundert, wenn ich ihn aus dem Gleichgewicht gebracht hätte.

Bebend vor Zorn, hastete ich durch den Salon, ohne zu wissen, wohin ich überhaupt lief. Meine Schritte passten sich dem donnernden Takt der Musik an. Wenn Finley mir nicht sagen wollte, was Sache war, konnte er sich seine Warnung sonst wohin stecken.

Letztendlich landete ich wieder an der Bar, bestellte mir einen Shot und versuchte zu vergessen, dass Finley hier war. Und dass er existierte.

»*Ihn* wolltest du also bestrafen.« Lexie trat neben mich an den Tresen und schenkte mir ein süffisantes Lächeln, während sie dem Barkeeper mit einem Fingerzeig bedeutete, ihr Glas wieder aufzufüllen.

»Was?« Ich brauchte einen Moment zu lange, um den Zusammenhang zu verstehen.

»Den heißen Blondschopf da drüben, der dir mit dem gequälten Blick hinterherstarrt, als hättest du ihm das Herz gebrochen«, erklärte sie und nickte in Finleys Richtung.

Mir entwich ein bitteres Lachen. »Also das bezweifle ich doch ganz stark.«

»Das sehe ich anders.« Ein vielsagendes Glitzern trat in ihre Augen. »Und ich glaube, er auch.«

»Lexie, müssen wir darüber reden?« Ich konnte den flehenden Unterton in meiner Stimme nicht unterdrücken. »Wo warst du überhaupt?«, fragte ich in der Hoffnung, sie würde auf den Themenwechsel eingehen.

»Ach, ich musste nur kurz telefonieren. Nicht so wichtig. Und ja, wir müssen darüber reden. Ich habe entschieden, dass du das kleinste Übel bist und deswegen …« Sie machte eine auffordernde Handbewegung.

Meine Augenbrauen schossen in die Höhe. »Das kleinste Übel?«

Lexie verdrehte die Augen. »Die anderen sind alle so … fröhlich.« Sie stieß ein beinahe angewidertes Geräusch aus und ich musste lachen, während sich auf ihrem Gesicht ein Grinsen ausbreitete. »Siehst du, genau das meine ich. Ich glaube, wir haben in vielen Punkten die gleichen Ansichten.«

»Und deswegen verbindet uns das irgendwie?«

»Ich rede ja nicht davon, dass wir Freundinnen werden.«

»Und worauf willst du mit deiner kleinen Ansprache dann hinaus?«

»Nur dass wir zwei uns vielleicht ein bisschen weniger ätzend finden könnten als den Rest. Und wenn … keine Ahnung, wenn eine von uns Hilfe braucht, könnten wir uns auf die andere verlassen.«

Ich erstarrte. Wenn eine von uns Hilfe brauchte? Wusste sie vielleicht darüber Bescheid, was sich hinter den Kulissen abspielte? Oder fing ich langsam an, Gespenster zu sehen? Wenn ich Pech hatte, war eher Letzteres der Fall.

»Also?«, fragte Lexie, als ich nicht antwortete, doch ich zögerte noch immer.

Es würde schwierig werden, die nächsten Jahre bei den Diamonds als Einzelgängerin durchzuziehen, dafür hockten die anderen zu oft im Aufenthaltsraum oder machten irgendetwas gemeinsam. Lexie war anders als der Rest der Diamonds, sie hielt sich genauso fern von ihnen wie ich. Ich hatte keine Ahnung, aus welchem Grund, aber das war auch nicht wichtig. Nachdenklich betrachtete ich sie. Vielleicht war Lexie auch mein kleinstes Übel.

»Schön«, stimmte ich schließlich zu. Was hatte ich schon zu verlieren?

»Das wollte ich hören und jetzt …« Sie verstummte, als die Musik schlagartig abbrach.

Als hätte es ein unsichtbares Zeichen gegeben, traten die Leute zur Seite und formten einen Kreis in der Mitte des Raumes. Gemeinsam mit einer weiteren jungen Frau und zwei Typen trat Beth in den Kreis. Alle hatten einen ernsten, beinahe feierlichen Gesichtsausdruck aufgesetzt.

Einer der Typen, groß gewachsen, mehr als nur ein bisschen muskulös und mit dunklen, kurz geschorenen Haaren machte einen Schritt nach vorn und hob die Hände. »Novizen, tretet vor. Es wird Zeit.«

Seine Stimme war tief und rau. Er sprach nicht besonders laut, trotzdem war ich mir sicher, dass jeder ihn hören konnte. Es war totenstill im Raum. Lexie und ich wechselten einen kurzen Blick.

»Meinen die uns?«

»Sieht ganz so aus«, murmelte ich leise, ein nervöses Prickeln breitete sich in mir aus, als ich sah, wie sich Jasper, Tom und einige andere in Bewegung setzten.

*Es wird Zeit.*

# KAPITEL 10

## FINLEY

Es war zu früh für die Einführung, obwohl sie es vermutlich genau so geplant hatten. Also waren sie nicht zu früh, sondern ich zu spät. Viel zu spät.

Ich hatte versagt.

Harper war immer noch hier und ich hatte während der letzten Woche absolut nichts herausgefunden. Gar nichts.

Alles was ich hatte, war ein Name, und den hatte ich nicht hier erfahren.

*Via.*

Mehr nicht. Nur ein verfluchter Name, der mich noch keinen Schritt weitergebracht hatte. Weil es bei den Vier Farben keine Via gab. In keiner der vier Verbindungen.

Und jetzt stand ich hier, im Kreis der Neulinge, und wusste, dass ich verschwinden sollte, bevor es kein Zurück mehr gab. Die anderen mochten glauben, dass die Vier Farben ihnen helfen würden, ihre Ziele zu erreichen, reich und einflussreich zu werden, oder wovon sie sonst träumten. Ich wusste es besser.

Dorian war tot und ich war mir sicher, dass die Vier Farben irgendwas damit zu tun hatten. Ich wusste nur nicht, was. Doch das Gefühl, recht zu haben, fraß sich mit jedem Tag tiefer in mein Inneres, schlug die Klauen in meine Seele und zog und zerrte so heftig an mir, dass ich es nicht ignorieren konnte, egal wie sehr ich mich dagegen wehrte.

»Es wird Zeit, dass ihr euch zu uns bekennt«, durchschnitt Amandas Stimme die angespannte Stille, die sich über den Raum gelegt hatte. Sie war die Vorsitzende der Spades.

Neben ihr standen Beth, die Vorsitzende der Diamonds, Trent, der Vorsitzende der Hearts, und Reese, der Vorsitzende der Cross. Ich kannte jeden in diesem Raum mit Namen, aber das brachte mich kein Stück weiter. Es hatte mich nur eine ganze Menge Zeit gekostet, an alle Namen heranzukommen. Zeit, die ich sinnvoller hätte nutzen können. Aber das hätte ich vorher unmöglich wissen können.

»Mit eurem Einzug in die Verbindungshäuser seid ihr unserer Einladung gefolgt. Heute Abend geht es darum, ein Teil von uns zu werden.«

Ich unterdrückte ein Schnauben. Ging es noch pathetischer?

Amanda machte eine auffordernde Handbewegung. Trent und Reese traten an einen Tisch, der mir bisher irgendwie entgangen war, hoben einen schwer aussehenden goldenen Kelch und einen verdammt scharf wirkenden Dolch in die Höhe und trugen beides in die Mitte des Kreises.

Okay. Es *ging* noch pathetischer.

»Ihr seid hier, weil ihr Ziele habt. Träume. Wünsche. Gehört ihr zu den Vier Farben, gehört euch die Welt.« Feierlich breitete nun auch Amanda die Arme aus.

Leider wirkte das nicht so lächerlich, wie es sollte. Es lag an ihrem Blick, düster und verheißungsvoll. Mir lief ein Schauer über den Rücken.

»Loyalität und Verschwiegenheit stehen für uns an erster Stelle«, fuhr Beth fort und trat einen Schritt nach vorn, während Amanda ein Stück zurückwich. »Ihr seid diesen Werten verpflichtet, so wie ihr uns verpflichtet seid. Eure Geheimnisse gehören uns und unsere Geheimnisse gehören euch. Geht ihr jetzt, könnt ihr nicht wiederkommen. Bleibt ihr, könnt ihr nicht mehr gehen. Wer Teil der Vier Farben ist, gehört unwiderruflich zu uns.«

Trent und Reese lösten Beth ab.

»Wer gehen will, möge das nun bitte tun«, sagte Reese mit einer so tiefen Stimme, dass sie direkt aus der Hölle zu kommen schien.

Niemand rührte sich. Die Luft um uns herum schien sich zu verdichten, eine flirrende Unruhe sprang von einem zum nächsten über.

Jeder Muskel in meinem Körper verkrampfte sich.

*Hau ab. Verschwinde endlich von hier.*

Die Stimme in meinem Inneren war laut, scharf – und sie gehörte Dorian. Ich ballte die Hände zu Fäusten und presste die Zähne so fest aufeinander, dass es schmerzte.

Mein Blick zuckte zu Harper. Sie schien völlig unbeeindruckt zu sein, als wäre das alles nur ein Spiel. Aber das war es nicht. Am liebsten hätte ich sie gepackt und wäre mit ihr davongelaufen, doch bei Trents nächsten Worten wusste ich, dass ich keine Wahl mehr hatte. Ich war zu langsam gewesen, hatte ein weiteres Mal versagt. Davon abgesehen hätte Harper mich zum Teufel geschickt, wenn ich auch nur den kleinen Finger nach ihr ausgestreckt hätte.

»Ihr habt euch also entschieden zu bleiben.« Ein Lächeln erschien auf Trents Gesicht, das in einem krassen Gegensatz zu seinem kalten Blick stand. »Diamonds, ihr beginnt. Harper, tritt nach vorn.«

Nur mit Mühe schaffte ich es, einen Fluch zu unterdrücken. Natürlich war Harper die Erste.

*Zu spät. Schon wieder zu spät.*

Geschmeidig wie eine Katze setzte sie sich in Bewegung. Alles an ihr strahlte Trotz aus. Aber da war auch Neugierde und … Misstrauen. Sie glühte förmlich. Jeder im Raum starrte sie an und ich konnte es ihnen nicht mal verdenken. Ich starrte selbst.

Harper war schon immer schön gewesen. Nicht wegen ihrer blonden Haare, die ihr wild und zerzaust über die Schultern fielen, dem tiefen Rückenausschnitt ihres Kleides, der ihre helle, glatte Haut entblößte oder ihrer verflucht langen Beine. Es lag auch nicht an ihrem Gesicht.

Nein, Harpers Schönheit kam von ihrer Ausstrahlung. Sie war schön, weil alles an ihr nach Leidenschaft schrie. Nach Leidenschaft und Rebellion.

Trent streckte eine Hand nach ihr aus. Sie zögerte keine Sekunde und hielt ihm ihren Arm entgegen. In dem Moment, in dem er den Dolch ansetzte und ihn in einer fließenden Bewegung über ihre Handfläche zog, drehte sie den Kopf und sah mich direkt an. Der Blick ihrer graublauen Augen brannte sich in meinen.

Mir stockte der Atem, mein Herz krampfte sich zusammen.

*Verdammt, Harper!*

»Wiederhole die Worte. Werde ein Teil von uns. *Aut omnia aut nihil*«, befahl Trent, während Reese den Kelch unter Harpers Hand hob.

Ihr Blick hielt mich noch immer gefangen, als ihr Blut in den Kelch tropfte.

»*Aut omnia aut nihil.*« Ihre Stimme klang fest. Da war kein Zögern, keine Angst.

Würde ich es nicht besser wissen, hätte ich beinahe geglaubt, dass sie es nur tat, um mich zu ärgern. Um mir zu beweisen, dass sie meine Warnung nicht ernstnahm.

*Aut omnia aut nihil.*

Alles oder nichts.

# KAPITEL 11

## HARPER

Meine Hand brannte wie Hölle, aber das war es wert gewesen. Ich korrigiere: Finleys wütender und zugleich entsetzter Blick war es wert gewesen. Eine leise Stimme in meinem Inneren flüsterte mir zwar hartnäckig zu, dass es ein Fehler war, aber ich konnte keinen Rückzieher machen. Nicht, wenn ich so vielleicht endlich die Chance bekommen würde, mehr über meine Herkunft herauszufinden. Mehr als … gar nichts.

Ich sah auf meine Hand hinunter. Die Wunde war nicht tief, sie hatte längst aufgehört zu bluten, während nach und nach alle sechzehn Novizen in die Mitte getreten waren, dieselben Worte gesprochen hatten wie ich und ihr Blut in einen verfluchten Kelch getropft war. So fingen normalerweise schlechte Horrorfilme an.

War das wirklich nötig? Oder war das alles nur Show, um von der eigentlichen Sache abzulenken? Oder hatte das gar nichts mit Ablenkung zu tun? Was zur Hölle ging hier vor?

Meine Gedanken rasten, genauso wie mein Puls, mir war heiß und kalt zugleich.

»Doch wie in einem dämlichen Teeniefilm«, murmelte Lexie neben mir leise, als hätte sie meine Gedanken gelesen, und verdrehte die Augen. Doch ihre Mundwinkel zuckten. Sie sah aus, als würde ihr die ganze Sache Spaß machen.

Dummerweise war das hier kein Film, sondern die Realität. Eine sehr, sehr bizarre Realität.

»Offensichtlich hat Beth gelogen«, flüsterte ich gedankenverloren zurück, den Blick fest auf Beth und die drei anderen Vorsitzenden gerichtet. Sie hatten einen ernsten Gesichtsausdruck aufgesetzt, ließen sich sonst aber keine Gefühlsregung anmerken.

Ich biss die Zähne aufeinander, jeder Muskel in meinem Inneren spannte sich an. Wenn meine Vermutung richtig gewesen war und sich Xaviers Hinweis auf die außergewöhnlichen Fähigkeiten der Vier Farben in eine Richtung entwickelte, die eigentlich nicht möglich sein dürfte, musste es jetzt geschehen. Es war der perfekte Zeitpunkt.

Beinahe hätte ich über mich selbst gelacht. Glaubte ich jetzt doch noch an irgendeine verdrehte Art von Magie? Es war absurd, vollkommen verrückt und trotzdem kam ein Teil von mir nicht dagegen an. In meinem Kopf herrschte nur noch ein wirbelndes Chaos.

*Weiter. Macht weiter. Bringt es zu Ende. Weiht uns in eure Geheimnisse ein.*

»Nun, da auch ihr Teil der Vier Farben seid, gehört euch das erste Geheimnis.« Wieder trat Amanda nach vorn. »Ruhm und Einfluss sind die Ziele der meisten von euch. Kontakte auf der ganzen Welt werden euch dabei helfen, eure Ziele zu erreichen. Und wir schenken euch die Macht dazu.«

Ein unergründliches Lächeln erschien auf ihrem Gesicht.

Amanda war wunderschön. Groß, mit dem Körper eines Models gesegnet und so leuchtend grünen Augen, dass sie eigentlich farbige Kontaktlinsen tragen musste. Niemand hatte solche Augen. Ihre

Haare waren dunkelbraun, beinahe schwarz und fielen in großen, weichen Locken über ihre schmalen Schultern. Alles an ihr war absolut perfekt, ihre vollen Lippen, der Bogen ihrer schmalen Nase, die hohen Wangenknochen. Sie war umwerfend und sie wusste es. Doch ihr Blick war kalt und sie hatte irgendetwas an sich, das eine heftige Abneigung in mir auslöste.

»Ihr wurdet auserwählt, nach Höherem zu streben«, fuhr sie fort und hob die Arme. Als hätte sie damit ein Zeichen gegeben, fassten sich alle Anwesenden an den Händen. Alle außer uns Neuen.

Eine Druckwelle raste durch den Raum und traf uns mit voller Wucht. Es blieb keine Zeit zu reagieren. Ein sengender Schmerz schoss durch meinen Kopf, grub sich in mein Gehirn. Ich schnappte nach Luft, konnte nicht atmen. Meine Lunge zog sich zusammen. Das gedämpfte Licht war plötzlich viel zu hell, ich kniff die Augen zu, um ihm zu entkommen, aber es funktionierte nicht. Der Schmerz war überall. Ich presste die Hände gegen die Schläfen. Ein Klingeln schrillte in meinen Ohren, mein Puls raste, und mir wurde auf einen Schlag so schlecht, dass ich glaubte, mich jeden Moment übergeben zu müssen. Es war unerträglich. Irgendjemand schrie, durchdringend und viel zu hoch.

Und dann hörte es auf. Einfach so. Von einer Sekunde auf die andere, als wäre nichts geschehen. Der Schmerz verschwand, meine Lunge füllte sich mit Sauerstoff und mein Herzschlag normalisierte sich.

Ich riss die Augen auf, mein Blick fiel auf Lexie. Sie war kreidebleich. Der Schock stand ihr ins Gesicht geschrieben. Alle Novizen waren blass und alle machten den Eindruck, als würden sie die Welt nicht mehr verstehen.

Ein dunkelhaariger Junge, dessen Name ich schon wieder vergessen hatte, stieß ein kaum hörbares Wimmern aus. Ich spürte, wie Tom neben mir am ganzen Körper zu zittern begann. Seine Haut hatte einen leichten Grünstich angenommen, die roten Haare standen wirr von seinem Kopf ab, seine Brille saß schief auf seiner Nase.

»Was war das?« Die bebende Stimme gehörte Inès, sie war eine Novizin der Hearts und starrte Amanda und die anderen aus geweiteten Augen an. Sie atmete hektisch und sah aus, als würde sie jeden Moment in Tränen ausbrechen.

»Ihr habt gerade etwas verloren und sehr viel gewonnen. Als neue Mitglieder der Vier Farben bekommt ihr mit dem Eintritt in die Gemeinschaft nicht nur eine Familie und ein Zuhause, sondern auch Kräfte, die euch helfen werden, euren Weg zu gehen und eure Ziele zu erreichen«, erklärte Beth. Sie machte eine Pause und holte tief Luft. »Die Diamonds können von nun an die Gedanken und Erinnerungen aller Menschen um sich herum kontrollieren.«

*Was. Zur. Hölle?!*

*Das* hatte Xavier gemeint, als er die außergewöhnlichen Fähigkeiten der Vier Farben erwähnt hatte?

Mir entwich ein Keuchen. Tom war inzwischen so grün im Gesicht, als würde er sich gleich übergeben, Jasper dagegen zeigte keine Regung und Lexie … Lexie hatte die Augen zusammengekniffen und schien darauf zu warten, dass jeden Moment jemand aus einem Versteck sprang, eine Kamera hochhielt und das alles zu einem ziemlich abgefahrenen Streich erklärte.

»Die Hearts haben von nun an die Gabe, die Emotionen aller Menschen zu kontrollieren«, fuhr Trent ungerührt fort.

In Amandas Augen lag eine seltsame Gier. »Die Spades können von nun an die Körper der Menschen kontrollieren.« Sie hob eine

Hand an ihr Haar und wir alle zuckten simultan zusammen, doch nichts geschah.

*Miststück.*

»Und die Cross«, donnerte Reese' Stimme durch den Saal, »kontrollieren den Tod.«

Stille breitete sich aus, so allumfassend, dass ich für einen Moment glaubte, unsere Herzen im Gleichtakt klopfen zu spüren.

Lexie durchbrach als Erste das Schweigen, das auf Reese' Worte folgte. »Was soll das hier werden?« Ihre Stimme war scharf und eiskalt. »Ist das ein beschissener Scherz?«

»Nein, ganz sicher nicht.« Trent schüttelte den Kopf – und plötzlich sprachen alle durcheinander. Stimmen wurden erhoben, jeder versuchte, den anderen zu übertönen, einige klangen panisch, andere bemühten sich eindeutig, Ruhe zu bewahren, scheiterten jedoch kläglich.

Bei mir kamen nur einzelne Wortfetzen an, während mir immer wieder nur ein Gedanke durch den Kopf ging.

*Xavier hat nicht gelogen.*

Allerdings hatte er mir auch nicht die Wahrheit gesagt, sondern mir stattdessen Teile eines Puzzles hingeworfen, das plötzlich viel komplizierter zu sein schien, als ich mir je hätte vorstellen können.

Jemand stieß gegen mich und ich stolperte einen Schritt zur Seite, als mehrere Leute in die Mitte drängten.

»Schluss jetzt!«, rief Trent.

Ich sah noch, wie er Amanda zunickte, dann erstarrten wir alle mitten in der Bewegung.

Das Blut rauschte in meinen Ohren, ich wollte zurücktreten, konnte meine Füße jedoch nicht bewegen, geschweige denn einen Schritt machen. Es fühlte sich an, als hätte sich eine Art unsichtbare

Klammer um mich gelegt oder als wäre ich betäubt worden, ohne das Bewusstsein zu verlieren. Doch auch das beschrieb es nicht genau. Ich spürte einen seltsamen Druck, der verhinderte, dass ich mich bewegen konnte.

Das war der Moment, in dem auch ich Panik bekam.

Weil ich die Kontrolle über mich selbst verlor.

Mir drehte sich der Magen um, mein Herz schlug so heftig, als wollte es meine Rippen brechen.

»Ich kann mich nicht bewegen!« Die quietschende Stimme gehörte Kelly, einem zierlichen Mädchen mit kastanienbraunen Haaren, das eigentlich zu jung war, um schon zu studieren. Sie konnte nicht viel älter als sechzehn sein.

»Reißt euch zusammen!«, befahl Amanda, und mein Herz fand ganz plötzlich in seinen normalen Takt zurück. Ein Stolpern, dann verblasste die Panik, die Übelkeit ließ nach und ich war vollkommen ruhig.

Es gelang mir, den Kopf zu drehen, auch wenn ich mich immer noch nicht von der Stelle bewegen konnte. Den anderen schien es wie mir zu gehen. Niemand starrte mehr mit weit aufgerissenen Augen zu Amanda und den anderen Vorsitzenden, niemand war mehr kreidebleich.

»Geht's wieder?« Amanda zog die Augenbrauen hoch, ein gelangweilter Unterton schwang in ihrer Stimme mit.

Ein langsames, zögerliches Nicken ging durch die Reihe der Novizen, dann ließ der Druck auf meinen Körper nach und ich taumelte. Das taten alle für einen Moment, bis wir die Kontrolle über unsere Körper wieder zurückerlangt hatten.

»Könnt ihr uns jetzt endlich mal verraten, was hier Sache ist?«, meldete sich Finley zu Wort. Sämtliche Blicke richteten sich auf ihn. Er wirkte vollkommen entspannt. Viel zu entspannt. Als hätte er damit gerechnet, was passieren würde. Als wäre er vorbereitet gewesen.

»Es ist so, wie wir es euch gerade gesagt haben. Ihr habt nun besondere Fähigkeiten und ihr werdet in den nächsten Wochen lernen, sie zu benutzen«, begann Beth.

»Warum erfahren wir das erst heute? Was soll diese … Zeremonie?«, wollte Inès wissen.

Reese bleckte die Zähne. »Geheimhaltung und Loyalität sind unsere obersten Prinzipien, schon vergessen? Deswegen erfahrt ihr alles erst jetzt. Ihr hattet die Möglichkeit zu gehen und habt euch dagegen entschieden. Nun gehört ihr zu uns. Ihr *könnt* nicht mehr gehen. Denn wie Beth schon sagte, habt ihr viel gewonnen, aber auch etwas abgegeben. Ein Pfand. Solltet ihr die Vier Farben verraten – egal auf welche Weise –, verliert ihr dieses Pfand. Das bedeutet für die einzelnen Farben Folgendes: Die Diamonds verlieren die Erinnerung an einen geliebten Menschen, die Hearts eine Emotion, die Spades ihr Hör-, Seh- oder Sprechvermögen und die Cross zehn Jahre ihres Lebens. Abgesehen von den Cross merkt ihr erst, was genau ihr verliert, wenn es so weit ist.«

»Was?«, stieß einer der Spades fassungslos hervor. Sein Name war Jackson, wenn ich mich richtig erinnerte. Mit beiden Händen fuhr er sich durch die gestylten dunklen Haare, bis sie in alle Richtungen abstanden. Er war groß, athletisch gebaut, aber nicht zu muskulös, und hatte ein sehr attraktives Gesicht. Klar geschnittene Gesichtszüge, ein schöner Mund und ausdrucksstarke blaue Augen. Seine Nase war ein wenig schief, ein Makel, der sein gutes Aussehen jedoch nur zu unterstreichen schien.

»Kein Grund, gleich wieder in Panik zu geraten.« Amanda verdrehte die Augen und verschränkte die Arme vor der Brust, als ein anderer Junge mit pechschwarzen Locken zitternd auf die Knie fiel.

»Das ist noch nicht alles.« Trent übernahm das Wort und es scherte ihn einen Dreck, dass gerade zum zweiten Mal nackte Angst durch den Raum brandete. Sie ließen den Jungen einfach auf dem Boden sitzen, niemand rührte sich, um ihm zu helfen.

»Was denn noch?«, wollte Lexie bissig wissen.

»Jedes Jahr treten die Novizen in einem Spiel gegeneinander an. Ihr werdet bei verschiedenen Aufgaben lernen, eure Fähigkeiten zu beherrschen, und wir werden sehen, wie weit ihr geht, um eure Ziele zu erreichen«, fuhr Trent fort und schenkte Lexie ein Lächeln, das mir einen Schauer über den Rücken jagte. »Ihr werdet mit den Novizen eurer Farbe gegen die drei anderen Farben antreten. Doch nur eine Farbe wird es in die letzte Runde schaffen, denn es kann nur einen Gewinner geben.«

»Was für Aufgaben?«, fragte ich. Meine Gedanken überschlugen sich, während sich alles, was an diesem Abend geschehen war, mit den Informationen vermischte, die ich von Xavier bekommen hatte. Irgendwas fehlte noch.

»Die Aufgaben erfahrt ihr, wenn es so weit ist.« Ein wölfisches Lächeln erschien auf Trents Gesicht. »Wo bliebe denn sonst der Spaß?«

»Und was ist der Preis?« Jasper trat nach vorn und verschränkte trotzig die Arme vor der Brust. »Oder sollen wir nur zur allgemeinen Belustigung dieses abgedrehte Spiel spielen, ohne dass ihr uns verratet, worum es eigentlich geht?«

»Der Preis ist euer Herzenswunsch«, erwiderte Amanda.

Ich verkrampfte mich. Xavier hatte den Herzenswunsch in den Briefen erwähnt. Die Information, dass die Erfüllung dieses Wunsches nur dem Gewinner des Spiels zustand, hatte er mir allerdings vorenthalten. *Verdammt.* Mir würde niemand helfen, mehr über meine Vergangenheit herauszufinden – es sei denn, ich gewann dieses Spiel.

Wütend knirschte ich mit den Zähnen.

»Ihr könnt diese Wünsche nicht erfüllen«, knurrte Jackson.

Amanda lächelte süßlich. »Wir können alles.«

Ich sollte an ihren Worten zweifeln. Ich sollte an all dem zweifeln. Mein Verstand flehte mich an, es zu tun, aber ich wusste es besser. Sie konnten es. Alles, wovon sie gerade gesprochen hatten. Und wir waren jetzt mittendrin. Es gab kein Zurück mehr.

»Willkommen bei den Vier Farben«, fügte Amanda hinzu.

*Aut omnia aut nihil.*

Alles oder nichts.

# KAPITEL 12

## HARPER

»Noch eine Runde«, befahl Lexie dem Barkeeper.

Nachdem er die kleinen Gläser ein weiteres Mal gefüllt hatte, reichte Lexie je einen Shot an Jasper, Tom und mich weiter, stieß mit uns an und kippte ihren Shot hinunter. Sie verzog nicht einmal das Gesicht.

Ich schauderte, als der Alkohol brennend meine Kehle hinabrann. Jasper hustete, Tom rührte sein Glas nicht an.

»Das ist doch alles scheiße«, murrte er, griff dann doch nach dem Shot und trank.

Lexie schnaubte. »Nein, das ist Magie. Oder was auch immer.« Ein bitterer Unterton schwang in ihrer Stimme mit.

Jasper prustete los. Irritiert drehten wir uns zu ihm.

»Was ist denn daran so witzig?« Gereizt sah Tom ihn an und schob seine Brille nach oben.

»Gar nichts.« Jasper brach in haltloses Gelächter aus und raufte sich die hellbraunen Haare. Er war immer noch blass, seine Pupillen waren so geweitet, dass sie das Graublau seiner Iriden verschluckten. »Ich hab nur gerade gedacht, dass mir zu Hause niemand glauben würde, wenn ich erzähle, was auf der Party los war, und dann ist mir eingefallen, dass wir überhaupt nichts erzählen dürfen, weil wir sonst ein Pfand verlieren, das wir nicht einmal selbst bestimmen können. Das ist so … verdammt, mir fällt nicht mal das richtige Wort dafür ein.«

Lexie begann zu kichern und einen Moment später lachten wir alle so sehr, dass uns die Tränen kamen.

»So habe ich mir das echt nicht vorgestellt.« Jasper stieß einen glucksenden Laut aus und wir mussten noch mehr lachen.

Irgendwo tief in mir wusste ich, dass das noch immer der Schock war, gemischt mit Hysterie und Unglauben, aber ich konnte trotzdem nicht aufhören zu lachen, und den anderen ging es genauso.

Worauf hatten wir uns nur eingelassen?

»Ich glaube, keiner von uns hat sich das so vorgestellt«, erwiderte Lexie, nachdem wir uns wieder beruhigt hatten. Sie deutete auf die anderen Neulinge, die reglos am Rand der Tanzfläche standen und sichtlich überfordert die älteren Mitglieder der Vier Farben beobachteten, die feierten, als wäre nichts gewesen.

Für sie hatte sich schließlich auch nichts geändert.

Für uns dagegen hatte sich alles geändert.

Nachdem sie uns von dem Spiel erzählt hatten, war Reese noch einmal auf die Regeln zu sprechen gekommen. »Ihr redet mit niemandem über das, was bei den Vier Farben vor sich geht. Nicht mit euren Familien, nicht mit euren Freunden. Wir sind jetzt der Mittelpunkt eurer Welt. Während des Spiels sind Beziehungen zwischen Spielern unterschiedlicher Farben untersagt. Keine Freundschaften, kein Sex und erst recht keine Liebe. Das Spiel hat immer Vorrang. Geht zu euren Kursen, lernt, so viel ihr könnt, aber wenn ihr Aufgaben erfüllen müsst, haben diese Priorität. Alles andere ist dann zweitrangig. Ihr habt nach dem Spiel noch mehr als genug

Zeit, um euch auf die Uni zu konzentrieren. Habt ihr das verstanden?« Er hatte uns der Reihe nach durchdringend angeblickt, bis wir genickt hatten. Einige mehr, andere weniger widerstrebend.

»Denkt immer daran, was ihr zu verlieren habt, wenn ihr gegen die Regeln verstoßt«, hatte Beth hinzugefügt. »Euer Pfand ist nicht verhandelbar. Wenn nötig, werdet ihr den Preis zahlen.«

Danach war das Licht ausgegangen, tiefe Dunkelheit hatte den Salon geflutet, doch schon einen Moment später schallte Musik durch den Raum, als hätte es die Unterbrechung nie gegeben.

Nur dass jetzt alles anders war.

»Harper?« Lexie stupste mich an und riss mich aus meinen Gedanken.

»Hm?«, machte ich und wandte den Kopf in ihre Richtung.

Sie hob die Augenbrauen, in ihrem Blick lag eine Mischung aus Sorge und Skepsis. »Alles okay?«

»Ja, ich … Alles okay.« Ich zwang ein Lächeln auf meine Lippen, das hoffentlich echt wirkte, dann fiel mein Blick auf Eli, der sich ein paar Meter hinter Lexie mit drei anderen Diamonds unterhielt.

Mein Herz setzte einen stolpernden Schlag aus, als zwei Puzzleteile wie von selbst an ihren Platz fanden.

Die Kopfschmerzen, die mich beinahe dazu gebracht hätten, mich zu übergeben, als ich mit Cece im Aufenthaltsraum gesessen hatte und er und Caroline dazugekommen waren.

Die Schmerzen, die mich bei der Zeremonie fast in Stücke gerissen hatten, als uns unsere Fähigkeiten gegeben worden waren. Die Krallen, die sich dabei in meinen Kopf gegraben hatten. Auch wenn der Schmerz heute Abend viel stärker gewesen war, war es der gleiche gewesen.

Caroline, die im Aufenthaltsraum gefragt hatte, ob das wirklich nötig gewesen war. Ich hatte angenommen, sie meinte Elis dumme Sprüche, dabei hatte sie genau gewusst, was er tat.

Wut fegte wie ein rasender Sturm durch mich hindurch. Ich verlor die Kontrolle und stürzte auf ihn zu.

Eli war vollkommen unvorbereitet, als ich gegen ihn prallte und ihn am Kragen seines T-Shirts packte. Er stieß einen überraschten Laut aus, versuchte sich loszureißen, aber darauf war ich vorbereit. Mein Griff wurde fester.

»Warst du in meinem Kopf?«, fauchte ich.

»Was?« Eli zuckte nicht einmal mit der Wimper und das reichte mir als Bestätigung.

Ich ließ sein Shirt los und grub meine Finger stattdessen in seine Schultern, doch er schien es kaum zu spüren. »Du weißt genau, wovon ich rede! Warst. Du. In. Meinem. Kopf?!«

Er griff nach meinen Handgelenken und stieß mich so hart zurück, dass ich stolperte. »Und wenn?« Sein Tonfall war kühl, der Blick arrogant.

Ich trat auf ihn zu und funkelte ihn an. »Was hast du gesehen?«, presste ich angestrengt hervor und drängte die Beleidigungen zurück, die mir auf der Zunge lagen.

Wenn er in meinem Kopf gewesen war, wenn er meine Erinnerungen gesehen hatte … allein bei dem Gedanken verkrampfte sich alles in mir.

Er zuckte mit den Schultern, ein höhnisches Lächeln umspielte seine Lippen. »Einiges.«

Ich bekam nur am Rande mit, dass unser Streit inzwischen beobachtet wurde. Meine Konzentration lag voll und ganz auf Eli. »Sag mir, was du gesehen hast, oder ich –«

»Oder was? Pass auf, was du sagst oder tust, sonst gehören

deine Geheimnisse ganz schnell nicht mehr dir.« Eli spuckte mir die Worte förmlich vor die Füße. Das war keine leere Drohung, er hatte wirklich vor, sich mit mir anzulegen.

Ich wollte mich erneut auf ihn stürzen, ihm jede Erinnerung, jeden Gedanken aus seinem Kopf stehlen, wenn es nötig wäre, doch ein starker Arm schlang sich um meine Taille und riss mich zurück. Ich musste nicht mal den Kopf drehen, um zu wissen, dass es Finley war. Ich hätte ihn immer und überall erkannt. Ich wehrte mich, aber sein Griff war eisern und fest.

»Ooooh, braucht unsere kleine Eisprinzessin einen Ritter in strahlender Rüstung?« Eli lachte. Der Mistkerl lachte mich einfach aus.

Hass durchströmte mich. Reiner, glühender Hass.

»Lass mich los!«, knurrte ich, doch Finley war unerbittlich. Er hielt mich so fest, dass meine Füße den Boden nicht mehr berührten. Wenn er mich losließ, würde ich ihm den Hals umdrehen.

»Beruhige dich!« Er sprach so leise, dass nur ich ihn hören konnte, sein Atem strich warm über meine Haut, so nah war er mir, und alles in mir rebellierte gegen diese Berührung. Gegen ihn. Es gelang mir trotzdem nicht, mich aus seinem Griff zu lösen. Er trug mich durch den Raum, ohne auf die anderen zu achten, nicht einmal auf Eli, der uns hinterherrief: »Denkt daran, dass ihr euer Pfand verliert, wenn ihr vögelt.«

Finley verließ einfach mit mir den Salon.

Niemand hielt ihn auf.

Warum hielt ihn niemand auf?

Erst als er mich in einen Raum gebracht hatte, der verdächtig nach einem Arbeitszimmer aussah, ließ er mich los. Die Tür fiel mit einem leisen Klicken hinter ihm ins Schloss.

Sobald meine Füße auf Widerstand trafen und Finley seinen Arm von meiner Taille nahm, ging ich auf Abstand. Ich konnte mich nicht daran erinnern, jemals so wütend gewesen zu sein.

»Spinnst du?«, fuhr ich ihn an. Meine Hände ballten sich zu Fäusten, alles in mir drängte danach, ihn zu schubsen, aber eher fror die Hölle zu, als dass ich ihn freiwillig berührt hätte.

»Das sagst ausgerechnet du?« Schnaubend verschränkte er die Arme vor der Brust.

»Lass den Mist, Finley. Warum mischst du dich in meine Angelegenheiten ein?«

»Weil du offensichtlich den Verstand verloren hast, wenn du so auf jemanden losgehst.« In seinen Augen blitzte etwas auf, etwas Dunkles, Grimmiges, das zu schnell wieder verschwand, um es richtig erkennen oder deuten zu können.

»Ja und? Das geht dich absolut nichts an! Ich kann auf mich selbst aufpassen«, fauchte ich.

»Ach ja? Wenn ich das richtig verstanden habe, war dieser Kerl in deinem Kopf. Klingt für mich irgendwie nicht so, als könntest du auf dich selbst aufpassen.«

Seine Worte nahmen mir für einen Moment den Wind aus den Segeln, doch dann sah ich, wie seine Augen triumphierend aufblitzten, weil er recht hatte. Bebend vor Zorn, trat ich auf ihn zu und baute mich vor ihm auf. Es kümmerte mich nicht, dass er ein ganzes Stück größer war als ich, schwerer und stärker. Finley war der Letzte, vor dem ich jemals Angst haben würde.

»Ich brauche keinen Retter in der Not. Und dich brauche ich erst recht nicht.« Meine Stimme war nur noch ein leises, bedrohliches Zischen, doch Finley ließ sich davon nicht beeindrucken. Wäre auch zu schön gewesen.

Stattdessen stieß er ein spöttisches Lachen aus. »Wenn du auf dich aufpassen könntest, wärst du überhaupt nicht hier. Dann hättest du meine Warnung ernst genommen und wärst abgehauen, solange du noch die Chance dazu hattest.«

Ich trat ein paar Schritte zurück und breitete die Arme aus. »Nichts, was du hättest sagen können, hätte irgendetwas geändert. Ich wäre nicht gegangen.«

Erst als ich es aussprach, begriff ich, dass es die Wahrheit war. Ich wäre nicht gegangen. Selbst dann nicht, wenn ich vorher von dem Spiel gewusst hätte, von dem Preis, den wir zahlen mussten. Ich war hier, damit mir mein verdammter Herzenswunsch erfüllt wurde, und wenn ich darum kämpfen musste, dann würde ich das tun.

»Du …« Er brach ab. Erkenntnis blitzte in seinen Augen auf und er wurde blass. »Du wusstest Bescheid.«

Ich zögerte nur den Bruchteil einer Sekunde, bevor ich entschieden den Kopf schüttelte. »Nein, ich hatte keine Ahnung, was hier vor sich geht. Ich wollte nur –«

»Verarsch mich nicht, Harper! Du hast dich zwar verändert, aber nicht so sehr, dass ich nicht mehr weiß, wann du lügst!«, unterbrach er mich scharf und jetzt war er es, der einen Schritt auf mich zutrat. Ich weigerte mich, zurückzuweichen.

»Ich lüge nicht!«

»Klar lügst du! Deine linke Augenbraue zuckt dann jedes Mal. Das war früher schon so und ist es immer noch.«

*Verdammt.* Ungehalten knirschte ich mit den Zähnen. Wieso erinnerte er sich an so eine belanglose Kleinigkeit?

»Du wusstest tatsächlich Bescheid.« Fassungslos sah er mich an und raufte sich die Haare. »Und du bist trotzdem hier. Hast du den Verstand verloren?«

»Das sagt der Richtige«, spottete ich. »Du wusstest offensichtlich selbst Bescheid und bist auch noch hier.«

Er schüttelte den Kopf und ich sah tausend Fragen in seinen Augen aufblitzen. »Nein. Ich hatte keine Ahnung. Ich wusste nur, dass hier irgendwas nicht stimmt, aber nicht, dass es so irre werden würde. Ich hätte im Leben nicht gedacht, dass wir magische Fähigkeiten bekommen, mit denen wir irgendein abgedrehtes Spiel spielen müssen.« Er machte noch einen Schritt in meine Richtung und war mir jetzt wieder so nah, dass wir uns beinahe berührten.

Ich schluckte schwer, ein Kribbeln jagte über meine Haut. Die Nähe zu ihm machte etwas mit mir, worüber ich nicht nachdenken wollte. Gleichzeitig überschlugen sich meine Gedanken. Ich hatte selbst viel zu viele Fragen.

»Woher wusstest du, dass etwas nicht stimmt?«

»Das geht dich absolut nichts an«, wiederholte er meine eigenen Worte. »Oder willst du mir erzählen, warum du Bescheid wusstest?«

*Touché.*

Ich würde den Teufel tun und ihm von den Briefen erzählen. Oder davon, dass ich wirklich keine Ahnung gehabt hatte, was hier abging. Xavier hatte mir mit seinen Briefen Köder hingeworfen und ich war neugierig genug gewesen, um sie zu schlucken. Hoffentlich erstickte ich nicht daran.

Doch all das musste Finley nicht erfahren. Nicht nur, weil Xavier mich gewarnt hatte, jemanden einzuweihen. Nein, es war eher die dunkle Ahnung, dass es absolut falsch wäre, ihm jetzt davon zu erzählen.

»Hab ich mir gedacht.« Finley schüttelte den Kopf und schob sich an mir vorbei, um den Raum zu verlassen, doch so leicht würde ich es ihm nicht machen. Wir waren hier noch nicht fertig. Noch lange nicht.

»Finn, warte.«

Er erstarrte mitten in der Bewegung und drehte sich langsam zu mir um. Sein Gesicht war ausdruckslos und wie von selbst verzog sich mein Mund zu einem Lächeln. Er wusste vielleicht, wann ich log, aber ich kannte ihn auch immer noch gut genug, um zu wissen, dass in ihm ein gnadenloser Sturm tobte, je mehr er versuchte, sich hinter einer Maske aus Kälte und Gleichgültigkeit zu verstecken. In dem Punkt waren wir uns viel zu ähnlich.

Ich ging zu ihm, hob beide Hände und legte sie auf seine Brust. Offenbar war gerade die Hölle zugefroren. Alles in mir schrie Rückzug, doch ich blieb stehen, spürte, wie er sich unter meinen Fingern anspannte, wie sein Puls zu rasen begann. Ich neigte den Kopf und blinzelte ihn unschuldig an.

Es war ein nicht ganz ungefährliches Spiel, das ich hier trieb, aber das kümmerte mich nicht. Ich hatte nicht damit angefangen. Das war er gewesen, als er mich vor dem Haus der Diamonds angesprochen und gewarnt hatte. Er hatte dieses Spiel begonnen, ich änderte nur die Regeln.

»Weißt du, was mich viel mehr interessiert? Wenn du vorher wusstest, dass hier was faul ist, und mich gewarnt hast, weil du irgendeinen verqueren Wunsch verspürt hast, mich zu beschützen oder so … Was machst du dann hier? Findest du das nicht ein bisschen heuchlerisch?«, fragte ich betont sanft und drängte die Hitze, die in mir aufstieg, energisch zurück. Ich war nicht sicher, ob das noch immer meine Wut war oder etwas anderes.

Bei meinen Worten zersprang Finleys Maske in unendlich viele Scherben, scharfkantig und verletzend. Er schlug meine Hände weg. »Ich will überhaupt nicht hier sein, okay? Ich wollte wieder weg sein, bevor … vor dieser ganzen Scheiße!«, platzte es aus ihm heraus. Seine Brust hob und senkte sich zu schnell.

»Warum bist du dann hier?«

Finleys Blick bohrte sich in meinen und mein verräterisches Herz setzte einen Schlag aus.

*Shit.*

»Deinetwegen. Ich bin nur deinetwegen noch hier.«

# KAPITEL 13

♠

## FINLEY

Harpers Augen weiteten sich und ich hätte die Worte am liebsten zurückgenommen. Wollte ich ihr mein Herz jetzt auch noch auf einem Silbertablett servieren, damit sie es in seine Einzelteile zerlegen konnte?

»*Was?*«, stieß sie so entsetzt hervor, dass ich beinahe gelacht hätte.

»Vergiss es einfach.« Ich winkte ab. Es war völlig egal, was ich ihr sagte, es interessierte sie sowieso nicht. Das hatte sie vorhin ziemlich deutlich gemacht.

*Dann hätte sie sich ihre Fragen allerdings sparen können.*

Unwillig drängte ich die Stimme in meinem Inneren zurück. Wenn das meine Vernunft war, sollte sie lieber die Klappe halten. Sie hatte gerade nichts zu melden.

Dummerweise hatte sie aber irgendwie recht. Harper war ein einziger Widerspruch. Das war sie immer schon gewesen, jetzt jedoch noch mehr als früher. Sie wollte nicht, dass ich mich in ihre Angelegenheiten einmischte, gleichzeitig stellte sie zu viele Fragen, die ich nicht hören wollte.

»Du sagst mir, du bist nur meinetwegen noch hier und ich soll das einfach *vergessen*?« Sie stieß einen Laut aus, der irgendwo zwischen Lachen und ungläubiger Empörung lag.

»Ja, das wäre nett, danke.« Ich schenkte ihr ein schmallippiges Lächeln.

»Du kannst mich mal!«

»Willst du wirklich, dass ich darauf antworte?« Ich kämpfte darum, die Beherrschung nicht zu verlieren, war mir jedoch sicher, dass ich früher oder später scheitern würde. Harper hatte schon immer diese Wirkung auf mich gehabt. Sie war damals schon diejenige gewesen, die mich dazu gebracht hatte, die Kontrolle zu verlieren. Auf die eine oder andere Art und Weise.

»Warum? Fällt dir noch was Besseres ein als eine nichtssagende rhetorische Frage?« Ihre Stimme war kalt und schneidend, sie zog spöttisch eine Augenbraue hoch.

»Harper.« Ein warnender Unterton schwang in meiner Stimme mit, doch im Grunde wusste ich, dass ich mir jede Warnung sparen konnte. Sie würde ohnehin nicht auf mich hören, sich nie von mir einschüchtern lassen. Nicht, dass ich es jemals wirklich darauf angelegt hätte.

Ihre Augenbraue wanderte noch ein Stückchen höher. »Was? Was willst du von mir, Finley?«

Ich schwieg, weil ich darauf keine Antwort hatte. Das Einzige, was ich wirklich von ihr gewollt hatte, hatte sich in dem Moment erledigt, als sie ihr Blut in diesen verfluchten Kelch hatte tropfen lassen. Wir steckten bei den Vier Farben fest, und ich hatte keine Ahnung, wohin das führen würde.

»Jetzt sag schon!«

»Sieh einfach zu, dass du lebend aus der Sache wieder herauskommst«, erwiderte ich unwirsch und wandte mich ab.

Mehr konnte ich ihr nicht sagen. Nicht jetzt und nicht hier. Nicht, wenn nur ein paar Meter weiter Dutzende Verbindungsmitglieder mit übernatürlichen Fähigkeiten feierten. Oder auf uns warteten. Wundern würde es mich nach unserem Abgang jedenfalls nicht.

»Was soll das wieder heißen?« Der Spott verschwand aus ihrer Stimme, stattdessen wirkte sie nur noch genervt.

»Ich kann es dir nicht erklären. Nicht jetzt.« Vielsagend nickte ich in Richtung Tür.

Ich rechnete damit, dass sie es auf sich beruhen lassen würde, wenigstens für den Moment. Stattdessen fing sie an zu lachen. Mein Körper reagierte auf den vertrauten Laut, ohne dass ich etwas dagegen tun konnte. Jede Faser meines Selbst begann zu prickeln.

»Wenn sie gelauscht hätten, würde jetzt garantiert schon jemand hier im Zimmer stehen und wir hätten unser Pfand verloren, bevor das Spiel überhaupt angefangen hat«, gab sie trocken zurück.

Sie hatte recht, aber das war mir gerade ziemlich egal. »Spielt keine Rolle, ich werde dir trotzdem nichts sagen.«

Harper sah mich aus schmalen Augen an, dann zuckte sie mit den Schultern. »Schön. Dann lass es eben.« Ohne ein weiteres Wort schob sie sich an mir vorbei, griff nach dem Türknauf und trat auf den Flur.

Ich dagegen blieb stehen, plötzlich unsicher, was uns erwarten würde, wenn wir dieses Arbeitszimmer verließen. Harper aus den Salon zu bringen, war ein Fehler gewesen, das hatte ich schon in dem Moment gewusst, als ich sie gepackt und von diesem Kerl weggezogen hatte.

Ein Fehler, der uns direkt am ersten Abend alles kosten könnte.

*Keine Freundschaften, kein Sex und erst recht keine Liebe.*

Niemand, der Augen im Kopf hatte, würde glauben, dass wir uns nicht kannten. Wir konnten nur hoffen, dass Hass erlaubt war. Davon trug Harper auf jeden Fall genug für uns beide in sich.

Mit einem lautlosen Seufzen folgte ich ihr. Sie ging zielstrebig zurück in den Salon, das Kinn trotzig erhoben, und trotz allem schlich sich ein grimmiges Lächeln auf mein Gesicht. Dieser Eli sollte besser aufpassen. Er würde früher oder später feststellen, dass es keine gute Idee war, sich Harper zur Feindin zu machen. Nicht, dass ich mich da besser angestellt hätte. Aber mich hasste sie schon. Schlimmer konnte es kaum noch werden.

Ohne jemandem Bescheid zu sagen, verließ ich das Herrenhaus und machte mich auf den Weg zum Verbindungshaus der Spades. Für diesen Abend hatte ich genug.

Zurück in meinem Zimmer, holte ich die schmale Schachtel aus ihrem Versteck unter der Fensterbank und leerte den Inhalt auf meinem Bett aus. Bilder von mir und Dorian.

Er war Teil der Vier Farben gewesen. Er hatte zu den Cross gehört, und erst jetzt begriff ich, warum er nie mehr erzählt hatte, abgesehen von vagen Geschichten über Partys und dumme Streiche.

War irgendetwas davon wahr gewesen?

Oder hatte er mich angelogen, seit er nach Oxford gegangen war. Hatte es überhaupt eine Via in seinem Leben gegeben? Und hatte sie auch den Vier Farben angehört?

Nein. Das konnte nicht sein. Dann wäre sie noch hier. Niemand konnte einfach gehen.

Und dennoch … es gab zwanzig Mitglieder bei den Diamonds, aber nur neunzehn Cross und Spades und siebzehn Hearts. Wo also waren die anderen vier – abgesehen von Dorian –, wenn jedes Jahr vier Neulinge pro Farbe in die Verbindungen eintraten?

Etwas war hier faul. Irgendwas lief völlig schief.

Was zur Hölle war mit Dorian passiert? Und was hatten die Vier Farben damit zu tun? Angeblich war er an einer Überdosis gestorben, aber ich wusste, dass er keine Drogen genommen hatte. Ich hatte ihn gekannt, er hätte das nie getan. Er hatte nicht mal Alkohol getrunken. Also was war passiert? Hatte Dorian die Cross verraten? Aber dann hätte er nur zehn Jahre seines Lebens verloren und wäre jetzt nicht tot. Es sei denn, ihm war von vornherein nur ein kurzes Leben vorherbestimmt gewesen.

Seufzend ließ ich mich auf den Rücken fallen, meine Gedanken rasten. Das führte doch zu nichts. Ich schloss die Augen und sah wieder Harper vor mir, die Fassungslosigkeit in ihrem Gesicht, als ich ihr gesagt hatte, dass ich nur ihretwegen noch hier war.

Es war die Wahrheit gewesen.

Gekommen war ich wegen Dorian. Um herauszufinden, warum er sterben musste. Geblieben war ich jedoch wegen ihr. Ich musste mich nicht fragen, ob es ein Fehler gewesen war. Ich wusste es.

# KAPITEL 14

## HARPER

Mein Kopf dröhnte und ich hatte ein flaues Gefühl im Magen, dieses Mal war ich allerdings selbst schuld. Oder Lexie. Je nachdem, wie man es betrachten wollte. Sie hatte mir immer wieder ein neues Glas in die Hand gedrückt, nachdem ich gestern in den Salon zurückgekommen war, und ich hatte es jedes Mal genommen und getrunken. Meine Kopfschmerzen hatte ich also einem Kater zu verdanken und nicht einem rücksichtslosen Arsch, der meine Gedanken lesen wollte.

Blinzelnd öffnete ich die Augen und stöhnte auf, als gleißend helles Licht auf meine Pupillen traf. Ich hatte vergessen, die Vorhänge zuzuziehen, bevor ich mich hingelegt hatte. Keine Ahnung, wie spät es gewesen war.

Wie spät war es jetzt? Egal, es war eindeutig zu früh, um nach so einem Abend wach zu sein.

Müde drehte ich mich auf die andere Seite und zog mir die Decke über den Kopf, doch ein lautes, entschlossenes Klopfen verhinderte, dass ich wieder ins Land der Träume verschwinden konnte.

Echt jetzt? Ich wollte doch einfach nur weiterschlafen.

Ich reagierte nicht, aber dann klopfte es erneut. Nach dem dritten Mal schwang ich genervt die Beine aus dem Bett, schlurfte durch mein Zimmer und öffnete die Tür.

Beth und Caroline standen im Flur und sahen mich mit ernsten Gesichtern an.

»Wir müssen reden.« Beth klang so entschieden, dass jeder Widerspruch zwecklos war. »Caroline ist als Zeugin hier, das ist Vorschrift«, fügte sie hinzu, als sie meinen fragenden Blick bemerkte.

Natürlich gab es noch mehr Vorschriften und Regeln.

Seufzend trat ich zur Seite. »Kann ich mir noch kurz was anziehen?«

Sie nickte knapp. Ich ließ die beiden herein und zog mich ins Bad zurück, nachdem ich wahllos etwas aus meinem Kleiderschrank gezogen hatte. Ich tauschte mein Nachthemd gegen ein kurzes, weit fallendes Kleid und kehrte, immer noch barfuß, in mein Zimmer zurück. Die beiden hatten sich auf die breite Fensterbank gesetzt und wirkten immer noch viel zu ernst.

Ich musste den absolut unpassenden Drang unterdrücken zu lachen. Nichts an dieser Situation war auch nur ansatzweise lustig. Stattdessen zwang ich mich, keine Miene zu verziehen und setzte mich im Schneidersitz auf mein Bett.

»Was hast du mit Finley Walsh zu tun?«, wollte Beth wissen. Wenigstens redete sie nicht um den heißen Brei herum, sondern kam direkt zum Punkt.

Trotzdem verzog ich widerstrebend das Gesicht. »Muss ich darauf antworten?«

Sie nickte streng. »Besser wäre es.«

Abwägend neigte ich den Kopf und entschied mich angesichts der Tatsache, dass meine Lügen für sie wahrscheinlich leicht zu durchschauen waren, für die Wahrheit. Oder zumindest einen Teil davon.

»Wir kennen uns von früher.«

»In welchem Verhältnis steht ihr zueinander?« Beth musterte mich prüfend aus schmalen Augen.

»In keinem Guten«, gab ich kühl zurück. Gott, ich hasste dieses Gespräch jetzt schon.

»Warum hat er dir gestern geholfen?«

»Hat er nicht. Wenn er mir hätte helfen wollen, hätte er Eli festhalten müssen, nicht mich.«

Beths Mundwinkel zuckten, doch ihr Blick blieb undurchdringlich. »Zu Eli kommen wir gleich. Woher kennst du Finley?«

Trotz stieg in mir auf, ich presste die Lippen zusammen. Es gab nicht viel, was ich noch weniger wollte, als meine Vergangenheit vor zwei praktisch wildfremden Menschen auszubreiten.

»Harper, sag es uns einfach, sonst müssen wir zu anderen Maßnahmen greifen«, erinnerte Beth mich scharf und allein der Gedanke, sie könnte ebenfalls versuchen, in meinen Kopf einzudringen, ließ mich schaudern.

Also gab ich widerwillig nach. »Wir haben ein paar Monate zusammengewohnt.« Ein Teil der Wahrheit, aber sicher nicht die Ganze. Die würde ich ihnen nie verraten.

Beth zog die Augenbrauen hoch. »Ihr habt zusammengewohnt?«

Zähneknirschend nickte ich. »Vor etwas mehr als zwei Jahren. Er kam in die Pflegefamilie, bei der ich damals gewohnt habe, als seine Eltern gestorben sind«, presste ich angestrengt hervor. Es spielte keine Rolle, wie wütend ich auch nach all der Zeit immer noch auf Finley war. Ich hatte kein Recht, seine Geschichte zu erzählen.

»Und weiter?«

»Nichts weiter.« Meine Stimme war nur noch ein leises, wütendes Knurren. »Wir sind nicht im Guten auseinandergegangen. Reicht das jetzt?«

Beth schüttelte den Kopf. »Leider nicht. Ihr habt zusammengewohnt und offenbar eine Verbindung zueinander. Wir müssen sichergehen, dass ihr euch bei dem Spiel nicht gegenseitig helfen werdet.«

»Also willst du jetzt doch in meinen Erinnerungen herumwühlen, obwohl ich euch die Wahrheit gesagt habe?« Ich verschränkte die Arme vor der Brust, als würde das irgendetwas nutzen.

»Glaub mir, Harper, mir macht das auch keinen Spaß. Sieh mich an und entspann dich, okay?« In ihren Augen lag Mitgefühl, das ich ihr jedoch keine Sekunde abnahm.

Zornig erwiderte ich ihren Blick. Ich wollte sie nicht in meinem Kopf haben. Dann kam mir ein Gedanke und ich erstarrte. Wenn sie in meinen Kopf eindrang, würde sie dann erfahren, dass ich anonyme Briefe erhalten hatte? Konnte sie das sehen? Hatte Xavier dieses Risiko mit einkalkuliert? Oder hatte er darauf vertraut, ich würde mich nicht sofort dermaßen in Schwierigkeiten bringen, dass jemand meine Gedanken lesen würde?

Mein Mund war plötzlich entsetzlich trocken und das Herz schlug mir bis zum Hals. Sie durfte nichts von den Briefen erfahren. Es würde garantiert nicht gut ankommen, wenn herauskäme, dass ich schon vor der Party etwas gewusst hatte, selbst wenn es nur ein Teil der Wahrheit gewesen war. Irgendjemand hatte mit den Briefen gegen die Regeln verstoßen. Für mich. Das würden sie im Leben nicht einfach so hinnehmen. Nicht, ohne dass es Konsequenzen nach sich ziehen würde.

»Harper, entspann dich!« Beth runzelte die Stirn und wechselte einen kurzen Blick mit Caroline, die unsicher die Schultern hob. »Wie hast du gelernt, so eine Mauer zu errichten?«, wollte sie dann wissen.

»Was für eine Mauer?«, fragte ich irritiert zurück, während mich gleichzeitig Erleichterung durchflutete, als ich begriff, dass sie nicht in meinen Kopf kam.

»Die Mauer, die deine Gedanken und Erinnerungen schützt.«

»Ich habe keine Mauer.«

»Hast du doch.« Beth wirkte beinahe beeindruckt. »Eine ziemlich starke Mauer sogar. Mit Stacheldraht umwickelt.«

Meine Mundwinkel zuckten. »Vielleicht ist das mein angeborenes Misstrauen.«

»Vielleicht. Auch darüber sprechen wir später. Jetzt entspann dich, Harper, dann tut es auch nicht weh.«

Kurz war ich versucht, den Schmerz in Kauf zu nehmen, doch ich bezweifelte, dass Beth sich davon aufhalten lassen würde. Allerdings konnte ich auch nicht einfach so nachgeben.

»Wie funktioniert das?«, wollte ich wissen. »Wenn ich dich in meinen Kopf lasse, was kannst du dann sehen?«

»Theoretisch alles, woran du dich erinnerst, aber vor allem, was du in diesem Augenblick denkst. Deine Gedanken überlagern deine Erinnerungen, sie sind stärker als die Bilder deiner Vergangenheit. Sehen kann ich sie trotzdem. Aber mach dir keine Sorgen, ich werde nicht versuchen, dir deine Geheimnisse zu stehlen. Mich interessiert nur deine Verbindung zu Finley.« Sie schenkte mir ein freundliches Lächeln, aber ich war noch immer nicht bereit nachzugeben.

Sie konnte mir erzählen, was sie wollte. Sie konnte mir einreden, dass ich nichts zu befürchten hätte, um sich dann unbemerkt doch alles anzusehen, was ich lieber für mich behalten wollte. Was sie vorhatte, setzte ein Vertrauen voraus, das ich nicht hatte und vermutlich auch nie haben würde.

Trotzdem nickte ich zögerlich – mal ehrlich, ich hatte sowieso keine Wahl – und tat so, als wäre ich einverstanden, während ein Gedanke den nächsten jagte.

Finley hatte mich gewarnt. Wenn Beth das sah, würde er garantiert Schwierigkeiten bekommen. Einen Wimpernschlag lang wollte ein Teil von mir es darauf ankommen lassen. Vielleicht würde er dann von hier verschwinden und ich wäre ihn los. Aber wenn er damit auch sein Pfand verlor …

»Harper? Bist du so weit?«

Ich schluckte schwer. Ich hasste es, aber ich konnte nicht zulassen, dass sie von Finleys Warnung erfuhren. Er hatte nur versucht, mir zu helfen, und es war völlig irrelevant, ob ich seine Hilfe wollte oder nicht. Ich konnte nicht zulassen, dass er meinetwegen Probleme bekam. So ungern ich mir das auch eingestand.

»Bin so weit«, murmelte ich, atmete tief durch und versuchte, mich zu entspannen, um die Mauer, die angeblich in meinem Kopf war, etwas … na ja … durchlässiger zu machen. Wie auch immer das funktionieren sollte.

Ich schloss die Augen und beschwor Bilder herauf, von Finley und mir, unserer ersten Begegnung, den Wochen und Monaten, die wir zusammen verbracht hatten. Bilder der Freundschaft, die sich entwickelt hatte, bevor alles kaputtgegangen war.

Verzweiflung stieg in mir auf, während ich mich an die Bilder der Vergangenheit klammerte, um die der Gegenwart so tief wie möglich zu vergraben. Dort, wo niemand sie finden würde.

Wenn ich mich auf das Damals konzentrierte, würde Beth dem Heute möglicherweise gar keine Aufmerksamkeit mehr schenken und nicht danach suchen, worüber Finley und ich gestern Abend geredet hatten, nachdem wir zusammen den Salon verlassen hatten.

Nur einen Tag, diesen einen Tag vor mehr als zwei Jahren, an dem seine Lippen das erste Mal meine berührt hatten, vergrub ich noch tiefer als alles andere. Was an diesem Tag geschehen war, ging niemanden etwas an.

Stattdessen dachte ich an den Schmerz, den ich seinetwegen empfunden hatte, an die Hoffnung, die ich mir gemacht hatte. Hoffnung, dass er sich doch noch melden würde, dass ich ihm nicht egal war. Und dann spürte ich wieder die Wut, die die Hoffnung verdrängt hatte, nachdem mir klar geworden war, dass ich mein Herz an jemanden gehängt hatte, der es absolut nicht verdient hatte.

Als es hinter meiner Stirn zu pochen begann, biss ich die Zähne zusammen. So viel dazu, dass es nicht wehtun würde.

»Okay, das war's. Danke, Harper«, sagte Beth so unvermittelt, dass ich überrascht aufblickte. Sie strich sich die Haare hinters Ohr, Schweißperlen hatten sich auf ihrer Stirn gebildet.

»Das war's?« Ich traute mich nicht, sie zu fragen, was sie gesehen hatte.

Ihre Mundwinkel hoben sich. »Wie gesagt, wenn du dich nicht wehrst, tut es auch nicht weh.«

»Es hat aber wehgetan und ich habe mich überhaupt nicht gewehrt.«

»Doch hast du. Selbst wenn es unbewusst geschieht. Wie schlimm waren die Kopfschmerzen?«

»Nicht so schlimm wie bei Eli.« Unwillkürlich verzog ich das Gesicht.

»Bei ihm war es so schlimm, weil er nicht durchgekommen ist«, mischte Caroline sich ein und schenkte mir ein aufmunterndes Lächeln.

»Ist er nicht?« Erleichterung durchflutete mich. »Aber er hat doch gestern –«

»Eli provoziert andere gern und er ist ein guter Lügner«, unterbrach Beth mich, eine tiefe Falte hatte sich zwischen ihre Brauen gegraben.

»Und er ist offensichtlich ein ziemlicher Mistkerl.«

»Dazu sage ich jetzt lieber nichts. Es sollte auf jeden Fall nicht noch einmal vorkommen. Du bist jetzt eine Diamond, wir sind eine Familie, und wir lesen nicht die Gedanken unserer Familie, wenn es nicht zu einer offiziellen Untersuchung gehört.«

»Offizielle Untersuchung?« Ich runzelte die Stirn.

»So etwas wie das hier. Dass ich in deinen Kopf eingedrungen bin, war wichtig für das Spiel, sonst hätte ich es nicht getan. Uns allen ist Privatsphäre wichtig, auch wenn wir viele Geheimnisse miteinander teilen. Da ich jetzt weiß, was zwischen dir und Finley vorgefallen ist und dass wir uns deswegen keine Sorgen machen müssen, hat sich die Angelegenheit hiermit erledigt. Halte dich an die Regeln, dann bleibt das auch so.« Beth strich sich eine rotblonde Haarsträhne hinters Ohr und verzog die Lippen zu einem schiefen Lächeln, bevor sie aufstand. »Sei um zwölf in der Bibliothek. Es wird Zeit, dass wir euch auf das Spiel vorbereiten.«

Mit diesen Worten verließen sie und Caroline mein Zimmer.

# KAPITEL 15

## HARPER

Ich betrat als Letzte die Bibliothek. Tom, Jasper und Lexie waren bereits da, alle mit einer Mischung aus Neugierde und Misstrauen in den Augen. Sie standen gegenüber von Beth, Caroline und Chuck, die es sich auf den zierlichen Stühlen bequem gemacht hatten.

Zu meiner grenzenlosen Erleichterung waren Eli und die anderen nirgendwo zu sehen. Das hätte mir jetzt gerade noch gefehlt.

Beth warf einen demonstrativen Blick auf ihre Armbanduhr, als ich neben Lexie trat, aber ich wusste, dass ich pünktlich war. Ich war nur nicht zu früh wie die anderen. Eine klitzekleine Trotzreaktion, weil es mir immer noch nicht passte, dass Beth in meinen Kopf eingedrungen war, um meine Gedanken zu lesen. Völlig egal, ob es aus ihrer Sicht nötig gewesen war.

»Jetzt wo wir vollzählig sind, können wir ja anfangen«, begann Beth und erhob sich.

»Heute geht es darum, dass ihr eure Fähigkeiten grundlegend zu beherrschen erlernt. Während des Spiels werdet ihr diese Fähigkeiten weiterentwickeln, doch vorher solltet ihr zumindest ansatzweise wissen, was ihr tun müsst.« Ein feines Lächeln umspielte ihre Lippen.

»Wann geht das Spiel denn los?«, wollte Lexie wissen.

»Das kann ich euch nicht sagen. Ihr werdet benachrichtigt, wenn es so weit ist. Ich bin heute nur hier, um euch zu beobachten und darauf zu achten, dass die Regeln eingehalten werden. Als eine der Spielleiterinnen darf ich euch nicht trainieren. Aus diesem Grund sind Caroline und Chuck hier.«

Die beiden standen jetzt ebenfalls auf, doch bevor einer von ihnen etwas sagen konnte, kam Jasper ihnen zuvor.

»Erklärt ihr uns auch noch, woher wir diese tollen Fähigkeiten bekommen haben? Und was es überhaupt mit diesem Spiel auf sich hat? Ich meine, wer hat sich das ausgedacht?« Angriffslustig musterte er Beth, deren Gesichtsausdruck plötzlich sehr ernst wurde, während Chuck ein ergebenes Seufzen ausstieß und Carolines Mund sich zu einem breiten Lächeln verzog.

»Es gibt immer einen, der mehr wissen will, ich hab's dir gesagt«, frohlockte Caroline und streckte Chuck eine Hand entgegen.

Ungläubig beobachtete ich, wie er einen zerknitterten Geldschein aus der Hosentasche zog und ihn Caroline grummelnd in die Hand drückte.

»Du warst dir nur so sicher, weil du selbst so eine Streberin bist, die immer alles wissen will«, murrte er.

»Was genau wird das?« Tom schob die Brille nach oben und allmählich hatte ich den Verdacht, dass er das immer tat, wenn er nervös war oder ihm irgendetwas nicht passte.

»Die beiden haben darauf gewettet, ob einer von uns hinterfragt, was seit gestern Abend passiert ist. Und Jaspers Fragerei hat Caroline offensichtlich zum Sieg verholfen.« Ich verschränkte die Arme vor der Brust, musste aber widerstrebend zugeben, dass mich die Wette fast ein bisschen amüsierte.

»Schön, aber wird meine Frage auch noch beantwortet?« In Jaspers Stimme schwang ein ungeduldiger Tonfall mit.

»Nein«, erwiderte Beth knapp. »Ihr bekommt weitere Informationen, wenn ihr sie braucht, keine Minute früher. Die Entstehungsgeschichte des Spiels ist für euch nicht relevant. Wichtig ist nur, dass ihr das Spiel spielt, eure Fähigkeiten zu beherrschen lernt und euch an die Regeln haltet. Wie ihr die Fähigkeiten bekommen habt, ist im Moment ebenfalls nicht von Belang. Das erfahrt ihr im nächsten Jahr, wenn die neuen Spieler eingeführt werden.«

»Aber …«, setzte Jasper an, doch er kam nicht weit.

»Ich kann deine Neugierde verstehen, Jasper, ganz ehrlich.« Beth schenkte ihm ein nachsichtiges Lächeln. »Wir waren alle neugierig, aber du kannst so viel nachfragen, wie du willst, keiner von uns wird dir mehr sagen. Keiner *kann* dir mehr sagen, weil wir alle nur das Nötigste wissen. Das gehört dazu. Geheimhaltung und Loyalität stehen bei den Vier Farben an oberster Stelle. Je weniger Geheimnisse in Umlauf sind, desto weniger können nach außen dringen und desto weniger Konsequenzen müssen gezogen werden. Und jetzt fangen wir mit dem Training an.«

Damit war das Thema wohl beendet. Auch wenn Jasper nicht besonders glücklich war, hakte er nicht noch einmal nach.

»Sucht euch einen Partner.« Caroline sah uns der Reihe nach an.

Lexie und ich warfen uns reflexartig einen Blick zu, und auf Chucks Gesicht breitete sich ein Grinsen aus.

»Also Jungs gegen Mädchen? Wie einfallsreich«, bemerkte er.

»Für Kreativität ist später noch genug Zeit«, konterte ich.

*Du bist das kleinste Übel.*

Lexies Worte schossen mir unvermittelt durch den Kopf und ich war froh, dass wir gestern schon beschlossen hatten, uns zusammenzutun. Wenn ich irgendjemanden meiner Mitspieler in meinen Kopf lassen musste – und es war klar, dass es darauf hinauslaufen würde –, dann Lexie. Nicht, weil ich ihr vertraute, sondern weil sie nun mal auch mein kleinstes Übel war. Tom und Jasper konnte ich nicht genug einschätzen, und auch wenn es mir bei Lexie ähnlich ging, sagte mir mein Gefühl, dass sie die beste Wahl war, die ich hatte.

»Na kommt, dann ziehen wir es durch. Caroline, gehst du zu den Mädels?« Chuck warf Caroline einen fragenden Blick zu.

Sie hob die Schultern und machte eine auffordernde Handbewegung. »Klar. Lasst uns ein Stück weiter nach hinten gehen, sonst reden hier zu viele durcheinander.«

Lexie und ich folgten ihr ein paar Meter in die Bibliothek hinein und ließen die Jungs und Beth hinter uns zurück. Vor einem der hohen Regale blieben wir stehen, Caroline lächelte uns aufmunternd an.

»Keine Sorge, das Ganze ist nicht so abgedreht, wie es euch gerade vielleicht vorkommt.«

Lexies Augenbrauen verschwanden beinahe unter ihrem kurzen Pony. »Nicht?«

»Okay, vielleicht ein bisschen, aber ihr gewöhnt euch daran.«

»Sicher?«, gab Lexie skeptisch zurück.

Caroline nickte. »Ganz sicher. Wenn ihr das Spiel erst mal hinter euch gebracht habt, ist der Rest einfach.«

Lexie und ich wechselten einen zweifelnden Blick. »Wie läuft das Spiel denn ab?«, fragte ich.

»Das kann ich euch nicht sagen. Nicht, weil ich nicht will, sondern weil ich es nicht weiß. Und selbst wenn, dürfte ich euch auch nichts sagen. Was ich euch sagen darf ist, dass nur die Spielleiter wissen, wie viele Runden ihr durchlaufen müsst und welche Aufgaben euch erwarten. Das ist jedes Jahr unterschiedlich. Immer gleich ist nur, dass in den ersten Runden die Farben gegeneinander spielen. In der letzten Runde ist dann nur noch eine Farbe übrig, was nach einem bestimmten Punktesystem berechnet wird. Aber das ist zu kompliziert, als dass ich es euch jetzt erklären könnte. Auf jeden Fall geht es nicht nur darum, die Aufgaben zu erfüllen, sondern auch wie schnell das geschieht und wie gut ihr eure Fähigkeiten im Griff habt. Es gibt da einen Algorithmus, mit dem die Punkte ermittelt werden, den kennen aber nur die Spielleiter. Am Ende kann es allerdings nur einen Gewinner geben, also spielen in der letzten Runde die vier Spieler einer Farbe gegeneinander.«

»Und du hast echt keine Ahnung, was wir machen müssen?« Unruhig trat Lexie von einem Fuß auf den anderen, das erste Zeichen echter Nervosität, das ich an ihr entdeckte.

Auch ich spürte, wie eine drängende Unruhe in mir aufstieg. Jeder von uns musste sich gegen fünfzehn andere durchsetzen, damit sich unser jeweiliger Herzenswunsch erfüllte. Der pure Wille zu gewinnen würde da nicht reichen. Jeder von uns wollte den Sieg, alles andere war doch eher unwahrscheinlich. Wenn sie unsere Aufsätze und unsere Wünsche kannten, wussten die Vier Farben auch, wie wichtig uns diese Wünsche waren. Also würde jeder von uns kämpfen.

Und das bedeutete, ich musste stärker sein als die anderen.

»Nein, ich weiß es wirklich nicht. Aber ihr werdet für die Aufgaben eure Fähigkeiten brauchen. Also wollen wir anfangen?« Fragend schaute Caroline uns an, und als wir zustimmend nickten, sprach sie weiter. »Ihr könnt nicht nur Gedanken und Erinnerungen lesen und kontrollieren, ihr könnt die Menschen mithilfe ihrer

Gedanken auch dazu bringen, Dinge zu tun, die ihr von ihnen verlangt. Sie merken dabei in der Regel nicht einmal, dass sie manipuliert werden. Es gibt Ausnahmen, Leute, die misstrauischer sind als andere und daran gewöhnt, ihre Geheimnisse zu schützen«, Caroline warf mir einen vielsagenden Blick zu, »aber die meisten merken gar nichts. Und wer doch etwas merkt, versteht nicht, was vor sich geht. Vor uns ist also kein Geheimnis wirklich sicher.«

Mir lief ein Schauer über den Rücken und mein Herz begann schneller zu schlagen. Andere Menschen zu manipulieren, um seine eigenen Ziele zu erreichen, ohne dass sie sich dagegen wehren konnten oder es auch nur merkten, war wirklich übel.

Dennoch konnte ich die Neugierde, die sich in mir ausbreitete, nicht leugnen. Genauso wie ich nicht leugnen konnte, dass ein Teil von mir gierig wurde. Wie viel leichter würde alles werden, wenn ich in die Köpfe meiner Dozenten oder zukünftigen Arbeitgeber eindringen oder die Gedanken von Richtern und Beamten beeinflussen könnte, um zu bekommen, was ich wollte? Wie viel Gutes könnte ich tun? Wie vielen Pflegekindern könnte ich mit diesen Fähigkeiten helfen?

»Und wie soll das funktionieren?«, wollte Lexie wissen, ihr Gesicht war nur noch eine ausdruckslose Maske, und ich fragte mich, ob ihre Gedanken wohl in eine ähnliche Richtung gingen wie meine.

»Das erkläre ich euch jetzt. Für den Anfang ist es am einfachsten, wenn ihr euch gegenüberstellt und anschaut. Harper, du fängst an. Wahrscheinlich kommst du einfacher in die Köpfe anderer, als dass du jemanden hereinlässt.« Caroline warf mir einen weiteren zweideutigen Blick zu, während Lexie irritiert die Stirn runzelte.

In ihren Augen lag ganz eindeutig die Aufforderung, ihr das

später zu erklären, und ich nickte kurz, bevor ich mich vollständig zu ihr umdrehte.

»Konzentrier dich ganz auf dich, Harper. Auf dein Inneres. Horche in dich hinein, fühle, ob etwas anders ist als sonst. Okay?«, sagte Caroline.

Ich folgte ihrer Aufforderung, konzentrierte mich, horchte in mich hinein und fühlte … absolut gar nichts. Das fing ja gut an.

»Stell dir vor, deine Fähigkeiten sind ein Licht in deinem Inneren. Ich weiß, dass das Bild albern ist, und später werdet ihr es auch nicht mehr brauchen, aber am Anfang hilft es.«

Wieder versuchte ich, mich voll und ganz auf mich zu konzentrieren. Immer noch nichts. Wie sollte ich auch bitte ein Licht in mir finden? Das war doch bescheuert. In mir gab es kein Licht, ganz unabhängig von meiner Laune.

»Das funktioniert nicht«, murrte ich und verzog das Gesicht.

»Doch, tut es. Wenn du das Ganze etwas wenig lächerlich finden würdest, könnte es mit Sicherheit klappen«, gab Caroline grinsend zurück.

Mir schoss das Blut ins Gesicht. Verlegen räusperte ich mich. »Tut mir leid. Es ist nur …«

»Wirklich etwas lächerlich?«, beendete sie meinen Satz, ihre Augen funkelten belustigt.

»Ach, nur ein bisschen«, warf Lexie ein.

Caroline seufzte theatralisch. »Ich weiß. Aber es funktioniert trotzdem. Denkt daran, was ihr mit euren Fähigkeiten erreichen wollt. Ihr wollt dieses Spiel gewinnen. Ihr wollt, dass sich eurer Herzenswunsch erfüllt. Wenn ihr euch darauf konzentriert, wird es klappen, versprochen. Also, Harper, bist du bereit, es noch einmal zu versuchen?«

Ich nickte, fokussierte mich auf meinen Wunsch, das Spiel zu gewinnen, damit ich endlich herausfinden würde, wer meine Eltern waren – und wer ich war. Mit einem tiefen Atemzug horchte ich in mich hinein. Ich konnte mein Herz schlagen hören, fühlte meinen Puls in jeder Faser meines Körpers und dann fand ich das Licht. Es war schwach, aber es war da. Unwillkürlich breitete sich ein Lächeln auf meinem Gesicht aus.

»Gut«, sagte Caroline. »Und jetzt stell dir vor, du schickst dieses Licht in Lexies Kopf. Lass es in sie eindringen.«

Lexie presste ihre Kiefer so fest aufeinander, dass es wehtun musste. Fast tat es mir leid, als ich das Licht aus mir hinaus- und zu ihr hinübergleiten ließ. Es war nicht wirklich da, natürlich nicht, doch für einen Moment glaubte ich fast, es tatsächlich sehen zu können.

Das Licht legte sich um sie, schloss sie ein, flackerte und … erlosch.

»Verdammt!« Ich runzelte die Stirn.

»Noch mal«, forderte Caroline mich energisch auf. »Stell dir das Licht als eine Art Band zwischen dir und Lexie vor. Leuchtende Fäden, die euch miteinander verbinden und über die du ihre Gedanken lesen und kontrollieren kannst. Jeder Gedanke, jede Erinnerung ist ein Faden, der durchtrennt, verbunden oder neu gewoben werden kann.«

Dieses Mal fand ich das Licht auf Anhieb und das Bild mit den Fäden half tatsächlich. Ich ließ das Licht nicht einfach nur zu Lexie hinübergleiten, ich behielt einen Teil davon bei mir, wob es um meine Finger und verband mich mit ihm.

Lexie rührte sich nicht, als das Licht in ihre Haut hineinsickerte. Wir starrten einander an, alles an ihr strahlte puren Widerwillen aus.

Mein Herz raste, meine Atmung ging unregelmäßig und ich spürte, wie meine Handflächen schweißnass wurden. Angestrengt fokussierte ich mich auf Lexie, auf das Licht, das uns verband und dann, ganz plötzlich, blitzte ein Gedanke in meinem Kopf auf, der eindeutig Lexie gehörte.

*Bleib weg. Bleib weg. Bleib weg.*

Es war ihre Stimme, so klar, als würde sie mir die Worte ins Gesicht schreien, doch ihre Lippen bewegten sich nicht. Bilder schossen durch meinen Kopf, so schnell, dass ich kein einziges zu fassen bekam. Ich sah ein Mädchen, dunkelhaarig und klein. Sie saß im Rollstuhl. Dann eine Frau mit einem kalten Lächeln. Einen Mann mit unfassbar blauen Augen. Einen See. Schlittschuhe. Bücher. Noch ein Mädchen, rothaarig dieses Mal. Und über all dem lag Lexies Stimme, die mir wieder und wieder *Bleib weg* entgegenschleuderte.

Mir wurde schwindelig, ich verlor die Kontrolle und stolperte schwer atmend einen Schritt zurück.

»Gut. Das war sehr gut«, lobte Caroline, als hätte sie genau dasselbe gesehen wie ich. Vielleicht stimmte das sogar. »Für den ersten Versuch war das wirklich gar nicht schlecht. Also dann, du bist dran, Lexie. Und Harper, entspann dich. Wenn wir mit dieser ersten Lektion durch sind, erkläre ich euch, wie ihr euch selbst schützt. Das werdet ihr früher oder später brauchen. Aber jetzt versuch bitte, dich nicht zu wehren.«

Ich nickte stumm, merkte aber, wie sich jeder Muskel in mir anspannte, als ich Lexies Blick auffing.

Viel schneller als ich erwartet hatte, begann es hinter meiner Stirn zu pochen. Es fühlte sich anders an als bei Beth heute Morgen. Ihre Anwesenheit in meinem Kopf hatte ich kaum gespürt, abgesehen von leichten Kopfschmerzen. Lexie dagegen donnerte mit einer Kraft in mich hinein, die mir den Atem raubte. Ich schnappte nach Luft, taumelte, dann wurde alles schwarz.

# KAPITEL 16

## FINLEY

Schwer atmend stützte ich mich auf den Knien ab, vor meinen Augen wirbelten silbrige Sterne umher. Ich spürte meinen Puls in jeder Faser meines Körpers, viel zu hart, viel zu schnell, doch für einen winzigen Moment war ich mir nicht sicher, ob es tatsächlich mein Herzschlag war oder der von jemand anderem.

»Noch mal. Los jetzt.« Beim Klang von Dereks gelangweilter Stimme knirschte ich unwillkürlich mit den Zähnen. Er gähnte und ich hätte ihm am liebsten eine reingehauen.

Derek war im dritten Jahr bei den Spades, selbst ernannter Profi im Umgang mit den Neuen (kurze Anmerkung: eine absolute Fehleinschätzung) und an diesem ersten Trainingstag für Jackson und mich verantwortlich. Die ganze Zeit tat er so, als wäre das alles hier supereinfach. Keine große Sache. Aber es war eine große Sache und einfach war daran absolut gar nichts.

»Ich glaube, Finn macht langsam schlapp«, bemerkte Jackson spöttisch.

»Nenn mich nicht so«, presste ich angestrengt hervor und versuchte krampfhaft, mein Herz unter Kontrolle zu behalten, das bei dem vertrauten Spitznamen stolpernd aus dem Takt geriet. Es gab nur zwei Menschen, die mich je so genannt hatten. Einer war tot und die andere hasste mich mit der Kraft von tausend Sonnen. Ich konnte es ihr nicht verdenken. Zum tausendsten Mal wünschte ich, ich wäre nicht so ein elender Feigling gewesen und hätte mich bei ihr gemeldet. Hätte mir nicht eingeredet, dass sie ohne mich besser dran war.

»Warum denn nicht?« Jackson schlenderte auf mich zu, ein herausforderndes Funkeln in den Augen. »Hat deine kleine Freundin dich immer so genannt?«

Ich zwang mich, ruhig zu bleiben, obwohl alles in mir danach schrie, mich auf ihn zu stürzen und ihn zum Schweigen zu bringen. Aber er konnte meinen Puls genauso spüren wie ich seinen. Er konnte spüren, was seine Worte in mir auslösten, wenn ich es nicht schaffte, sie an mir abprallen zu lassen.

Kalt erwiderte ich seinen Blick, jeder Muskel in meinem Körper war angespannt – was er genauso fühlte wie meinen donnernden Herzschlag. Weil ich für einen Moment eben doch die Kontrolle verloren hatte. Nur den Bruchteil einer Sekunde lang, aber er war zu aufmerksam, zu berechnend, als dass ihm so etwas entgangen wäre.

Ich hätte wissen müssen, dass er noch mal auf Harper zu sprechen kommen würde. Ich hatte nur nicht damit gerechnet, dass er es hier tun würde.

Aus dem Augenwinkel sah ich, wie Oliver und Sophie innehielten und neugierig zu uns herüberblickten.

Das hatte mir gerade noch gefehlt.

Einmal mehr verfluchte ich Derek dafür, dass er mich und Jackson für die Übungen zusammengesteckt hatte. Es gab zwar keine Garantie dafür, dass die beiden anderen mich nicht auch auf Harper angesprochen hätten, aber die Wahrscheinlichkeit war geringer. Wir hatten bisher kaum miteinander gesprochen und Jackson hörte sich selbst einfach zu gern reden, als dass er jemals die Klappe halten würde.

»Was ist? Hat's dir die Sprache verschlagen?« Jacksons Augenbrauen wanderten nach oben, ein Grinsen zuckte um seine Mundwinkel.

Vor ein paar Tagen war ich mir noch nicht sicher gewesen, was ich von ihm halten sollte. Jetzt war mir klar, dass wir bestimmt keine Freunde werden würden. Nicht, dass ich es darauf angelegt hätte.

»Lass sie aus dem Spiel«, knurrte ich und verfluchte mich in derselben Sekunde, dass ich überhaupt reagierte.

»Warum? Du hast Harper doch gestern aus dem Saal geschleppt, um was auch immer mit ihr anzustellen. Warum hast du dein Pfand überhaupt noch?«

»Schluss jetzt!«

Ein triumphierendes Lächeln breitete sich auf meinem Gesicht aus, als ich sah, wie Jackson beim Klang von Ryans scharfer Stimme zusammenzuckte. Ryan entfernte sich von Sophie und Oliver und baute sich vor Jackson auf. Er war noch ein Stück größer als mein Zimmernachbar und hatte breite Schultern, die er seiner Mitgliedschaft in der Rudermannschaft verdankte. Mit den kurz geschorenen dunklen Haaren, den kantigen Gesichtszügen und den leuchtend blauen Augen strahlte er eine Autorität aus, die man sich nicht aneignen konnte, wenn man nicht damit geboren wurde.

»Finleys Verbindung zu Harper wurde überprüft, es ist alles geklärt. Und dich geht es absolut nichts an, was zwischen den beiden war oder nicht war, Jackson. Konzentrier dich lieber auf das Training. Du hast es genauso nötig wie Finley.«

Mein Grinsen erlosch, trotzdem konnte ich nicht anders, als Ryan dankbar zuzunicken. Er war bei meiner Befragung dabei gewesen, und so wenig es mir gepasst hatte, dass noch jemand erfuhr, woher ich Harper kannte, war ich jetzt doch froh darüber, dass er Bescheid wusste.

Meine Befragung war nicht besonders spaßig gewesen. Amanda hatte den Eindruck gemacht, als würde sie es genießen, den menschlichen Lügendetektor zu spielen. Mir war klar, dass ich nur ungestraft aus diesem Verhör herausgekommen war, weil lügen für mich nichts Neues war und ich gelernt hatte, mir nichts anmerken zu lassen.

Lügen war eine ganz besondere Form des Geschichtenerzählens, ein Verweben von Wahrheit und Unwahrheit, bis daraus ein dichtes Geflecht wurde, das niemand mehr entwirren konnte.

Ich war mir nicht sicher, ob Amanda mir alles geglaubt hatte, aber ich hatte sowohl meinen Gesichtsausdruck als auch meinen Puls unter Kontrolle gehalten. Von dem Teil meiner Vergangenheit mit Harper, der nachprüfbar war, hatte ich ihnen erzählt. Alles andere, vor allem meine Gefühle für sie, hatte ich für mich behalten. Das ging niemanden etwas an.

Ryan war auf jeden Fall zufrieden gewesen und schließlich hatte Amanda mich gehen lassen.

»… total unfair! Woher sollen wir denn wissen, dass er ihr nicht hilft und –«

»Jackson! Es reicht!«, blaffte Ryan und erst jetzt fiel mir auf, dass ich einen Teil der Unterhaltung verpasst hatte. »Wie ich gerade schon gesagt habe: Es wurde alles überprüft und abgesegnet.

Wir haben Finley befragt, die Diamonds haben Harper befragt. Ihre Erinnerungen wurden kontrolliert und du solltest dir wirklich keine Sorgen darüber machen, ob Finley einer Diamond hilft. Mach dir besser Gedanken darüber, wie du deine Fähigkeiten unter Kontrolle bringst, damit du dieses Spiel gewinnst. Da ist nämlich noch Handlungsbedarf! Und jetzt raus hier, und zwar alle. Es reicht für heute. Und sollte einer von euch noch einmal Harper erwähnen, werden euch vor dem Spiel Punkte abgezogen und eure Gewinnchancen wandern in den Keller. Verstanden?« Er warf Oliver, Sophie und Jackson einen scharfen Blick zu und wartete auf Protest, der nicht kam, obwohl Jackson den Eindruck machte, als würde ihm eine Erwiderung auf der Zunge liegen, die ihn ziemlich sicher in Schwierigkeiten gebracht hätte. Dann scheuchte er uns mit einem genervten Seufzen aus dem Trainingsraum.

»Du weißt schon, dass du niemandem Punkte abziehen kannst, oder?«, hörte ich Derek fragen, als ich gerade die Treppe nach oben steigen wollte, und hielt inne.

Ich drehte mich um und sah Ryan grinsend mit den Schultern zucken. »Das wissen die Neuen aber nicht.«

♠

Ich war mir nicht sicher, ob Ryan der Richtige war, um meine Fragen zu beantworten, aber mit irgendjemandem musste ich anfangen, und er schien mir nicht die schlechteste Wahl zu sein.

Trotzdem hatte ich ein flaues Gefühl im Magen, als ich nach einer kurzen Dusche an seine Zimmertür klopfte. Unruhig trat ich von einem Fuß auf den anderen, Zweifel stiegen in mir auf. Das war eine beschissene Idee gewesen.

Wenn die Vier Farben für Dorians Tod verantwortlich waren, würde mir niemand irgendwas darüber verraten. Und wenn ich anfing, Fragen zu stellen, würden sie mich noch mehr im Blick behalten, als sie es ohnehin schon taten.

Fluchend wandte ich mich ab, wollte mich gerade wieder aus dem Staub machen, als hinter mir die Tür geöffnet wurde.

»Finley? Alles okay?«

Langsam drehte ich mich wieder um und erwiderte Ryans fragenden Blick mit einem gezwungenen Lächeln. »Ja, alles gut, ich wollte nur …« Ich verstummte, meine Zweifel kollidierten mit dem Wunsch, endlich mehr zu erfahren. Ich traf die Entscheidung, ohne noch einen Gedanken daran zu verschwenden, ob ich einen Fehler machte.

Ich hatte ohnehin schon zu viele Fehler gemacht.

»Hast du kurz Zeit?«, wollte ich wissen.

Die Neugierde in Ryans Augen verwandelte sich in Mitgefühl, als ahnte er, warum ich hier war.

Natürlich, er konnte genau spüren, was in mir vorging, und auch wenn ihm die Emotionen zu meinen körperlichen Reaktionen fehlten, war es kein Kunststück, sie zu erraten.

»Klar, komm rein.« Er trat einen Schritt zur Seite, um mich vorbeizulassen.

Sein Zimmer war genauso aufgebaut wie meins und doch war es vollkommen anders. Nicht, weil es wirkte, als hätte hier eine Bombe eingeschlagen, sondern weil man sah, dass hier tatsächlich jemand wohnte. Jemand, der bleiben wollte, der hierhergehörte. Bücher lagen aufgeschlagen auf dem Schreibtisch, vor dem Bett stapelten sich Klamotten, neben der Tür lagen Schuhe.

»Also, was ist los?« Nachdrücklich schloss Ryan die Tür hinter uns und schlenderte zu seinem Schreibtisch. Er ließ sich auf den Stuhl fallen und bedeutete mir mit einer Handbewegung, mich auf den Sessel vor dem Fenster zu setzen.

»Kanntest du Dorian?«, platzte es aus mir heraus und ich spürte, wie mir das Blut in die Wangen schoss. Subtil war etwas anderes.

»Ja«, erwiderte Ryan, Trauer blitzte in seinen Augen auf. »Wir alle kannten ihn.«

Adrenalin pulsierte durch meine Adern. »Weißt du, was passiert ist?«

»Was meinst du?« Stirnrunzelnd sah Ryan mich an. »Er ist an einer Überdosis … gestorben.«

Meine Schultern sackten nach unten, mein Magen rebellierte bei seinen Worten. »Dorian hat nie Drogen genommen.«

»Finley …«, setzte Ryan an, doch ich unterbrach ihn.

»Woher hatte er die Drogen? Hat er sie allein genommen oder waren noch andere dabei? *Was ist passiert?*« Meine Stimme war lauter geworden, meine Gedanken überschlugen sich. Das konnte nicht stimmen. Er hatte *nie* Drogen genommen. Ryan log. Aber jede Lüge war nur so gut wie die Geschichte dahinter.

»Ich hab keine Ahnung, ehrlich nicht. Dorian hat zu den Cross gehört. Die bleiben immer unter sich. Wir kannten uns zwar, aber wir hatten nie wirklich was miteinander zu tun. Er war nicht lange hier und während des Spiels musste er sich ohnehin von uns fernhalten. Ich verstehe, dass das schwierig für dich ist, Finley, und es tut mir wirklich leid, was ihm passiert ist, aber ich kann dir wirklich nicht mehr sagen.«

Ich sprang auf, ertrug den mitleidigen Ausdruck auf seinem Gesicht plötzlich nicht mehr. Hass brandete in mir auf, glühend heißer Hass. Auf Ryan, die Vier Farben, die ganze verfluchte Welt.

Meine Haut begann zu jucken, fühlte sich auf einmal zu eng an, mein Atem ging schwer.

Ich musste hier raus.

Ohne ein weiteres Wort stürmte ich zur Tür und blieb abrupt stehen, als Ryan mich aufhielt.

»Die Cross können dir auch nicht mehr sagen. Ich weiß nicht einmal, ob sie mehr wissen als ich. Aber selbst wenn, dürfen sie dir nichts sagen. Nicht während des Spiels. Wenn du mit ihnen über Dorian reden möchtest, kann das als Regelverstoß gesehen werden.«

Wütend starrte ich ihn an. War das sein Ernst? Offensichtlich.

»Ich hätte kein Problem damit, aber es gibt ein paar Mitglieder, die es wirklich nicht gern sehen, wenn die Farben sich während des Spiels mischen. Das ist es nicht wert, Finley. Riskier dein Pfand nicht für ein paar Monate. Spiel das Spiel, danach kannst du weitersehen.«

Ich schnaubte. »Du hast noch nie jemanden verloren, oder?«

»Nein. Ich kann mir nicht mal vorstellen, wie es dir geht. Und ich kann dir auch nicht vorschreiben, was du tun oder lassen sollst, das ist deine Entscheidung.« Bedauern blitzte in seinen Augen auf. »Aber ich rate dir wirklich dringend, nicht gegen die Regeln zu verstoßen, Finley. Niemand wird mit dir reden, das ist es nicht wert.«

Ich sparte mir eine Antwort. Er hatte keine Ahnung, was oder wer es wert war, gegen die Regeln zu verstoßen.

Dorian gehörte dazu.

Dorian … und Harper.

# KAPITEL 17

## HARPER

»Harper? Harper!« Die Stimme drang aus weiter Ferne zu mir durch, wurde mit jedem Ausruf schärfer.

Ich runzelte die Stirn, blinzelte mehrmals und ganz langsam wurden aus den Schemen vor meinen Augen klare Bilder. Gesichter. Lexie, Caroline und Beth hatten sich mit sorgenvollen Mienen über mich gebeugt.

Warum sahen sie so besorgt aus? Und warum redeten sie so laut?

»Harper, alles okay?«

»Ich denke schon. Was ist passiert?« Stöhnend hob ich eine Hand an meinen pochenden Kopf. Erst als ich mich aufrichtete, begriff ich, dass ich in der Bibliothek auf dem Boden lag und bei unseren Übungen offensichtlich das Bewusstsein verloren hatte.

*Wow.* Meine Gewinnchancen waren gerade rapide gesunken. Wenn mich die erste Übung schon außer Gefecht setzte, wollte ich gar nicht wissen, wie ich das Spiel überstehen sollte.

»So wie es aussieht, ist deine Mauer ziemlich stark, aber Lexie wollte sich davon nicht aufhalten lassen«, erwiderte Beth und streckte mir eine Hand entgegen. Ihre Mundwinkel zuckten verdächtig, als ich mich fluchend von ihr auf die Füße ziehen ließ, doch sie verkniff sich das Grinsen. Ich schwankte kurz, fing mich dann jedoch schnell wieder.

»Tut mir leid.« In Lexies Augen lag eine Mischung aus Schuldbewusstsein und Triumph. Verständlich, schließlich waren ihre Chancen gerade deutlich gestiegen.

»Entschuldige dich nicht«, mischte Caroline sich ein. »Ihr seid beide gut, das wird euch beim Spiel noch sehr helfen. Du, Harper, kannst deine Gedanken gut schützen, und je besser dir das gelingt, desto leichter kommst du später durch die Mauern der anderen. Und du, Lexie, hast ganz offensichtlich sehr viel … Kraft. Die anderen müssen aufpassen.« Sie grinste sichtlich zufrieden.

»Ist das so?«, fragte ich zweifelnd.

Beth nickte bestätigend. »Caroline hat recht. Ihr seid gut.«

»Sehr gut sogar. Und es wäre echt toll, wenn wir zwei Jahre hintereinander gewinnen.«

»Ihr habt letztes Jahr gewonnen?«

»Na ja, genau genommen hat Beth allein gewonnen, sie hat uns alle fertiggemacht. Deswegen ist sie dieses Jahr nicht nur Spielleiterin, sondern auch Vorsitzende, obwohl beide Positionen normalerweise nicht an jemanden vergeben werden, der erst ein Jahr geschafft hat.«

Überrascht sah ich Beth an, deren Wangen bei Carolines Worten tiefrot angelaufen waren.

»Caroline, hör auf«, erwiderte sie verlegen.

»Und wie hast du das angestellt? Hast du irgendwelche Geheimtipps für uns?« Ein neugieriges Funkeln trat in Lexies Augen, doch Beth verzog bedauernd das Gesicht.

»Ich kann euch leider nichts verraten. Wir dürfen nicht über die Aufgaben aus den Vorjahren sprechen. Manche Aufgaben werden wiederholt, und damit niemand einen Vorteil hat, müssen wir alles für uns behalten, tut mir leid.«

»Schon gut.« Lexie zuckte mit den Schultern, doch ihre Augen verrieten, dass es ihr nicht so gleichgültig war, wie sie tat. Wenn ich ehrlich war, hätte ich auch gern mehr gehört. Es hätte einiges leichter gemacht, wenn Beth uns wenigstens ein *winziges bisschen* verraten hätte.

»Wie fühlst du dich?« Prüfend musterte Caroline mich.

Ich rieb mir über die Stirn. Mein Stolz war zwar ziemlich angeknackst, aber das Pochen in meinem Kopf hatte nachgelassen. »Mir geht's gut.«

»Wollen wir dann weitermachen?«

»Nur wenn Lexie ein bisschen vorsichtiger ist.« Ich warf ihr einen vielsagenden Blick zu.

Lexie feixte. »Dann wehr dich nicht.«

»Ich mache das nicht absichtlich.« Ich stieß ein theatralisches Seufzen aus, verdrehte die Augen und versuchte zu überspielen, dass sich mein Magen zusammenkrampfte. Ich wollte nicht, dass sie noch einmal versuchte, in meinen Kopf einzudringen. Aber was hatte ich schon für eine Wahl?

»Entspann dich, Harper. Ich weiß, dass das nicht leicht ist, aber du bekommst das hin. Und wenn wir damit durch sind, erkläre ich euch, wie ihr euch am besten schützen könnt. Damit dürftest du dann keine Probleme haben.« Grinsend sah Caroline mich an.

Ich war mir da nicht ganz so sicher. Aus reinem Instinkt oder mit voller Absicht zu handeln, waren zwei völlig verschiedene Dinge. Wahrscheinlich würden meine Gedanken wie ein offenes Buch vor Lexie liegen, wenn es darauf ankam, dass ich meine Mauer undurchdringlich machte.

Ich atmete tief durch und drehte mich zu Lexie um, die mich erwartungsvoll beobachtete. »Okay, dann los.«

♦

Dichte graue Wolken bedeckten den Himmel, als ich mich am Mittwochmorgen auf den Weg zur Uni machte. Es war so früh, dass die meisten anderen Diamonds noch tief und fest schliefen. So wie es aussah, war ich eine der wenigen, die um acht Uhr die erste Veranstaltung hatte.

In den ersten beiden Trimestern des Jurastudiums waren drei Module verpflichtend: Zivilrecht, Verfassungsrecht und Strafrecht. Außerdem gab es wöchentliche Tutorien für alle Studierenden und gesonderte Extrastunden für jedes Mitglied der Vier Farben. Nach allem, was während der letzten Tage geschehen war, fühlte es sich beinahe unwirklich an, dass mein Leben als Studentin jetzt tatsächlich losgehen würde.

Bei dem Gedanken, dass es endlich so weit war, musste ich lächeln, und für ein paar Minuten vergaß ich die Vier Farben, meine neuen Fähigkeiten und das Spiel. Für ein paar Minuten war ich nur eine normale Studentin, die ihrem neuen Leben entgegenfieberte.

Ich war noch nicht mal am Ende der Straße angekommen, als es anfing zu regnen. Feine Regentropfen, die in meine Haut stachen und mich innerhalb weniger Augenblicke durchnässten. Ich hatte keinen Schirm mit und meine Jacke hatte keine Kapuze, aber das störte mich nicht. Es war schließlich nur ein bisschen Regen.

In der Stadt herrschte geschäftiges Treiben, der Campus dagegen lag beinahe ausgestorben vor mir, während ich über die nassen, rutschigen Pflastersteine hastete. Entweder hatten die meisten um diese Uhrzeit noch keine Kurse oder sie waren wegen des Regens nach drinnen geflüchtet.

Als mein Handy in meiner Jackentasche vibrierte, wusste ich, dass es Cece war, noch bevor ich einen Blick auf das Display geworfen hatte. Mein schlechtes Gewissen drängte sich mit aller Macht in den Vordergrund, als ich ihre Nachricht las.

> Cece 7:49
> Sehen wir uns gleich?

Das unausgesprochene *Immerhin bist du mir in den letzten Tagen aus dem Weg gegangen* schwang ziemlich deutlich in den wenigen Worten mit. Sie war sauer, und das zurecht. Ich *war* ihr aus dem Weg gegangen. Weil ich ihr nicht sagen konnte, was sie hören wollte.

Cece hatte mich am Samstag den ganzen Tag mit Nachrichten bombardiert. Ich hatte ihr nur kurz zurückgeschrieben, dass es mir gut ging und wir später reden würden, jedoch keine ihrer Fragen beantwortet. Ich konnte nicht. Wenn Beth noch einmal meine Gedanken las und herausfand, dass ich Cece Dinge erzählt hatte, die ich niemandem erzählen durfte, würde ich mein Pfand verlieren. Und es war ziemlich wahrscheinlich, dass ich mit einer Erinnerung an einen geliebten Menschen die an Cece verlieren würde. Immerhin war sie die Einzige, die mir etwas bedeutete. Das konnte ich nicht riskieren. Genauso wenig, wie ich riskieren konnte, dass man sie für ihr Wissen bestrafte.

Allein bei dem Gedanken drehte sich mir der Magen um, denn ich bezweifelte, dass man Cece einfach mit all ihren Erinnerungen herumlaufen ließ, wenn ich ihr irgendein Geheimnis der Vier Farben verriet.

Als Beth in meinem Kopf nach Finley gesucht hatte, hatte ich Glück gehabt. Extrem viel Glück. Es war unwahrscheinlich, dass ich noch einmal damit durchkam. Es spielte keine Rolle, dass die anderen meine Gedanken nicht ohne offizielle Untersuchung lesen durften. Ganz sicher konnte ich mir nicht sein. Vor allem nicht bei Eli.

Also versuchte ich, Cece aus allem herauszuhalten, und hoffte inständig, dass sie es zulassen würde.

Ich 7:51
Bin gleich da. ❤

Ich strich mir die feuchten Haare aus der Stirn, als ich den Hörsaal betrat, und schaute mich suchend um. Schließlich entdeckte ich Ceces vertrautes Gesicht und schob mich an einigen Studierenden vorbei, die quatschend auf den Stufen standen.

»Hey.« Ich schenkte ihr ein versöhnliches Lächeln, als ich mich auf den freien Platz neben sie fallen ließ.

»Ich bin überrascht, dass du es tatsächlich geschafft hast«, erwiderte sie spitz und ich zuckte bei der Anspielung auf meine Absagen der letzten zwei Tage zusammen.

Eigentlich waren wir zum Mittagessen verabredet gewesen, doch ich hatte beide Male abgesagt und die Diamonds vorgeschoben. Es war eine schwache Ausrede und ich fühlte mich mehr als mies deswegen, aber ich hatte keine andere Wahl.

»Cece, es tut mir leid, wie oft soll ich das noch sagen?« Ich wollte nach ihrer Hand greifen, doch sie zog sie weg. Ein Stich durchfuhr mich, genau wie die dunkle Ahnung, dass ich sie verlieren könnte, nur weil ich versuchte, sie und mich zu beschützen.

»So lange, bis ich nicht mehr sauer bin.«

»Dann sei nicht mehr sauer auf mich«, bat ich und blinzelte sie treuherzig an. Es gab niemanden sonst auf der Welt, den ich so anschaute.

Cece schürzte die Lippen und ein trotziges Funkeln trat in ihre Augen. »Dann sag mir, was Freitag passiert ist.«

»Cece, ich …« Ich brach ab, als ich hinter ihr ein vertrautes Gesicht entdeckte.

*Das kann doch jetzt echt nicht wahr sein.*

Finley lief die Treppe hinunter und setzte sich zwei Reihen schräg links vor uns auf einen freien Platz. Was zur Hölle machte er hier? Verfolgte er mich etwa? Okay, das war unwahrscheinlich. Trotzdem. Warum musste er jetzt auch noch mit mir in dieser Vorlesung sitzen? Reichte es nicht, dass er in Oxford war? Bei den Vier Farben?

»*Was*?«, fragte Cece leicht genervt.

Ich riss meinen Blick von Finleys perfektem Profil los. Er sah für die Uhrzeit entschieden zu gut aus. Ach verdammt, er sah *immer* viel zu gut aus.

»Ich … also … ich …«, stammelte ich und sah wieder zu Finley hinüber. Ich konnte einfach nicht anders. Das war kein gutes Zeichen.

»Wer ist das?« Cece war meinem Blick gefolgt, der Ärger war aus ihren Augen verschwunden, stattdessen blitzte Neugierde auf.

»Das ist … das ist …« Wieder brach ich ab. Gott, es konnte doch nicht so schwierig sein, einen vernünftigen Satz herauszubringen.

»Hast du ihn auf der Party kennengelernt? Von der du mir immer noch nichts erzählt hast?« Da war der Ärger wieder. Nicht so ausgeprägt wie vorhin, aber immer noch da.

»Nein.« Ich seufzte. »Das ist Finley.«

»Finley?«, quietschte Cece und riss die Augen auf. »*Der* Finley?«

Ich nickte und verzog gequält das Gesicht.

»Du hast nie erzählt, wie heiß er ist.« Anerkennung, die ich nicht hören wollte, schwang in ihrer Stimme mit. Ja, Finley war heiß, aber das war schließlich nicht sein Verdienst, sondern der seiner Gene.

»Ich wusste auch nichts davon. Bis letzte Woche.« Ich atmete auf, erleichtert darüber, dass das Thema Finley für Cece im Augenblick mehr Priorität zu haben schien als die Party und was während dieser Nacht geschehen war.

»Du könntest ihn zu dem Doppeldate mitbringen«, schlug Cece vor, ein süffisantes Grinsen umspielte ihre Lippen.

Entsetzt starrte ich sie an. »Nein, ganz sicher nicht.«

»Ach komm schon. Ihr kennt euch doch und er sieht wirklich gut aus. Und John –«

»Nur weil Finley gut aussieht, bedeutet das noch lange nicht, dass ich ihm verzeihe«, erinnerte ich sie und Cece verzog zerknirscht das Gesicht.

»Du hast recht. Tut mir leid. Das war blöd.«

Ich wollte etwas erwidern, als Professorin Bishop den Saal betrat und alle Gespräche auf einen Schlag verstummten. Sie begann ohne Umschweife zu reden, doch ich konnte ihr schon nach wenigen Sekunden nicht mehr folgen.

Wieder und wieder zuckte mein Blick zu Finley. Und dann drehte er sich um, als hätte er gespürt, dass ich ihn ansah, und mein Herz setzte einen Schlag aus. Das Grün seiner Iriden war sogar auf die Entfernung zu erkennen, so sehr leuchteten sie. Mein Mund war plötzlich staubtrocken. Ich sollte wegsehen. Einfach den Kopf drehen und ihn nicht mehr anschauen, aber sein Bick hielt meinen gefangen.

Dann hoben sich seine Mundwinkel zu einem herausfordernden Grinsen und meine Schultern verkrampften sich. Ich weigerte mich wegzusehen, bis er es schließlich tat, obwohl ich mich von Sekunde zu Sekunde mehr anspannte. Ich *wollte* ihn nicht anschauen. Aber noch weniger wollte ich ihn gewinnen lassen.

Während der restlichen Veranstaltung bemühte ich mich krampfhaft, nicht noch einmal in seine Richtung zu blicken. Aber ich konnte spüren, wie er immer wieder zu mir sah. Wie seine Augen mein Gesicht abtasteten, als würde er mich berühren. Als würde er nach etwas suchen.

Als Professorin Bishop uns endlich entließ, lagen meine Nerven blank. Hastig packte ich meine Sachen zusammen – ich hatte mir nicht eine Notiz gemacht – und verließ fluchtartig den Hörsaal.

»Harper, jetzt warte doch mal.«

Ich verlangsamte meine Schritte, als ich Cece nach mir rufen hörte. »Tut mir leid, Ce, ich muss weiter. Ich –«

»Du meinst, du flüchtest vor Finley«, fiel sie mir ins Wort und ihr Gesicht verdüsterte sich. »Oder gehst du mir wieder aus dem Weg, weil du mir nicht von der Party erzählen willst? Oder davon, was bei den Vier Farben tatsächlich vor sich geht.«

»Da geht nichts vor sich. Nichts, was … von Bedeutung wäre. Ich … Cece, da ist nichts.« Ich erstickte beinahe an der Lüge und ich hasste die Vier Farben und mich selbst dafür, dass ich meine beste Freundin überhaupt anlügen musste.

Ich hatte Cece noch nie angelogen. Sie war der einzige Mensch, mit dem ich immer ehrlich reden konnte. Und ich hätte nicht gedacht, dass ich ausgerechnet dann damit aufhören musste, wenn wir wieder in derselben Stadt wohnten und eigentlich die Unizeit gemeinsam genießen wollten.

Aber wenn ich ihr etwas sagte – selbst wenn es nur darum ging, dass die Vier Farben uns verboten hatten, auch nur das kleinste Detail zu verraten –, würde das alles nur noch komplizierter machen. Es würde Fragen nach sich ziehen. Warum ich das Verbot nicht ignorierte, schließlich konnte ich ihr vertrauen. Sie würde mich nie verraten. Ich wusste das, es nützte nur nichts.

»Weißt du was? Vergiss es. Du bist eine grauenhafte Lügnerin, Harper.«

»Ich habe nicht …«

»Ach verarsch mich nicht«, unterbrach sie mich. »Ich wäre für dich da gewesen, ich hätte alles mitgemacht, das weißt du. Aber offensichtlich vertraust du mir nicht genug, um mich weiter einzuweihen. Du hast mir immer alles erzählt, so wie ich dir alles erzählt habe. Wir sind wie Schwestern!« Der verletzte Klang ihrer Stimme traf mich mitten ins Herz. »Und jetzt? Eine Woche bei den Diamonds und schon bist du nicht mehr meine Harper. Was haben die nur mit dir gemacht?«

»Cece …«, setzte ich an, doch sie schüttelte nur sichtlich enttäuscht den Kopf und schob sich an mir vorbei.

»Lass es einfach.«

Hilflos sah ich ihr hinterher, als sie den Flur entlanglief. Es wäre so einfach, sie aufzuhalten und das zwischen uns wieder in Ordnung zu bringen. Aber *einfach* war nun mal nicht *richtig*, und ich konnte meine beste Freundin nicht in Gefahr bringen, nur weil ich mich nicht allein mit den Vier Farben und ihrem Spiel auseinandersetzen wollte. Solange ich jeden Tag von den Diamonds umgeben war, musste ich mich an die Regeln halten.

Wir hatten während der vergangenen Tage zwar unsere Fähigkeiten trainiert, aber das Spiel hatte noch nicht begonnen. Und in mir stieg die düstere Ahnung auf, dass alles, was danach kommen würde, das bisher Geschehene in den Schatten stellen würde.

Mit einem Seufzen setzte ich mich in Bewegung, um Cece zu unserem nächsten Kurs zu folgen, als ich mich unerwartet Finley gegenübersah. Erschrocken zuckte ich zurück und verfluchte mich noch im selben Moment für meine Reaktion. Ich hätte damit rechnen müssen, dass er mir folgte.

»Was soll das, Finn?«

»Ihr solltet euch leiser unterhalten, wenn du dein Pfand nicht schon in der ersten Woche verlieren willst.« Seine Stimme war so rau und tief, dass sich die feinen Härchen an meinen Armen aufstellten.

Ich setzte ein zuckersüßes Lächeln auf. »Und du solltest mich nicht in meine Kurse verfolgen.«

Er trat einen Schritt auf mich zu, die plötzliche Nähe überforderte mich. »Ich verfolge dich nicht, Harper. Ich studiere.«

»Was du nicht sagst«, erwiderte ich spitz. »Sonst wärst du wohl kaum hier.« Erst in der nächsten Sekunde begriff ich, was er eigentlich meinte. Er studierte Jura. Dann erinnerte ich mich auch daran, dass seine Eltern Anwälte gewesen waren. Und dass Finley die Kanzlei seines Vaters hatte übernehmen wollen. Mein Magen verkrampfte sich. Wie hatte ich das vergessen können?

Ich kämpfte gegen das mulmige Gefühl an, das in mir aufstieg. Es spielte keine Rolle, was ich vergessen oder verdrängt hatte. Finley war immer noch Finley und ich wollte, dass er mich in Ruhe ließ.

»Das hast du wahnsinnig gut erkannt. Aber darum geht's jetzt nicht. Ich glaube, wir sollten reden.«

»Ich glaube auch eine ganze Menge Dinge, aber ich bezweifle, dass du irgendwas davon hören willst.« Ich zwängte mich an ihm vorbei.

Seine Hand schnellte vor und schloss sich so rasch um meinen Arm, dass ich nicht ausweichen konnte. »Das mag sein, aber wir sollten wirklich reden«, beschwor er mich.

Ich biss die Zähne zusammen, während Wut in mir hochkochte. »Lass mich los, oder ich fange an zu schreien«, gab ich gepresst zurück.

Finley zögerte kurz, schien abzuwägen, ob ich meine Drohung wahr machen würde oder nicht, und kam offenbar zu dem Schluss, dass es mir durchaus zuzutrauen war, denn er ließ die Hand sinken. »Harper, bitte. Ich versuche doch nur …«

»Mich zu beschützen?«, beendete ich seinen Satz und stieß ein hohles, bitteres Lachen aus. »Ich brauche dich nicht, Finley. Ich weiß nicht, wie oft ich dir das sagen muss, bis du es endlich kapierst, aber ich *brauche* dich nicht. Akzeptier das und lass mich in Ruhe.«

Sein Blick verhärtete sich, wurde kalt wie Eis.

Ich wartete seine Erwiderung nicht ab, sondern ließ ihn einfach stehen.

# KAPITEL 18

## HARPER

Als ich am Nachmittag ins Verbindungshaus zurückkehrte, hatte sich meine Wut noch immer nicht gelegt. Ich war wütend auf Finley, weil er es einfach nicht lassen konnte, wütend auf Cece, weil sie wütend auf mich war, und wütend auf mich selbst, weil ich den ganzen Tag über Finley nachgedacht hatte und nichts dagegen tun konnte. Dass er in jedem meiner Kurse gesessen hatte, war auch nicht unbedingt hilfreich dabei, *nicht* über ihn nachzudenken.

*Sieh einfach zu, dass du lebend aus der Sache wieder herauskommst.*

Was hatte er damit gemeint?

*Verdammt!*

Wenn ich mich nicht mit Cece gestritten hätte, hätte ich vielleicht nachgegeben und mit ihm geredet. Er wusste irgendetwas, während ich im Dunkeln tappte. Es war mehr als ärgerlich, dass ich mit ihm reden musste, um mehr zu erfahren.

Meine Gedanken wanderten zurück zu Cece. Ich konnte verstehen, dass sie sauer auf mich war. Das wäre ich an ihrer Stelle auch. Sie hatte recht, wir waren wirklich wie Schwestern, wir hatten uns jedes Geheimnis anvertraut. Sie wusste von den Briefen und dass die Vier Farben angeblich Fähigkeiten besaßen, die sie nicht besitzen sollten. Ich hatte sie von Anfang an eingeweiht und nun schloss ich sie aus. Das war nicht fair. Ich konnte sie verstehen, trotzdem wünschte ich mir, sie hätte anders reagiert, eben weil wir wie Schwestern waren. Ihr müsste klar sein, dass ich sie nicht ausschloss, weil ich es wollte.

Seufzend schob ich den Gedanken an Cece beiseite. Grübeln würde mir jetzt nicht weiterhelfen. Eigentlich würde gar nichts helfen. Ich hatte eine Entscheidung getroffen und damit musste ich jetzt wohl oder übel zurechtkommen.

Der Aufenthaltsraum war vollkommen leer, das Haus beinahe unheimlich still für einen Nachmittag. Der Teppich dämpfte meine Schritte, als ich nach oben lief. Im Flur blieb ich stehen, war für einen Moment versucht, an Lexies Tür zu klopfen, weil ich das Bedürfnis hatte, mit jemandem zu reden, ließ es dann aber doch bleiben, weil ich keine Ahnung hatte, was ich ihr sagen sollte. Ich konnte ihr weder von Cece noch von Finley erzählen.

Stattdessen ging ich in mein Zimmer und ließ meinen Rucksack achtlos zu Boden fallen. Mein Blick streifte den Plattenspieler, den ich vor ein paar Tagen auf die Kommode gestellt und seitdem nicht mehr angerührt hatte. Jedes Mal, wenn ich ihn sah, musste ich an Finley und diesen einen Tag denken, als ich ihn damals in den Plattenladen in Manchester mitgenommen hatte. Daran, wie mich seine Finger berührt hatten, dann seine Lippen, während wir große Kopfhörer getragen und *Wicked Game* gehört hatten.

Es war ein Fehler gewesen, den Plattenspieler zu kaufen, und es war ein Fehler, ihn zu behalten, aber ich brachte es nicht über mich, ihn zurückzugeben.

Ich wollte mich gerade in meinem Bett verkriechen, um den Rest des Tages zu verschlafen, als ich einen Umschlag auf meinem Kissen entdeckte. In geschwungenen Buchstaben stand mein Name auf dem cremefarbenen Papier.

Ich erstarrte, mein Herz begann zu rasen.

*Das Spiel geht los.*

Es konnte gar nicht anders sein. Mit wackeligen Beinen ging ich zum Bett und griff nach dem Umschlag. Das Papier fühlte sich rau und weich zugleich an, der Umschlag war schwerer als erwartet. Aufregung durchflutete mich. Es ging wirklich los.

Ich zog den Brief heraus und faltete das dicke Papier auseinander.

Harper,
geh morgen früh um zehn Uhr in die Bodleian Library
und suche nach der neuesten Ausgabe von Romeo & Julia.
Dort findest du den nächsten Hinweis.
Viel Erfolg!
Beth

Stirnrunzelnd las ich den Brief noch einmal. Sollte das ein Witz sein? Eine Schnitzeljagd? Das war die erste Runde des Spiels?

Die Badezimmertür flog auf und ich wirbelte herum. Lexie kam in mein Zimmer spaziert und wedelte mit einem Brief herum, der meinem verdächtig ähnlich sah.

»Irgendeine Ahnung, was das hier werden soll?« Sie ließ sich ungefragt auf mein Bett fallen und streckte die Beine aus.

»Soll ich jetzt das Offensichtliche aussprechen?«, gab ich zurück.

Sie grinste. »Nein, nicht nötig. Verrate mir nur, ob sie dich auch zum Ashmolean Museum schicken.«

Ich schüttelte den Kopf und setzte mich neben sie. »Ich muss zur Bibliothek.«

Lexie runzelte irritiert die Stirn. »Das ergibt keinen Sinn. Ich dachte, wir sollen unsere Fähigkeiten in dem Spiel benutzen. Und jetzt schicken sie uns an verschiedene Orte, um nach Hinweisen zu suchen?«

»Ja, das hab ich mich auch gefragt«, erwiderte ich seufzend. »Aber ich schätze, wir haben keine andere Wahl, als das zu tun, was sie von uns verlangen.«

Lexies Augen waren dunkel, beinahe schwarz, als sie den Kopf wandte und mich anschaute. »Ich glaube, wir haben bei gar nichts mehr eine Wahl.«

Ich erwiderte ihren Blick und schwieg. Sie hatte recht. Und ob ich wollte oder nicht, es machte mir Angst.

# KAPITEL 19

## FINLEY

Meine Schultern und Arme brannten wie Feuer, als ich am späten Nachmittag das Bootshaus verließ und mich auf den Weg zurück zum Verbindungshaus der Spades machte. Für gewöhnlich half das Rudern, damit ich wieder einen klaren Kopf bekam. Heute allerdings schien gar nichts zu helfen, und obwohl mein Körper vor Erschöpfung protestierte, drehten sich meine Gedanken weiterhin unaufhaltsam im Kreis.

Ich hätte ahnen müssen, dass Harper und ich uns für dasselbe Studienfach entschieden hatten. Sie hatte immer Jura studieren wollen, genau wie ich. Vielleicht hatte ich es auch geahnt, den Gedanken aber verdrängt, weil er unweigerlich Folgen nach sich ziehen würde. Wir würden uns jeden Tag sehen. Jeden verdammten Tag. Und das war nach zwei Jahren Funkstille beinahe zu viel. Und gleichzeitig war es nicht genug.

Wir würden uns also viel zu oft sehen und trotzdem nicht miteinander reden können. Nicht so, wie es nötig wäre. Dabei *musste* ich mit Harper reden, ihr irgendwie klarmachen, das nichts an den Vier Farben so harmlos war, wie sie glaubte. Dafür musste sie mir allerdings erst einmal zuhören, und unsere Begegnung heute Morgen hatte deutlich bewiesen, dass sie darauf nicht unbedingt scharf war. Nicht, dass ich nach unserem Gespräch auf der Party etwas anderes erwartet hätte, aber einen Funken Hoffnung hatte ich eben doch noch gehabt.

Frustriert stapfte ich nach Hause. Ich hatte mir das alles einfacher vorgestellt, was zugegeben ziemlich naiv gewesen war. Natürlich war ich nicht davon ausgegangen, dass Harper mich mit offenen Armen empfangen würde, aber dass sie mich so sehr ablehnte, hatte den Stachel, der seit zwei Jahren in meiner Brust steckte, noch ein ganzes Stück tiefer in mein Herz getrieben. Ich war selbst schuld, doch das machte es nicht besser.

Aus dem Garten des Verbindungshauses hallte fröhliches Gelächter, doch ich machte mir gar nicht erst die Mühe, nach hinten durchzugehen und mich den anderen anzuschließen. Ich war nicht hier, um Freunde zu finden. Ich wollte herausfinden, was wirklich mit Dorian passiert war, und das Spiel unbeschadet hinter mich bringen. Und ich wollte Harper sicher aus der Verbindung herausholen.

Sie mochte das anders sehen, und ich war mir auch sicher, dass sie allein auf sich aufpassen konnte, aber ich konnte trotzdem nicht anders. Seit ich wusste, dass sie hier war, schien sie unwiderruflich mit meinen Plänen verbunden zu sein.

Ich ließ den Garten hinter mir und stapfte die Treppe nach oben in den zweiten Stock, in dem mein Zimmer lag. Das Bad war glücklicherweise frei, was bedeutete, dass Jackson seine tägliche Sportsession noch nicht beendet hatte. Nach einer schnellen Dusche warf ich mich auf mein Bett, zog das Notizbuch, das ich ständig mit mir herumschleppte, aus meinem Rucksack, und griff nach meinem Handy.

Es waren Monate vergangen, seit ich das letzte Mal den Chat mit Dorian geöffnet hatte, und meine Hände begannen unkontrolliert zu zittern, als ich jetzt auf das Display tippte. Meine Kehle fühlte sich an wie zugeschnürt und ich spürte, wie meine Augen zu brennen begannen und sich mein Herz schmerzhaft zusammenzog.

Energisch drängte ich die aufsteigenden Tränen zurück, setzte meine Kopfhörer auf und tippte auf Dorians letzte Sprachnachricht. Er hatte mir immer ewig lange Sprachnachrichten geschickt, so lang, dass ich meistens keine Zeit gehabt hatte, sie mir direkt anzuhören. Deswegen hatte er sich angewöhnt, immer noch eine kurze Nachricht hinterherzuschicken, wenn er mehr von mir wollte, als mich nur auf den neuesten Stand zu bringen.

Dorians Stimme war mir immer noch unendlich vertraut, als sie jetzt leise aus meinen Kopfhörern drang.

Dorian 20:53:
▶ 3:28

*»Hey, ich hoffe, es geht dir gut, und Mum und Dad sind nicht allzu sauer, dass ich so früh wieder abreisen musste. Sag ihnen bitte noch mal, dass ich auch gern länger geblieben wäre, ja?«*

Trotz aller Vertrautheit hatte seine Stimme an jenem Tag anders geklungen. Seltsam gehetzt und irgendwie nicht nach ihm. Er seufzte schwer und ich konnte beinahe vor mir sehen, wie er sich mit der freien Hand durch die dunklen Locken fuhr.

*»Weißt du … manchmal wünschte ich, ich wäre bei euch geblieben und nach Yale gegangen, wie Dad es sich gewünscht hat. Dann wäre alles … unkomplizierter gewesen. Ich meine, Oxford ist toll und es ist schön, endlich wieder richtiges Englisch zu hören …«*, er lachte leise

und ich musste unwillkürlich lächeln, »*aber hier geht auch ziemlich viel verrücktes Zeug ab.*« Er machte eine Pause, und wie immer, wenn ich mir die Sprachnachricht anhörte, wartete ich darauf, dass er mir erklärte, was so verrückt war.

Aber natürlich tat er das nicht. Weil er es nicht durfte. Ich wusste, dass er mir keine Erklärung geben würde, weil ich seine Worte so oft gehört hatte, dass sie mich inzwischen bis in meine Träume verfolgten. Ich konnte ihn einfach nicht loslassen. Ich mochte akzeptiert haben, dass er tot war und dass ich den einzigen Menschen verloren hatte, der für mich je wie ein Bruder gewesen war, aber so lange ich nicht wusste, warum er gestorben war, konnte ich nicht damit abschließen.

Es war wie ein Loch in meinem Inneren, das sich einfach nicht schließen lassen wollte, egal, wie sehr ich es versuchte. Deswegen war ich hergekommen. Um Frieden zu finden, einen Abschluss, *irgendwas*, das dieses verdammte Loch füllen konnte.

»*Wenn das alles hier vorbei ist, muss ich dir unbedingt Via vorstellen. Du wirst sie lieben*«, fuhr Dorian fort. Jetzt lachte er wieder. Seine Stimme klang anders, weicher und wärmer. »*Hoffentlich nicht so wie ich, aber das wage ich doch stark zu bezweifeln. Sie ist wirklich toll und sie hat eine jüngere Schwester, die echt süß ist. Blonde Haare, blaue Augen, also genau dein Typ.*« Er stieß ein theatralisches Seufzen aus und ich verdrehte in Erwartung dessen, was jetzt kommen würde, die Augen. »*Vielleicht solltest du Harper einfach suchen, wenn du es immer noch nicht schaffst, sie dir aus dem Kopf zu schlagen. Im Ernst, du trauerst ihr seit einer halben Ewigkeit hinterher. Rede mit ihr, entschuldige dich, sag ihr, dass du ein Arsch warst, und dann verbock es nicht wieder. Okay? Versprichst du mir das? Und wenn wir schon dabei sind: Versprich mir auch, dass du nach deinem Abschluss nach Yale gehst, ja? Mach meinen Dad glücklich. Und deinen auch. Von mir aus kannst du auch nach Cambridge gehen, wenn du unbedingt nach England zurückwillst, aber … na ja, Oxford wird überbewertet. Und die Vier Farben auch.«*

Ich musste ihn nicht sehen, um zu wissen, dass er in diesem Augenblick mit den Schultern gezuckt hatte, ein schiefes Lächeln auf den Lippen, das seinen Worten die Schärfe nehmen sollte.

*»Ich muss jetzt auch Schluss machen, ich hab noch einiges … zu tun.«* Das Lächeln war aus seiner Stimme verschwunden, stattdessen hörte ich etwas Dunkles, beinahe Schmerzhaftes in seinem Tonfall, bei dem ich jedes verdammte Mal eine Gänsehaut bekam. *»Pass auf dich auf, Finley.«*

Dann brach die Sprachnachricht ab und ich hörte nur noch das leise Rauschen des Bluts in meinen Ohren.

Zwei Tage lang hatte ich mir seine Nachricht nicht angehört. Ich war beschäftigt gewesen und er hatte auch nicht geschrieben, dass ich endlich mal ein paar Minuten Zeit finden sollte, weil er mir etwas Wichtiges zu sagen hatte.

Zwei Tage. Am dritten Tag hatten wir die Nachricht bekommen, dass er gestorben war.

Ich hatte nicht auf ihn gehört. Mal wieder. Ich war weder nach Cambridge noch nach Yale gegangen, weil sich mit jedem Abspielen seiner letzten Worte die Ahnung tiefer in mir festgekrallt hatte, dass in Oxford irgendwas nicht so gelaufen war, wie es hätte laufen sollen.

Jetzt wusste ich Bescheid.

Und gleichzeitig hatte ich keine Ahnung.

# KAPITEL 20

## HARPER

Als ich am nächsten Morgen die erste Vorlesung in Strafrecht schwänzte, um mich gegen halb zehn auf den Weg zur Bodleian Library zu machen, breitete sich eine nervöse Unruhe in mir aus. Der Himmel war ausnahmsweise strahlend blau, doch heute wünschte ich mir dicke, dunkle Wolken, die die Sonne verdeckten. Schlechtes Wetter würde definitiv besser zu der Beklemmung in mir passen.

*Es ist nur ein Spiel. Nur ein Spiel. Nur ein Spiel.* Ich wiederholte die Worte so oft in meinem Kopf, bis sie schließlich ihre Bedeutung verloren. Ich versuchte, mich damit zu beruhigen, scheiterte jedoch kläglich. Das war nicht einfach nur ein Spiel. Hier ging es um mehr.

Für mich ging es um meine Vergangenheit und ich fragte mich, was die anderen sich wohl tief in ihrem Herzen wünschten. Wofür würden sie alles geben?

Bevor ich weiter darüber nachgrübeln konnte, vibrierte mein Handy und zeigte mir an, dass ich abbiegen musste. Als die Bodleian Library schließlich vor mir aufragte, stockte mir der Atem. Ich hatte die runde Kuppel schon von Weitem gesehen, denn sie war immer mal wieder zwischen den Hausdächern aufgeblitzt, aber in ihrer ganzen Pracht war die Bibliothek atemberaubend.

Oxford hatte von Anfang an etwas Magisches an sich gehabt – offensichtlich mehr, als ich je hätte ahnen können –, aber die Realität war etwas anderes als Bilder im Internet. Erst als ich von den jahrhundertealten Gebäuden umgeben war, die mehr Geschichte erlebt hatten, als ich jemals fassen konnte, begriff ich, dass für jeden eine ganz eigene Form von Magie existierte. Nicht nur für die Vier Farben, die mit ihren Fähigkeiten allem widersprachen, woran ich jemals geglaubt hatte.

Das ferne Läuten einer Kirche erinnerte mich an die Aufgabe, die ich zu erledigen hatte. Zehn Uhr. Immerhin war ich pünktlich.

Ich straffte mich und betrat die Bibliothek. Es war mucksmäuschenstill, das dunkle Holz an Wänden und Decke verschluckte einen Großteil des Lichts, das durch die hohen abgerundeten Fenster fiel. Staunend sah ich mich um, während ich langsam durch den großen Saal schritt und den Anblick der Abertausenden Bücher in mich aufsaugte, die fein säuberlich in ihren Regalen standen.

Schließlich kam ich in einen Raum, in dem breite Tische standen. Einige Studierende und – dem Alter nach – auch Dozenten und Professoren saßen dort mit ihren Laptops und waren voll und ganz in ihre Arbeit vertieft. Niemand schaute auf, als ich an ihnen vorbeilief. Ich blickte hoch zur Galerie, die über eine schmale Treppe zu erreichen war. Dort standen unzählige weitere Regale mit Büchern und ich fühlte mich beinahe erschlagen von all dem Wissen um mich herum.

Ziellos streifte ich durch die Bibliothek, viel zu fasziniert von der Umgebung, um mich wirklich auf meine Aufgabe konzentrieren zu können. Ich hätte den ganzen Tag hierbleiben und mich umsehen können, aber das war wahrscheinlich nicht Sinn und Zweck des Ganzen.

Stattdessen zog ich mein Handy aus der Tasche, um im Onlinekatalog der Bibliothek nach dem Buch zu suchen. Dummerweise schienen die Diamonds das vorausgesehen zu haben – wirklich schwierig war das schließlich auch nicht –, denn ich fand nicht eine einzige Ausgabe von *Romeo und Julia*. Wie auch immer sie das angestellt hatten, es war auf jeden Fall ausgeschlossen, dass es tatsächlich keine Ausgabe von Shakespeares berühmtestem Werk in dieser Bibliothek gab. Sie mussten den Onlinekatalog irgendwie manipuliert haben, eine andere Erklärung fiel mir nicht ein.

Frustriert schob ich mein Smartphone in die Jackentasche und ging zur Informationstheke. Dann würde ich das Buch eben auf die altmodische Art suchen. Zwei Mitarbeiter standen hinter der Theke, ein Mann mittleren Alters, der sich gerade leise mit einer jungen Frau unterhielt, und ein dunkelhaariger Typ, der vielleicht zwei oder drei Jahre älter war als ich.

»Brauchst du Hilfe?«, erkundigte er sich mit einem freundlichen Lächeln, bevor ich auch nur einen Ton herausgebracht hatte. Die dunklen Haare fielen ihm in wirren Locken in die Stirn, seine Augen leuchteten in einer Mischung aus braun und grün. Er hatte ein schmales, beinahe irritierend anmutiges Gesicht mit scharf geschnittenen Wangenknochen und einer ausgeprägten Kieferpartie.

Mein Blick landete kurz auf dem kleinen Schild, das an seinem Pullover befestigt war und ihn als Mitarbeiter der Bibliothek auswies. *John Wright.*

»Ehrlich gesagt, ja«, antwortete ich. »Ich suche die neueste Ausgabe von *Romeo und Julia.*«

Seine Mundwinkel zuckten, als er meinen Blick entschuldigend erwiderte. »Ich fürchte, da kann ich dir leider nicht helfen.«

»Kannst du nicht?« Ich blinzelte irritiert. Es war sein verdammter Job, mir zu helfen.

»Nein. Beth hat ziemlich deutlich gemacht, dass ich dir nichts sagen darf.«

Ich stöhnte auf. Beth. Natürlich. Sie war mir einen Schritt voraus. Mindestens. Tendenziell eher noch ein paar mehr.

»Du bist aber nicht bei den Vier Farben, oder?«, fragte ich misstrauisch, obwohl ich die Antwort kannte. Wenn er dazugehören würde, wäre er auf der Party gewesen. Oder uns wurden noch mehr Informationen vorenthalten.

Mit einem undurchschaubaren Gesichtsausdruck schüttelte John den Kopf. »Nein, bin ich nicht. Ich helfe nur ab und zu aus.«

»Und wahrscheinlich machst du keine Ausnahme für mich?« Ich schenkte ihm mein einnehmendstes Lächeln und hoffte, er würde einfach Ja sagen, doch John zog in einer entschuldigenden Geste die Schultern hoch.

»Nein, sorry.«

Ich schürzte die Lippen. »Benutzen die Vier Farben die Bibliothek öfter für ihre Spielchen?«, wollte ich wissen, während ich fieberhaft überlegte, wie ich dieses blöde Buch finden sollte.

»Manchmal«, gab John zurück.

»Das hab ich mir fast gedacht. Ich …« In diesem Moment fiel es mir wie Schuppen von den Augen.

Wie blöd war ich bitte? Lexie und ich hatten uns gestern noch gefragt, was eine Schnitzeljagd mit unserer ersten Aufgabe zu tun haben sollte, wenn wir unsere Fähigkeiten gar nicht benutzen mussten. Von *müssen* konnte zwar keine Rede sein, aber in Johns Kopf nach dem Buch zu suchen, würde wahrscheinlich schneller gehen, als in den Regalen danach zu suchen.

»Du …?« Fragend hob er die Augenbrauen.

»Nichts, schon gut«, beeilte ich mich zu sagen. »Dann muss ich wohl allein klarkommen.«

John räusperte sich. »Oder du schaust in unserem System nach«, schlug er mit gedämpfter Stimme vor.

»Ja, das wäre eine Idee. Danke.« Ich verschwieg ihm, dass ich das bereits versucht hatte. Die Vier Farben konnten unmöglich eine Erlaubnis dafür gehabt haben, den Onlinekatalog zu manipulieren.

»Kein Problem.« Er grinste mich noch einmal an, bevor ich mich abwandte und mein Handy ein weiteres Mal aus der Tasche zog, um wenigstens so tun, als würde ich seinem Vorschlag folgen.

Ich hielt den Kopf gesenkt, den Blick fest auf das Display gerichtet, während ich mich gleichzeitig auf John konzentrierte, der inzwischen mit einem jungen Mann sprach, der mehr als nur ein paar Fragen zu haben schien. Er war abgelenkt und hatte mich vermutlich schon wieder vergessen. Gut für mich.

Caroline hatte während der letzten Tage intensiv mit Lexie und mir trainiert und inzwischen klappte es ganz gut, die Gedanken anderer Leute zu lesen, ohne dass sie davon etwas mitbekamen. Vorgestern waren wir zusammen in der Innenstadt gewesen, hatten uns in Cafés gesetzt und waren in die Köpfe so vieler Leute eingedrungen, dass ich irgendwann den Überblick verloren hatte. Genau wie mein schlechtes Gewissen.

Ich fand das Licht in mir auf Anhieb und ließ es zu John hinüberfließen. Caroline hatte zwar gesagt, wir bräuchten das Licht irgendwann nicht mehr, aber mir gefiel das Bild.

Johns Geist war offen, da war nicht einmal der Hauch einer Mauer, die seine Gedanken und Erinnerungen schützte. Im Moment konzentrierte er sich voll und ganz auf seinen Gesprächspartner, während er ihm etwas erklärte. Es war zwar komplizierter, nach einer bestimmten Information zu suchen, wenn sich die Aufmerksamkeit der Person auf etwas völlig anderes richtete, aber auch das hatten wir geübt.

Ich tauchte tief in seinen Geist ein, suchte nach Beth, nach irgendeinem Anhaltspunkt, wo ich das Buch finden würde, während ich den Blick immer noch auf mein Handy gerichtet hielt, um ihn nicht zu auffällig anzustarren. Mein Herz schlug schneller und schneller. Je länger ich durch seinen Kopf huschte, desto anstrengender wurde es. Wirbelnde Bilder zogen an mir vorbei, ich verlor mich in einem Strudel aus Erinnerungen.

Angst durchströmte mich, als ich merkte, dass ich die Kontrolle verlor. Ein metallischer Geschmack breitete sich in meinem Mund aus. Ich schaffte es nicht mehr, mich auf mein längst wieder schwarzes Display zu konzentrieren, hob den Blick und sah John an. Gesichter blitzten in meinem Kopf auf, eins nach dem anderen, viel zu viele. Ich kämpfte gegen die aufsteigende Panik, kämpfte darum, die Kontrolle zurückzuerlangen, und fand sie schließlich, als ich ein sehr vertrautes Gesicht in Johns Erinnerungen entdeckte.

Cece.

Meine Cece. John – dieser John – war der Grund, warum sie mich zu einem Doppeldate hatte schleppen wollen, bevor die Party und das Geheimnis, das ich hüten musste, alles auf den Kopf gestellt hatte.

Ich bekam keinen klaren Gedanken über sie zu fassen, nur Bilder von ihrem Lächeln, ihren vor Verlegenheit geröteten Wangen. Ich hörte ihre Stimme, die in Johns Kopf einen ganz anderen Klang hatte. Weicher, melodischer.

Ich fluchte leise, als ich merkte, dass ich mich schon wieder verlor. Entschieden schob ich die Bilder von Cece beiseite. So neugierig ich auch war, ich hatte jetzt keine Zeit dafür. Ich musste eine Aufgabe erfüllen. Wenn ich versagte … Nein. Ich wollte nicht darüber nachdenken, was es bedeuten würde, wenn ich schon bei der allerersten Aufgabe versagte. Schweißperlen traten mir auf die Stirn

*Wo ist das Buch, John? Komm schon, zeig mir das Buch. Die neueste Ausgabe von Romeo und Julia. Du weißt, wo das Buch steht. Zeig es mir!*

Die Bilder trafen mich mit voller Wucht und ließen mich zurückzucken. Und dann sah ich durch Johns Augen, wie er mit Beth sprach. Ich war dabei, als sie ihn nach dem Buch fragte, war dabei, als die beiden gemeinsam durch die Bibliothek liefen und schließlich ein kleiner Umschlag in einem schmalen, in blaues Leinen gebundenen Einband verschwand. Mein Mund verzog sich zu einem triumphierenden Lächeln.

Wie von selbst setzten sich meine Beine in Bewegung, ich musste mich zwingen, nicht loszurennen. Adrenalin jagte durch meine Adern. Ich hatte es tatsächlich geschafft.

Keine zehn Minuten später verließ ich die Bodleian mit einem weiteren Zettel in der Hand, der mich zum nächsten Ort schickte.

Harper,
geh um zwölf Uhr in die Hall of Christ Church. Unter dem zweiten Tisch auf der rechten Seite findest du den nächsten Hinweis.
Beth

Es war erst Viertel nach elf und laut Google Maps brauchte ich bis zum Christ Church College nur zehn Minuten zu Fuß. Ich konnte mir also Zeit lassen, denn ich war mir sicher, dass ich jetzt noch keinen Hinweis finden würde. Die Aufgaben waren vermutlich nicht umsonst so präzise, was die Uhrzeiten anging.

Gedankenverloren bog ich in die High Street ein und lief gerade an der St Marys Passage vorbei, als eine vertraute Stimme mich dazu brachte, mitten in der Bewegung innezuhalten.

»Was meinst du, Harper, redest du heute mit mir?«

*Echt jetzt?*

Langsam drehte ich mich um und entdeckte Finley, der entspannt an einer Wand lehnte und mir ein schiefes Grinsen schenkte.

Ich verdrehte die Augen. »Du verfolgst mich wirklich, oder?«

Seine Mundwinkel zuckten, doch das Lächeln kam nicht bei seinen Augen an. »Können wir bitte reden?«

»Jetzt?« Mein Blick wanderte zurück zur High Street.

Finley stieß sich mit einem Seufzen von der Wand ab, machte eine ruckartige Bewegung mit dem Kopf und verschwand dann in einem schmalen Durchgang. Mir entfuhr ein genervtes Stöhnen. War das sein Ernst? Und wieso musste er mich ausgerechnet jetzt abfangen? Ich sollte mich auf meine Aufgabe konzentrieren und einfach weitergehen. Sollte ich. Dringend.

Stattdessen folgte ich ihm. Weil ich neugierig war. Weil wir miteinander reden *mussten.* Nur um herauszufinden, was der andere wusste, versteht sich. Alles andere interessierte mich nicht.

Wirklich nicht.

# KAPITEL 21

♠

## FINLEY

Schon klar, dass es keine besonders clevere Idee gewesen war, Harper zu verfolgen. Aber mir war nichts Besseres eingefallen. Wir *mussten* reden. Vorzugsweise an einem Ort, wo uns niemand belauschen konnte. Also fielen die Verbindungshäuser und der Campus weg. Uns hätte garantiert jemand gesehen und es könnte uns schon in Schwierigkeiten bringen, wenn wir überhaupt miteinander sprachen, ohne dass jemand mitbekam, worum es ging.

Dass ich sie gestern nach dem Kurs abgefangen hatte, war ein dummer Reflex gewesen, vor allem aber ein Fehler. Es war uns zwar nicht verboten worden, mit den anderen Farben zu sprechen, aber besonders gut würde es mit Sicherheit nicht ankommen, wenn jemand Harper und mich zusammen sah. Ich machte mir keine Illusionen darüber, dass man uns im Blick behalten würde. Vielleicht nicht die Vorsitzenden, aber ich war mir ziemlich sicher, dass Jackson nicht einfach lockerlassen würde.

»Also, worüber willst du reden?« Harpers Stimme war kühl, sie wirkte völlig unnahbar, als ich mich zu ihr umdrehte.

Ich hasste es, dass sie so war. Dabei konnte ich sie verstehen. Sie war verletzt und wütend, auch nach zwei Jahren.

Aber so kalt, wie sie tat, war sie nicht. Ich konnte die Hitze spüren, die von ihr ausging, obwohl wir dafür eigentlich zu weit voneinander entfernt standen. Ich spürte die Wärme ihres Körpers, genauso wie ihren Herzschlag. Als würde ihr Herz in meiner Brust neben meinem eigenen schlagen.

Hart und viel zu schnell.

Trotzig und wütend.

Es waren zwar nicht meine Fähigkeiten, die mir die dazugehörigen Emotionen verrieten – das war eher Sache der Hearts –, aber ich kannte Harper. Sie war schon immer wütend gewesen. Früher jedoch nie auf mich.

Mein eigenes Herz passte sich ihrem Takt an, ich spürte, wie ich eine Gänsehaut bekam, war mir jedoch nicht sicher, ob ich ihre Reaktion spiegelte oder es meine eigene war.

Wir hatten die letzten Tage größtenteils damit verbracht zu lernen, unsere Fähigkeiten zu kontrollieren. Ich war froh, dass Ryan dafür gesorgt hatte, dass ich nicht mehr mit Jackson zusammenarbeiten musste. Stattdessen war ich mit Sophie zusammengesteckt worden, was das Training jedoch nur unwesentlich besser machte. Ich war nicht der Einzige bei den Spades, der Probleme damit hatte, sich nicht in den körperlichen Reaktionen der Menschen zu verlieren, von denen man umgeben war. Sie auszublenden war schwieriger, als ich gedacht hätte.

Unwillkürlich fragte ich mich, ob es Harper auch so ging. Stürmten von allen Seiten Gedanken und Erinnerungen auf sie ein? Konnte sie jetzt meine Gedanken hören, so wie ich ihren Herzschlag? Konnte sie meine Erinnerungen sehen, so wie ich spürte, dass ihr der Atem stockte?

»Finn, jetzt sag schon, sonst verschwinde ich.« Aus zusammengekniffenen Augen funkelte Harper mich an und verschränkte die Arme vor der Brust.

»Ich will nur … Können wir bitte einfach über alles reden?« Flehend sah ich sie an und verfluchte mich innerlich dafür, dass ich es nicht schaffte, ihr das zu sagen, was ich eigentlich sagen sollte.

Sie schnaubte und ein süßlicher Geschmack breitete sich auf meiner Zunge aus. Adrenalin. Das meinetwegen durch ihre Adern schoss.

Für einen Moment wünschte ich mir, ich wäre bei den Hearts gelandet. Dann wüsste ich, was Harper fühlte, und könnte darauf reagieren. Andererseits war es schon kompliziert genug, zu spüren, wie ihr Körper reagierte. Ihre Emotionen zu fühlen, hätte mich früher oder später vermutlich um den Verstand gebracht.

»Was meinst du mit *alles*? Willst du darüber reden, wie sehr du mich verletzt hast? Willst du mir erklären, warum du dich damals nicht verabschiedet hast? Warum du dich nie gemeldet hast? Willst du darüber reden, wie beschissen die letzten Jahre waren oder wie –«

»Ich will über die Vier Farben reden«, fiel ich ihr ins Wort, obwohl ich auch über alles andere reden wollte.

Ich wollte ihr jede verdammte Frage beantworten, obwohl das vermutlich nichts ändern würde.

Oder es würde alles ändern.

»Ich will darüber reden, was du weißt und was ich weiß. Mir ist klar, dass du wütend auf mich bist, und du hast jedes Recht dazu, aber es geht jetzt nicht um dich und mich und …« Ich brach ab. Es ging nur um sie und mich. So war es immer schon gewesen.

Seit ich nach dem Tod meiner Eltern in der Pflegefamilie gelandet war, bei der Harper schon seit Monaten wohnte.

Seit ich an diesem ersten Tag zusammengebrochen war und sie mich aufgefangen hatte.

Seit ich mich danach wie ein Arsch aufgeführt hatte, weil ich nicht damit klargekommen war, dass ausgerechnet ein Mädchen gesehen hatte, wie ich die Fassung verlor.

Seit wir uns danach wie zwei Raubkatzen umkreist und am Ende doch immer wieder in den Armen des anderen wiedergefunden hatten.

Ich hatte *sie* gebraucht, weil ich meine Eltern verloren hatte und allein und einsam gewesen war. Sie hatte *mich* gebraucht, weil sie nie Eltern gehabt hatte und allein und einsam gewesen war.

»Und was?« Harper ließ die Arme sinken, ihr Blick flackerte, ihre Stimme klang belegt und etwas in ihr regte sich. Doch ich hatte meine Fähigkeiten noch nicht genug unter Kontrolle, um zu begreifen, was es war.

Frustriert stöhnte ich auf. Dann nahm ich ihre Hand, zog sie weiter in die Passage hinein, weg von der Straße, weg von neugierigen Blicken. Das erste Mal wehrte sie sich nicht gegen die Berührung. Hitze stieg in mir auf. Ihre Haut an meiner zu spüren, warf mich völlig aus der Bahn.

Hastig ließ ich sie los, als wir in einem Hauseingang stehen blieben, viel zu nah beieinander. Alles in mir drängte danach, zurückzutreten, uns beiden mehr Raum zu geben, aber ich konnte mich nicht bewegen.

»Ich kenne dich nicht mehr.« Die Worte brachen aus mir heraus, roh und ungefiltert. Und in dieser Situation absolut unpassend.

Harpers Augen weiteten sich. »Was du nicht sagst«, gab sie zurück, doch der Spott, der normalerweise in ihrer Stimme mitschwang, war verschwunden.

»Das ist ätzend.«

»Du bist selbst schuld!«, fuhr sie mich an und stieß mir beide Hände fest gegen die Brust. Wut loderte in ihrem Blick auf, ihr Puls beschleunigte sich.

»Ich weiß. Verdammt, ich *weiß* das Harper. Ich hab das so nie gewollt, ich wollte immer nur …« Ich brach ab.

*Fuck.*

»Was? Was wolltest du?«

*Dich.*

# KAPITEL 22

♦

## HARPER

»Jetzt sag schon«, presste ich angestrengt hervor. Ich konnte meinen Puls in jeder Faser meines Körpers spüren. Hitze breitete sich in mir aus, sammelte sich in meinem Unterleib.

Finleys Augen weiteten sich, doch er antwortete nicht. Stattdessen trat er einen Schritt auf mich zu, blieb so dicht vor mir stehen, dass ich die Wärme spüren konnte, die von ihm ausging. Seine Finger streiften meine und mir stockte der Atem.

*Nein. Nein. Nein.*

So war das nicht geplant. So sollte das nicht ablaufen. Ich sollte wegrennen, so schnell ich konnte. Aber ich schaffte es nicht einmal, den Blick von Finley zu lösen. Früher hatte seine Nähe ein Kribbeln in mir ausgelöst. Ein süßes, sehnendes Kribbeln. Danach, seine Hand zu halten, seine Lippen über meine streichen zu spüren. Ein Kribbeln, das so unschuldig wie verheißungsvoll gewesen war.

Heute löste Finley ein drängendes Verlangen in mir aus. Ein pochendes, heißes, alles verschlingendes Verlangen. Mit nur einem einzigen Blick aus diesen viel zu grünen Augen.

Ich wünschte, es wäre bloß das Verlangen, ihm eine runterzuhauen. War es aber nicht.

Warum konnte er mir nicht egal sein? Warum ließ ich zu, dass ich mich in seiner Gegenwart so fühlte? Warum verlor ich bei ihm ständig die Kontrolle?

Er sah mir noch immer in die Augen, als er seine Finger mit meinen verschränkte. Ich öffnete den Mund, wollte etwas sagen, brachte jedoch keinen Ton heraus. Für den Bruchteil einer Sekunde zuckte sein Blick zu meinen Lippen.

Ich wusste genau, was er wollte … und ich wollte es plötzlich auch. Ich hasste es, aber ich wollte, dass er mich küsste. Ich wollte ihn küssen, wollte die letzten zwei Jahre vergessen, die unendlich lange Zeit, in der ich ihn vermisst und verflucht hatte.

Wie von selbst lehnte ich mich in seine Richtung, konnte mich nicht zurückhalten. Ich sah, wie er schluckte, als er mit dem Daumen über meinen Handrücken strich und mit dieser Berührung Tausende kleine Stromschläge durch meinen Körper jagte.

*Küss mich.*

*Geh weg.*

*Küss mich.*

*Lass mich in Ruhe.*

*Küss mich.*

*Ich hasse dich.*

*Küss mich.*

Finleys Blick flackerte, als er die andere Hand an mein Gesicht hob. In seinen Augen lag eine Zerrissenheit, die ich nur zu gut kannte und die mir das Herz brach, obwohl es doch längst zerschmettert auf dem Boden lag.

Zwei Jahre.

Zwei Jahre waren vergangen, seit Finley mich aus seinem Leben gestrichen hatte. Ich sollte längst darüber hinweg sein. Es war so dumm und naiv und lächerlich, dass ich immer noch so für ihn empfand. Ich kannte ihn nicht mehr. Er kannte mich nicht mehr. Und dennoch … ich konnte nicht leugnen, dass da immer noch etwas zwischen uns war.

Ich schloss die Augen, als ich Finleys Atem auf meiner Haut spürte, als ich spürte, wie seine Lippen zögerlich meine berührten. Abrupt drehte ich den Kopf zur Seite, mein Magen verkrampfte sich.

»Es tut mir leid.« Finleys raue Stimme brach.

»Was tut dir leid?«, flüsterte ich, ohne die Augen zu öffnen und ihn wieder anzuschauen.

Er löste seine Finger von meinen, umfasste mit beiden Händen mein Gesicht. Meine Lider flatterten, und obwohl ich es nicht wollte, konnte ich jetzt doch nicht anders, als seinen glühenden Blick zu erwidern.

»Es tut mir leid, dass ich gegangen bin und mich nicht von dir verabschiedet habe. Es tut mir leid, dass ich mich nicht mehr bei dir gemeldet habe. Und es tut mir leid, dass ich dir wehgetan habe. Ich …« Er verstummte, rang nach Worten und schluckte hinunter, was auch immer ihm noch auf der Zunge gelegen hatte. »Es tut mir leid.«

Ich nahm seine Worte in mich auf, vergrub sie tief in meinem Herzen und griff nach seinen Händen. Entschlossen löste ich sie von meinem Gesicht und schob mich an ihm vorbei. Ich musste hier weg.

»Harper, bitte.«

Finleys Stimme ließ mich herumwirbeln. Auf einmal war ich entsetzlich müde. »Was willst du von mir hören? Dass es okay ist? Dass ich dir verzeihe? Ich kann das nicht. Das … alles.« Ich deutete von ihm zu mir und wieder zurück.

Es war zu viel. Ich kam damit klar, dass er hier war, ich kam damit klar, dass ich in einer Studentenverbindung gelandet war, in der absolut nichts so lief, wie es laufen sollte. Aber *damit* kam ich nicht klar.

»Ich weiß. Ich … ich will einfach nur, dass wir ehrlich zueinander sind. Damit wir dieses Spiel überleben.«

Irritiert blinzelte ich ihn an. Das war jetzt schon das zweite Mal, dass er so etwas andeutete. Was zum Teufel wollte er damit sagen?

»Kannst du das?«, fragte er ernst. »Ehrlich zu mir sein?«

Mein Verstand flehte mich an, *Nein* zu sagen, während alles in mir danach drängte zu nicken.

»Wir *müssen* über dieses Spiel reden! Du weißt, dass du mir vertrauen kannst, Harper. Du kannst meine Gedanken lesen. Du weißt, was ich denke und was ich … Du weißt es.« Finley machte einen Schritt in meine Richtung, streckte eine Hand nach mir aus und ließ sie dann doch wieder sinken.

Erleichterung durchflutete mich. Eine weitere Berührung hätte ich jetzt nicht ertragen. Gleichzeitig konnte ich ihn nur fassungslos anstarren, als ich begriff, was genau er eigentlich gerade gesagt hatte. »Ich werde ganz sicher nicht deine Gedanken lesen!« Ich hatte schließlich nicht vor, mich selbst in den Wahnsinn zu treiben.

»Tust du das nicht längst?«

»Nein!«, stieß ich entsetzt hervor. In diesem Augenblick konnte ich mir nicht vorstellen, dass es etwas gab, was schlimmer für mich wäre, als Finleys Gedanken zu lesen.

»Warum nicht?«

Bevor ich antworten konnte, hörte ich zum zweiten Mal an diesem Tag das hallende Läuten einer Kirchenglocke. Ich zuckte zusammen. *Verdammt.* Ich hatte meine Aufgabe völlig vergessen.

Meine Gedanken rasten, dann traf ich eine Entscheidung. »Wir treffen uns morgen Nachmittag um fünf Uhr genau hier. Ich muss jetzt los.«

Ich wandte mich ab, ohne seine Antwort abzuwarten. Einfach alles lief aus dem Ruder. Und dass Finley jetzt schon zweimal davon gesprochen hatte, dass wir dieses Spiel überleben mussten, sollte mir wahrscheinlich mehr Sorgen machen, als es gerade der Fall war.

Denn all meine Gedanken und Gefühle konzentrierten sich gerade auf ihn. Nur auf ihn. Nicht auf meine Aufgabe, nicht auf das Spiel, nicht auf meinen Wunsch. Nur auf ihn.

◆

Es dämmerte bereits, als ich um kurz vor halb acht den Holywell Cemetery erreichte. War ja klar, dass die Schnitzeljagd ausgerechnet auf einem Friedhof endete – wenn sie denn endlich zu Ende war und nicht noch ein weiterer Brief auf mich wartete.

So anders die Vier Farben auch waren, sie schienen wirklich ein Faible für klischeehafte Filmelemente zu haben. Erst die Party, dann der Kelch mit dem Blut, jetzt der Friedhof. Was würden sie sich wohl noch einfallen lassen?

Fröstelnd lief ich über den Friedhof und versuchte mir einzureden, dass die sinkenden Temperaturen für den Schauer verantwortlich waren, der mir über den Rücken lief, und nicht die Tatsache, ausgerechnet in der Abenddämmerung hier herumzulaufen. Klischee hin oder her.

Leider war es wirklich ein bisschen gruselig. Vielleicht auch mehr als nur ein bisschen. Am helllichten Tag bei strahlendem Sonnenschein wäre der Holywell Cemetery bestimmt schön gewesen. Jetzt jedoch malte das schwindende Licht Schatten auf die Grabsteine. Keltische Kreuze ragten bedrohlich nach oben, manche von ihnen überragten mich beinahe. Meine Schritte machten auf dem weichen Rasen kein Geräusch, was auch nicht unbedingt beruhigend war.

Mir entfuhr ein spitzer Schrei, als sich vom Grabstein neben mir flatternd eine Krähe in die Luft erhob. Fluchend stolperte ich zur Seite, mein Herz klopfte wie wild. War das jetzt wirklich nötig gewesen? Hätte der blöde Vogel nicht noch ein paar Minuten sitzen bleiben können, bis ich weg war und keinen halben Herzinfarkt bekam, nur weil er sich bewegte?

Meine Beine zitterten leicht, als ich mich wieder in Bewegung setzte und mir wünschte, Beth hätte sich einen anderen Ort für die letzte Station ausgesucht als ausgerechnet einen Friedhof. Hoffentlich war es tatsächlich die letzte Station.

Allmählich taten mir die Füße weh. Fast zehn Stunden war ich jetzt durch die Stadt gerannt, hatte Brief um Brief eingesammelt und wusste immer noch nicht, worauf das Ganze eigentlich hinauslaufen sollte.

Unsere erste Aufgabe konnte doch nicht ernsthaft darin bestehen, in Köpfen nach Büchern zu suchen, oder Leute dazu zu bewegen, aufzustehen und den Tisch zu verlassen, unter dem der nächste Brief klebte.

»Harper? Bist du das?«

Die vertraute Stimme ließ mich innehalten. Suchend sah ich mich um, entdeckte Lexie jedoch erst, als sie zwischen zwei Bäumen hervortrat. Sie war genauso in Schwarz gekleidet wie ich und wurde beinahe vollständig von der Dämmerung verschluckt.

»Hey«, begrüßte ich sie, erleichtert, dass ich mit meiner Vermutung wahrscheinlich richtiggelegen hatte. Wenn Lexie auch hier war, musste das einfach die letzte Station sein. Wir hatten uns heute an keinem anderen Ort getroffen.

»Ich hasse sie alle«, murrte Lexie, als sie zu mir trat und den dunklen Mantel enger um ihren schmalen Körper zog. »Wenn ich wetten müsste, würde ich eigentlich sagen, dass Eli sich diese dämliche Schnitzeljagd ausgedacht hat, aber da nur Beth und die anderen Vorsitzenden über die Aufgaben Bescheid wissen, muss ich wohl leider sie verfluchen.«

»Sei da mal nicht zu voreilig.«

Wir wirbelten herum und entdeckten Beth, die flankiert von Caroline und Chuck auf uns zukam.

Hinter ihr sah ich die anderen, und als mein Blick auf Eli fiel, dessen Lippen sich zu einem selbstzufriedenen Grinsen verzogen, kam mir der Gedanke, dass Lexie wahrscheinlich nicht ganz unrecht hatte. Wenn ich jemandem zutraute, uns eine absolut nutzlose Aufgabe zu geben, die vor allem darauf abzielte, uns zu nerven, dann war es Eli.

»Was soll das heißen?«, wollte Lexie wissen und funkelte Beth an.

»Lasst uns noch auf Jasper und Tom warten, dann kann es weitergehen.« Aus dem Augenwinkel sah ich, wie Beth uns ein freundliches Lächeln schenkte, doch mein Blick hing immer noch an Eli, der mich auf eine Weise anstarrte, dass mir ganz anders wurde. Nicht auf die gute Art und Weise.

Ich bleckte die Zähne und endlich schaute er weg, allerdings nicht, ohne mit den Augen noch einmal meinen Körper abzutasten. Mir wurde schlecht.

Jasper und Tom kamen, als die Kirchturmuhr halb acht schlug. Wie oft hatte ich dieses Läuten heute eigentlich gehört? Viel zu oft.

»Auf die Minute pünktlich«, stellte Chuck zufrieden fest.

»Und was ist das hier für eine Party?« Jasper schlenderte auf uns zu, die Hände in den Jackentaschen vergraben. Er sah ungefähr so begeistert aus, wie ich mich fühlte.

»Keine, die Spaß macht«, murmelte Lexie neben mir und ich musste grinsen.

Beth ignorierte die beiden und trat nach vorn. Die anderen Diamonds stellten sich in einem Kreis um uns auf und drängten uns vier damit enger zusammen. »Da wir jetzt vollzählig sind, können wir anfangen. Das Spiel beginnt um Mitternacht. Durch –«

»Moment mal«, unterbrach Tom sie. »Soll das heißen, dass diese Schnitzeljagd gar nicht zum Spiel gehört hat?«

Beth schüttelte den Kopf und erwiderte seinen ungläubigen Blick kühl und mit einer kaum verhohlenen Ungeduld in den Augen. »Das war eine extra Trainingsrunde, die ihr alle nötig hattet. Darf ich jetzt fortfahren?«

Ich wechselte einen fragenden Blick mit Lexie, die jedoch nur die Schultern hob und dann die Augen verdrehte. Wir hatten also ein Extratraining nötig gehabt. Wahrscheinlich stimmte das sogar, und wir wären garantiert weniger motiviert an die Sache herangegangen, wenn wir gewusst hätten, dass das Spiel noch gar nicht begonnen hatte.

»Klar, entschuldige, Beth«, erwiderte Tom beinahe kleinlaut und wurde rot.

»Durch euren Schwur seid ihr an die Vier Farben und das Spiel gebunden. Verpflichtet seid ihr jedoch nur den Diamonds und euch selbst. Gewinnt ihr als Team, kann einer von euch das Spiel gewinnen. Verliert ihr, geht ihr gemeinsam unter.« Ein feines Lächeln blitzte auf ihrem Gesicht auf. »Metaphorisch gesehen natürlich.« Beth zog einen dicken Umschlag aus ihrer Tasche. »In diesem Umschlag findet ihr eine Liste. Darauf stehen die Namen der Menschen, deren Geheimnisse ihr lüften sollt. Bringt sie dazu, ehrlich zu sein. In welchem Rahmen das geschieht, ist euch überlassen.« Sie machte eine kurze Pause, damit wir ihre Worte auf uns wirken lassen konnten.

Ein mulmiges Gefühl breitete sich in mir aus. Wir sollten andere dazu bringen, ihre Geheimnisse zu verraten? Das war übel. Ziemlich übel.

Die Dunkelheit kroch wie Nebel über den Friedhof, verschluckte die letzten flammenden Sonnenstrahlen am Horizont. Ein kühler Wind fuhr mir unter das Kleid und ließ mich frösteln.

Die älteren Diamonds traten näher auf uns zu, der Kreis wurde kleiner. Ich prallte gegen Lexie und zuckte zusammen, als sie nach meiner Hand griff. Doch im nächsten Moment war ich froh über den Kontakt zu einem Menschen, der nicht versuchte, mich in Panik zu versetzen. Sie drückte meine Hand, und als ich den Blick aus ihren weit aufgerissenen Augen erwiderte, war ich mir nicht sicher, ob sie damit mich oder nicht doch sich selbst beruhigen wollte.

Beth atmete tief durch. Pure Herausforderung spiegelte sich in ihrem Gesicht. »Seid ihr bereit, Leben zu zerstören, um das Spiel zu gewinnen?«

# KAPITEL 23

## HARPER

So unauffällig wie möglich, weil ich weder Lexie noch den anderen erzählen wollte, was ich vorhatte, verließ ich am nächsten Tag das Verbindungshaus und machte mich auf den Weg zu meiner Verabredung mit Finley.

Wir hatten uns während unserer Kurse und Vorlesungen konsequent ignoriert. Obwohl alles in mir danach gedrängt hatte, zu ihm hinüberzublicken, hatte ich mich gezwungen, mich auf meine Notizen zu konzentrieren. Alles andere wäre fatal gewesen, denn ich hätte nur wieder an den Beinahe-Kuss denken müssen. Daran, was er gesagt hatte. An seine Entschuldigung. An seine Finger, die sich mit meinen verschränkt hatten, als wäre es das Natürlichste auf der Welt. Als hätten wir das schon tausendmal gemacht.

Als wäre es *richtig*.

Was es nicht war.

Also hatte ich mich auf die Vorlesung in Verfassungsrecht konzentriert. Meine Finger waren so schnell über die Tasten meines Laptops geflogen, dass mein Sitznachbar mir mehrmals komische Seitenblicke zugeworfen und mir irgendwann zugeflüstert hatte, wir müssten nicht jedes Wort von Professor Osborne mitschreiben.

Ich hatte ihm ein dankbares Lächeln geschenkt, aber nicht auf ihn gehört.

Die Uni war wichtig, diese Vorlesung war wichtig und jede Notiz. Je mehr ich lernte, desto besser würde ich werden.

Und desto weniger müsste ich nachdenken.

Während der Vorlesung hatte das ganz gut funktioniert. Danach … eher nicht so.

Seit mein letzter Kurs vor einer Stunde geendet hatte, grübelte ich viel zu viel nach. Nicht mehr nur über Finley, sondern auch über das Spiel. Sich ausgerechnet jetzt mit ihm zu treffen, während wir eigentlich unsere erste Aufgabe erfüllen sollten, war wahrscheinlich eine dumme Idee. Nein, nicht nur wahrscheinlich. Es war sogar die dümmste Idee, die ich seit Langem gehabt hatte. Ich weigerte mich, darüber nachzudenken, warum ich mich überhaupt darauf eingelassen hatte. Das Ergebnis würde mir nicht gefallen.

Stattdessen redete ich mir ein, dass ich mich mit Finley traf, um die Sache zwischen uns zu klären und dann endgültig abzuhaken, damit ich mich endlich voll und ganz auf das Spiel konzentrieren konnte. Darauf, dass ich gewinnen musste.

Ich hatte mich mit Lexie und den Jungs darauf geeinigt, dass wir uns heute Abend im *White Flag* treffen würden, damit ich tat, was getan werden musste. Lexie und Jasper hatten ihren Teil der Aufgabe bereits am Morgen erfüllt. Jasper etwas widerstrebender als Lexie.

Auf der Liste, die wir von Beth bekommen hatten, standen nicht einfach nur Namen und Geheimnisse, sondern auch Punktzahlen. Zwölf Leute, zwölf Geheimnisse – und wir mussten uns für vier davon entscheiden. Je dunkler das Geheimnis, desto mehr Punkte gab es.

Beth hatte es vollkommen ernst gemeint, als sie uns gefragt hatte, ob wir bereit wären, Leben zu zerstören, um das Spiel zu gewinnen. Es war erschreckend, wie einfach es war, diese Frage mit Ja zu beantworten.

Lexie hatte sich ziemlich schnell dafür entschieden, einen Typen dazu zu bringen, seine Eltern anzurufen und zuzugeben, dass er regelmäßig seinen kleinen Bruder verprügelte. Hätte sie die Liste nicht zuerst in der Hand gehabt, hätte ich ihn mir ausgesucht.

Jasper hatte ein Mädchen dazu gebracht, vor ihren Freundinnen zuzugeben, dass sie mit einem ihrer Dozenten ins Bett ging. Für sie war das etwas weniger dramatisch, als es für ihn werden könnte, wenn ihre Freundinnen das Geheimnis nicht wie versprochen für sich behielten. Ich war mir sicher, dass spätestens übermorgen mehr Leute Bescheid wussten als nur die drei Mädchen, denen sie sich anvertraut hatte. So etwas blieb nie lange im kleinen Kreis. Es gab immer jemanden, der redete.

Mein Opfer würde sich heute im *White Flag* mit seinen Freunden treffen und ja, es war makaber, von ihm als Opfer zu sprechen, aber irgendwie war er das. Obwohl er es nach dem, was ich heute in der Uni bereits in seinen Erinnerungen gesehen hatte, auch irgendwie verdient hatte, was ich mit ihm machen würde.

Tom hatte sich noch nicht entschieden, würde das aber spätestens morgen nachholen müssen, denn mehr als achtundvierzig Stunden hatten wir nicht für unsere erste Aufgabe.

Ich warf einen Blick über die Schulter, um mich zu vergewissern, dass mir niemand folgte, und nahm trotzdem noch einen kleinen Umweg, bevor ich schließlich in die St Marys Passage einbog.

Finley wartete bereits auf mich. Die Hände in den Hosentaschen seiner schwarzen Jeans vergraben, lehnte er wie gestern an der

Wand und ließ den Blick über die Passanten wandern, die an ihm vorbeiliefen. Er trug einen dunkelgrauen Hoodie, seine blonden Haare verschwanden unter einem schwarzen Basecap.

In mir begann etwas zu flattern, mein Herz setzte einen Schlag aus, und Finley drehte so ruckartig den Kopf, als hätte er es ebenfalls gespürt. Ich hielt mitten in der Bewegung inne. Das Blut schoss mir in die Wangen, mir war auf einmal viel zu heiß.

Finley war bei den Spades. Die Spades konnten die Körper ihrer Mitmenschen kontrollieren.

Er *hatte* es gespürt.

Wut überrollte mich wie eine Welle, als ich mit zornigen Schritten auf ihn zustapfte. Mein Zeigefinger bohrte sich fest in seine Brust und er zuckte zusammen.

»Du bist so ein Arsch«, fauchte ich. Meine Hand bebte, als wollte sie sich selbstständig machen und ihm eine Ohrfeige verpassen.

Finleys Gesicht zeigte keine Regung, nur in seinen Augen blitzte etwas auf, das mich fast an Schuldgefühle erinnerte. Er setzte zu einer Antwort an, doch ich kam ihm zuvor.

»Du spürst *mich*!«

Und da waren sie, die Schuldgefühle. Jetzt standen sie ihm so deutlich ins Gesicht geschrieben, dass ich nicht einmal in seinen Kopf blicken musste, um mir sicher zu sein, dass er sich wünschte, ich hätte nichts davon gemerkt.

»Ich mache das nicht mit Absicht.«

»Ist mir scheißegal! Du hättest es mir sagen müssen!«

Finley stieß sich von der Wand ab und war mir plötzlich wieder viel zu nah. »Also zu meiner Verteidigung –«

»Deine Verteidigung kannst du stecken lassen!« Ich hasste es, dass ich zu ihm aufblicken musste.

»Warum überrascht mich das nicht?« Sein Mund verzog sich zu einem freudlosen Lächeln. »Ich habe das nicht mit Absicht gemacht, Harper. Ich kann nur nicht ...« Er brach ab und schüttelte den Kopf. »Vergiss es, es interessiert dich sowieso nicht. Lass uns von hier verschwinden.«

Ohne meine Antwort abzuwarten, setzte er sich in Bewegung. Einen Moment lang konnte ich ihm nur fassungslos hinterherstarren, dann folgte ich ihm.

»Du hast doch keine Ahnung, was mich interessiert und was nicht«, fauchte ich ihn an, als ich ihn eingeholt hatte.

»Stimmt. Offensichtlich nicht. Aber darum geht es auch nicht, oder?«

Nur mit Mühe verkniff ich mir eine spitze Antwort, funkelte ihn stattdessen böse an und lief dann schweigend neben ihm her, weil er eine richtige Antwort gar nicht verdient hatte.

Wir bogen in eine verwinkelte Gasse ab, wo Finley vor einem Café stehen blieb, an dem ich vorbeigelaufen wäre, weil ich es gar nicht bemerkt hatte. Eine schmale Treppe führte hinunter in einen Gewölbekeller. Drinnen trennten kleine Nischen die Tische voneinander, sodass wir hier vermutlich ungestörter reden konnten als sonst irgendwo. Die Wahrscheinlichkeit, dass jemand von den Vier Farben hier auftauchen und uns entdecken würde, war verschwindend gering. Das hoffte ich jedenfalls. Finley schien zuversichtlich zu sein, denn er steuerte eine Nische mit einem winzigen Zweiertisch an.

»Also ...«, setzte Finley an, nachdem eine Kellnerin unsere Getränkewünsche aufgenommen hatte und wieder gegangen war.

»Also?« Meine Augenbrauen wanderten fragend nach oben und er stieß ein tiefes Seufzen aus.

»Können wir einfach versuchen, ganz normal miteinander zu reden? Bitte?«

Ich zögerte kurz, dann gab ich nach. Alles andere würde uns auch nicht weiterbringen. »Von mir aus. Aber erklär mir erst, was du damit gemeint hast, du würdest das nicht absichtlich machen? Dass du mich … spürst. Wie kann man das nicht absichtlich machen?«

»Es ist schwierig, das abzustellen. Alles um mich herum zu spüren, meine ich.« In einer entschuldigenden Geste hob er die Schultern.

»Soll das heißen, du spürst jede körperliche Reaktion in deiner Nähe? Immer?«, wollte ich ungläubig wissen.

Finley verzog das Gesicht. »Sieht ganz so aus. Wieso? Ist das bei dir anders?«

Ich nickte und wollte gerade antworten, schloss den Mund jedoch wieder, als die Kellnerin zurückkam und unsere Getränke brachte.

»Wir müssen in Köpfe … eindringen, um die Gedanken kontrollieren zu können. Auch um sie zu hören oder Erinnerungen zu sehen«, erklärte ich, nachdem die Kellnerin wieder verschwunden war. Das traf es zwar nicht ganz, aber besser ließ es sich nicht beschreiben.

»Das heißt, du hörst nicht automatisch, was ich gerade denke?«

Als ich die Erleichterung sah, die sich auf Finleys Gesicht ausbreitete, verzog ich den Mund zu einem säuerlichen Lächeln. »Nein. Solange ich es nicht darauf anlege.«

Ein Satz und seine Erleichterung verblasste. »Tust du es?«

Ich schüttelte den Kopf und wich seinem Blick aus. »Sicher nicht.«

»Warum nicht?«, fragte er gepresst.

»Weil ich nicht wissen will, was du denkst«, entgegnete ich schärfer als beabsichtigt, meine Schultern verkrampften sich.

Hier mit Finley zu sitzen und mich mit ihm zu unterhalten, fühlte sich so irritierend normal an, dass mein Magen sich zusammenzog. Dabei spielte es keine Rolle, dass unser Gesprächsthema alles andere als normal war. Das hier – dieses Treffen, die seltsame Normalität – war nicht richtig. So sollte es nicht sein. Nichts davon sollte so sein, wie es war.

»Harper –«

»Warum kannst du alles fühlen?«, unterbrach ich ihn.

Sein Blick wurde weich und mein Herz geriet aus dem Takt. Seine Augen leuchteten auf und ich wusste, dass er es gespürt hatte. So ein Mist.

»Keine Ahnung. Ich habe eigentlich auch angenommen, dass es bei uns allen gleich ist. Also, dass wir Spades immer die körperlichen Reaktionen spüren, die Hearts immer die Emotionen und ihr immer alle Gedanken hören könnt.« Seine Lippen verzogen sich zu einem zaghaften Lächeln. »Ehrlich gesagt bin ich gerade ein bisschen neidisch, dass es bei euch anders ist.«

»Und ich dachte, es macht dir Spaß zu wissen, welche Wirkung du auf andere hast«, gab ich trocken zurück und trank einen Schluck Cola.

»Nein.« Sein Lachen klang wie eine Mischung aus Resignation und Verzweiflung. »Es wäre was anderes, wenn ich wüsste, welche Emotionen daran geknüpft sind.«

»Dann hättest du besser zu den Hearts gehen sollen.«

»Hätte ich vielleicht sogar gemacht, wenn wir uns das hätten aussuchen können und ich vorher gewusst hätte, was uns erwartet. Womit wir beim eigentlichen Thema wären, über das wir reden wollten.« Er hob vielsagend eine Braue. »Woher wusstest du Bescheid?«

Ich zögerte. Etwas in mir sträubte sich dagegen, ihn einzuweihen, während ein anderer Teil von mir ihm alles erzählen wollte. »Warum sollte ich dir vertrauen?«

Finley beugte sich vor und legte die Unterarme auf die Tischplatte, den Blick fest auf seine Hände gerichtet. Sein Kiefer spannte sich an. »Dorian …« Er stockte und räusperte sich, während die Welt um mich herum zum Stillstand kam.

*Dorian.*

Finleys Anwesenheit in Oxford hatte alte Wunden wieder aufgerissen, Zorn und Schmerz an die Oberfläche gespült, gegen den ich mich jahrelang gewehrt hatte. Dorians Namen zu hören, ließ diese Wunden wieder bluten. Was albern war, schließlich hatte ich ihn nie kennengelernt. Trotzdem rasten Bilder durch meinen Kopf, Erinnerungen, die ich so lange verdrängt hatte.

Finley, der nach der Schule in unserem üblichen Versteck auf dem Spielplatz auf mich wartete.

Finley, der mich anstrahlte und mich so fest in seine Arme zog, dass mein Herz fast geplatzt wäre, weil es mich unendlich glücklich gemacht hatte, ihn so zu sehen.

Finley, der mir sagte, dass Freunde seiner Eltern ihn adoptieren würden. Sie hatten erst nach Monaten vom Tod seiner Eltern erfahren und wollten ihn zu sich holen.

Finley, der mir von Dorian erzählte, der früher sein bester Freund gewesen war und jetzt sein Bruder werden würde. Dorian, Dorian immer wieder Dorian. Freude, Erleichterung und in der Trauer pures Glück. Über eine neue Familie. Einen neuen Bruder. Einen besten Freund.

Finley, der zum ersten Mal, seit ich ihn kannte, wirklich glücklich war.

Finley, der mir mit seinem Glück das Herz brach.

Und dann sah ich mich.

Wie ich mir ein Lächeln ins Gesicht kleisterte und so tat, als würde ich mich für ihn freuen. Als würde ich nicht am liebsten in Tränen ausbrechen, weil ich den Menschen verlieren würde, der sich viel zu schnell in mein viel zu verletzliches Herz geschlichen hatte.

Wie ich ihm das Versprechen abnahm, mich nicht zu vergessen. Nicht zu vergessen, was wir füreinander waren.

Finley, der mir versprach, dass sich nichts ändern würde, auch wenn er umziehen musste.

Wie ich versuchte, ihm zu glauben, weil ich wusste, dass sich alles ändern würde.

Und schließlich ein leeres Zimmer, ein leeres Bett. Finley, der nicht mehr da war. Der von Dorian und seinen Eltern abgeholt wurde, als ich in der Schule war. Der sich nicht verabschiedet hatte.

Finley, der sein Versprechen brach und mich vergaß.

Jede Faser meines Körpers begann zu schmerzen.

Zehn Sekunden.

Zehn Sekunden, in denen Finley versuchte, sich zu sammeln, in denen die Erinnerungen, gegen die ich mich so lange gewehrt hatte, auf mich einstürmten, mich überrollten und verschlangen.

Meine Augen begannen zu brennen, ich wollte nur noch weg. Aber ich konnte mich nicht rühren. Alles tat weh und fühlte sich gleichzeitig entsetzlich taub an.

Dann öffnete Finley den Mund und die Welt drehte sich weiter. Die zehn Sekunden waren vorbei.

»Dorian war bei den Vier Farben. Er ist vor ein paar Monaten gestorben. Hier in Oxford. Angeblich war es ein Unfall. Eine … Überdosis. Aber Dorian hat keine Drogen genommen. Ich kannte ihn. Er hätte das nie getan.« Ein vertrauter Schmerz lag auf Finleys Gesicht, seine Hände hatten sich so fest um das Glas geschlossen, dass seine Knöchel weiß hervortraten.

Ich brauchte einen Moment, bis seine Worte richtig bei mir ankamen. Ein entsetzter Laut stieg in mir auf und blieb mir in der Kehle stecken. Es war falsch, so falsch. Das konnte nicht sein. Er konnte nicht noch jemanden verloren haben. Nicht so kurz nach seinen Eltern. Er durfte nicht noch jemanden verloren haben, während ich ihn dafür hasste, dass er mich allein gelassen hatte. Während ich ihn dafür hasste, dass er glücklich war. Dabei war er nie glücklich gewesen.

»Es tut mir so leid, Finn«, brachte ich schließlich erstickt hervor, die Gedanken in meinem Kopf wirbelten wild durcheinander.

Ich war so lange wütend auf ihn gewesen, weil ich geglaubt hatte, er hätte es verdient. Ich hatte mich in die Wut hineingesteigert, weil es einfacher gewesen war, wütend zu sein. Einfacher und weniger schmerzhaft.

Aber *einfacher* war nicht immer richtig.

Er hob den Kopf. »Du musst das nicht sagen. Nicht …«

»Wenn ich immer noch wütend auf dich bin?«, beendete ich seinen Satz und seufzte, als er abgehackt nickte. »Ich weiß nicht … ich weiß gar nicht, ob …« Ich stockte, suchte nach den richtigen Worten und fand sie nicht. Weil ich keine Ahnung hatte, was ich gerade empfand. Weil alles um mich herum ein einziges Chaos war und ich mittendrin gefangen.

In einem Labyrinth aus Wut und Schmerz und dem Wunsch,

vergeben zu wollen. In einem Labyrinth, das keinen Ausgang hatte. Nur einen Weg nach dem anderen. Abzweigungen, die immer tiefer hineinführten, anstatt hinaus.

»Das eine hat nichts mit dem anderen zu tun«, sagte ich schließlich.

Finleys Augen glänzten verdächtig, als er sich mit beiden Händen über das Gesicht rieb. »Danke. Ich … Harper, ich weiß, dass du keinen Grund hast, mir zu vertrauen, aber … Er ist während des Spiels gestorben.«

Mir wurde auf einen Schlag eiskalt. »Bist du sicher?«

»Ziemlich. Er war im ersten Jahr, genau wie wir jetzt. Er ist … Es ist kurz nach Weihnachten passiert.« Der Schmerz in seinen Augen war so frisch, so allumfassend, dass ich mich fragte, wieso ich das zuvor nicht bemerkt hatte. Wie hatte mir das entgehen können?

Mein Magen rebellierte und ich musste mich zwingen, beim Wesentlichen zu bleiben, weil ich auf einmal nicht mehr wusste, was ich sagen oder tun sollte.

»Da kann das Spiel aber auch schon beendet gewesen sein«, gab ich schließlich mit leiser Stimme zu bedenken, doch Finley schüttelte den Kopf.

»Es *muss* während des Spiels gewesen sein. Immerhin haben wir jetzt auch schon Ende September und noch nicht einmal die erste Runde geschafft.«

»Aber wir wissen doch gar nicht, wie viele Runden noch kommen.« Wenn Dorian während des Spiels gestorben war … Ich hatte keine Ahnung, was das bedeutete. Aber es konnte nichts Gutes sein.

»Das stimmt. Und ja, das klingt alles total verrückt. Aber ich bin mir sicher, dass hier irgendetwas faul ist und dass sein Tod mit diesem Spiel zusammenhängt. Ich *weiß* es einfach, Harper.« Die Eindringlichkeit in seiner Stimme sorgte dafür, dass sich die feinen Härchen auf meinen Armen aufstellten. »Seit ich hier bin, versuche ich herauszufinden, was passiert ist. Aber die anderen sind leider nicht besonders kooperativ und Dorian hat zu den Cross gehört, was das Ganze noch komplizierter macht, weil niemand mit mir reden will oder darf oder was auch immer. Also bitte, sag mir, was du weißt.«

»Ich habe Briefe bekommen. Schon vor zwei Monaten.« Die Worte sprudelten einfach aus mir heraus. »Ich weiß nicht, wer die Briefe geschrieben hat, aber mir wurde … nahegelegt, dass ich herkommen soll. Ich wusste, dass hier irgendwas vor sich geht, aber ich hatte keine Ahnung was genau, auch nicht, dass wir an einem Spiel teilnehmen müssen.«

»Kann ich die Briefe sehen?«, fragte er.

Ich wollte bereits nicken, als mir einfiel, wo ich die Briefe versteckt hatte. Mein schlechtes Gewissen traf mich mit voller Wucht, als ich an Cece dachte. »Ich habe sie nicht hier. Sie sind bei Cece, aber wir reden gerade nicht miteinander. Sie weiß, was in den Briefen steht, aber danach habe ich ihr nichts mehr erzählt. Ich wollte sie nicht in Schwierigkeiten bringen. Wenn jemand mitbekommt, dass sie Bescheid weiß, dann … darüber will ich nicht einmal nachdenken, aber es wäre auf jeden Fall keine gute Idee, sie einzuweihen. Und wenn ich jetzt die Briefe hole, will sie wissen, was los ist, und ich wüsste nicht, was ich sagen soll, um sie weiterhin so weit wie möglich aus der ganzen Sache rauszuhalten«, platzte es aus mir heraus.

Warum erzählte ich ihm das alles überhaupt? Und warum fühlte es sich nicht falsch an? Es sollte sich falsch anfühlen. Immerhin war es Finley, der mir gegenübersaß. Aber der Finley, den ich jetzt anschaute, war ein anderer als noch vor ein paar Minuten. Bevor er mir von Dorians Tod erzählt hatte. Vielleicht war auch ich eine andere. Vielleicht war gerade einfach nichts so, wie es sein sollte.

Finleys Augen weiteten sich entsetzt. »Wenn Cece von den Briefen weiß, könnte das sie und dich in Gefahr bringen.«

Zerknirscht biss ich mir auf die Unterlippe. »Ja, aber ich wusste doch nicht, dass ich ein Pfand zu verlieren habe, wenn ich irgendjemandem etwas verrate.«

»Verdammt.«

»Du sagst es.« Ich ließ die Schultern hängen und biss mir auf die Unterlippe. »Ich will nicht, dass ihr etwas passiert. Sie soll lieber wütend auf mich sein, als dass ... Ich will echt nicht wissen, was die Vier Farben mit ihr machen würden, wenn sie das herausfinden. Nicht, wenn es stimmt, was du gesagt hast.«

»Das kann ich gut verstehen«, murmelte er mehr zu sich selbst, als an mich gerichtet. Ein Schatten huschte über sein Gesicht und eine dunkle Ahnung stieg in mir auf.

Ich setzte gerade zu einer Erwiderung an, als das Klingeln meines Handys mich zusammenfahren ließ. Erst als ich es aus dem Rucksack zog, merkte ich, wie spät es inzwischen war.

»Mist«, fluchte ich, drückte Lexies Anruf weg und schrieb ihr hastig eine Nachricht, dass ich auf dem Weg war. »Ich muss los.« Ich warf Finley einen entschuldigenden Blick zu und zog eine Grimasse. »Ich muss noch eine Aufgabe erfüllen.«

Finley nickte und sah mir schweigend dabei zu, wie ich nach meiner Jacke griff, fünf Pfund auf den Tisch legte und aufstand.

»Du willst wirklich gewinnen, oder?«, fragte er.

Ich hielt inne, mein Mund verzog sich zu einem traurigen Lächeln und ich hob die Schultern. »Ich hab keine andere Wahl.«

»Was meinst …« Er stockte, dann blitzte Verstehen in seinen Augen auf. »Du willst gewinnen, um deine Eltern zu finden.« Eine Feststellung, keine Frage.

Ich rang mir ein stummes Nicken ab, meine Kehle fühlte sich plötzlich viel zu eng an. Seine Hand zuckte, als wollte er mich berühren, doch dann schob er sie in die Hosentasche, sein Blick war ernst.

»Ich hoffe, du findest sie irgendwann«, sagte er sanft.

»Ich auch.« Ich räusperte mich, trotzdem klang meine Stimme viel zu rau, als ich fragte: »Was ist mit dir? Willst du nicht gewinnen?«

»Nein. Ich will nur wissen, was mit Dorian passiert ist. Und …« Er verstummte, doch seine Gedanken standen ihm so deutlich ins Gesicht geschrieben, dass ich nicht einmal in seinen Kopf eindringen musste, um sie lesen zu können.

Er wollte nicht, dass mir etwas passierte.

# KAPITEL 24

## HARPER

Unruhig wippte ich mit den Beinen, umklammerte mit beiden Händen das kühle Glas und starrte hinüber zu Tobias, dem Kerl, dem ich gleich sein Geheimnis stehlen würde. Seit einer halben Stunde beobachtete ich, wie er sich ständig zu seiner Freundin Amber lehnte, sie küsste, das Gesicht in ihrer Halsbeuge vergrub, ihre Haarsträhnen um seine Finger wickelte und sanft daran zog. Ich beobachtete, wie sie lachte, glücklich und sorglos.

Es tat mir leid, was ich gleich tun würde, allerdings nicht genug, um meine Entscheidung zu ändern. Auch darauf hatten die Spielleiter garantiert spekuliert. Wir bekamen nicht nur mehr Punkte, je dunkler das Geheimnis war und je größer der Schaden, den wir anrichteten, sondern auch dafür, wie öffentlich das Ganze ablief.

Je größer das Drama, desto höher die Punktzahl.

Ich hätte Tobias dazu bringen können, sich allein mit Amber zu treffen und ihr ohne Publikum die Wahrheit zu sagen. Stattdessen hatte ich mich für das Drama entschieden. Für das Spiel. Für mich.

Auch wenn Amber das nicht verdient hatte. Andererseits hatte sie auch nicht diesen Dreckskerl verdient, der jeden Donnerstag, wenn er angeblich zum Sport ging, ihre beste Freundin Clarisse vögelte, die mit einem breiten Lächeln gegenüber von Amber saß und so tat, als wäre alles in bester Ordnung, während sie Amber am liebsten vom Stuhl geschubst hätte, um ihren Platz einzunehmen. Ich musste ihre Gedanken nicht einmal lesen, um das zu wissen. Ihre Gefühle standen ihr mehr als deutlich ins Gesicht geschrieben, darüber konnte auch das unechte Lächeln nicht hinwegtäuschen.

»Das wird dramaaaaatisch«, flötete Lexie, ihr Mund hatte sich zu einem diebischen Grinsen verzogen.

»Ich finde das ziemlich fies.« Tom schaute Lexie und mich über den Rand seines Bierglases hinweg missbilligend an.

»Was genau?«, wollte ich wissen, ohne den Blick von Tobias und seinen Freunden zu lösen.

Clarisse stand auf, schob sich an ihren Freunden vorbei, und noch während Tobias Amber etwas ins Ohr flüsterte, ließ er seine Hand für eine Sekunde zwischen Clarisses Beine gleiten. Seine Augen klebten an ihrem Hintern, als sie sich zwischen lachenden Gästen hindurchzwängte und in Richtung der Toiletten verschwand. Es dauerte keine zehn Sekunden, bis er ihr folgte.

»Dass ihr die Sache in der Öffentlichkeit durchziehen wollt.«

»Oh, bitte.« Lexie schnaubte. »Entscheide du dich erst mal für jemanden, den du bloßstellen willst. Und wenn du so weit bist, können wir gern darüber sprechen, was unfair ist und was nicht.«

Tom zuckte mit den Schultern. »Eigentlich finde ich das alles ziemlich unfair.«

»Das ganze Leben ist unfair«, gab ich ungerührt zurück, obwohl eine leise Stimme in meinem Inneren ihm recht geben wollte. Allerdings nicht, was Tobias betraf. »Aber weißt du, was *wirklich* unfair ist? Dass Tobias gerade der besten Freundin seiner Freundin an die Wäsche geht, während sie am Tisch sitzt und denkt, alles sei in bester Ordnung.«

Tom verschluckte sich an seinem Bier und hustete. »Was?«

»Sie sind gerade nach hinten verschwunden. Wenn du nachgucken willst, bitte, tu dir keinen Zwang an. Das Männerklo ist ziemlich sicher besetzt.«

»Das ist widerlich«, erwiderte Tom und verzog das Gesicht.

»Also eigentlich …« Lexie brach ab, als Tom sie so entsetzt ansah, dass sie lachen musste. »Gott, du bist viel zu unschuldig für dieses Spiel.«

»Und du genießt das alles viel zu sehr«, schoss er zurück, während Jasper, der die ganze Zeit noch kein Wort gesagt hatte, ein Grinsen hinter seinem Glas zu verstecken versuchte.

Lexie feixte. »Vielleicht ein bisschen.«

Ich wollte mich gerade einmischen, als die Eingangstür aufgestoßen wurde und mit einem Schwall kühler Luft auch eine Gruppe Spades hereinkam. Ich erkannte sie von der Einführungsparty, hatte die dazugehörigen Namen allerdings schon wieder vergessen. Wie von selbst glitt mein Blick über die Gesichter, auf der Suche nach dem einzigen, das mich interessierte und das ich gleichzeitig nicht sehen wollte. Mit Finley zu reden hatte alles durcheinandergewirbelt. Meine Gedanken, meine Gefühle, *mich*.

Ich hatte keine Ahnung, wie ich mit ihm umgehen sollte, seit ich wusste, dass Dorian gestorben war. Genauso wenig wusste ich, wie ich darauf reagieren sollte, dass er offensichtlich glaubte, die Vier Farben hätten etwas mit dem Tod seines besten Freundes zu tun.

»Harper bekommt Publikum für ihre Aufgabe.« Jaspers belustigte Stimme, in der ein leichter Anflug von Schadenfreude mitschwang, riss mich aus meinen Gedanken. Er und die anderen hatten die Spades jetzt auch entdeckt.

Mein Magen verkrampfte sich, als ich Beth, Chuck, Caroline und drei andere der Diamonds ebenfalls hereinkommen sah.

»Wenigstens muss dann niemand in meinen Kopf schauen, um zu überprüfen, ob ich meine Aufgabe erledigt habe«, gab ich mit einem süßlichen Lächeln zurück und Jaspers Grinsen erstarb.

»Touché.« Lexie lachte leise und nickte dann mit einem vielsagenden Blick zu dem Tisch, an dem Tobias sich gerade wieder neben Amber fallen ließ. »Dein Opfer ist wieder da.«

»Dann kann es ja losgehen.« Ich trank einen großen Schluck Cider, suchte noch einmal nach Beth und den anderen, die sich nicht weit entfernt von uns an einen großen runden Tisch gesetzt hatten, und straffte mich, als Beth mir lächelnd zunickte, ein aufmunterndes Leuchten in den Augen.

Ich war mir zwar sicher, dass sie nicht hier waren, um mich zu kontrollieren, schließlich hatten sie das auch bei Lexie und Jasper nicht getan, aber ihnen musste klar sein, dass ich heute Abend hier war, um meine Aufgabe zu erfüllen. Immerhin stand Tobias auf einer langen Liste mit Namen, die sie ausgewählt hatten, und wie wahrscheinlich war es, dass ich mich für einen anderen Namen entschieden hatte, aber trotzdem exakt zum selben Zeitpunkt in den Pub ging, in dem Tobias hier war? Richtig. Ziemlich unwahrscheinlich.

Meine Lider schlossen sich flatternd, für ein paar Sekunden versuchte ich auszublenden, dass viel zu viele Leute gleich mitbekommen würden, wie ich entweder Erfolg haben oder versagen würde. Mit einem tiefen Atemzug öffnete ich die Augen, hob den Kopf und zuckte zusammen, als ich unerwartet Finleys Blick auffing.

Finley, der mir heute zu viele Wahrheiten gesagt hatte.

Finley, der mich anschaute, als hätte er noch viel zu viele Wahrheiten für sich behalten.

*Finley. Finley. Finley.*

Er stand direkt vor dem Tisch, an dem Tobias mit seinen Freunden saß, verdeckte mir die Sicht auf mein Opfer und sah mich so durchdringend an, dass jede Faser meines Körpers zu prickeln begann. Seine Mundwinkel zuckten, verzogen sich zu einem angedeuteten Lächeln, und ich spürte, wie ich es zu erwidern begann.

Vor allen anderen. Vor Beth und den Diamonds, vor den Spades.

Auf einen Schlag wurde mir eiskalt, meine Schultern verkrampften sich und ich drehte den Kopf so hastig zur Seite, dass mein Nacken ein protestierendes Knacken von sich gab.

»Bereit für das Drama?« Ich zwang mich zu einem Grinsen und Lexie stieß unter dem Tisch mit ihrem Fuß aufmunternd gegen meinen.

»Los geht's.«

Ich wandte mich wieder um, ignorierte den enttäuschten Stich, der mich durchfuhr, als ich feststellte, dass Finley verschwunden war, und konzentrierte mich voll und ganz auf Tobias.

Es war anders als gestern mit John. In der Bibliothek war es ruhig gewesen, geradezu gespenstisch still, und es hatte keine Ablenkung gegeben. Hier war es laut und heiß, es roch nach einer Mischung aus Alkohol und Schweiß – und Finley war hier.

Er war hier und beobachtete mich.

Vielleicht nicht.

Wahrscheinlich nicht.

Er war hier. Aber das bedeutete gar nichts.

*Jetzt reiß dich zusammen, verdammt noch mal! Konzentrier dich. Du schaffst das.*

Mühsam versuchte ich, mich zu beruhigen und das Licht in mir zu finden, damit ich die Aufgabe erfüllen und das Spiel gewinnen konnte.

»Du machst das schon«, wisperte Lexie so leise, dass ich mir für einen Moment nicht sicher war, ob sie es überhaupt gesagt hatte. Doch dann stupste sie mich erneut unter dem Tisch an und auf einmal war alles ganz leicht.

Fäden aus Licht, die außer mir niemand sehen konnte, schlängelten sich von meinen Händen durch den Raum zu Tobias, wanden sich an seinem Körper empor, wickelten ihn ein und sanken in seine Haut. Ich folgte der Verbindung zwischen uns und einen Moment später war ich in seinem Kopf. Tobias schützte seinen Geist mit einer lächerlich unzureichenden Mauer. Zu niedrig, zu durchlässig. Er war zu arrogant, zu selbstsicher und davon überzeugt, dass er mit seiner Masche noch eine ganze Weile durchkommen würde.

*Tja, Pech gehabt.*

Bilder blitzten in meinen Gedanken auf, ich hörte seine Stimme, hörte seine Beteuerungen, wie sehr er Amber liebte und dass sie die Einzige für ihn war, während er sich ausmalte, wie er mit ihrer besten Freundin schlief.

Er merkte nicht, wie ich die Kontrolle übernahm, wie ich Fäden um seine Gedanken webte, als wäre ich eine Spinne und er die arme kleine Fliege, die mir ins Netz geflogen war, um dort ihrem nicht allzu schönen Schicksal entgegenzublicken.

*Sag es ihr. Sag Amber, was du ihr angetan hast. Sag ihr, dass du ihre beste Freundin flachlegst. Komm schon, du weißt, dass du es willst. Du willst keine Geheimnisse haben. Es belastet dich, dass du ihr wehtust.*

Ich fluchte leise, meine Hände wurden feucht, als ich auf Widerstand stieß. Dabei hatte ich ihn fast da gehabt, wo ich ihn haben wollte. Dann begriff ich, dass ich einen Fehler gemacht hatte. Tobias war es völlig egal, dass er Amber wehtat. Der Gedanke, den ich ihm einzupflanzen versuchte, war so untypisch für ihn, dass er sich problemlos dagegen sträuben konnte. Er war wirklich durch und durch ein Mistkerl. Ein grimmiges Lächeln erschien auf meinem Gesicht, und Tobias' Gegenwehr bröckelte, als ich die Fäden enger zog und es noch einmal probierte.

*Sag es ihr. Sag Amber, dass du mit ihrer besten Freundin ins Bett gehst. Sag ihr, dass Clarisse besser ist als sie. Sag ihr, dass du dich bei ihr besser fühlst.*

Das Herz klopfte mir bis zum Hals, als er sich vorbeugte, sein Gesicht in Ambers Haar vergrub und dann einen erschrockenen Laut ausstieß, als sie abrupt aufsprang und ihre flache Hand mit einem ohrenbetäubenden Klatschen seine Wange traf.

Für ein paar Sekunden erstarb jedes Geräusch, als würden alle Anwesenden kollektiv die Luft anhalten. Dann stieß Amber einen spitzen Schrei aus, stürzte sich auf Tobias und warf ihm dermaßen kreative Schimpfwörter an den Kopf, dass sogar ich rot wurde, obwohl ich während der vergangenen Jahre einiges zu hören bekommen hatte.

Chaos brach aus, als Clarisse beschloss, sich einzumischen, was sie wohl schon in der nächsten Sekunde bereute – denn Amber entschied, dass ihre Freundin es verdient hatte, für ihren Betrug wenigstens ein paar Strähnen ihrer sorgfältig blondierten Locken zu verlieren.

Mit großen Augen beobachtete ich das Spektakel, genau wie jeder andere im Pub, und ein mulmiges Gefühl stieg in mir auf.

*Dafür bist du verantwortlich. Du hast das getan.*

Die leise Stimme in meinem Kopf war gehässig und schmeichelnd zugleich.

*Stell dir vor, was du noch tun könntest.*

Ein Schauer lief mir über den Rücken und auf einmal war ich mir nicht mehr sicher, ob es meine eigene Stimme war, die zu mir sprach, oder ob sie jemand anderem gehörte. Panik stieg in mir auf, mein Herz begann zu rasen und das mulmige Gefühl verwandelte sich in Übelkeit. Hektisch überprüfte ich meine eigenen Mauern und stellte erleichtert fest, dass sie so stabil waren, dass niemand hineinkommen würde. Zumindest nicht, ohne mir dabei mörderische Kopfschmerzen zu bescheren.

»Drama kannst du auf jeden Fall«, stellte Jasper trocken fest.

Lexie nickte zustimmend, ließ mich aber nicht aus den Augen, als würde sie spüren, dass etwas verkehrt lief. »Das sollten wir feiern. Möchtet ihr noch was trinken?«

»Gern«, erwiderte ich mit einem zittrigen Lächeln, während ich gleichzeitig gegen den Drang ankämpfte, aufzuspringen und zu Cece zu rennen, um mit ihr über alles zu reden. Um mir von ihr sagen zu lassen, dass alles gut werden würde und ich das Richtige tat.

Ich hatte schließlich keine Wahl.

Oder doch?

# KAPITEL 25

## HARPER

»Komm schon, Harper, bleib noch. Du willst mich doch nicht wirklich mit den beiden allein lassen, oder?« Lexie nickte mit einem bedeutungsvollen Grinsen zu Jasper und Tom, die dem Barkeeper ein Kartenspiel abgeknöpft hatten und gerade zu Beth und den anderen an den Tisch getreten waren, um sie zu einem Trinkspiel zu überreden.

Als hätten wir heute nicht schon genug gespielt.

»Wenn ich mir um irgendjemanden keine Sorgen mache, dann bist du das.«

Lexie musterte mich mit schief gelegtem Kopf. »Ich bin mir nicht sicher, ob das ein Kompliment sein soll, aber ich tue einfach mal so als ob.«

»Es war auch eins«, erwiderte ich mit einem Lächeln. »Ich werde jetzt trotzdem gehen.«

Lexie versuchte noch einmal, mich aufzuhalten, gab sich schließlich aber mit einem theatralischen Seufzen geschlagen. Wir verabschiedeten uns voneinander und ich schob mich durch die Menge Richtung Ausgang. Ich konnte nichts dagegen tun, dass ich mich ganz automatisch nach Finley umschaute. Es war ein Reflex, gegen den ich einfach nicht ankam und dem ich heute schon viel zu oft nachgegeben hatte. Er war nirgendwo zu sehen und eine Mischung aus Erleichterung und Enttäuschung machte sich in mir breit. Ich war mir nicht sicher, welches Gefühl schwerer wog.

Ich hatte die Tür noch nicht erreicht, als mich jemand aufhielt.

»Du hast Talent, das muss man dir lassen.«

Langsam drehte ich mich zu Eli um, der mit einem Glas Bier in der Hand hinter mir stand und mich mit einer Mischung aus Spott und Wut in den dunklen Augen musterte.

»Was willst du, Eli?« Kühl erwiderte ich seinen Blick und unterdrückte den Drang, abwehrend die Arme vor der Brust zu verschränken. Wir hatten seit der Party kein Wort mehr miteinander gewechselt, was mir kein bisschen leidtat.

Er trat auf mich zu und blieb so dicht vor mir stehen, dass ich den Alkohol in seinem Atem riechen konnte. Alles in mir drängte danach zurückzuweichen, zu verschwinden und ihn einfach stehen zu lassen, aber ich konnte mich nicht bewegen. Wenn ich jetzt weglief, hatte er gewonnen. Und das konnte er vergessen.

»Weißt du, Harper, jeder von uns hat Geheimnisse, aber du … du hast mehr Geheimnisse als wir alle zusammen.« Er senkte die Stimme zu einem verführerischen Flüstern, das im krassen Gegensatz zu der Berechnung in seinen Augen stand.

Irritiert blinzelte ich ihn an. Was sollte das jetzt wieder bedeuten? Dann spürte ich ein … Stupsen an der Mauer, die um meine Gedanken lag, und ich erstarrte.

Das war jetzt nicht sein Ernst?!

Aus dem Stupsen wurde ein energisches Klopfen, als würde er nach einer Lücke suchen, durch die er sich in meinen Kopf schleichen konnte. Da konnte er allerdings lange suchen. Ich war nicht ganz nüchtern, aber mit Sicherheit nicht so betrunken, um unvorsichtig zu werden.

»Und du legst es darauf an herauszufinden, was ich verberge?« Ein Lachen stieg in mir auf.

Es war dumm. Einen Kerl wie Eli sollte man nicht noch reizen, aber ich hatte nicht vor, mich von ihm einschüchtern zu lassen. Dafür hatte er sich definitiv die Falsche ausgesucht.

Eli presste die Kiefer aufeinander und setzte zu einer Erwiderung an, aber ich kam ihm zuvor. »Lass mich in Ruhe oder du wirst es bereuen, das verspreche ich dir. Es ist, wie du so schön gesagt hast: Jeder von uns hat Geheimnisse. Auch du«, erinnerte ich ihn. »Und deine Gedanken sind nicht sicherer als meine.«

Seine Augenbrauen wanderten nach oben, aber er wirkte nicht mal ansatzweise so beeindruckt, wie ich es gern gehabt hätte. »Drohst du mir?«

Betont gleichgültig zuckte ich mit den Schultern. »Wer von uns beiden hat denn angefangen?« Ich wollte mich an ihm vorbeischieben, doch seine Hand schloss sich schmerzhaft fest um mein Handgelenk.

»Treib es nicht zu weit, Harper.« Seine Stimme war nur noch ein leises Knurren, die Augen hart und kalt.

Mein Puls beschleunigte sich, Wut durchströmte mich. Ich drängte sie zurück und lächelte ihn herausfordernd an. »Warum? Verträgt dein Ego das nicht?«

Der Griff um mein Handgelenk wurde noch ein bisschen fester. Ich zwang mich, keine Miene zu verziehen, obwohl es wehtat.

»Du solltest es wirklich nicht übertreiben. Du hast keine Chance, in meinen Kopf reinzukommen, also versuch es gar nicht erst.«

»Und du solltest mich jetzt loslassen«, gab ich scharf zurück.

»Du willst doch bestimmt, dass das hier unter uns bleibt, oder?« Vielsagend nickte ich zu Beth und den anderen hinüber, die von unserem Gespräch – wenn man es denn so nennen konnte – noch nichts mitbekommen hatten. »Ich kann mir nicht vorstellen, dass Beth begeistert ist, wenn sie erfährt, dass du schon wieder Grenzen überschreitest.«

Für einen Moment schien es, als würde Eli es darauf ankommen lassen wollen, dann ließ er mich endlich los, bedachte mich mit einem bösen Blick und ging zurück zu den anderen.

Mit einem unguten Gefühl im Bauch wandte ich mich schließlich ab und verließ den Pub. Die Nacht war kühl und ich zog fröstelnd die Lederjacke enger um mich. Nur vereinzelt begegnete ich anderen Leuten. Vor allem vor den Pubs und Restaurants sammelten sich kleine Gruppen, die draußen rauchten und sich unterhielten. Für einen Freitagabend war es für die meisten noch zu früh, um sich schon auf den Heimweg zu machen.

Ich hörte die ersten Regentropfen, bevor sie auf meine Haut trafen. Seufzend blieb ich stehen und reckte mein Gesicht dem Himmel entgegen.

»Harper?« Eine Hand legte sich auf meine Schulter, warm und schwer und viel zu vertraut.

Ich stöhnte auf. *Nicht jetzt.* Ich konnte jetzt nicht mit ihm reden. Nicht nach diesem Tag, nach unserem Gespräch in dem Café, nicht nach Elis Drohung.

»Du solltest nicht hier sein. Uns könnte jemand sehen.« Seine Hand rutschte von meiner Schulter, als ich mich zu ihm umdrehte, doch schon einen Moment später schoben sich seine Finger zwischen meine, und bevor ich protestieren konnte, zog er mich in eine dunkle Einfahrt.

»Ich weiß, aber … geht's dir gut? Ich hab dich mit Eli gesehen und …« Er brach ab, als ich mich von ihm losriss, tiefe Sorge lag in seinen Augen.

Wut durchströmte mich, glühend heiße Wut, die nichts mit Finley zu tun hatte und gleichzeitig alles.

»Was kümmert's dich?«, fauchte ich.

»Harper …«

»Nein, lass es! Hör auf, ständig meinen Namen zu sagen! Hör auf, immer und immer wieder meine Nähe zu suchen! Was soll das? Was willst du von mir, Finn? Willst du mehr über die Briefe wissen? Ich kann dir nicht mehr sagen, weil ich nicht mehr weiß!«

»Es geht nicht um die Briefe«, erwiderte er leise.

»Worum dann?«, wollte ich wissen und die Verzweiflung, die in meiner Stimme mitschwang, konnte ich auch in seinen Augen sehen.

»Ich weiß, dass ich dich in Ruhe lassen sollte, okay? Ich weiß das, aber ich *kann* nicht.«

Vielleicht war der Alkohol schuld, vielleicht war gerade auch alles zu viel.

Finley, der mich ansah, als wollte er direkt in mich hineinsehen. Eli, der versuchte mir meine Geheimnisse zu stehlen, um was auch immer damit anzustellen. Cece, die nicht mehr mit mir redete – und ich konnte ihr deswegen nicht einmal böse sein, weil es so am besten war. Das Spiel und die Grenzen, die ich bereitwillig überschritt, um zu bekommen, was ich wollte. Es war einfach zu viel.

Ich konnte mich nicht aufhalten, die Worte brachen aus mir heraus wie ein unaufhaltsamer Sturm. »Scheiße, Finn, was soll das alles? Warum … *warum* kannst du mich nicht in Ruhe lassen? Ich habe dich gehasst, verstehst du das? Ich habe dich zwei Jahre lang gehasst. Weil es einfacher war, als dich zu vermissen. Weil ich dich nicht vermissen *wollte*! Es hat zu sehr wehgetan. Und dann tauchst du hier auf, erzählst mir von Dorian und … und … jetzt *kann* ich dich nicht mehr hassen, obwohl ich es will. Ich *will* dich hassen, Finley!«

Er war blass geworden, der Schmerz in seinem Blick erinnerte mich so sehr an meinen eigenen, dass mir Tränen in die Augen schossen. Gequält verzog er das Gesicht, aber bevor er etwas erwidern konnte, drängte ich mich an ihm vorbei und lief los.

Ich hastete durch die dunklen Straßen, während meine Stiefel über den nassen Asphalt klatschten. Der Regen wurde stärker, stach kalt und spitz in meine Haut.

Ich war nicht weit gekommen, als er mich einholte. Im nächsten Moment fand ich mich in einer menschenleeren Gasse wieder, mein Rücken gegen eine feuchtkalte Mauer gedrückt. Finley stützte sich mit den Armen neben meinem Kopf ab, schloss mich ein. Ich hätte unter seinen Armen wegtauchen und abhauen können. Ich wusste, dass er mich hätte gehen lassen. Doch ich rührte mich nicht – und beantwortete damit vielleicht die eine Frage, die wir uns beide nicht zu stellen trauten.

»Warum willst du mich hassen?«, fragte er leise, bemüht, die Gefühle zu kontrollieren, die in ihm tobten.

Ich hatte die Kontrolle über mich längst verloren. Mein Herz raste, ich wusste, dass er es spüren konnte, aber es war mir egal. Es war ohnehin zu spät.

»Weil es alles einfacher macht. Ich weiß nicht, wie ich sonst mit dir umgehen soll. Ich weiß nicht, wie ich dich anschauen, wie ich mit dir reden soll. Ich weiß nicht, was ich empfinde, wenn ich dich nicht hasse!«

Etwas in seinem Blick zerbrach, während die Wahrheit aus mir herausströmte. Ich rang nach Luft. Mein Herz tat weh. Einfach alles tat weh.

Finley entfernte sich ein paar Schritte von mir und stieß einen undeutlichen Fluch aus. Als er zu mir zurückkam, war sein Blick wild und voller Verzweiflung. Er beugte sich zu mir, ich konnte die Hitze spüren, die von ihm ausging, spürte seinen Atem, der warm über meine Haut strich.

Mein Körper reagierte auf ihn, ohne dass ich etwas dagegen tun konnte. Ein Schauer lief mir über den Rücken, meine Hände drängten danach, ihn zu berühren, seine Haut auf meiner zu spüren.

»Doch das weißt du! Du *weißt* es, Harper.«

Ich schüttelte den Kopf, der Regen vermischte sich mit den Tränen auf meinem Gesicht. »Ich habe keine Ahnung. Ich weiß gar nichts mehr. Und wenn ich … Verdammt, Finn, wie konntest du das tun? Wie konntest du mich einfach vergessen?«

Gestern hatte er sich bei mir entschuldigt, aber manchmal reichte eine Entschuldigung nicht. *Mir* reichte eine Entschuldigung nicht.

»Ich habe dich nicht vergessen, Harper. Nie. Ich wollte das alles nicht, okay? Ich wollte auf dich warten an jenem Tag, aber du bist nicht nach Hause gekommen. Ich wollte warten, aber ich durfte nicht, weil wir sonst unseren Flieger verpasst hätten. Dorians Eltern sind nur nach England gekommen, um mich abzuholen und mit nach New York zu nehmen. Ich habe seitdem in den USA gewohnt und ich weiß, dass ich mich hätte melden sollen. Aber ich habe mich geschämt. Weil ich plötzlich nicht nur wieder eine Familie hatte, sondern einfach alles, und du …«

»Nicht«, beendete ich seinen Satz leise. Die Wut in mir erlosch schlagartig. Stattdessen war da nur noch ein dumpfes Gefühl von Leere. »Ich hatte niemanden mehr. Ist dir jemals in den Sinn gekommen, dass du alles warst, was ich an Familie hatte? Cece ist meine beste Freundin, aber du warst meine Familie und du hast mich genauso verlassen wie meine Eltern.« Bitterkeit schwang in meiner Stimme mit, füllte mich gänzlich aus. »Ich war für keinen von euch gut genug.«

»Nein! So war das nicht!« Finley sah aus, als hätte ich ihn geschlagen. »Ich habe Natalie und Pete gefragt, ob wir dich zu uns holen können. Sie haben Nein gesagt.«

Ich zuckte zusammen und starrte ihn fassungslos an. »Du hast *was* getan?

»Ich hab's versucht. Mehrmals. Aber sie haben jedes Mal Nein gesagt. Ich wollte dich nicht zurücklassen, ganz ehrlich, aber ich hatte keine Wahl.«

»Du hättest dich trotzdem melden können.« Mein Protest klang halbherzig, mir schwirrte der Kopf.

Ich wollte nicht glauben, dass Finley mir die Wahrheit sagte. Aber ich wusste, dass er es tat. Ich konnte es in seinen Augen sehen und ich hätte es in seinen Gedanken lesen können, wenn ich es darauf angelegt hätte.

»Und dann was? Wie hätte ich mit dir reden und so tun sollen, als wäre alles okay? Ich konnte dir nicht helfen und das habe *ich* gehasst. Und irgendwann habe ich mir eingeredet, dass du ohne mich besser dran bist. Dass du stark bist und wahrscheinlich besser ohne mich klarkommst als ich ohne dich.« Er sah so gequält aus, dass alles in mir danach schrie, ihn zu berühren, ihn zu trösten, obwohl er doch derjenige war, der mich verletzt hatte.

Doch während ich ihn in der dunklen Gasse betrachtete, wurde mir klar, dass er sich auch selbst verletzt hatte.

»Ich war stark«, wisperte ich. »Aber stark zu sein bedeutet nicht, dass man nicht einsam sein kann.«

Er trat wieder auf mich zu und hob vorsichtig, fast bittend beide Hände an mein Gesicht. Ich ließ es zu. Ich hatte keine Kraft mehr, mich gegen ihn zu wehren, und ich wollte es auch nicht.

»Ich kann die Vergangenheit nicht ungeschehen machen, Harper. Ich kann dir nur sagen, dass es mir ehrlich leidtut.« Dieses Mal klang seine Stimme ganz weich, als er meinen Namen aussprach.

Ich schloss die Augen, atmete tief seinen vertrauten Duft ein, spürte seine rauen Finger auf meiner Haut. Ich könnte an meiner Wut festhalten, an dem Schmerz, an den ich mich die letzten Jahre so verzweifelt geklammert hatte, weil er das Einzige war, was sich noch echt angefühlt hatte, nachdem er gegangen war. Aber ich wollte diesen Schmerz nicht mehr fühlen. Ich wollte nicht mehr wütend sein.

Also ließ ich los.

Mein Herz schlug so schnell, dass ich es in jeder Faser meines Körpers spürte, als ich die Augen öffnete und zu Finley hochsah. Hoffnung lag in seinem Blick.

Ich wusste nicht, was er in meinem sah, doch im nächsten Moment trafen seine Lippen auf meine und alles änderte sich.

# KAPITEL 26

## HARPER

Der Kuss schmeckte nach Verzweiflung, nach Schmerz und Wut, aber auch nach etwas Anderem … nach etwas Neuem, Wildem, das ich nicht zu fassen bekam.

Hitze durchströmte mich, vertrieb die Kälte des Regens, und als ich die Lippen öffnete und unsere Zungen sich berührten, pulsierte Verlangen durch meine Adern und sammelte sich in meinem Unterleib.

Seine Hände strichen von meinem Gesicht in meinen Nacken, fuhren mir durch die nassen Haare und dann meinen Körper entlang. Fordernd ließ ich meine Finger unter sein Oberteil wandern, über seinen flachen Bauch, der sich unter meiner Berührung anspannte, und er zog mich enger an sich. Wir pressten uns aneinander, ich bog mich ihm entgegen, doch das reichte nicht.

Mir entwich ein empörter Laut, als Finley nach meinen Händen griff und sie von seinem Körper löste, doch schon in der nächsten Sekunde erstarb mein Protest, als er mich hochhob und gegen die Wand drückte. Meine Beine schlangen sich instinktiv um seine Hüfte, zogen ihn enger und enger zu mir heran. Das Kleid, das ich trug, bauschte sich um meine Hüfte, aber das kümmerte mich nicht.

Alles war egal. Alles außer Finley und den Gefühlen, die er in diesem Moment in mir auslöste.

Sein Griff um meine Oberschenkel wurde fester. Meine Strumpfhose riss, Haut traf auf Haut und mir entwich ein atemloses Keuchen. Mein Körper schmolz unter seinen Berührungen dahin, ich wollte ihn näher, noch näher, so nah wie nur möglich, während er den Kuss noch weiter vertiefte. Mit seinen Fingern strich er über die Innenseite meiner Oberschenkel, ohne dass er mich fallen ließ.

Ich ertrank in seinem Kuss, wir verloren uns ineinander. In einem Rausch aus Gefühlen und Verlangen, dem Wunsch, die vergangenen Jahre ungeschehen zu machen und neu anzufangen.

Irgendwo tief in mir flüsterte eine Stimme, dass das hier falsch war, doch ich ignorierte sie. Ich ließ mich fallen und fiel und fiel und fiel.

Finley fing mich auf. Er fing mich auf und ließ all den Schmerz und die Wut verschwinden, die ich so lange mit mir herumgetragen hatte. Zurück blieb etwas Zartes, Weiches. Ein Gefühl, das mich erbeben ließ und eine ganz neue Wunde in mein Herz schlug.

Grölendes Gelächter riss uns brutal aus unserem Rausch, als hätte jemand einen Eimer Eiswasser über uns ausgekippt. Auf einen Schlag wurde mir kalt, als ein paar Jugendliche an der schmalen Straße vorbeiliefen und uns mit anzüglichen Kommentaren bedachten.

Hastig löste ich meine Beine von Finleys Hüfte und verlor beinahe das Gleichgewicht, als meine Füße zum ersten Mal seit einer gefühlten Ewigkeit wieder den Boden berührten. Nur seine Hände, die sich reflexartig um meine Taille legten, bewahrten mich vor einem Sturz.

Mein Herz raste, schlug schmerzhaft fest gegen meine Rippen, mein Magen verkrampfte sich. Entsetzen vertrieb das Verlangen aus meinem Körper. Wie konnten wir nur so unfassbar dumm und leichtsinnig sein? Jemand von den Vier Farben hätte uns hier entdecken können.

»Shit!«, stieß ich hervor, meine Stimme klang rau und nicht nach mir selbst. Meine Hände zitterten, als ich mir die nassen Haare raufte.

»Harper … nicht. Bitte.« Finley streckte eine Hand nach mir aus, berührte vorsichtig mein Gesicht, doch ich zuckte zurück.

»Wir dürfen das nicht tun. Gott, Finley, wir *dürfen* das nicht!« Ich schnappte nach Luft, meine Kehle war plötzlich ganz eng. Panik durchströmte mich. Silbrige Punkte begannen vor meinen Augen zu tanzen, jede Faser meines Körpers verlangte nach ihm, während durch meinen Kopf wieder und wieder dieselben Worte tanzten.

*Keine Freundschaften, kein Sex und erst recht keine Liebe.*

Die erste Regel hatte ich schon vor Beginn des Spiels gebrochen, als ich Cece eingeweiht hatte, und jetzt tat ich es schon wieder. Tat es schon wieder und wollte es noch einmal tun. Ich wollte alle verdammten Regeln dieser Welt brechen.

Seinetwegen.

Seinetwegen setzte ich alles aufs Spiel.

Mir wurde schwindelig, die Welt um mich herum geriet aus dem Gleichgewicht, ich schwankte und schluchzte auf.

»Harper … bitte. Beruhige dich. Ich …« Finley verstummte, sein Gesicht verzog sich in unendlicher Qual, und erst jetzt begriff ich, dass *ich* ihn so quälte.

Weil er meinen Schmerz spürte. Die zugeschnürte Kehle, das Herzrasen, mein Inneres, das sich verkrampfte. Er spürte, wie ich zitterte, spürte meine körperliche Reaktion auf ihn und die ganze komplizierte Situation. Meine Gefühle ließen sich nicht von meinem Körper trennen, und dass ich für seinen Schmerz verantwortlich war, machte es nur noch schlimmer.

»Es tut mir, leid«, wisperte ich erstickt, dann wirbelte ich herum und floh.

# KAPITEL 27

## FINLEY

Schwer atmend starrte ich Harper hinterher, bis sie mit der Dunkelheit verschmolz und schließlich verschwand. Selbst wenn ich gewollt hätte, hätte ich ihr nicht folgen können.

Mir tat alles weh, meine Beine waren bleischwer, jeder Muskel in meinem Körper hatte sich verkrampft. Zu fühlen, was sie fühlte, hatte mich vollkommen aus der Bahn geworfen.

Ich hatte im Biologieunterricht gut genug aufgepasst, um zu wissen, dass Emotionen von Hormonen beeinflusst wurden. Etwas am eigenen Leib zu spüren, war allerdings etwas vollkommen anderes, als etwas theoretisch zu wissen.

Erschöpft ließ ich mich auf den Boden fallen, mir war völlig egal, dass es immer noch regnete. Ich war inzwischen bis auf die Haut durchnässt, aber ich wusste, dass ich mir keine Erkältung einfangen würde. Ich konnte meinen Körper kontrollieren. Wenn ich nicht krank werden wollte, wurde ich auch nicht krank.

Mit geschlossenen Augen lehnte ich mich an die Mauer, an die ich vor ein paar Minuten noch Harper gepresst hatte, glaubte beinahe noch immer die Wärme ihres Körpers zu spüren, als hätte der Stein sie gespeichert.

Bilder blitzten in meinem Kopf auf, ihre Lippen, weich und geschwollen, der verhangene Blick aus diesen graublauen Augen. Ihr stockender Atem, Regentropfen und Tränen, die über ihr schmales Gesicht rannen und von ihrem Kinn tropften. Das Kleid, das an ihrem Körper klebte und nichts mehr der Fantasie überließ. Ihre Haut, die sich unter meinen Fingern glühend heiß angefühlt hatte.

Aufstöhnend presste ich mir die Handflächen auf die Augen, versuchte die Bilder zu vertreiben, doch sie brannten sich in mein Inneres, genau wie das Verlangen, das mich und Harper durchströmt hatte. Das Verlangen nach mehr, einander zu spüren, sich ineinander zu verlieren.

*Ich will dich hassen, Finley.*

*Wir dürfen das nicht tun.*

*Ich will dich hassen, Finley.*

*Wir dürfen das nicht tun.*

*Ich will dich hassen, Finley.*

*Wir. Dürfen. Das. Nicht. Tun.*

Sie hatte recht. Sie hatte so verdammt recht, dass ich schreien und das Schicksal verfluchen wollte. Oder was auch immer dafür verantwortlich war, dass wir uns nach zwei Jahren wiedersahen, aber nicht zusammen sein konnten. Ganz abgesehen davon, dass Harper nie gesagt hatte, dass sie mit mir zusammen sein wollte. Und dass ich es auch nicht getan hatte.

Fluchend rappelte ich mich auf. Ich war nach Oxford gekommen, um herauszufinden, warum Dorian gestorben war. Bisher hatte ich absolut nichts Nützliches erfahren. Nichts. Das Einzige, was ich geschafft hatte, war Harper und mich in Schwierigkeiten zu bringen.

Meine geballte Faust traf mit einem beunruhigenden Knacken

auf die Mauer und ein sengender Schmerz schoss durch meine Hand, meinen Arm hinauf und direkt in mein Herz. Ich hieß ihn willkommen.

Es war *mein* Körper, *mein* Schmerz.

Das sollte reichen, um mich wieder zur Besinnung zu bringen, mich daran zu erinnern, was wirklich wichtig war. Dorians Todesumstände. Harpers Sicherheit. Dass wir beide das Spiel überlebten. Stattdessen führte mir das Brennen auf meiner Haut viel zu deutlich vor Augen, was mir fehlte.

Harper.

In meinen Armen. Unter meinen Händen. Mit meinen Lippen auf ihren. Ihr Herz direkt an meinem.

Ich wollte sie. Hatte immer nur sie gewollt.

Damals waren meine Gefühle für sie anders gewesen, unschuldig und süß. Ich hatte genau gewusst, was sie für mich war. Meine Freundin, mein Halt, irgendwie alles.

Heute dagegen waren meine Gefühle für sie genau wie Harper selbst. Wild und unkontrollierbar, impulsiv und unbeherrscht.

Widerstrebend setzte ich mich in Bewegung, verließ den Ort, an dem wir für ein paar kostbare Augenblicke alles um uns herum vergessen hatten. Als es keine Regeln gegeben hatte, außer unseren eigenen.

Ich brachte es nicht über mich, zum Pub zurückzugehen. Wie sollte ich den anderen auch erklären, wo ich so lange gesteckt hatte und warum ich klatschnass war? Zum Verbindungshaus konnte ich auch nicht. Nicht jetzt. Nicht, wenn mir die ganze Zeit nur zu bewusst wäre, dass Harper nur wenige Meter entfernt in ihrem Bett lag und nicht bei mir war. Nicht bei mir sein konnte, wollte, durfte.

*Fuck.*

Ein Tag und alles war außer Kontrolle geraten. So konnte es nicht weitergehen.

Energisch schob ich die Bilder dieser Nacht in den hintersten Winkel meines Kopfes und verschloss sie sorgfältig, wo niemand sie finden konnte. Ich durfte mein Ziel nicht aus den Augen verlieren. Und wenn das bedeutete, dass ich mich von Harper fernhalten musste, damit sie sicher war, dann würde ich das tun.

Mein Herz machte einen protestierenden Satz, doch ich ignorierte es. Ich würde das schaffen.

♠

Es dämmerte bereits, als ich schließlich nass und durchgefroren zum Verbindungshaus zurückkehrte. Die aufgehende Sonne schickte ihre ersten Strahlen über den nebelgrauen Horizont. Es regnete immer noch, wenn auch nicht so heftig wie noch vor ein paar Stunden. Der Regen musste sich geschlagen geben, die dunklen Wolken wichen allmählich einem blauen Himmel.

Leise öffnete ich die Tür und schlich durch den Flur zur Treppe, um niemanden zu wecken. Meine Schuhe hinterließen dreckige Abdrücke auf dem dunklen Teppich. Ich war todmüde und wollte nur noch in mein Bett.

»Bist du spät dran oder viel zu früh?« Die amüsierte Stimme ließ mich am Fuß der Treppe herumfahren.

Amanda hockte mit angezogenen Beinen in einem Sessel im Aufenthaltsraum – mit perfektem Blick auf die Treppe. Ich warf einen kurzen Blick auf die große Standuhr im Esszimmer, die ich von meinem Platz aus gut sehen konnte. Kurz nach halb sieben.

»Definitiv zu früh. Warum bist du schon wach?«, fragte ich so unbeteiligt wie möglich.

Sie zuckte mit den Schultern, streckte die Beine aus und erhob sich in einer beinahe unnatürlich anmutigen Bewegung. Ihr dunkles Haar fiel in großen Wellen über ihren Rücken, sie trug einen Morgenmantel, der zu offensichtlich nachlässig gebunden war, damit auch jeder das zarte Nachthemd sah, das mehr enthüllte als verdeckte.

»Ich konnte nicht mehr schlafen.«

Abwägend beobachtete ich, wie sie auf mich zutrat und die vollen Lippen zu einem sanften Lächeln verzog. Ich konnte Amanda nicht einschätzen, sie spielte zu viele Rollen, die sie so sehr perfektioniert hatte, dass die echte Person darunter kaum zu erkennen war. Sie konnte hart und tough sein, selbstbewusst und kühl, und dann wieder so verletzlich und unschuldig, dass nicht alle Seiten echt sein konnten.

»Weißt du, Dorian hat oft von dir geredet, Finley«, sagte sie, als ich nichts erwiderte, und betonte meinen Namen auf eine Weise, dass mir ein Schauer über die Wirbelsäule lief. Automatisch geriet mein Körper in Alarmbereitschaft.

»Hat er das?«, gab ich gepresst zurück. Nach meinem Gespräch mit Ryan hatte ich noch zweimal versucht, mit jemandem über Dorian zu sprechen. Einmal mit Keith, der zu den Cross gehörte und dem ich zufällig nach dem Rudern über den Weg gelaufen war. Er hatte sich wortlos abgewandt und war gegangen, noch bevor ich meine Frage überhaupt ausgesprochen hatte. Dann hatte ich es noch bei Samantha versucht, einer Spade, die im selben Jahrgang wie Dorian gewesen war. Mit schreckgeweiteten Augen war sie vor mir davongelaufen, als hätte ich sonst was von ihr gewollt.

Dass ausgerechnet Amanda ihn jetzt erwähnte, kam mir seltsam vor. Zu berechnend. Die ganze Situation erschien mir zu kalkuliert, um zufällig zu sein.

Amandas Lächeln wurde breiter, als sie nickte, doch ihr Blick war traurig, melancholisch. Irgendwie nicht echt. »Ja, er war ziemlich stolz auf dich. Er wusste, dass du auch herkommen würdest.«

Mein Inneres erstarrte zu Eis. Scharfe Kanten schnitten in mein Herz, nahmen mir die Luft zum Atmen. Das hatte er gesagt? Zu *ihr*? Nach seiner letzten Sprachnachricht wagte ich das doch sehr zu bezweifeln. Also warum log sie mich an?

»Ach ja?« Ich zwang die Worte über meine Lippen.

»Ja.« Sie trat noch näher, ihr süßer Duft stieg mir in die Nase. Zu süß, zu schwer. »Er hat mir einiges erzählt.«

»Er war bei den Cross. Wieso hätte er mit dir über mich reden sollen, wenn ihr überhaupt nicht befreundet sein durftet?« Ich sprach zu schnell, zu abgehackt, hatte meine übertriebene Gleichgültigkeit irgendwo auf ihrem Weg vom Sessel zu mir verloren. Als sie das erste Mal Dorians Namen genannt hatte.

Wieder zuckte sie in einer nachlässigen Geste mit den Schultern. »Regeln sind dazu da, um gebrochen zu werden, Finley. Man darf sich nur nicht erwischen lassen.« Ihr Atem streifte meine Haut, als sie sich zu mir beugte. Zu warm, zu falsch. Amandas Finger streiften meinen Handrücken, sie schlug die Augen nieder. »Wenn du irgendwann über ihn reden willst …«

Ich nickte hastig und entzog ihr meine Hand. Enttäuschung huschte über ihr Gesicht, als ich mich abwandte.

»Finley … Nur weil ich ein paar Regeln gebrochen habe, heißt das noch lange nicht, dass ich es akzeptiere, wenn einer meiner Spieler dasselbe tut. Ich habe die Verantwortung für das Spiel und für euch. Vergiss das nicht. Dorian hatte Probleme, ich will nicht, dass du auch welche bekommst.«

Ich drehte mich noch einmal zu Amanda um. Mit verschränkten Armen stand sie im Flur, ihr Blick war hart, das Lächeln verschwunden. Zum ersten Mal fiel mir auf, dass sie Harper in gewisser Weise gar nicht so unähnlich war. Beide waren ein einziger Widerspruch. In ihren Handlungen, in den Dingen, die sie sagten, den Emotionen, die sie zeigten. Aber während Harper echt und unkontrolliert war, strahlte Amanda pure Berechnung aus.

»Keine Sorge, ich weiß, was ich tue.«

Richtig. Ich ritt mich von Minute zu Minute mehr in die Scheiße.

Dieses Mal hielt Amanda mich nicht auf, als ich nach oben ging.

In meinem Zimmer zog ich als Erstes meine noch immer feuchten Klamotten aus und stellte mich unter die Dusche. Es kümmerte mich nicht, ob Jackson im Zimmer nebenan von dem rauschenden Wasser geweckt wurde. Hitze kroch durch das Badezimmer, der Spiegel beschlug und langsam schmolz das Eis in meinem Inneren, bis nur noch eine dünne Schicht um mein Herz lag, die auch das heiße Wasser nicht verschwinden lassen konnte.

Amanda hatte Dorian gekannt. Viel zu gut gekannt, dafür dass er den Cross angehört hatte und sie die Vorsitzende der Spades war. Oder hatte sie mich nur testen wollen? Aber warum sollte sie das tun? Was hatte sie damit gemeint, dass er Probleme gehabt hatte? Die Drogen, an denen er angeblich gestorben war?

Was zur Hölle ging hier vor?

Um mich herum begann sich alles zu drehen. Es gab zu viele Fragen, zu viele Geheimnisse. Gleichzeitig wurde ich das Gefühl nicht los, dass ich mir permanent die falschen Fragen stellte. Irgendwas entging mir. Ich bekam nur nicht zu fassen, was es war.

# KAPITEL 28

## HARPER

Ich erwachte mit dem Gefühl von Finleys Lippen, die sanft über meinen Mund strichen. Mein Herz wurde ganz leicht und schwer zugleich, tanzte in meiner Brust, wollte ausbrechen. Wollte zu ihm. Doch als ich die Augen aufschlug, war ich allein. Natürlich war ich das.

Ich hatte ihn weggestoßen, schon wieder.

Es war richtig gewesen, doch das bedeutete nicht, dass es weniger wehtat. Aber ich konnte für ihn nicht alles riskieren. Ich konnte nicht und ich wollte nicht.

Stöhnend vergrub ich das Gesicht in meinem Kopfkissen, während die Erinnerungen der vergangenen Nacht über mich hereinbrachen und alles, was ich nicht konnte und wollte, Lügen strafte. Vor allem das, was ich nicht wollte.

Finley hatte seine Adoptiveltern gefragt, ob sie mich zu sich nehmen würden. Es sollte nichts ändern, aber das tat es. Es änderte alles. Ständig sagte oder tat er Dinge, die alles änderten und mit denen ich nicht umgehen konnte.

Wann war mein Leben so kompliziert geworden? Und wie sollte ich aus dem ganzen Schlamassel wieder herauskommen?

Reglos blieb ich in meinem Bett liegen. Heute war mein freier Tag und es war verlockend, sich einfach unter der Decke zu verkriechen und nichts zu tun, doch in meinem Kopf herrschte pures Chaos und irgendwann hielt ich es nicht mehr aus. Umständlich angelte ich auf dem Nachttisch nach meinem Handy und tippte eine Nachricht an Cece, bevor ich darüber nachdenken konnte, was für eine grandios schlechte Idee das war.

Ich 10:19:
Es tut mir leid. Können wir reden?

Eine nervöse Unruhe stieg in mir auf, während ich auf das Display starrte und darauf wartete, dass Cece die Nachricht las und mir antwortete. Minute um Minute verstrich. Irgendwann hörte ich in der Ferne eine Kirche elf Uhr schlagen.

Dann sah ich, wie die beiden Häkchen unter meiner Nachricht blau wurden. Cece las meine Worte, tippte etwas, ging wieder offline.

Ein paar Sekunden später war sie wieder da und tippte weiter.

Cece 11:04:
Erzählst du mir endlich, was los ist?

Ich 11:06:
Ich kann nicht. Du weißt, ich würde, wenn ich könnte!

Cece 11:06:
Du kannst schon, du willst nur nicht!

Ich: 11:07:
Bitte, Cece.

Cece 11:08:
Ich wüsste nicht, worüber wir reden sollten, wenn du mir nichts sagen kannst!

Ich 11:08:
Bitte.

Minutenlang starrte ich auf mein Handy, und obwohl Cece meine Nachricht irgendwann las, antwortete sie nicht mehr. Sie hatte recht, trotzdem zog sich mein Herz bei ihrer Zurückweisung schmerzhaft zusammen. Meine Augen begannen zu brennen und ich wischte mir schniefend die Tränen aus dem Gesicht. Ich wollte meine beste Freundin zurück.

Ein energisches Klopfen an der Verbindungstür zum Badezimmer bewahrte mich davor, in Selbstmitleid zu ertrinken. Lexie kam in mein Zimmer spaziert, ohne eine Antwort abzuwarten. Sie musterte mich prüfend und rümpfte die Nase.

»Ich brauche Ablenkung. Kommst du mit trainieren?«

Überrascht zog ich die Augenbrauen hoch. Ich hatte eher mit einem Kommentar über meine offensichtlich miese Verfassung gerechnet, aber Lexie schien es selbst nicht allzu gut zu gehen. Nicht, wenn sie freiwillig trainieren wollte. Inzwischen kannte ich sie gut genug, um das zu wissen. Sie redete nie darüber, was sie beschäftigte, und ich wollte sie nicht drängen, weil ich selbst die Letzte war, die freiwillig über ihre Probleme sprach.

Ich nickte und schwang die Beine aus dem Bett. Ablenkung konnte ich auch gebrauchen.

◆

»Kannst du das mal lassen?«, knurrte Lexie. Sie zog mürrisch die Augenbrauen zusammen, sah mich jedoch nicht an.

Ihr Blick hing an einem dunkelhaarigen Typen mit Brille, der sich seit geschlagenen zwanzig Minuten durch ein Regal voller Platten wühlte, ohne wirklich darauf zu achten, was er sich da anschaute. Immer wieder schielte er zu zwei Mädchen hinüber, die ein paar Meter entfernt auf einem kleinen Sofa saßen und quatschten.

»Ich mache doch gar nichts.« Schmunzelnd führte ich die Tasse an den Mund und trank einen Schluck Kaffee.

»Du starrst mich an. Das lenkt mich ab.«

»Es kann doch nicht so schwierig sein, ihn dazu zu bringen, sie endlich anzusprechen. Aber schön, ich gehe uns noch Kaffee holen, dann hast du deine Ruhe«, neckte ich sie, stand auf, nahm unsere Tassen und ging zu der dunklen Holzkommode, auf der neben einem Vollautomaten auch diverse Tassen standen.

Ich hatte Lexie in den kleinen Plattenladen geschleppt, den ich in meiner ersten Woche in Oxford entdeckt hatte. Die Atmosphäre war entspannt und nicht so laut wie in einem Café. Zwar saßen hier auch einige Gäste, tranken Kaffee und unterhielten sich, aber die meisten Besucher hatten Kopfhörer auf den Ohren und hörten Musik.

Der betörende Duft von gemahlenen Kaffeebohnen stieg mir in

die Nase und die Tassen füllten sich langsam, als sich hinter mir jemand räusperte.

»Bin gleich fertig«, sagte ich, drehte mich um und entdeckte die Besitzerin des Ladens hinter mir.

»Keine Eile.« Sie schenkte mir ein freundliches Lächeln und machte sich an den Milchpackungen zu schaffen.

Ich griff nach den vollen Kaffeetassen und wollte gerade zu Lexie zurückgehen, als sie mich aufhielt.

»Das kommt jetzt wahrscheinlich völlig aus dem Nichts und vielleicht findest du mich jetzt auch sehr unhöflich, aber bist du Catherines Tochter?«

Ich wirbelte so schnell herum, dass der Kaffee über den Rand schwappte und brühend heiß auf meine Haut traf. Ich stieß einen erschrockenen Laut aus, die Tassen entglitten meinen Händen und das Porzellan zerbrach klirrend auf dem Boden. Adrenalin durchströmte mich, dann Erleichterung, weil es nicht wehtat, doch in der nächsten Sekunde durchzuckte mich ein gleißender Schmerz und mir entfuhr ein gequältes Wimmern. Tränen schossen mir in die Augen, meine Hände fühlten sich plötzlich an, als würden sie in Flammen stehen.

Ich hörte jemanden fluchen, spürte entsetzte Blicke, dann ging alles ganz schnell. Es kam mir so vor, als würde ich nicht mehr in meinem Körper stecken, als würde ich danebenstehen und einfach nur zusehen, wie ein Mädchen mit verbrühten Händen in ein kleines Badezimmer gebracht wurde. Nur, dass ich das war.

*Ich* stand plötzlich in diesem kleinen Bad und hielt meine Hände unter den Wasserhahn, aus dem lauwarmes Wasser über meine Haut lief. Zumindest nahm ich an, dass es lauwarm war, ich konnte es kaum spüren.

»Na los, Abmarsch, hier gibt's nichts zu sehen.« Die rigorose Stimme der Ladenbesitzerin holte mich ruckartig in die Gegenwart zurück. Sofort fielen mir ihre Worte wieder ein.

*Bist du Catherines Tochter?*

Wer zum Teufel war Catherine und wieso glaubte diese Frau, ich wäre ihre Tochter?

Aus dem Augenwinkel sah ich, wie sich Lexie an ihr vorbeischob.

»Ich bin ihre Freundin und ich bleibe«, sagte sie entschieden und legte mir eine Hand auf den Rücken. »Scheiße, Harper, du hättest dir echt was anderes einfallen lassen können, um mich abzulenken.«

»Tut mir leid«, krächzte ich und taumelte, weil mir schwindelig wurde. Lexie stützte mich, ich hörte, wie sie mit jemandem redete, doch keins ihrer Worte kam bei mir an. All meine Sinne konzentrierten sich auf meine Hände, auf die gerötete Haut – und diesen Namen.

*Catherine.*

Eine Stimme in meinem Kopf versuchte mich darauf aufmerksam zu machen, dass ich etwas Wichtiges vergaß, aber sie war zu leise, der Schmerz zu laut, als dass ich sie richtig verstehen könnte.

»Ich sollte sie ins Krankenhaus bringen«, sagte Lexie und das erste Wort, das wirklich wieder bei mir ankam, war *Krankenhaus.*

Ich drehte den Kopf und schaute sie flehentlich an. »Bitte nicht.« Ich fand Krankenhäuser schrecklich.

Beschwörend erwiderte Lexie meinen Blick, aber ich war zu benebelt, um zu verstehen, was sie mir mit ihren Augen sagen wollte. »Tut mir leid, aber ich glaube, das sollte sich lieber jemand ansehen, der dir helfen kann.«

Sie hatte recht, trotzdem sträubte sich etwas in mir dagegen. Lexie machte allerdings nicht den Eindruck, als würde mein Protest sie besonders kümmern. »Wir sollten uns besser auf den Weg machen, danke Patty.«

Patty? Wer war jetzt wieder Patty?

»Kein Problem. Gute Besserung, Harper! Ich hoffe, wir sehen uns bald wieder.« Die Besitzerin des Ladens – offensichtlich war sie Patty – schenkte mir ein aufmunterndes Lächeln und wickelte vorsichtig trockene, sehr weiße Tücher um meine krebsroten Hände. Erleichterung durchflutete mich, als die Haut unter dem sauberen Stoff verschwand.

»Na los, komm.« Sanft, aber bestimmt schob Lexie mich Richtung Ausgang.

»Lex –«

»Keine Panik, ich bringe dich nicht ins Krankenhaus«, fiel sie mir hastig ins Wort. »Beth hat eine Nachricht geschickt, als du den Kaffee holen wolltest. Wir sollen zum Gemeinschaftshaus kommen, in dem die Party stattgefunden hat, es geht um die Punkteverteilung. Und das bedeutet, die Spades werden da sein. Sollen die sich um deine Hände kümmern. Die kriegen das wahrscheinlich besser hin als jeder Arzt.«

Mir gelang ein stummes Nicken. Die Spades konnten Körper kontrollieren und manipulieren. Wahrscheinlich waren sie exzellente Heiler.

Ich bekam nur am Rande mit, wie Lexie uns ein Taxi rief. Mein Gehirn war nicht in der Lage, richtig zu verarbeiten, was gerade geschehen war. Es konnte sich entweder auf meine Hände konzentrieren oder diesen Namen. Beides ging nicht mehr. Der Schmerz vermischte sich mit Unglauben, Hoffnung, Widerstand und noch mehr Hoffnung zu einem wirbelnden Chaos.

*Catherine. Catherine. Catherine.*

In einer endlosen Dauerschleife jagte ihr Name durch meinen Kopf. Und mit ihm die Frage, ob diese Frau – wer immer sie auch war – wirklich meine Mutter war. Oder ob Patty jemanden in mir gesehen hatte, mit dem ich eigentlich nichts zu tun hatte.

Lexie schob mich behutsam zu dem Taxi, das vor uns gehalten hatte. Ich hatte es nicht einmal bemerkt. Das Leder quietschte leise, als ich mich in die Polster sinken ließ. Ich zitterte am ganzen Körper, von einem Moment zum nächsten war mir eiskalt geworden, dafür brannten meine Hände wie die Hölle. Lexie murmelte beruhigende Worte, von denen kein einziges bei mir ankam, während der Wagen sich quälend langsam durch den Verkehr schlängelte.

Häuser zogen an uns vorbei, grauer Stein, den der Regen dunkler färbte. Bunte Regenschirme, winzige Farbtupfen in einer farblosen Welt. Ich sah lachende Gesichter, als der Fahrer an einer Ampel halten musste, kichernde Mädchen, deren Leben völlig normal war. Ich blinzelte gegen die Tränen an, die mir immer noch ungehindert über die Wangen liefen, und gab schließlich auf.

Wie weit war es noch?

Ein Teil von mir wollte die Tücher von meinen Händen nehmen und sich das Elend angucken, der andere Teil hatte zu viel Angst davor.

»Es wird alles gut, sie können dir helfen.« Lexie legte mir einen Arm um die Schultern und drückte mich an sich. Ich hatte nicht genug Kraft, um mich gegen die ungewohnte Umarmung zu wehren. Stattdessen ließ ich mich erschöpft gegen sie sinken, ließ zu, dass jemand sich um mich kümmerte. Wenn auch nur für ein paar Minuten.

Irgendwann ragte das Herrenhaus vor uns auf und ich hätte vor Erleichterung beinahe aufgeschluchzt.

»Wo habt ihr denn so lange gesteckt?«, fuhr Beth uns an, als sie uns öffnete, doch dann sah sie die weißen Tücher um meine Hände, und als Lexie sie vorsichtig entfernte und mir ein Wimmern entfuhr, fluchte sie noch heftiger als meine Freundin.

»Sorry, es gab einen kleinen Zwischenfall«, erwiderte Lexie.

»Ganz offensichtlich.« Beth musterte mich besorgt, verkniff sich zum Glück aber die Frage, wie es mir ging.

Ich hätte ihr auch nicht antworten können. Alles in mir schrie danach, mich in meinem Bett zu verkriechen, die Hände in einem Eimer mit Eiswürfeln zu vergraben und so lange zu heulen, bis ich einschlief.

»Kommt mit.« Beth legte mir eine Hand auf die Schulter und führte uns in denselben Salon, in dem auch die Party stattgefunden hatte.

Dieses Mal wurden die Regale nicht von langen Tüchern verdeckt und mir fiel sofort der große Flachbildschirm ins Auge, der zwischen den unzähligen Büchern irgendwie fehl am Platz wirkte.

Die neuen Mitglieder standen wieder in der Mitte des Raums, während die Älteren es sich auf Sesseln und den breiten Fensterbänken bequem gemacht hatten. Die Stimmung war heute eine andere als bei der Party. Aufregung lag in der Luft, gleichzeitig wirkte alles sehr viel entspannter.

Ich entdeckte Caroline und Chuck, Eli und den Rest der Diamonds. Daneben die Hearts, Cross und Spades. Instinktiv wollte ich nach Finley suchen, zwang mich jedoch auf den Boden zu sehen. Alles andere konnte mich jetzt nur in Schwierigkeiten bringen und davon hatte ich gerade schon mehr als genug.

»Amanda, wir könnten Hilfe gebrauchen.« Beth musste die Stimme nicht einmal erheben, damit alle sie hörten.

»Ja, das sehe ich.« Amanda musterte mich herablassend, in ihren Augen stand die unausgesprochene Frage, wie man so dämlich sein konnte, sich derartig die Hände zu verbrühen. »Sieht aus, als könnte das eine gute Übung für meine Anfänger sein. Meldet sich jemand freiwillig?« Sie wandte den Kopf und ich folgte ihrem Blick ganz automatisch zu zwei Jungen, einem Mädchen und … Finley.

Sein Gesicht war eine ausdruckslose Maske, er zuckte nicht einmal mit der Wimper, als sein Blick jetzt von Amanda zu mir wanderte. Alle starrten mich an. Nicht nur die Spades, einfach alle. Konnte der Erdboden bitte gnädig sein und mich verschlucken?

»Niemand? Ach, kommt schon, Leute. Wann habt ihr schon mal die Chance, so etwas zu üben?« Amanda schnalzte missbilligend mit der Zunge.

»Ich bin kein Versuchskaninchen«, stieß ich gepresst hervor und sah, wie Finleys Kiefermuskeln sich kaum merklich anspannten.

»Doch, das bist du«, erwiderte Amanda harsch. »Also, keine Freiwilligen?« Sie neigte den Kopf, ihre perfekten Locken ergossen sich über ihre Schultern und ich hätte ihr am liebsten jedes verfluchte Haar einzeln herausgerissen. Sie sollte sich um meine Hände kümmern und mich nicht als Spielzeug benutzen.

Dann verzogen sich ihre Lippen zu einem kühlen Lächeln, ihr Blick war pure Berechnung. »Finley, wärst du so gut?«

Ich fuhr zusammen und biss mir auf die Unterlippe, um den Laut zu unterdrücken, der irgendwo zwischen Unglauben, Entsetzen und brodelnder Wut in mir hochstieg.

Finley zuckte dagegen nur gleichmütig mit den Schultern und ließ sich nicht die kleinste Gefühlsregung anmerken. »Klar.«

»Wunderbar. Dann los.« Ihre Stimme troff vor Ironie und ich verkniff mir nur mit Mühe einen bissigen Kommentar.

Bedächtig trat Finley auf mich zu und streckte beide Hände nach mir aus. Ich wollte weglaufen, aber das wäre wohl das Auffälligste, was ich tun konnte. Noch auffälliger, als zu riskieren, dass die Spades spürten, welche Reaktion Finleys Berührungen in mir auslösten.

Widerstrebend legte ich meine Hände in seine und stöhnte auf, als der Schmerz, der sich auf dem Weg hierher in ein qualvolles Pochen verwandelt hatte, erneut aufflammte. Mir wurde abwechselnd heiß und kalt, mein Herz raste, Tränen schossen mir in die Augen.

*Nicht heulen, Harper. Nicht heulen. Nicht vor allen hier. Keine Schwäche zeigen. Bleib stark.*

Zittrig atmete ich ein, spürte, wie Finleys Griff kaum merklich fester wurde, und auch wenn ich es nicht wollte, auch wenn sich alles in mir dagegen sträubte, ihn anzuschauen, hob ich den Kopf. Sein Blick war kühl und undurchdringlich und mein Herz setzte einen Schlag aus. Im nächsten Moment keuchte ich erstickt auf. Es fühlte sich an, als würde meine Haut zerreißen.

Angestrengt zog Finley die Augenbrauen zusammen, Schweißperlen traten ihm auf die Stirn. Ich schrie auf, als es sich im nächsten Moment nicht mehr nur anfühlte, als würde meine Haut reißen, sondern als würde man sie mir vollständig von den Händen ziehen. Mein Atem ging rasselnd, ich taumelte und übergab mich nur nicht, weil mein Stolz es mir verbot.

Im nächsten Augenblick war es vorbei. Finley ließ mich los, ich blickte auf meine Hände und sah … nichts. Sie waren vollkommen makellos. Sogar die kleine Narbe auf meinem linken Handrücken war verschwunden.

»Na also. Geht doch. Wir sollten eventuell noch darüber sprechen, wie ihr euren Patienten während der Heilung die Schmerzen nehmen könnt, aber für den Anfang war das … gar nicht schlecht.« Das Lob kam Amanda so schwer über die Lippen, dass ich einen Augenblick brauchte, bis ich begriff, was sie da gesagt hatte. Sie hätte mir die Schmerzen ersparen können und hatte sich dagegen entschieden? Ungläubig blinzelnd starrte ich sie an, während sie mir ein zuckersüßes Lächeln schenkte.

»Du bist so wunderbar warmherzig, Amanda, man kann gar nicht anders, als dich zu lieben«, mischte Reese sich frotzelnd ein, bevor sich die aufsteigende Wut in mir in Worte verwandeln konnte, die ich besser für mich behalten sollte.

»Zum Glück muss mich niemand mögen, ich will nur, dass meine Spades gewinnen«, gab Amanda zurück.

»Tja, dann stellt euch mal hinten an.« Trent rieb sich grinsend die Hände, und meine Verletzung war so schnell vergessen, als hätte sie nie existiert.

Plötzlich lag eine beinahe greifbare Spannung in der Luft. Ich wagte es, kurz zu Finley zu schauen, doch er würdigte mich keines Blickes. So, wie ich ihn letzte Nacht behandelt hatte, konnte ich ihm das auch nicht verdenken.

»Bevor wir zur Punktevergabe kommen, gibt es noch etwas, das wir erledigen müssen.« Beth gab Caroline ein Zeichen und sie trat mit einer Holzschatulle in der Hand nach vorn.

Es kam mir vor wie ein Déjà-Vu, nur dass es beim letzten Mal ein Kelch gewesen war, mit dem wir uns an etwas Unerklärliches gebunden hatten.

Was würde jetzt kommen?

Beth öffnete die Schatulle und nahm einen schmalen Ring heraus. »Nach eurer ersten Aufgabe habt ihr euch das hier verdient.

Diese Ringe beschützen euch vor den Manipulationen eurer Mitspieler. Sie werden euer Leben ein bisschen leichter machen, was aber nicht heißt, dass sie euch bei den Aufgaben helfen werden.«

Gemeinsam mit Caroline ging Beth von einem zum anderen und reichte allen neuen Mitgliedern einen Ring. Als die Spades und Hearts die Schmuckstücke anlegten, ging ein erleichtertes Seufzen durch den Raum. Damit hatte sich auch die Frage geklärt, ob die Spades die Einzigen waren, die permanent spürten, was in den Menschen um sie herum vorging.

»Geht's dir gut?«, fragte Beth leise, als sie schließlich vor mir stehen blieb und mir einen schlichten, schmalen Silberring reichte, in den das Symbol der Diamonds eingraviert war.

»Ja, alles in Ordnung.« Ich schenkte ihr ein kleines Lächeln, hielt aber trotzdem für den Bruchteil einer Sekunde die Luft an, als ich mir den Ring auf den Finger schob, weil ich fürchtete, dass es trotz der Heilung wehtun würde. Doch der Schmerz blieb aus und Erleichterung durchströmte mich. Nicht nur, weil es nicht wehtat, sondern auch weil jetzt niemand mehr ungebeten in meinen Kopf eindringen konnte. Ich musste mich nicht länger darauf verlassen, dass meine innere Mauer meine Gedanken und Erinnerungen schützte. Ein Moment der Schwäche und jeder hätte sie durchdringen können, ganz gleich, wie stark sie auch sein mochte. Mein Blick wanderte wie von selbst zu Eli, der erst die Augen in meine Richtung verdrehte und mir dann ein höhnisches Lächeln schenkte.

Ich verkrampfte mich, als mir klar wurde, dass er mich gestern von vorn bis hinten verarscht hatte. *Du hast keine Chance, in meinen Kopf reinzukommen, also versuch es gar nicht erst.* Er hatte mich provoziert und ich hatte ihm gedroht, obwohl ich tatsächlich nie eine Chance gehabt hatte, solange er ebenfalls einen der Ringe trug.

Wieso war mir bisher nicht aufgefallen, dass hier jeder einen Ring trug?

Beth erhob erneut das Wort und lenkte mich damit von Eli ab. »Tragt die Ringe immer, falls ihr es nicht darauf anlegt, manipuliert zu werden.« Sie atmete tief durch und straffte sich. »Kommen wir zurück zum eigentlichen Grund unseres Treffens. Bevor es um die Punkteverteilung geht, überprüfen wir, ob ihr eure Aufgaben erfüllt habt. Lexie, komm bitte nach vorn. Du bist die Erste.«

Ich spürte, wie Lexie sich neben mir anspannte. Widerstrebend trat sie auf Beth zu, und obwohl ihre Schultern verkrampft waren, sagte sie kein Wort, als sie den Ring abstreifte.

Ein konzentrierter Ausdruck trat in Beths Augen, sie gab sich keine Mühe, ihn zu verbergen, wir wussten schließlich alle, dass sie ihre Fähigkeit einsetzte. Mein Blick zuckte durch den Raum, während Beth Lexies Erinnerungen überprüfte. In den Gesichtern der anderen Spielenden lag Neugierde und eine gewisse Besorgnis. Anspannung sprang von einem zum anderen, sie warteten darauf, dass etwas passierte. Dass sie etwas *sahen.* Darauf konnten sie allerdings lange warten.

Beth brauchte keine zwei Minuten, dann wandte sie den Kopf in Trents Richtung. Sie gab ihm ein kurzes Zeichen und eine Sekunde später flammte der Flachbildschirm im Regal auf.

Meine Augenbrauen wanderten nach oben, als ich die Symbole der Vier Farben sah. Hinter dem Wappen der Diamonds erschien eine Punktzahl: 10 Punkte.

Lexie hatte uns zehn Punkte gesichert.

»Ist das jetzt gut oder schlecht?«, flüsterte Lexie mir zu, als Beth ihr bedeutete, dass sie wieder auf ihren Platz gehen sollte.

»Keine Ahnung, das werden wir wohl erst wissen, wenn alle

durch sind.« Ich hob die Schultern, wartete darauf, dass ich als Nächste aufgerufen wurde, doch Beth holte völlig willkürlich einen nach dem anderen nach vorn, anstatt chronologisch die einzelnen Farben durchzugehen.

Schweigend beobachteten wir, wie Beth als Vorsitzende der Diamonds die Gedanken der Spielenden las, wie sie danach Trent ein Zeichen gab und ihm ohne ein Wort die Punktzahl mitteilte. Mein Blick zuckte zu seinen Händen. Er trug keinen Ring.

Die Zeit verstrich quälend langsam, während die Zahlen hinter den Symbolen nach oben kletterten. Niemand sprach, niemand erklärte uns, wie sich die Punkte zusammensetzten, und ich erinnerte mich daran, dass Caroline von irgendeinem Algorithmus gesprochen hatte.

Mein Herz geriet aus dem Takt, als die letzte Spielerin auf ihren Platz zurückkehrte und nur noch ich übrig war. Wieder richteten sich alle Blicke auf mich und wieder wünschte ich, der Erdboden würde sich auftun und mich verschlingen. Konnten sie nicht jemand anderen anstarren?

»Harper, bei deiner Aufgabe waren wir dabei, deshalb muss ich deine Gedanken nicht mehr überprüfen«, sagte Beth und nachdem sie Trent das letzte Mal ein Zeichen gegeben hatte, kletterte die Punktzahl der Diamonds erneut nach oben. 15 Punkte. Meine Mundwinkel zuckten. Nicht schlecht. Das Drama um Tobias hatte sich offensichtlich ausgezahlt.

Als Beth sich schließlich wieder neben die anderen Vorsitzenden stellte, lag auf Amandas Gesicht ein säuerlicher Ausdruck, während sich Reese' Lippen zu einem breiten Lächeln verzogen hatten.

Kein Wunder.

Die Cross lagen vorn.

## HIGHSCORE

### RUNDE I

60 Punkte

55 Punkte

35 Punkte

25 Punkte

# KAPITEL 29

## HARPER

Das Vibrieren meines Handys, das auf meinem Nachttisch unerträglich laut war, riss mich aus dem Tiefschlaf. Erschrocken fuhr ich hoch und brauchte ein paar Sekunden, um mich daran zu erinnern, dass ich in meinem Bett im Verbindungshaus der Diamonds lag. Schlaftrunken griff ich nach dem Handy und verfluchte im Stillen die Person, die mir mitten in der Nacht eine Nachricht schickte.

Ein winzig kleiner Teil von mir hoffte darauf, dass Cece sich endlich überwunden hatte, sich wieder bei mir zu melden, obwohl ein anderer, viel größerer Teil wusste, dass das nicht passieren würde.

Zehn Tage waren vergangen, seit ich sie gebeten hatte, mit mir zu reden, und sie mich abgewiesen hatte. Sie hatte sich danach kein einziges Mal gemeldet, in der Uni ignorierte sie mich, setzte sich immer auf einzelne Plätze zwischen unseren Kommilitonen und verschwand nach den Kursen so schnell, dass ich keine Chance hatte, sie einzuholen.

Klar, ich hätte zu ihrem Wohnheim gehen können, aber ich zweifelte nicht daran, dass sie mir die Tür direkt vor der Nase zuschlagen würde – falls sie mir überhaupt öffnete. Außerdem wusste ich noch immer nicht, was ich ihr eigentlich sagen sollte. Ich durfte ihr nichts von den Vier Farben erzählen, aber sie würde das Thema nicht einfach ohne eine Erklärung fallen lassen.

Trotzdem stieg in mir ein Funken Hoffnung auf, als ich über das Display wischte. Doch die Nachricht war nicht von Cece.

> Unbekannt 00:00:
> Deine nächste Aufgabe wartet auf dich, Harper. Geh morgen Mittag um 12 Uhr in die Bodleian Library. Du kennst das Buch, das du brauchst. Rede mit niemandem über diese Nachricht und deine Aufgabe, auch nicht mit deinen Mitspielern oder den Älteren, sonst gibt es Punktabzug. Die Extrapunkte für eure Sonderaufgaben werden erst vor der letzten Runde zu euren Teampunkten dazugerechnet, damit es etwas spannender bleibt. 😉
> Viel Erfolg!

Ungläubig las ich die wenigen Worte wieder und wieder. Ich hatte mich schon gefragt, wann das Spiel weitergehen würde, immerhin lag die letzte Aufgabe jetzt fast zwei Wochen zurück. Dass die nächste mich allerdings mitten in der Nacht per SMS erreichen würde, war mehr als nur ein bisschen seltsam. Letztes Mal hatte Beth sich mit den Briefen so viel Mühe gegeben. Und dieses Mal sollte eine simple SMS reichen?

Wenigstens wusste ich, wo ich suchen musste. Es konnte nur die neueste Ausgabe von *Romeo und Julia* gemeint sein. Ein anderes Buch hatte ich in der Bibliothek noch nicht in den Händen gehalten. Die Fachliteratur für meine Kurse hatte ich bisher immer in der Bibliothek im Verbindungshaus der Diamonds gefunden, was ziemlich praktisch war, weil ich mich dann nicht mit Ausleihfristen und Lesesaalzeiten auseinandersetzen musste. Stattdessen konnte ich einfach nach unten gehen, wann es mir passte, und die Bücher, die ich brauchte, mit in mein Zimmer nehmen. Ich hatte schon immer lieber im Bett gelernt, als am Schreibtisch zu sitzen, und inzwischen stapelten sich auf dem Boden neben meinem Bett einige Bücher. Vielleicht sollte ich ein paar davon langsam mal wieder zurückbringen.

Mit wild klopfendem Herzen ließ ich mich wieder in die weichen Kissen sinken und rieb mir über die Augen. Ich war todmüde und hellwach zugleich. Meine Gedanken rasten. War das dieses Mal eine echte Aufgabe oder wurde das wieder eine Schnitzeljagd, die am Ende nicht zählte?

Nein, das konnte nicht sein. Sonst hätte in der Nachricht nicht gestanden, dass es Punktabzug geben würde, sollte ich mit jemandem darüber reden. Aber auch das ergab keinen Sinn. Unsere Punkte wurden zwar bis zur letzten Runde zusammengerechnet, aber beim letzten Mal hatten wir auch über unsere Aufgaben reden dürfen. Also warum war das dieses Mal anders?

Aufstöhnend zog ich mir die Decke über den Kopf. Hätte Beth – oder wer von den Diamonds mir auch geschrieben haben mochte, denn ich kannte die Nummer nicht – die Nachricht nicht wenigstens morgen früh schicken und mir noch ein paar Stunden Schlaf gönnen können?

Offensichtlich nicht.

◆

Gähnend trank ich einen Schluck von meinem Kaffee – dankenswerterweise hatte mein Unfall im Plattenladen nicht dafür gesorgt, dass ich mich nicht mehr traute, Heißgetränke in die Hand zu nehmen – und warf einen vorsichtigen Blick über die Schulter zu Cece.

Sie saß drei Reihen hinter mir und hatte mich noch kein einziges Mal angesehen, seit die Vorlesung in Zivilrecht begonnen hatte. Stattdessen hielt sie den Blick krampfhaft nach vorn gerichtet und tat so, als würde sie sich voll und ganz auf die Vorlesung konzentrieren. Dabei wusste ich, dass sie sich meiner Anwesenheit genauso bewusst war, wie ich mir ihrer bewusst war. Ihrer und Finleys.

Ich wünschte, ich könnte behaupten, dass es mich nicht weiter kümmerte, ihn fast jeden Tag zu sehen. Aber das tat es. Viel zu sehr. Ständig mit ihm konfrontiert zu werden, auch wenn wir seit dem … *Kuss* in der Gasse kein Wort mehr miteinander gewechselt hatten, trieb mich langsam, aber sicher in den Wahnsinn. Ich konnte nicht damit umgehen, ständig seinen Blick auf mir zu spüren wie Finger, die über meine Haut strichen.

Aber ich musste damit klarkommen. Ich musste lernen, damit umzugehen, ich hatte keine andere Wahl. Er war hier und er würde nicht gehen. Und ich auch nicht.

Also tat ich mein Bestes, um ihn zu ignorieren und ihm so weit wie möglich aus dem Weg zu gehen, mir so weit wie möglich von ihm entfernt einen Platz zu suchen und nach den Kursen so schnell zu verschwinden, dass er keine Chance hatte, mich noch einmal anzusprechen. Obwohl ich bezweifelte, dass er es überhaupt noch einmal versuchen würde. Nicht nachdem ich ihn so mies behandelt hatte. Ein Teil von mir war froh darüber, der andere … eher nicht.

Mit einem lautlosen Seufzen wandte ich mich ab und tippte auf mein Handy. Zum gefühlt tausendsten Mal an diesem Morgen starrte ich auf das Display, in der Hoffnung, dass die Minuten schneller vergingen, wenn ich die Uhrzeit nur oft genug nachprüfte. Was natürlich nicht passierte.

Für mich gab es nichts Schlimmeres, als zu warten. Auf eine Uhrzeit zu warten, einen Tag, eine Zusage, eine Absage. Darauf, dass etwas passierte, dass sich etwas änderte. Darauf, dass nichts passierte und sich nichts änderte. Warten war ätzend.

Es war kurz nach elf, als ich aufgab, meine Sachen zusammenpackte und den Hörsaal verließ. Ich würde den restlichen Stoff später nacharbeiten. Vor einer Woche hatte mein Tutorium angefangen und seitdem verbrachte ich jeden Dienstag und Donnerstag, wahlweise auch die Samstage und Sonntage mit Tiberius, der mich während meines Studiums begleiten würde. Normalweise fanden wöchentliche Tutorien in kleinen Gruppen von drei bis vier Studierenden statt. Ich dagegen hatte Tiberius für mich allein und er war genauso genial wie unerbittlich, das hatte ich schon in den ersten Sitzungen festgestellt.

Deshalb machte ich mir keine Gedanken darüber, dass ich jetzt früher ging. Tiberius würde dafür sorgen, dass ich alles nachholte.

Ich versuchte, die Blicke zu ignorieren, die mir folgten. Doch das war gar nicht so einfach, denn ein Blick brannte sich in meinen Rücken, stellte eine stumme Frage, die ich nicht einmal in seinen Augen sehen musste, um zu wissen, dass sie da war.

Meine Schritte beschleunigten sich ganz von selbst. Ich lief davon, bevor Finley auf die Idee kommen konnte, mir zu folgen. Er durfte nichts von meiner Aufgabe erfahren und egal, wie viele Regeln ich schon gebrochen hatte, an diese würde ich mich halten.

Ich musste dieses Spiel gewinnen.

*Bist du Catherines Tochter?*

Pattys Frage war mir während der vergangenen eineinhalb Wochen so oft durch den Kopf gegangen, dass ich nicht mehr wusste, wie oft ich den Gedanken schon beiseitegeschoben hatte. Unzählige Male. Jetzt allerdings ließ er sich nicht mehr verdrängen.

Ich hatte mich geweigert, darüber nachzudenken, ob ich dieser Catherine so ähnlich sah, dass Patty sie in mir gesehen hatte, obwohl ich ihr völlig fremd war. Denn wenn Catherine meine Mutter war und Patty sie kannte, dann … dann war das Spiel für mich überflüssig. Dann hatte ich keinen Herzenswunsch mehr, für den ich kämpfen musste. Keinen Wunsch, der zumindest ansatzweise rechtfertigte, was ich für das Spiel auf mich nahm. Und das machte mir eine Scheißangst.

Genauso wie die Hoffnung, die jedes Mal in mir aufstieg, wenn ich auch nur eine Sekunde zu lange zuließ, dass Patty und Catherine sich in meinen Kopf schlichen. Denn es gab immer noch die Möglichkeit, dass Catherine mir nur zufällig ähnlich sah.

Ich hatte keine Ahnung, was ich wollte, aber ich konnte mich auch nicht länger gegen den Gedanken wehren, also hatte ich nur eine Möglichkeit, um dieses Karussell in meinem Kopf zu stoppen. Ich musste zum Plattenladen, um dort vielleicht ein paar Antworten auf meine Fragen zu finden. Da es noch zu früh war, um zur Bibliothek zu gehen, beschloss ich, gleich bei Patty vorbeizuschauen, um es hinter mich zu bringen und endlich den Kopf freizukriegen.

Mein Herz schlug mit jedem Schritt schneller, ein flaues Gefühl verknotete mir den Magen. Nervosität, Unruhe, Angst, Hoffnung. In mir wirbelte ein Sturm aus Gefühlen, jedes kämpfte um die Oberhand, aber keines gewann.

Die Tür stand offen und als ich den Laden betrat, entdeckte ich

Patty hinter der Kasse. Sie hob den Kopf und ein erfreutes Lächeln breitete sich auf ihrem Gesicht aus. Ihr Blick wanderte zu meinen Händen, die ich reflexartig in meine Jackentaschen schob. Ich konnte und wollte ihr beim besten Willen nicht erklären, warum meine verbrühten Hände vollkommen verheilt waren. Zehn Tage waren eine geradezu lächerlich kurze Zeit dafür.

»Hey«, begrüßte ich sie und räusperte mich verlegen, als ich hörte, wie rau meine Stimme klang.

»Hallo.« Ihr Lächeln wurde breiter. »Wie geht's deinen Händen?«

Ich hob die Schultern und trat zur Kasse. »Viel besser, danke.« Ich räusperte mich noch einmal und biss mir unsicher auf die Unterlippe.

»Möchtest du einen Kaffee?«, fragte Patty, während gleichzeitig »Wer ist Catherine?« aus mir herausplatzte.

Patty seufzte und deutete auf zwei Sessel, die in einer Ecke des Ladens zusammenstanden. »Setz dich doch erst mal.«

Ich folgte ihrer Aufforderung, vor allem deshalb, weil meine Beine plötzlich so sehr zitterten, dass ich mir nicht sicher war, ob sie mich noch lange tragen würden.

»Also, möchtest du einen Kaffee? Oder lieber etwas anderes?«

Abgehackt schüttelte ich den Kopf, obwohl mein Mund ganz trocken war. »Bitte … wer ist Catherine?«

Patty strich sich die wilden Locken hinter die Ohren. »Catherine hat hier in Oxford studiert, vor …«, sie stieß ein ungläubiges Lachen aus, »vor fast zwanzig Jahren. Sie war während ihres ersten Studienjahres fast jeden Tag hier, ich hatte den Laden gerade von meinen Eltern übernommen. Wir haben uns angefreundet, dann wurde sie schwanger und … Sie war im fünften Monat, als sie fortgegangen ist. Sie hat sich nie verabschiedet und … na ja, als ich dich gesehen habe, dachte ich, ich hätte sie durch irgendeinen seltsamen Wink des Schicksals wiedergefunden. Du siehst ihr unfassbar ähnlich. Aber anscheinend kennst du sie gar nicht.« Eine tiefe Falte grub sich zwischen ihre Augenbrauen.

»Nein, ich weiß nicht, wer Catherine ist«, krächzte ich.

»Das habe ich mir fast gedacht, weil du so schockiert warst, als ich dich darauf angesprochen habe. Tut mir wirklich leid.« Sie schenkte mir ein entschuldigendes Lächeln, doch ich schüttelte den Kopf.

»Schon gut. War ja keine Absicht.«

»Nein, war es wirklich nicht. Harper – dein Name ist doch Harper, richtig?«

Ich nickte und wusste schon, was sie mich fragen wollte, noch bevor sie es aussprach.

»Harper, ich will dir wirklich nicht zu nahe treten und es geht mich auch nichts an, aber wieso hast du eigentlich so erschrocken reagiert?«

»Ich weiß nicht, wer meine Eltern sind«, sagte ich hastig. »Ich bin … ich bin in Pflegefamilien aufgewachsen.« Die Worte schmeckten bitter und falsch, wie jedes Mal.

Pattys Blick wurde weich. »Das tut mir leid.«

»Muss es nicht. Es ist nur … glaubst du wirklich, Catherine könnte meine Mutter sein?« Ich konnte nichts gegen die Hoffnung tun, die sich ganz von selbst in meine Stimme schlich, mein Herz schlug viel zu schnell.

»Es müsste schon ein Wunder sein, wenn es nicht so wäre, denn du siehst beinahe so aus wie sie damals. Ich könnte dir Fotos von ihr zeigen, ich habe zu Hause mit Sicherheit noch welche.«

»Das wäre toll. Ich …« Mit einem schwachen Kopfschütteln versuchte ich, mich zu sammeln, während in mir ein Gefühl aufstieg, das ganz eindeutig Panik war. »Du weißt also nicht, wo sie ist?«

Bedauernd schüttelte Patty den Kopf. »Nein, nachdem sie damals verschwunden ist, habe ich nie wieder etwas von ihr gehört.«

Das wäre auch zu einfach gewesen.

Mir schwirrte der Kopf, eine Frage jagte die nächste, und ich hatte keine Ahnung, wo ich anfangen sollte. Als ein Kunde hereinkam und ich ganz automatisch zur Tür sah, fiel mein Blick auf die Uhr, die direkt neben dem Eingang an der Wand hing. Es war kurz vor zwölf, ich musste meine Aufgabe erfüllen.

»Ich muss jetzt los. Aber vielleicht … vielleicht … kannst du mir die Fotos später zeigen?«, stammelte ich.

»Natürlich. Komm einfach vorbei, wann es dir passt. Ich suche die Fotos heraus und bringe sie mit her.« Patty erhob sich ebenfalls, als ich aufstand.

Hastig nickte ich, plötzlich drängte alles in mir danach zu verschwinden. »Gerne, ich … Bis dann.«

Ich stürmte aus dem Laden, lief die Straße hinunter und hatte die Bibliothek beinahe erreicht, als mir der Gedanke kam, dass ich Patty wenigstens nach Catherines vollem Namen hätte fragen können. Abrupt blieb ich stehen, überlegte kurz, umzukehren und noch einmal mit Patty zu sprechen, aber wenn ich nicht völlig versagen wollte, sollte ich erst einmal die nächste Aufgabe erfüllen.

Vielleicht fand ich Catherine, vielleicht hatte ich nach der jahrelangen erfolglosen Suche endlich Glück und sie war tatsächlich meine Mutter. Vielleicht irrte Patty sich aber auch. Und wenn das der Fall war, war das Spiel immer noch meine beste Chance, meine Mutter zu finden.

Mit einem frustrierten Stöhnen setzte ich mich wieder in Bewegung und schüttelte jeden Gedanken an Patty und Catherine ab.

Im Augenblick gab es Wichtigeres.

◆

In der Bodleian war an diesem Tag mehr Betrieb als beim letzten Mal, trotzdem war es sehr ruhig, als ich durch die Gänge lief und schließlich nach dem blauen Leineneinband griff. Aufregung durchströmte mich, als ich das Buch aufschlug und einen Brief fand, der nur auf mich wartete.

Das Papier war rau, schwer, das Cremeweiß so vertraut wie mein Name, der in geschwungenen Buchstaben auf dem Umschlag stand. Ich zog den Briefbogen heraus und blinzelte überrascht, als etwas auf den Boden fiel. Mit gerunzelter Stirn bückte ich mich, hob das rechteckige Stück Pappe auf und stellte fest, dass es sich um eine Spielkarte handelte.

Eine sehr schlichte, seltsam alt wirkende Spielkarte, leicht verblichen und an den Ecken so weich, als hätte die Karte schon Dutzende Spiele hinter sich. Meine Finger zeichneten wie von selbst das Kreuz-Ass nach, bevor ich den Brief auseinanderfaltete und mein Blick über die wenigen Zeilen glitt.

Harper,

deine nächste Aufgabe besteht darin, die Karte aus diesem Umschlag gegen die Karte auszutauschen, die Professor Kent gehört. Du findest sie in seinem Büro. Lass dich dabei nicht erwischen. Du hast achtundvierzig Stunden Zeit. Wenn du die Karte hast, deponiere sie in diesem Buch.

Und vergiss nicht: Du darfst mit niemandem über diese Aufgabe reden.

Viel Erfolg!

Fassungslos las ich den Brief ein zweites und dann noch ein drittes Mal. Hier ging es nicht mehr nur um Manipulation, sondern um Einbruch und Diebstahl.

Wenn ich dabei erwischt wurde, war meine Karriere als Anwältin vorbei, noch bevor sie angefangen hatte.

Alles an dieser Aufgabe schrie nach einer Herausforderung und es war dumm und leichtsinnig, aber ich wollte diese Herausforderung annehmen. Ich ließ Brief und Karte in meinem Rucksack verschwinden, stellte das Buch zurück ins Regal und machte mich auf den Rückweg.

Das konnte ja heiter werden.

Gedankenverloren lief ich durch die Gänge der Bibliothek und stieß einen erschrockenen Schrei aus, als ich gegen einen großen, warmen Körper prallte. Im ersten Moment rechnete ich mit Finley – dass er mir doch gefolgt war –, aber als ich aufblickte, begegnete ich Johns verschmitztem Grinsen.

»Musstest du schon wieder ein Buch suchen?«, wollte er wissen und lehnte sich mit der Schulter an ein Bücherregal.

Ich spürte, wie mir das Blut in die Wangen schoss, und strich mir verlegen eine Haarsträhne hinters Ohr. »Nein. Also ja. Ich meine … nicht direkt. Ich …« Ertappt verstummte ich und Johns Grinsen wurde breiter.

*Toll, Harper, unauffälliger geht's echt nicht.*

»Schon gut. Ich weiß, dass Beth eine Schwäche für Schnitzeljagden hat. Hast du denn wenigstens gefunden, wonach du gesucht hast, oder brauchst du noch Hilfe?«

»Äh, danke. Ich hab alles. Außerdem hättest du mir bestimmt sowieso nicht helfen dürfen, oder? Durftest du letztes Mal schließlich auch nicht.«

John rieb sich über die Nasenspitze. »Stimmt. Aber …«

»Kein Problem«, unterbrach ich ihn mit einem kleinen Lächeln. »Ich muss jetzt auch schon wieder los, also …«

»Klar, wir sehen uns«, erwiderte John mit einem verständnisvollen Nicken.

Ich schob mich an ihm vorbei, hielt dann aber doch noch einmal inne. »Geht's Cece gut?«, fragte ich so leise, dass ich mich selbst kaum hörte.

John nach meiner besten Freundin zu fragen, war selten dämlich, schließlich hatte er keine Ahnung, dass Cece und ich befreundet waren, und ich dürfte eigentlich nicht wissen, dass er und Cece sich kannten. Aber ich hatte zu lange nichts von ihr gehört, und auch wenn ich sie in der Uni sah, war das nicht wirklich hilfreich, denn Cece war zu gut darin, ihre Gefühle zu verbergen. Sie zeigte sie nur, wenn sie es wollte, und bei mir wollte sie das im Moment definitiv nicht.

Aber sie fehlte mir und ich musste wissen, wie es ihr ging. Es war mir egal, ob ich John deswegen anlügen musste oder ob er mit Cece über mein seltsames Verhalten sprechen würde. Ich wollte es einfach nur wissen.

Johns Blick war weich, als ich mich zu ihm umdrehte. »Ich habe mich schon gefragt, ob du über mich und Cece Bescheid weißt.«

Ich schenkte ihm ein klägliches Lächeln. »Sieht ganz so aus. Und ich weiß, dass sie wütend auf mich ist. Aber geht es ihr gut?«

Er nickte. »Ja. Sie hat mir nicht erzählt, was zwischen euch vorgefallen ist, aber wenn die Vier Farben etwas damit zu tun haben, lass sie bitte aus der Sache raus. Wir alle kennen die Gerüchte und ich bin froh, dass ich keine Ahnung habe, was genau bei den Vier Farben abgeht. Wenn dir Cece wichtig ist, solltest du sie da nicht mit hineinziehen.«

Mein Hals fühlte sich plötzlich an wie zugeschnürt. Ich wollte protestieren und ließ es dann doch bleiben. Er hatte recht. Ich sollte Cece aus der ganzen Sache heraushalten. Es war besser, wenn die beiden niemals erfuhren, was hinter den Vier Farben steckte. Sollten sie die Gerüchte glauben, die in Umlauf waren.

Alles war besser als die Wahrheit.

# KAPITEL 30

## HARPER

Ich beschloss, die ganze Angelegenheit so schnell wie möglich hinter mich zu bringen, schließlich hatte ich nur achtundvierzig Stunden Zeit, und je eher ich die Aufgabe erfüllte, desto besser. Falls etwas schieflief, hatte ich immer noch genug Zeit, mir einen Plan B zu überlegen, obwohl ich wirklich hoffte, dass das nicht nötig sein würde.

Nachdem ich die Bibliothek verlassen hatte, ging ich zu einem nahe gelegenen Café, bestellte mir einen Cappuccino und kramte mein Handy aus der Tasche. Während ich auf mein dringend benötigtes Koffein wartete, suchte ich im Internet nach Professor Kent. Ich fand ihn und sein Büro recht schnell, genau wie seinen Vorlesungsplan.

Edward Kent war Professor für Theologie und damit so ziemlich der letzte Dozent, dem ich jemals zufällig über den Weg laufen würde, was für mich nur von Vorteil sein konnte. Bei seinem Namen hätte ich eher auf einen älteren Mann getippt, tatsächlich war Edward Kent erst Mitte dreißig und überraschend gut aussehend mit den kurzen dunklen Haaren und den stechend grauen Augen.

Ich überflog kurz seine akademischen Erfolge, bevor ich mich wieder darauf konzentrierte, zu welchen Zeiten er in diesem Jahr Kurse und Vorlesungen hielt. Ich hatte Glück, denn er hatte sich dafür entschieden, jeden Tag einen Kurs von sechzehn bis achtzehn Uhr zu geben. Wer kam denn auf so eine Idee?

Ich schenkte der Kellnerin ein dankbares Lächeln, als sie die Tasse vor mir abstellte, legte mein Handy auf den Tisch und runzelte nachdenklich die Stirn, während in meinem Kopf ein Plan Gestalt annahm. Zugegeben, es war kein besonders ausgeklügelter Plan, aber besser als gar nichts.

Kents Büro würde heute Nachmittag unbesetzt sein – zumindest er wäre nicht da – und das war alles, was zählte. In das Büro eines Professors einzubrechen, um etwas daraus zu stehlen, war eine Sache. Gefahr zu laufen, von ihm erwischt zu werden und ihn manipulieren zu müssen, eine ganz andere. Wahrscheinlich sollte es keine Rolle spielen, in welcher Position die Person war, die ich manipulieren musste, um in das Büro zu gelangen, aber irgendwie tat es das doch.

Es war etwas anderes, auch wenn ich keine rationale Erklärung dafür hatte. Abgesehen davon war das Risiko, von der Uni zu fliegen, vermutlich deutlich höher, sollte ich bei der Manipulation eines Professors versagen.

Mein Herz begann schneller zu schlagen. Dass überhaupt die Gefahr bestand, von der Uni zu fliegen, sollte mir eigentlich zu denken geben. Und das tat es auch.

Aber nicht genug.

◆

Den Einbruch zu planen war deutlich einfacher gewesen, als ihn tatsächlich durchzuziehen, was vor allem daran lag, dass ich Schwierigkeiten hatte, Kents Büro zu finden.

Völlig planlos lief ich durch die Fakultät, bis ich auf die Idee kam, in den Gedanken vorbeikommender Leute nach seinem Büro zu suchen. Mir entwich ein erleichtertes Seufzen, als ich es schließlich in den Erinnerungen einer Studentin fand, die gerade im Flur an mir vorbei Richtung Ausgang lief. Sie war Kents wissenschaftliche Mitarbeiterin und nach allem, was ich innerhalb von Sekunden in ihrem Kopf entdeckte, war er für sie mehr als nur ihr Arbeitgeber, obwohl er locker zwölf Jahre älter war als sie.

Aber wieso sollte ich mir erlauben, darüber zu urteilen? Ich pfuschte in den Gedanken und Erinnerungen völlig fremder Menschen herum. Unschuldig war ich bestimmt nicht.

Ihre Gedanken wurden leiser, je weiter sie sich von mir entfernte, aber ich hatte genug gesehen, um zu wissen, wohin ich musste. Dass sie gerade Feierabend gemacht hatte und damit die Wahrscheinlichkeit rapide gesunken war, erwischt zu werden, ließ mich erleichtert aufatmen. Wenn das so weiterging, würde der Einbruch doch noch ein Kinderspiel werden.

Als sie um die nächste Ecke gebogen war, blieb ich stehen, zog mein Handy aus der Tasche und tippte ein bisschen auf dem Display herum, ohne mir tatsächlich etwas anzuschauen. Den Blick hielt ich die ganze Zeit nach unten gerichtet. Gab es etwas Unauffälligeres als eine Studentin, die vollkommen auf ihr Handy fixiert war? Eher nicht.

Nach wenigen Minuten ließ ich mein Handy wieder in der Tasche verschwinden, holte gleichzeitig mein Werkzeug heraus und schob es in meine Jackentasche, damit ich vor dem Büro nicht in meinem Rucksack herumkramen musste. Dann setzte ich mich zielstrebig in Bewegung. Der Flur, in dem Kents Büro lag, war menschenleer.

Perfektes Timing.

Adrenalin strömte durch meine Adern, als ich mich ein letztes Mal umschaute, um sicherzugehen, dass außer mir tatsächlich niemand hier war. Mein Herz hüpfte aufgeregt in meiner Brust herum, doch meine Hände waren vollkommen ruhig, als ich mich daranmachte, das Schloss zu knacken. Es war ein simples Zylinderschloss und damit alles andere als kompliziert. Man brauchte nur ein bisschen Übung.

Ich wusste, was ich tat, auch wenn ich zum ersten Mal ein Schloss knackte, um tatsächlich irgendwo einzubrechen. Bisher hatte ich mein Wissen immer nur genutzt, um irgendwo herauszukommen. Das erste Schloss hatte ich aufgebrochen, als ich neun gewesen war. Bevor ich bei Cece und ihrer Familie gewohnt hatte, vor Finley. Damals hatte ich bei einer Pflegefamilie gelebt, die uns Kinder mit Vorliebe eingesperrt hatte, wenn wir uns nicht benehmen konnten. Chris, ein Junge, der mit fünfzehn schon mehr Pflegefamilien hinter sich hatte, als ich mir je hätte vorstellen können, war mit dieser Methode der Bestrafung alles andere als glücklich gewesen.

Ich wusste bis heute nicht, wo er gelernt hatte, Schlösser zu knacken, oder ob er es sich anhand von Internetvideos selbst beigebracht hatte, jedenfalls war er für mich und die anderen Pflegekinder ein guter Lehrer gewesen. Überflüssig zu erwähnen, dass wir alle ziemlich schnell in andere Familien verfrachtet worden waren, nachdem wir uns etwas zu oft aus unseren verschlossenen Zimmern gestohlen hatten.

»Was machst du da?« Eine hohe Stimme riss mich aus meinen

Gedanken und meiner Konzentration. Erschrocken wirbelte ich herum. Mein Puls schoss in die Höhe, während ich meine Hände reflexartig hinter dem Rücken verbarg, damit nicht komplett offensichtlich war, was ich da machte.

*Verdammt. Verdammt. Verdammt!*

Hinter mir stand Poppy, die wissenschaftliche Mitarbeiterin, die sich vorhin auf den Heimweg gemacht und hier eigentlich nichts mehr zu suchen hatte.

»Ich wollte mit Professor Kent sprechen, aber so wie es aussieht, ist er nicht da«, erwiderte ich hastig, während ich fieberhaft überlegte, wie ich möglichst unbeschadet aus der Sache wieder herauskommen sollte.

*Lass dich nicht erwischen.*

Das hatte ja wahnsinnig gut funktioniert.

»Was versteckst du da?«, wollte Poppy wissen und deutete mit verkniffenem Gesichtsausdruck auf meine für sie nicht sichtbaren Hände. Aber sie wartete meine Antwort gar nicht erst ab. »Ich habe dich hier noch nie gesehen. Ich glaube, ich rufe jetzt den Campus-Sicherheitsdienst.«

Mit einem unwilligen Laut atmete ich aus, suchte gleichzeitig das Licht in mir und ließ es so schnell in sie eindringen, dass mir für einen Moment die Ohren klingelten.

*Ich bin Thea. Erinnerst du dich? Heute ist mein erster Tag. Ich arbeite mit dir zusammen.*

Hastig pflanzte ich ihr Lügen und Bilder in den Kopf, Erinnerungen, die nicht ihre waren. Von einem Kennenlernen, kurzen Gesprächen, einer gemeinsamen Mittagspause in der Cafeteria. Ich ließ sie jemand anderen sehen als mich, veränderte mein Aussehen in ihrem Kopf, sodass sie mich im Leben nicht richtig würde beschreiben können. Dunkle Haare, braune Augen, kleiner, etwas weniger zierlich, in Jeans und Pulli anstatt Kleid und klobigen Stiefeln.

Poppy verzog widerstrebend das Gesicht. Ich befürchtete schon, dass meine Manipulation nicht wirkte, weil ich zu schnell vorgegangen war, doch dann glättete sich ihre gerunzelte Stirn und ein freundliches Lächeln erschien auf ihrem Gesicht.

*Ich bin Thea, wir arbeiten zusammen. Ich muss kurz in Professor Kents Büro, weil ich heute Mittag etwas vergessen habe. Gib mir den Schlüssel und rühr dich nicht von der Stelle*, befahl ich ihr stumm.

In meinem Kopf begann es zu pochen und ein metallischer Geschmack breitete sich in meinem Mund aus, ziemlich sichere Anzeichen dafür, dass ich mich übernommen hatte.

Erleichterung durchströmte mich, als Poppy schließlich in ihre Jackentasche griff und mir den Schlüssel hinhielt. »Beeil dich«, sagte sie noch immer lächelnd.

Mit einem dankbaren Nicken nahm ich den Schlüssel entgegen, schloss die Tür auf und schlüpfte ins Büro. Das war ja gerade noch mal gut gegangen.

Suchend schaute ich mich um und ärgerte mich, dass Beth in ihrem Brief nicht etwas präziser gewesen war. Ich konnte unmöglich das ganze Büro auf den Kopf stellen, nur um eine Spielkarte zu finden.

Für einen Moment überlegte ich, ob es irgendwie möglich war zu schummeln. Ich könnte einfach dasselbe Kreuz-Ass wieder ins Buch legen, das ich vor ein paar Stunden herausgenommen hatte. Wenn die Karten identisch waren, würde das niemand merken. Aber so einfach würden sie es mir mit Sicherheit nicht machen.

Ich schüttelte über mich selbst den Kopf. Garantiert hatten sie die Karte irgendwie markiert, sodass ich den Unterschied nicht erkennen konnte, sie dazu aber sehr wohl in der Lage waren.

Langsam drehte ich mich um, betrachtete den Raum aus schmalen Augen und überlegte, wo Kent seine Karte versteckt haben konnte. Dann hielt ich abrupt inne und stieß ein ungläubiges Lachen aus. Er hatte sie überhaupt nicht versteckt. Sie stand in einem Bilderrahmen im Bücherregal neben der Tür.

Das Kreuz-Ass auszutauschen war so tatsächlich ein Kinderspiel. Für einen Moment hielt ich beide Karten in der Hand, untersuchte, ob es nicht doch irgendeinen sichtbaren Unterschied gab, fand jedoch keinen. Sie sahen exakt gleich aus, sogar die Abnutzungen waren an den gleichen Stellen. Trotzdem war ich mir sicher, dass Beth und die anderen die Karten auseinanderhalten konnten.

Vorsichtig ließ ich Kents Ass in meinem Rucksack verschwinden, stellte den Bilderrahmen mit der Fälschung zurück ins Regal – irgendjemand sollte hier dringend mal Staub wischen – und verließ das Büro.

Poppy hatte sich tatsächlich nicht von der Stelle bewegt. Gut so, denn wir waren noch nicht fertig miteinander. Ihr vorzugaukeln, eine neue Mitarbeiterin zu sein, war für den Moment eine gute Idee gewesen, vor allem auch, weil mir auf die Schnelle nichts Besseres eingefallen war. Spätestens morgen jedoch, wenn sie auf Thea wartete und vielleicht mit Kent über sie sprach, würde es deswegen Probleme geben. Am Ende suchten sie noch nach einem Mädchen, das überhaupt nicht existierte. Das durfte nicht passieren, also drang ich zum zweiten Mal innerhalb weniger Minuten in ihren Geist ein.

*Mach die Augen zu und halt still*, befahl ich ihr und atmete tief durch. Was ich jetzt vorhatte, war deutlich komplizierter als alles, was ich bisher getan hatte, aber ich musste mich aus Poppys Erinnerungen streichen. Mich und die erfundene Thea, und zwar so vollständig wie möglich.

Erinnerungen zu löschen war wie Drahtseile zu durchtrennen, hatte Caroline uns erklärt. Es erforderte absolute Konzentration und konnte, wenn man Pech hatte, ziemlich schiefgehen. Ich musste darauf achten, welche Erinnerungen ich Poppy nahm, damit sie hinterher nicht meinetwegen den Verstand verlor.

Noch einmal atmete ich tief durch und machte mich an die Arbeit, betrachtete jede Erinnerung als einen Strang, den es zu durchtrennen galt. Ich huschte durch ihren Kopf und sah mir jedes Bild genau an, bevor ich die Verbindung kappte. Damit beging ich bei Poppy den weitaus größeren Diebstahl als bei Professor Kent.

Erinnerung für Erinnerung raubte ich ihr: wie sie mir den Schlüssel gab, wie ich mich durch meine Manipulation in Thea verwandelte und schließlich wie sie ein blondes Mädchen vor Professor Kents Tür herumhantieren sah, das dort definitiv nichts zu suchen hatte.

Bevor ich mich aus ihrem Kopf zurückzog, kontrollierte ich noch einmal gründlich, ob ich wirklich jeden Faden erwischt hatte, der unsere Begegnung betraf. Ich ließ ihr nur die Erinnerung daran, dass sie umgekehrt war, um das Buch aus ihrem Büro zu holen, das direkt neben dem von Kent lag. Immerhin brauchte sie das Buch heute noch.

*Zähl bis zehn, bevor du die Augen wieder öffnest*, bat ich sie in Gedanken, dann zog ich mich endgültig zurück. Ich vergewisserte mich, dass Poppy tatsächlich die Augen geschlossen hielt und mich nicht sah, dann ließ ich sie einfach stehen.

Meine Hände waren feucht und klebrig, mein Herz schlug wie

wild und mein Körper war zur Flucht gespannt, nur für den Fall, dass ich bei Poppy versagt hatte und sie mir jede Sekunde »Haltet die Diebin« nachrufen würde. Was sie nicht tat.

Dennoch gelang es mir erst wieder, mich etwas zu beruhigen, als ich das Gebäude verließ. Ich lockerte die verkrampften Schultern und ein Grinsen breitete sich auf meinem Gesicht aus.

Ich hatte es geschafft.

# KAPITEL 31

## HARPER

Mein Hochgefühl hielt nicht lange an. Genau genommen nur so lange, bis die Karte aus Professor Kents Büro zwischen den Seiten von *Romeo und Julia* steckte und ich die Bibliothek verließ.

Ein kühler Wind wehte mir die Haare ins Gesicht, und als ich mich ein Stück zur Seite drehte, um die herumwirbelnden Strähnen zu erwischen, traf mein Blick wie von selbst auf ein Paar vertrauter grüner Augen.

Finley stand nur ein paar Meter von mir entfernt völlig reglos da und sah mich an. Mein Herz geriet aus dem Takt, einen Moment lang nahm ich nichts wahr außer ihn.

Ich konnte wieder seine Lippen auf meinen spüren, Haut, die über Haut strich, feucht und glühend zugleich. Keuchender Atem und rasende Herzen, brennendes Verlangen.

Instinktiv machte ich einen Schritt auf ihn zu, doch Finley drehte sich einfach um und ging. Ich blickte ihm hinterher und dann, bevor ich auch nur darüber nachdenken konnte, was für eine absolut dumme Idee das war, folgte ich ihm.

»Finn, warte.« Ich erwischte ihn am Clarendon Building, streckte eine Hand nach ihm aus und wäre beinahe gegen ihn geprallt, als er abrupt stehen blieb und zu mir herumwirbelte. Sein Blick war dunkel und undurchdringlich. Stumm starrten wir einander an. Mein Kopf war auf einmal vollkommen leer. Ich wusste nicht, was ich sagen sollte. Es gab zu viele Dinge, über die wir reden mussten. Zu viele Dinge, die unausgesprochen zwischen uns standen.

»Was ist?«, fragte er schließlich leise, seine Schultern verkrampften sich.

»Du … Ich …«, stammelte ich und wusste plötzlich nicht mehr weiter. Die Worte lagen mir auf der Zunge und doch brachte ich kein einziges über die Lippen.

Finley stieß ein gequältes Stöhnen aus und fuhr sich mit beiden Händen durch die Haare. »Was willst du von mir, Harper? Du bist weggelaufen, nachdem wir uns geküsst haben. Du hast gesagt, dass wir das nicht dürfen. Und ich … *fuck*! Ich habe mich von dir ferngehalten, weil es das Richtige war. Also warum läufst du mir jetzt hinterher? Ich wollte bei dir *einmal* alles richtig machen. Und nachdem du mich in den letzten Tagen völlig ignoriert hast, dachte ich, das ist es, was du auch willst!«

Ein schmerzhafter Stich fuhr mir direkt durchs Herz, ich zuckte zurück. »Ich … nein.«

»Nein?!«

Ich schüttelte den Kopf, verstand mich selbst nicht mehr.

»Was zum Teufel willst du dann?«

»Keine Ahnung!« Ich schlug mir die Hände vors Gesicht. Als ich sie wieder sinken ließ, war Finley mir plötzlich viel zu nah. »Ich weiß nicht, was ich will, okay? Ich weiß nur, dass ich dich vermisst habe.« Die Worte stolperten aus meinem Mund, ehe ich sie aufhalten konnte, und ich hätte mir noch in derselben Sekunde am liebsten auf die Zunge gebissen und sie zurückgenommen.

Ich hatte ihn vermisst?

Die Antwort darauf war so einfach wie beunruhigend.

Ja, hatte ich. Nur dass ich mich nicht getraut hatte, mir das auch einzugestehen. Genauso wenig wie die Tatsache, dass ich wiederholen wollte, was in dieser Nacht geschehen war, völlig egal, wie falsch das war.

»Ich habe dich vermisst«, wiederholte ich mit zitternder Stimme.

»Das ist ... du kannst nicht ... Scheiße!« Er stieß ein frustriertes Stöhnen aus und fuhr sich mit beiden Händen durch die Haare.

Einige Passanten warfen uns im Vorbeigehen irritierte Blicke zu und erst jetzt wurde mir klar, dass uns jederzeit jemand zusammen sehen konnte.

»Komm mit.« Ich griff nach seiner Hand, zog ihn die Treppenstufen zum Clarendon Building hoch und hinter eine der breiten Säulen, die das Vordach trugen. Es war nicht optimal, aber immer noch besser, als dieses Gespräch auf offener Straße zu führen. Und wir *mussten* dieses Gespräch führen. Es wurde Zeit.

»Warum zum Teufel musst du immer alles noch komplizierter machen, als es ohnehin schon ist?«, wollte er kopfschüttelnd wissen und ließ mich los.

»Weil ich das schon immer besonders gut konnte«, erwiderte ich, mein Mund verzog sich zu einem zittrigen Lächeln.

Als Finley auflachte, machte mein Herz einen Satz. »Das ist wahr.«

»Tut mir leid.« Warum klang meine Stimme auf einmal so belegt?

»Mir nicht.« Mit einem tiefen Seufzen trat er einen Schritt auf mich zu, seine Finger streiften meinen Handrücken und etwas in mir begann zu flattern.

*Falsch. Falsch. Falsch.*

Das war so falsch. Und gleichzeitig so richtig.

»Ich habe mich von dir ferngehalten, weil ich dachte, dass du es so willst. Aber wenn das gar nicht stimmt, dann …«

»Lässt du das in Zukunft?«, beendete ich seinen Satz.

Doch anstatt des erwarteten Lächelns huschte ein Schatten über sein Gesicht. »Wir sollten uns voneinander fernhalten, Harper. Wenn du dieses Spiel gewinnen willst, sollten wir das *wirklich* tun.«

»Ich weiß. Aber …« Ich stockte kurz, versuchte das Chaos in meinem Kopf so weit in Ordnung zu bringen, dass ich sagen konnte, was ich sagen wollte. Welche Gedanken seit dem Kuss in meinem Kopf herumtanzten. »Ich will wissen, was das zwischen uns ist. Ich verstehe nicht, wie nach zwei Jahren ohne irgendeinen Kontakt trotzdem diese … Gefühle da sein können. Ich meine, ich habe die letzten Jahre damit verbracht, wütend auf dich zu sein, weil du mich im Stich gelassen hast. Und ich bin deswegen auch immer noch wütend, weil sich diese Gefühle einfach nicht so schnell abstellen lassen. Aber gleichzeitig … ist da auch … Du fehlst mir. Ich will wissen, wer du bist. Ob du immer noch der Junge bist …« Ich stockte, brachte das *in den ich mich damals verliebt habe* nicht über die Lippen. »Ich will wissen, ob wir immer noch wir sein können. Oder ob ich mir nur was vormache. Das ist doch verrückt.« Ich stieß ein hilfloses Lachen aus.

»Aber vielleicht ist verrückt ja auch vollkommen richtig.« Er kam noch etwas näher, seine Finger schoben sich zwischen meine.

»Vielleicht«, erwiderte ich, auf einmal seltsam atemlos.

»Es könnte uns in ziemliche Schwierigkeiten bringen.«

Ich zuckte mit den Schultern, versuchte das mulmige Gefühl zu vertreiben, das sich in mir ausbreitete. »Wir stecken doch schon mittendrin.«

»Ich meine es ernst. Du willst das Spiel gewinnen und ich will herausfinden, was mit Dorian passiert ist. Wenn wir erwischt werden …«

»Wir haben schon fast jede Regel gebrochen, die es gibt, Finn«, erinnerte ich ihn leise.

»Ich weiß. Ich will nur nicht, dass dir was passiert.«

Ganz von selbst breitete sich ein Lächeln auf meinem Gesicht aus. Ich setzte gerade zu einer Antwort an, als sein Handy klingelte.

Mit einem unwilligen Laut zog er es aus der Hosentasche. »Mist, das ist Amanda. Da muss ich rangehen.«

Ich nickte stumm und löste meine Hand aus seiner, als könnte Amanda meine Gegenwart durch das Telefon hindurch spüren.

»Was ist?«, fragte Finley ohne Begrüßung, nachdem er das Gespräch entgegengenommen hatte. Ich konnte nicht verstehen, was sie sagte, doch es war garantiert nichts Gutes, denn sein Gesicht verdunkelte sich.

»Ja, ich bin gleich da.« Ohne ein weiteres Wort legte er auf und sah mich entschuldigend an. »Ich muss los. Aber … wir kriegen das hin, okay?«

»Okay«, flüsterte ich.

Finley beugte sich vor, seine Lippen streiften meine Stirn. Es war nur eine hauchzarte Berührung, trotzdem spürte ich sie in jeder Faser meines Körpers. Dann ging er.

◆

Die Zweifel kamen in der Nacht. Mit den Gedanken bei Finley, dem Spiel und dem Chaos, in das sich mein Leben verwandelt hatte, seit ich hier war, wälzte ich mich von einer Seite auf die andere. Es war die Wahrheit, dass ich ihn vermisste und dass ich wissen wollte, was zwischen uns war. Aber es war auch die Wahrheit, dass ich dieses Spiel gewinnen wollte.

Ich war hier, weil ich etwas suchte. Meine Eltern, meine Vergangenheit und mich selbst.

Ich war hier, weil ich herausfinden wollte, wer ich war. Warum ich es nicht wert gewesen war, dass man mich behielt.

Ich war hier, weil ich eine Antwort auf die Frage haben wollte, warum ich während der letzten Jahre von einer Hölle in die nächste gewandert war, ohne jemals irgendwo anzukommen.

Ich war hier, weil ein Teil von mir fehlte und ich nicht länger ohne diesen Teil leben wollte.

Und jetzt riskierte ich alles. Seinetwegen.

Das sollte mir Angst machen, doch das tat es nicht. Ich hatte Angst, aber nicht, weil ich seinetwegen alles riskierte, sondern weil es sich absolut richtig anfühlte, das zu tun.

Ein leises Flüstern stieg in mir auf, verstummte jedoch wieder, bevor ich es verstehen konnte.

Irgendwann schlief ich ein, träumte wirre Träume, in denen Eli mich verfolgte, Finley mich wegstieß und Cece mir sagte, sie wolle nichts mehr mit mir zu tun haben.

Im Morgengrauen erwachte ich mit einem stummen Schrei auf den Lippen, einem Flehen danach, das zu finden, wonach ich all die Jahre vergeblich gesucht hatte.

Nur dass ich mir auf einmal nicht mehr sicher war, was das eigentlich war.

♦

»Du siehst beschissen aus«, stellte Lexie mit einem freundlichen Lächeln fest, als ich am nächsten Morgen in den Speisesaal kam.

»Was du nicht sagst«, erwiderte ich gähnend, nahm mir eine Schüssel und füllte sie mit Cornflakes und Milch. Ich hatte schlecht geschlafen und viel zu kurz, hatte mich von einer Seite auf die andere gewälzt und irgendwann im Morgengrauen aufgegeben. Stattdessen hatte ich angefangen nach Catherine zu suchen, doch ich hatte schnell festgestellt, dass das Internet nicht hilfreich war, wenn man mehr über jemanden herausfinden wollte, ohne den Nachnamen zu kennen. Jede Spur, die auch nur ansatzweise gepasst hätte, war viel zu schnell im Sand verlaufen. Es war völlig hoffnungslos.

»Wo hast du gestern den ganzen Tag gesteckt?« Lexie warf mir über ihre Kaffeetasse hinweg einen fragenden Blick zu, mit einer Spur zu viel Neugierde in den dunklen Augen.

Ich zuckte mit den Schultern. »Ich hatte was zu erledigen.«

»Du bist ja richtig gesprächig heute«, bemerkte sie augenrollend und mein Mund verzog sich zu einem leichten Grinsen.

»Ganz im Gegensatz zu dir, meinst du?«

»Ich hab zu wenig geschlafen, mein Hirn ist dann nicht so im Anti-Modus wie sonst. Also …« Sie verstummte, als Eli den Speisesaal betrat.

Unwillkürlich verkrampfte ich mich. Nachdem wir die Ringe bekommen hatten, hatte er mich in Ruhe gelassen. Aber das bedeutete nicht, dass sich das nicht wieder ändern konnte. Quasi jetzt.

»Lasst euch von mir nicht stören«, sagte er und ließ sich auf den Platz direkt neben mir fallen.

Ich warf ihm einen finsteren Blick zu und musste gegen den Drang ankämpfen, aufzustehen und mich woanders hinzusetzen. Doch die Genugtuung gönnte ich ihm nicht.

»Du störst immer«, gab Lexie kühl zurück und widmete sich wieder ihrem Frühstück. Mir dagegen war der Appetit vergangen.

»Heute wieder so charmant, Alexandra.«

»Zu dir doch am liebsten, Eli.« Sie schenkte ihm ein zuckersüßes Lächeln.

»Wenn du willst, können wir das gern vertiefen.« Lässig lehnte er sich auf seinem Stuhl zurück.

»Eher friert die Hölle zu.« Lexie machte ein würgendes Geräusch, doch Eli schien das gar nicht zu kümmern.

Sein stechender Blick richtete sich auf mich, glitt über meine zerzausten Haare, das schwarze Kleid und blieb schließlich an meinen Beinen hängen, bevor er zurück zu meinem Gesicht wanderte.

Angewidert schob ich die Schüssel weg und stand jetzt doch auf. »Ich muss los.«

Lexie nickte verständnisvoll, und obwohl ich sie ungern mit Eli allein ließ, musste ich einfach gehen, weil ich für nichts garantieren konnte, wenn ich seine Anwesenheit noch länger ertragen musste. Außerdem hatte ich noch etwas vor und je eher ich es hinter mich brachte, desto besser. Vielleicht würde ich dann heute Nacht besser schlafen können. Vielleicht würde ich dann endlich wissen, was ich wollte. Im Flur schnappte ich mir meine Jacke von der Garderobe und verließ eilig das Haus. Doch ich kam nicht weit.

Ich wollte gerade das Tor öffnen, als mich eine Hand fest an der Schulter packte und herumriss, sodass mein Hinterkopf mit einem dumpfen Laut gegen die Steinmauer prallte. Ein stechender Schmerz schoss meine Wirbelsäule empor, mein Blick verschwamm und ich keuchte auf. Taumelnd versuchte ich, mein Gleichgewicht wiederzufinden, als ich auch schon mit dem Rücken gegen die Mauer gedrückt wurde.

Eli hatte sich vor mir aufgebaut, das Gesicht zu einer wütenden Grimasse verzogen. »Du solltest aufpassen, was du Beth erzählst«, sagte er, seine Stimme so kalt und schneidend, dass ich schauderte.

»Was?« Ich blinzelte, versuchte meinen Blick zu fokussieren, doch die silbernen Sterne vor meinen Augen wollten sich so schnell nicht vertreiben lassen.

»Du weißt genau, wovon ich rede. Du willst mich nicht zum Feind haben.« Er kam mir so nahe, dass sein Atem über mein Gesicht strich.

Instinktiv wollte ich den Kopf wegdrehen, doch er fasste nach meinem Kinn und zwang mich dazu, ihn anzusehen.

»Ich habe keine Ahnung, wovon du redest. Und ich dachte ehrlich gesagt, du hättest dich schon längst zu meinem Feind erklärt«, erwiderte ich gepresst und versuchte, mich von ihm loszumachen, doch sein Griff wurde noch etwas fester.

»Naive, kleine Harper, du hast ja keine Ahnung. Du hast Beth von unserem Gespräch im Pub erzählt und ich fürchte, das war ein Fehler.«

Ich blinzelte hektisch und endlich konnte ich wieder richtig sehen. »Ich habe Beth gar nichts erzählt!«

Elis Griff wurde noch eine Spur fester und mir drehte sich der Magen um. »Du solltest lernen, besser zu lügen.«

Er machte noch einen Schritt auf mich zu, presste sich jetzt der Länge nach gegen meinen Körper und mich noch fester gegen die Mauer. Wut loderte in mir auf, glühend heiß und nicht zu bremsen.

»Und du solltest lernen, Abstand zu halten«, fauchte ich, riss mein Knie hoch und rammte es zwischen seine Beine.

Eli stieß einen wüsten Fluch aus, ließ mich los und stolperte ein paar Schritte nach hinten. Sein Gesicht war aschfahl geworden.

»Das wirst du bereuen, du kleine Schlampe!«

»Ich habe schon viele Dinge in meinem Leben bereut, Eli. Das hier gehört definitiv nicht dazu.« Zornig baute ich mich vor ihm auf. »Ich habe Beth nichts von unserem Gespräch erzählt, und wenn du nicht willst, dass sie von dieser … *Unterhaltung* erfährt, solltest du mich in Ruhe lassen. Ich bin nicht hier, um mich von dir herumschubsen zu lassen. Wenn du ein Problem mit mir hast, schön. Interessiert mich nur nicht.« Ich warf ihm einen letzten, verächtlichen Blick zu und ließ ihn dann einfach stehen.

Mein Herz raste, der Schmerz in meinem Kopf schwoll zu einem stechenden Pochen an. Sobald ich das Grundstück verlassen hatte und aus Elis Sichtfeld verschwunden war, sank ich zitternd gegen die Mauer und kämpfte um mein Gleichgewicht. Mir war so schlecht, dass ich drauf und dran war, mich zu übergeben.

Was zum Teufel stimmte nicht mit diesem Kerl? Wir mussten ja keine Freunde werden – Gott bewahre –, aber was war so schwierig daran, mich in Ruhe zu lassen? Mit Ignoranz kam ich wunderbar klar.

Nur langsam beruhigte sich mein Magen wieder, genau wie mein Puls. Doch das ungute Gefühl in meinem Bauch blieb. Eli hatte nicht einfach nur ein Problem mit mir. Er war vollkommen durchgeknallt.

Und auch wenn ich hoffte, dass meine Drohung ausreichte, glaubte ich nicht wirklich daran. Jemand wie er ließ sich bestimmt nicht nur von Worten aufhalten.

# KAPITEL 32

♠

## FINLEY

*Ich will wissen, ob wir immer noch wir sein können. Oder ob ich mir nur was vormache.*

Harpers Worte hatten sich in meine Gedanken gebrannt und egal, wie sehr ich versuchte, mich auf etwas anderes zu konzentrieren, ich konnte nicht. War es wirklich so einfach? Konnte es so einfach sein?

Hatte ich es nach Jahren der Funkstille überhaupt verdient, dass es so einfach war? Dass sie trotz allem herausfinden wollte, was wir sein könnten, obwohl sie mich gehasst hatte? Vermutlich nicht. Aber ich war nicht so leichtsinnig, Harper darauf hinzuweisen.

Sie war immer noch wütend und das konnte ich ihr nicht übel nehmen. Solche Gefühle ließen sich nicht abstellen, nicht wenn man sich viel zu lange an sie geklammert hatte. Harper hatte sich an ihrer Wut festgehalten, wie ich mich an meinen Gefühlen für sie. Die Sehnsucht, das Vermissen, das Glücksgefühl, das mich jedes Mal durchströmt hatte, wenn sie mich angelächelt hatte. Das Kribbeln im Bauch, wenn ihre Finger meine gestreift hatten. Das Herzklopfen, als ihre Lippen zum ersten Mal meine berührt hatten.

All das war nicht verschwunden. Weil ich nicht losgelassen hatte.

Weil sich ein Teil von mir geweigert hatte, sie loszulassen, auch wenn ich genau das hätte tun sollen. Aber vielleicht hatte ein anderer Teil von mir gewusst, dass Harper mich genauso wenig hatte loslassen können wie ich sie.

Dass wir vielleicht eine zweite Chance bekamen.

Ich atmete tief durch, lief weiter die Straße entlang und zwang mich, jeden Gedanken an Harper abzuschütteln. Es war noch früh und eigentlich sollte ich jetzt auf dem Weg zu meinem ersten Kurs sein, aber ich hatte beschlossen zu schwänzen. Einerseits weil ich mich ohnehin nicht konzentrieren konnte, wenn ich mit Harper im selben Raum saß, aber nicht in ihrer Nähe sein konnte. Andererseits aber auch, weil ich ein Ziel hatte und es allmählich Zeit wurde, dass ich etwas dafür tat, es auch zu erreichen.

Deshalb hatte ich mich auf den Weg zum Gemeinschaftshaus der Vier Farben gemacht, während alle anderen ganz vorbildlich zu ihren Kursen und Vorlesungen gegangen waren. Irgendwo musste ich schließlich nach Informationen zu suchen, nachdem ich im Haus der Spades nur auf taube Ohren und keine einzige brauchbare Spur gestoßen war.

Dabei musste es doch irgendwo Unterlagen geben. Unsere Bewerbungsmappen für die Uni – Zeugnisse, Aufsätze, Lebensläufe – Verzeichnisse über ehemalige Mitglieder der Vier Farben. *Irgendwas.*

Es war unmöglich, dass es keine Unterlagen gab. Ich musste sie nur finden.

So entspannt wie möglich schlenderte ich den Weg zum Eingang des Gemeinschaftshauses hinauf und tat so, als hätte ich einen verdammt guten Grund, hier zu sein – der nicht darin bestand, einzubrechen und herumzuschnüffeln.

Die Tür war nicht verschlossen und ich hielt zögernd inne. Mir fielen spontan drei Möglichkeiten ein, warum nicht abgeschlossen war: Jemand war im Haus, es gab Kameras, die alles aufzeichneten, oder der Ruf der Vier Farben reichte aus, damit sich niemand herwagte, der nicht auch hierhergehörte.

Keine der Optionen war besonders beruhigend, denn auch wenn ich zu den Vier Farben gehörte und uns niemand verboten hatte, herzukommen, wann immer wir wollten, hatten wir auch nie die Erlaubnis dafür bekommen.

Zögernd betrat ich die Eingangshalle. Das Haus lag still und verlassen vor mir, außer meinem eigenen Atem war nichts zu hören. Ich lauschte angestrengt, doch es blieb still. Es war tatsächlich niemand da.

So unauffällig wie möglich schaute ich mich nach Kameras um, aber entweder es gab keine und meine Paranoia nahm langsam überhand, oder sie waren so gut versteckt, dass sie nicht auf den ersten Blick zu entdecken waren.

Entschlossen drängte ich die aufsteigende Nervosität zurück. Was ich machte, wenn ich erwischt wurde, konnte ich mir immer noch überlegen, wenn es so weit war. Jetzt war es ohnehin zu spät.

Ich warf einen kurzen Blick ins Esszimmer, aber da es dort weder Schränke noch Kommoden gab, ließ ich den Raum schnell links liegen und ging hinüber in den Salon. Bisher hatten wir uns immer in diesem Raum versammelt, doch nachdem ich mich zu lange damit aufgehalten hatte, einzelne Bücher aus den Regalen zu ziehen und zu überprüfen, ob sich hinter den Schutzumschlägen vielleicht andere Bücher verbargen, entschied ich, woanders weiterzusuchen.

Das Arbeitszimmer, in das ich Harper auf der Einweihungsparty geschleppt hatte, entpuppte sich ebenfalls als Reinfall, und allmählich fragte ich mich, ob dieses Haus nur für gemeinschaftliche Versammlungen der Vier Farben genutzt wurde. Die Schreibtischschubladen waren alle leer, auf dem Tisch lagen lediglich ein Füller und ein Kalender, in den nicht ein einziger Termin eingetragen worden war.

Der Teppich dämpfte meine Schritte, als ich schließlich die Treppe nach oben stieg und mir einen Raum nach dem anderen vornahm. Es gab entschieden zu viele Schlafzimmer, die alle unbewohnt zu sein schienen und mich absolut nicht weiterbrachten. Im zweiten Stock gab es eine Bibliothek, doch abgesehen von sämtlichen Werken der klassischen und modernen Literatur fand ich auch dort nichts.

Mit wachsender Frustration streifte ich durch das Haus. Irgendetwas musste hier doch zu finden sein. Wenn nicht, gingen mir wirklich langsam die Ideen aus, wo ich sonst suchen sollte. Wenn bei den Spades nichts zu finden war, bezweifelte ich doch stark, dass ich in einem der anderen Verbindungshäuser mehr Erfolg haben könnte. Entweder hatte jede Farbe einen eigenen Ort, an dem sie die sensiblen Informationen sammelte, oder es gab einen zentralen Ort für alle. Letzteres erschien mir irgendwie wahrscheinlicher.

Wie angewurzelt blieb ich stehen, als ich plötzlich näherkommende Stimmen hörte – zu leise, als dass ich verstehen konnte, worum es ging, aber laut genug, um zu wissen, dass sie genau in meine Richtung kamen.

*Fuck.* Also war doch jemand hier. Das war wirklich großartig.

Fluchend sah ich mich nach einem Fluchtweg um, war drauf und dran, die Treppe wieder nach unten zu rennen und aus dem Haus zu stürzen, entschied mich jedoch dagegen, als ich mich daran erinnerte, dass die Treppe genau in der Richtung lag, von wo aus jetzt die Stimmen auf mich zukamen. Also blieb mir nur der Rückzug tiefer ins Haus, wenn ich nicht herausfinden wollte, wer sich an einem Vormittag hier herumtrieb.

So leise wie möglich huschte ich durch den Flur und öffnete eine schmale unscheinbare Tür, die zu einem weiteren Flur führte, in dem sich zu einer anderen Zeit wohl der Dienstbotentrakt befunden hatte. Jetzt reihten sich unzählige Aktenschränke aneinander.

Mir entwich ein ungläubiges Lachen. Das war's? Ernsthaft? Nachdem ich fast das ganze Haus durchsucht und nichts gefunden hatte, war es jetzt so einfach? Ich fand etwas, weil ich mich versteckte?

Einen Moment lang blieb ich reglos hinter der Tür stehen, lauschte auf Schritte und die männlichen Stimmen, die immer näher kamen und sich dann wieder entfernten. Erst als ich mir sicher war, dass niemand ausgerechnet jetzt in diesen Flur wollte, stieß ich mich von der Tür ab und wandte mich den Aktenschränken zu, die fein säuberlich mit Jahreszahlen versehen worden waren. Für jeden Jahrgang gab es einen eigenen Schrank und der Flur war lang. Hier mussten unzählige Akten gelagert sein.

Mein Puls beschleunigte sich, als ich den ersten Schrank – unseren Jahrgang – öffnete und die erste Akte herauszog. *Tom Ashborne.* Hastig überflog ich die Unterlagen, die dort aufbewahrt wurden – Zeugnisse, Bewerbungsschreiben, der Aufsatz über seinen Herzenswunsch, ein Stammbaum seiner Familie, Empfehlungsschreiben und ein lückenloser Lebenslauf.

Mein Puls schoss in die Höhe. Die Vier Farben wussten alles über Tom. Wirklich alles. Und das bedeutete, dass sie auch alles über jeden anderen von uns wussten.

*Scheiße.*

Ich ließ die meisten Akten links liegen und zog schließlich die beiden heraus, die wirklich wichtig waren. Ich wusste, was in Dorians Akte stand, schließlich kannte ich jede Station seines Lebens, kannte seine Familie und seine Bewerbungsunterlagen. Aber vielleicht, nur vielleicht, war in der Akte etwas über seine Todesumstände vermerkt worden. Seine *wahren* Todesumstände. Meine Augen begannen zu brennen, als ich die Unterlagen überflog und schließlich am letzten Eintrag hängen blieb. Nur der Todestag war vermerkt, mehr stand dort nicht. Nur der verfluchte Tag.

Ich blinzelte gegen die Tränen an und atmete tief durch. Einatmen. Ausatmen. Einatmen. Ausatmen. Wieso hätte in der Akte auch stehen sollen, wie Dorian gestorben war? Die Vier Farben waren bestimmt nicht so dumm, irgendwelche Beweise, die sie mit Dorians Tod in Verbindung bringen könnte, offen herumliegen zu lassen. Die Schränke waren nicht mal abgeschlossen worden.

*Was ist, wenn du dich irrst? Wenn Dorian wirklich eine Überdosis genommen hat? Wenn du einem Hirngespinst hinterherrennst, weil du nicht verarbeiten kannst, dass er tot ist?*

Mit einem schmerzhaften Knacken traf meine Faust auf die Wand. Nein! Ich irrte mich nicht. Ich kannte Dorian und ich *wusste*, dass die Vier Farben für seinen Tod verantwortlich waren.

Meine Hände zitterten, als ich Harpers Akte aufschlug, mich zwang, meine Konzentration auf sie anstatt auf Dorian zu richten, weil ich sonst die Fassung verlieren würde.

Wenn die Vier Farben genaue Informationen über ihre Mitglieder hatten, wussten sie vielleicht auch über Harpers Familie Bescheid. Zuzutrauen war es ihnen. Und wenn sie die Wahrheit über ihre Herkunft kannten, musste Harper das erfahren. Sie hatte schon damals versucht, ihre Eltern zu finden. Wieder und wieder und wieder. Und sie war jedes Mal gescheitert.

Das Papier raschelte leise, als ich fieberhaft durch ihre Unterlagen blätterte. Doch dort, wo in Toms Akte sein Stammbaum gewesen war, fand ich bei Harper … nichts. Nicht einmal ein leeres Blatt.

Enttäuschung durchflutete mich und mein Magen verknotete sich. Einen Moment lang hatte ich tatsächlich gedacht, dass sich endlich aufklären würde, wonach sie ihr ganzes Leben lang gesucht hatte. Dann würde sie das Spiel nicht gewinnen müssen. Ihr Wunsch wäre nicht mehr wichtig. Aber natürlich war es nicht so einfach.

Ich zog mein Handy aus der Hosentasche und machte Fotos von Harpers Unterlagen. Dann von Dorians und von allen anderen. Ich konnte die Akten schlecht mitnehmen, um sie mir ganz in Ruhe anzuschauen oder zu kopieren. Und ich konnte auch nicht hierbleiben und sie lesen, wenn ich nicht Gefahr laufen wollte, doch noch erwischt zu werden.

Es dauerte lange, viel zu lange, alle Akten abzufotografieren und vermutlich brauchte ich nicht die Akten von allen Mitgliedern der Vier Farben, aber ich hatte nicht die Zeit zu entscheiden, welche nützlich sein könnten und welche nicht. Stattdessen entschied ich mich dafür, zumindest die Akten aller Mitglieder abzufotografieren, die während Dorians Zeit bei den Vier Farben gewesen waren. Wenn die Vier Farben etwas mit seinem Tod zu tun hatten, musste ich wissen, wer während seiner Spielzeit dabei gewesen war.

Vier Verbindungen, zwanzig Studierende pro Jahr, achtzig Akten und mindestens fünfhundert Seiten.

Es würde eine Ewigkeit dauern, das alles durchzugehen. Eine Ewigkeit, die ich nicht hatte.

# KAPITEL 33

## HARPER

Vorsichtig strich ich mit den Fingern über das verblichene Foto. Ich wünschte, ich könnte behaupten, dass die junge Frau, die auf dem Bild neben Patty stand und ihr einen Arm um die Schulter gelegt hatte, nicht meine Mutter war. Aber sie war es, dafür brauchte ich keinen Gentest.

Sie sah genauso aus wie ich. Es war unglaublich, wie ähnlich wir uns waren. Als wären wir Zwillinge, die in unterschiedlichen Jahrzehnten geboren worden waren.

Wir hatten die gleichen blonden Locken, die uns wild zerzaust über den Rücken fielen, die gleichen blaugrauen Augen, das spitze Kinn, die schmale Nase, deren Spitze etwas zu weit nach oben zeigte, und die ungleichmäßig vollen Lippen. Ich war mir sicher, dass wir auch die gleiche Figur gehabt hätten, hätte sich auf dem Bild nicht ein deutlich sichtbarer Babybauch unter ihrem T-Shirt abgezeichnet.

»Harper?«

Ich hob den Kopf und begegnete Pattys besorgtem Blick. Wir saßen im Hinterzimmer des Plattenladens auf einem dunkelgrünen Sofa. Vor uns auf einem niedrigen Tisch lagen Dutzende Fotos, von denen mir das Gesicht meiner Mutter entgegenlächelte.

»Alles in Ordnung?«

»Ja … ich …« Mit einem Räuspern versuchte ich, den Kloß in meinem Hals hinunterzuschlucken. »Ich hätte nicht gedacht, dass sie es tatsächlich ist. Ich habe so lange nach ihr gesucht und jetzt …« Ich schüttelte den Kopf, es gelang mir nicht, meine Gefühle in Worte zu fassen. Ich war vollkommen überfordert.

»Ich wünschte, ich könnte dir noch mehr sagen, damit du sie tatsächlich finden kannst«, erwiderte Patty und legte mir sanft eine Hand auf den Arm.

»Dank dir weiß ich jetzt viel mehr. Das hilft mir schon sehr. Danke.« Meine Stimme klang belegt und meine Augen begannen zu brennen. Ich hatte ein Foto und ihren Namen. Catherine Johnson. Ich wusste, dass sie auch in Oxford studiert hatte. Das war ein Anfang. Mehr als ich achtzehn Jahre lang gehabt hatte. Es war etwas, womit ich arbeiten konnte. Eine Spur, um sie zu finden.

Aber das war nicht alles. Catherine hatte nicht einfach nur in Oxford studiert, sie hatte Jura studiert. Es war verrückt, dass ich nicht nur aussah wie Catherine, sondern wir uns anscheinend auch noch in anderen Punkten ziemlich ähnlich waren.

Patty hatte mir erzählt, welche Musik Catherine gern gehört, welche Bücher sie geliebt und dass sie ausschließlich schwarze und dunkelrote Klamotten getragen hatte. Dass sie sarkastisch und misstrauisch gewesen war, aber für die Menschen, die sie liebte, alles getan hatte. Nur für mich nicht.

»Wenn ich dir sonst noch irgendwie helfen kann, musst du es nur sagen.« Patty stand auf und kam einen Augenblick später mit zwei Tassen Tee in der Hand zurück.

Dankbar nahm ich eine entgegen, trank einen Schluck und versuchte, mich zu sammeln. Da war noch eine Frage, eine ganz essentielle Frage, die ich stellen musste. »Hat sie … hat sie je erwähnt, dass sie mich weggeben will?« Ich erstickte fast an den Worten.

Ein mitfühlender Ausdruck erschien auf Pattys Gesicht, dann schüttelte sie den Kopf. »Nein. Sie hätte dich nie weggegeben. Sie wollte dich. Mehr als alles andere.«

Alles in mir krampfte sich zusammen. »Aber warum … warum hat sie es dann getan?«

»Ich weiß es nicht, Liebes. Ich wünschte, ich hätte eine Antwort für dich.«

»Ich auch.« Mehr als ein leises Flüstern brachte ich nicht zustande. Mir schwirrte der Kopf. Hätte sie mir gesagt, dass Catherine ohnehin nicht vorgehabt hatte, mich zu behalten, weil sie noch nicht bereit gewesen war, Mutter zu werden, hätte ich meinen Wunsch vielleicht abhaken können. Denn letzten Endes war es mir nie darum gegangen, sie zu finden, damit ich eine Mutter hatte und wir »glückliche Familie« spielen konnten. Nein, ich hatte immer nur wissen wollen, warum sie mich weggegeben hatte und ich in diesem beschissenen Pflegesystem gelandet war, anstatt adoptiert zu werden. Aber jetzt … jetzt wusste ich gar nichts mehr.

»Weißt du, wer mein Vater ist?«

Mit einem bedauernden Ausdruck auf dem Gesicht schüttelte Patty den Kopf. »Nein. Ich habe ihn nie kennengelernt und sie hat nie wirklich über ihn geredet. Ich weiß nur, dass seine Familie nicht wollte, dass sie zusammen waren.«

Stumm nickte ich, strich ein weiteres Mal geistesabwesend über das Foto. Sie sah so glücklich aus. Was war passiert, das sie dazu gebracht hatte, mich abzugeben?

»Glaubst du, dass sie mich deswegen …« Ich brach ab, schaffte es nicht, die Worte ein weiteres Mal auszusprechen.

»Nein. Wie gesagt, sie hätte dich nie weggegeben.« Patty musterte mich besorgt, als wartete sie darauf, dass ich mich zusammenriss oder völlig die Fassung verlor.

Ich zwang mich, durchzuatmen, meine Gedanken zu ordnen – und dann erinnerte ich mich auf einmal daran, dass ich eine Diamonds war. Ich konnte Erinnerungen manipulieren und lesen. Bevor ich auch nur darüber nachdenken konnte, wie falsch es war, in den Kopf der einzigen Frau einzudringen, die mir jemals geholfen hatte, etwas über meine Mutter zu erfahren, hatte ich schon nach dem Licht in mir gegriffen und in sie hineinfließen lassen.

Ich wusste genau, wonach ich suchte, aber Erinnerungen, die fast zwanzig Jahre alt waren, waren nicht so leicht zu finden. Die Bilder waren verschwommen, seltsam verwässert. Sie waren da und irgendwie auch nicht. Mein Kopf begann schmerzhaft zu pochen, ich verzog das Gesicht, drang tiefer in Pattys Geist vor, suchte nach irgendetwas, das sie mir vorenthalten hatte, weil sie sich vielleicht nicht bewusst daran erinnern konnte.

Dann bekam ich ein Bild zu fassen und krallte mich daran fest, saugte es in mich auf. Und plötzlich war ich in ihrer Erinnerung. Als wäre ich damals dabei gewesen.

*Es war ein warmer Frühlingstag, die Sonne schien, das Gras war unendlich grün. Catherine lag neben Patty auf einer rot karierten Picknickdecke, die Hände schützend auf den runden Bauch gelegt.*

*»Was hältst du von Emilia?«, fragte sie lächelnd.*

*»Steht schon auf der Liste.« Patty hielt ein Notizbuch in der Hand, blätterte einige Seiten zurück und ich erhaschte einen Blick auf eine lange Liste mit Babynamen. Namen für mich.*

*»Wenn ich ihn zweimal vorschlage, muss er ganz oben auf die Liste.« Catherine lachte fröhlich.*

*Mein Herz zog sich schmerzhaft zusammen. Sie klang genau wie ich.*

*»Geht klar.« Patty umkreiste den Namen und malte eine dicke eins daneben.*

*»Hallo, Emilia«, flüsterte Catherine und streichelte ihren Bauch. »Nicht mehr lange, dann lernen wir uns richtig kennen. Du und ich und deine Patentante Patty.«*

Die Bilder verschwammen, ich verlor den Halt, tastete völlig willkürlich nach der nächsten Erinnerung und stand plötzlich neben Patty, die hektisch an eine dunkle Tür klopfte.

*»Cathy? Mach auf! Ist alles in Ordnung?« Angst schwang in ihrer Stimme mit, doch hinter der Tür rührte sich nichts. Wieder und wieder klopfte Patty gegen die Tür, bis sie schließlich einfach den Knauf drehte, in der irrationalen Hoffnung, dass die Tür unverschlossen war.*

*Sie war unverschlossen.*

*Doch der Raum dahinter, das Zimmer, in dem Catherine während des letzten Jahres gewohnt hatte, war vollkommen leer. Ihre Sachen waren verschwunden, als wäre sie nie hier gewesen.*

»Harper? Harper!« Patty riss mich aus meiner Konzentration und schleuderte mich mit ihrer besorgten Frage so heftig aus ihrem Geist, dass mir für einen Moment schwindelig wurde.

»Mir geht's gut«, murmelte ich und kniff die Augen zusammen. Um mich herum begann sich alles zu drehen. Sie hatte mir einen Namen gegeben. Sie hatte mich wirklich gewollt. Und dann war sie verschwunden. Patty sagte etwas, aber ihre Worte kamen nicht bei mir an. Tränen schossen mir in die Augen, ich versuchte, sie zurückzudrängen, doch stattdessen begann ich haltlos zu weinen.

Patty ließ mich erst gehen, nachdem ich mich so weit beruhigt hatte, dass ich nicht mehr innerhalb von wenigen Sekunden in Tränen ausbrach. Ich wusste nicht, wo die vielen Tränen auf einmal hergekommen waren, doch als ich erst einmal angefangen hatte zu weinen, ließen sie sich nicht mehr aufhalten.

Die Sonne war längst untergegangen, als ich schließlich ins Verbindungshaus zurückkehrte. Ich wollte nur noch in mein Bett. Ich fühlte mich so erschlagen, als hätte ich seit Tagen nicht geschlafen.

Doch als ich mein Zimmer betrat, fiel mein Blick unwillkürlich auf einen cremefarbenen Umschlag, der auf meinem Kissen lag.

Ich erstarrte. Nein, bitte nicht. Nicht heute. Der Tag war anstrengend genug gewesen, für eine neue Aufgabe hatte ich wirklich keine Nerven mehr. Aufstöhnend ließ ich mich auf mein Bett fallen, begrub den Brief unter mir und beschloss, ihn erst morgen früh zu lesen. Oder gar nicht. Ja, vielleicht wäre das eine gute Option.

»Harper? Bist du da?« Lexies Stimme drang gedämpft durch die Badezimmertür.

»Nein«, rief ich zurück und zog mir ein Kissen über den Kopf. Natürlich ließ Lexie sich davon nicht aufhalten. Gut, sie konnte mich schließlich auch nicht sehen.

Ich hörte, wie die Tür aufging. »Hast du schon …« Sie verstummte, dann lachte sie leise. »Was ist denn mit dir los?«

Grummelnd schob ich das Kissen weg und setzte mich auf. »Gar nichts. Was ist?«

Sie hielt mir einen Umschlag entgegen, der meinem verdächtig ähnlich sah. Auf ihrem Gesicht erschien ein breites Lächeln. »Ich schätze, wir müssen shoppen gehen.«

»Warum sollten wir für eine Aufgabe shoppen gehen?« Stirnrunzelnd tastete ich nach meinem eigenen Umschlag.

»Weil es diesmal um eine Einladung geht. Zum Maskenball der Vier Farben.«

Sehr geehrte Ms Scott,

auch dieses Jahr möchten wir der langjährigen Tradition des Maskenballs der Vier Farben folgen, zu dem wir Sie hiermit herzlich einladen möchten.

Bitte finden Sie sich am 09. Oktober um 19.30 Uhr am Leigham Palace ein.

Wir bitten um festliche Abendgarderobe und wünschen Ihnen und uns schon jetzt einen wundervollen Abend.

Hochachtungsvoll

Elizabeth Campbell
Vorsitzende Diamonds

# KAPITEL 34

## HARPER

»Und du bist dir sicher, dass wir hier richtig sind?« Skeptisch zog ich die Augenbrauen hoch, doch Lexie grinste nur.

»Todsicher.« Sie legte mir eine Hand auf die Schulter und schob mich durch die dunkle Tür. *Couture* prangte in geschwungenen goldenen Lettern auf dem Holz. Es gab keine Schaufenster und das schmale Haus wirkte nicht unbedingt vertrauenerweckend.

»Wieso habe ich das Gefühl, dass du mich in eine Falle lockst und versuchst, mich loszuwerden?«, fragte ich und warf ihr über die Schulter hinweg einen bösen Blick zu.

Lexie schnalzte mit der Zunge und setzte eine betrübte Miene auf. »Ich weiß auch nicht. Ich bin immer so nett zu dir und du unterstellst mir gleich wieder schlimme Dinge.«

»Seit wann bist du nett zu mir? Und ich unterstelle dir gar nichts«, protestierte ich.

»Doch, tust du. Außerdem bin ich immer nett. Und jetzt guck nach vorn, dann siehst du, dass ich nicht versuche, dich heimlich umzubringen, damit ich am Ende eine Gegnerin weniger habe.« Sie stupste mich energischer an als nötig und endlich drehte ich den Kopf.

Mir entwich ein ungläubiges Lachen. Wo waren wir bitte gelandet?

Der purpurfarbene Teppich verschluckte jeden unserer Schritte. In der Mitte des Raums stand eine schwarze Chaiselongue, die Wand dahinter wurde von einem großen Spiegel mit goldenem Rahmen beherrscht. An den Seiten reihte sich Kleiderständer an Kleiderständer – und daran hingen die atemberaubendsten Abendkleider, die ich jemals gesehen hatte. Nicht, dass ich viele Vergleichswerte hätte, ich war noch nie auf einem Ball gewesen. Nicht einmal auf meinem Abschlussball.

»Sprachlos sehe ich dich am liebsten.« Lachend knuffte Lexie mich in die Seite und zog mich dann weiter in den Raum hinein. Außer uns war niemand hier.

»Wo sind wir?«, fragte ich, nachdem ich endlich meine Stimme wiedergefunden hatte.

Stolz blitzte in Lexies Augen auf. »Im besten Laden des ganzen Landes.«

Ich zuckte erschrocken zusammen, als der Spiegel plötzlich zur Seite schwang und eine hochgewachsene, sehr schlanke Frau in den Verkaufsraum trat. Ihr silbergraues Haar war zu einem strengen Knoten zurückgebunden. Abgesehen von dem dunkelroten Lippenstift, den sie trug, war sie ungeschminkt und sie wirkte vollkommen alterslos. Im ersten Moment erschien sie mir beinahe kalt, unnahbar, doch dann erstrahlte ein breites Lächeln auf ihrem Gesicht und sie breitete die Arme aus.

»Alexandra, wie schön, dich zu sehen! Ich habe dich erwartet.«

»Ach ja?« Lexie ging auf die Frau zu und ließ sich von ihr in eine feste Umarmung ziehen.

»Ja. Ich wusste, dass du früher oder später kommen würdest.«

Die Frau strich Lexie über die kurzen Haare, eine vertraute Geste, die meine Freundin überraschenderweise ohne Widerstand zuließ. Die beiden schienen sich mehr als nur flüchtig zu kennen und mir wurde klar, dass ich Lexie im Grunde gar nicht kannte. Und sie mich auch nicht.

»Natürlich wusstest du das.« Lexie wandte sich mir zu. »Norah, das ist Harper, eine Freundin von mir. Harper, ich möchte dir Norah vorstellen, meine Patentante.«

»Eine Patentante, die sehr beleidigt ist, dass du dich erst jetzt hier blicken lässt, obwohl du schon seit Wochen in Oxford bist.« Norah schüttelte mit einem übertrieben vorwurfsvollen Ausdruck auf dem Gesicht den Kopf, doch ihre Augen blitzten fröhlich.

»Jetzt tu mal nicht so. Du warst doch in Paris«, gab Lexie zurück und ließ sich auf die Chaiselongue fallen. Ich beobachtete die beiden mit einer Mischung aus Unglauben und Belustigung.

Norah winkte ab. »Auch wieder wahr. Also, was kann ich für euch tun?«

»Wir brauchen Kleider für den Maskenball der Vier Farben«, verkündete Lexie und schlug die Beine übereinander.

»Verstehe.« Nachdenklich tippte Norah sich ans Kinn, musterte erst ihre Patentochter und dann mich. Ihr Blick glitt an meinem Körper entlang, blieb einen Moment lang an meinen Haaren hängen und wanderte dann weiter über mein Gesicht. »Du hast wirklich wundervolle Augen, Darling.« Sie wirbelte herum, trat an einen Kleiderständer und zog zielsicher zwei Kleider hervor – weiße Spitze und graublauer Tüll. Eins reichte sie Lexie, das andere mir.

Ich wollte protestieren, doch sie schnitt mir das Wort ab, noch bevor ich einen Ton herausbrachte.

»Kein Schwarz, nicht auf diesem Ball. Es ist Zeit für etwas Neues, Aufregendes. Vertrau mir. Du wirst umwerfend aussehen.«

»Harper vertraut niemandem.« Lexie grinste und erhob sich schwungvoll.

»Aus gutem Grund«, gab ich halbherzig zurück. Unwillkürlich musste ich an Cece denken und die Sehnsucht nach meiner besten Freundin traf mich wie ein Schlag. Ihr vertraute ich. Und wohin hatte es uns geführt? Wir sprachen nicht mehr miteinander.

Ich zwang mich, jeden Gedanken an Cece aus meinem Kopf zu verbannen und mich auf das Hier und Jetzt zu konzentrieren.

»Wenn wir heute hier rausgehen, gibt es zwei Menschen mehr, denen du vertrauen wirst.« Lexie pustete sich eine Haarsträhne aus der Stirn und ich lachte auf.

»Nur wegen eines Kleides?« Das war eher unwahrscheinlich.

»Nein. Weil es *das* Kleid ist. Und weil es langsam Zeit wird, dass du dein Misstrauen ablegst.« Sie streckte mir eine Hand entgegen. »Und jetzt komm.«

Ich folgte ihr, als sie auf den Spiegel zutrat, der einen Augenblick später beiseiteschwang und den Blick auf einen kleinen Raum freigab, in dem sich drei Umkleidekabinen befanden.

»Vertraust du mir denn?«, fragte ich, bevor ich in einer der Kabinen verschwand.

Lexies Mund verzog sich zu einem Lächeln, doch ihr Blick war seltsam traurig. »Sonst wärst du nicht hier.«

Als wir kurze Zeit später in den Verkaufsraum zurückkehrten und uns vor den Spiegel stellten, stockte mir der Atem. Das Mädchen, das mir aus dem Spiegel entgegenblickte, sah aus wie ich und doch ganz anders. Lexie dagegen wirkte so sehr wie sie selbst, wie ich sie noch nie gesehen hatte.

Norah musterte uns zufrieden. »Ihr seid perfekt.«

Das waren wir tatsächlich.

◆

Unzählige Kerzen und drei riesige, glitzernde Kronleuchter tauchten den Ballsaal von *Leigham Palace* in ein weiches, gedämpftes Licht. Es war wunderschön.

Dank der deckenhohen Fenster hatte man einen direkten Blick auf den großen Teich, in dem sich gerade die untergehende Sonne spiegelte. Eine weite Flügeltür führte hinaus auf eine Terrasse, die sich über den Teich erstreckte.

All das – der Teich, die Dämmerung, der Saal und die Studierenden, die ihre Gesichter hinter Masken versteckt hatten und in Ballkleidern und Smokings so anders aussahen als auf dem Campus – hätte kitschig wirken müssen. Als wären wir plötzlich in einem Prinzessinnenfilm oder direkt in *Downtown Abbey* gelandet.

Stattdessen wirkte es beinahe magisch.

An der Kopfseite des Saals spielte ein Quartett ein sanftes und gleichzeitig bittersüßes Stück. Einige Paare hatten sich bereits auf der Tanzfläche eingefunden und bewegten sich im Takt der Musik. Die Wände waren von Gemälden bedeckt und die Stühle, die am Rand der Tanzfläche standen, waren so grazil, dass sich bisher niemand getraut hatte, sich zu setzen.

»Also Partys feiern können die Vier Farben«, meinte Lexie belustigt. Sie sah wunderschön aus in dem cremeweißen Spitzenkleid, dessen Stoff je nach Lichteinfall silbern aufleuchtete. Obwohl das Kleid hochgeschlossen war, überließ es trotzdem nicht allzu viel der Fantasie. Durch den zarten Stoff blitzte Lexies helle Haut hervor.

Ihre kurzen Haare waren wild zerzaust, das schwarze Make-up ließ ihre Augen geheimnisvoll funkeln. Sie trug große Ohrringe, hatte sonst aber auf Schmuck verzichtet – abgesehen von dem Ring, der sie vor den Fähigkeiten der anderen Spieler schützte. Sie sah aus wie eine Goth-Prinzessin.

Wir waren erst vor ein paar Minuten angekommen, nachdem wir vor einer halben Stunde von einer Limousine abgeholt worden waren. Nur wir beide, denn Tom und Jasper waren schon weg gewesen und ein Großteil der älteren Diamonds hatte sich erst nach uns auf den Weg gemacht.

»Überrascht dich das?«

Sie hatten auf jeden Fall Geschmack bei der Location bewiesen. *Leigham Palace* war umwerfend und vor allem unfassbar groß. Der Ballsaal, den wir gerade von der Galerie aus betrachteten, war nur einer von zwei identischen Sälen, verbunden durch einen breiten »Flur«, wobei das nicht annähernd die richtige Bezeichnung war, denn die Verbindung zwischen den Sälen hätte durchaus als eigener prachtvoller Raum durchgehen können. Eine breite Treppe führte vom Eingangsbereich zu diesem Flur, sodass man sich für einen der beiden Säle entscheiden konnte.

Wir waren durch die Flügeltüren auf die linke Galerie getreten, von wo aus man den ganzen Saal überblicken konnte. Zwei Treppen führten nach unten. Es fehlte nur noch ein livrierter Diener mit einer langen Papierrolle in der Hand, der die Namen der adligen Gäste vorlas, und wir wären wirklich in einem Prinzessinnenfilm gelandet.

»Mich überrascht gar nichts mehr. Aber allmählich glaube ich, dass das hier nicht einfach nur ein Ball ist. Ich meine, wie wahrscheinlich ist es, dass sie einen Ball veranstalten, während wir noch mitten im Spiel stecken, ohne ihn für eine neue Aufgabe zu benutzen?« Sie sprach leise, damit niemand sie verstehen konnte, obwohl ich bezweifelte, dass überhaupt jemand auf uns achtete.

Ich hörte den leichten Anflug von Sorge in ihrer Stimme. Die gleiche Sorge, die während der vergangenen Woche auch immer wieder in mir aufgestiegen war, wenn ich die Einladung in der Hand gehalten hatte.

Das schwere, inzwischen vertraute Papier mit dem Wappen der Vier Farben, die förmliche Anrede, all das hatte mich so sehr an den ersten Brief erinnert, den ich von Beth bekommen hatte, dass eigentlich kein Zweifel daran bestand, dass irgendwo eine Aufgabe auf uns wartete.

Eine Aufgabe, die vor vielen, vielen Zeugen stattfinden würde. Mindestens dreihundert Gäste waren anwesend und es war noch früh. Wahrscheinlich würden es noch mehr werden, immerhin gab es zwei Ballsäle zu füllen.

Ich setzte gerade zu einer Antwort an, als ich ein vertrautes Gesicht entdeckte, das ich trotz Maske sofort erkannte. Alles in mir krampfte sich bei Ceces Anblick zusammen, im nächsten Moment schnürte sich mir die Kehle zu und Panik stieg in mir auf. Was zum Teufel hatte sie hier verloren?

»Lex? Ich muss mal kurz …« Ich brach ab, doch Lexie verstand auch so, was ich meinte, als sie meinem Blick folgte.

»Klar, wir sehen uns gleich, ich suche nach den Jungs, die müssen ja auch irgendwo sein.« Sie berührte mich kurz an der Schulter, bevor sie leichtfüßig die Treppe hinuntereilte und in der Menge verschwand.

Ich zögerte kurz, dann gab ich mir einen Ruck und ging zu meiner besten Freundin hinüber. Sie stand noch auf dem breiten Gang zwischen den Ballsälen, und erst als ich sie fast erreicht hatte, erkannte ich, mit wem sie hier war. John, der sie eigentlich aus den Angelegenheiten der Vier Farben heraushalten wollte. Meine Panik verwandelte sich in Ärger.

Er hatte mich gebeten, Cece nicht in die Machenschaften der Vier Farben hineinzuziehen, obwohl er nur Gerüchte kannte und angeblich keine Ahnung hatte, was bei den Verbindungen wirklich vor sich ging. Wieso kam er dann mit ihr hierher?

Cece entdeckte mich, als ich gerade den Mund öffnete, um etwas zu sagen.

»Hey«, kam sie mir zuvor, ein unsicheres Lächeln huschte über ihr Gesicht. Sie sah wunderschön aus, wie immer. Das rosafarbene Kleid schmiegte sich wie eine zweite Haut an ihren schlanken Körper und betonte ihre Kurven, ihre Haare waren zu einem lockeren Knoten zusammengesteckt.

»Was machst du hier?«, wollte ich wissen. Ihr Lächeln erstarb und ich begriff, dass diese Begegnung eine Versöhnung hätte werden können, die ich soeben total versaut hatte. Klasse.

»Ich dachte, du hättest mich auf die Gästeliste gesetzt.« Sie war verletzt, das ließ sich nicht überhören.

Ich könnte lügen, die Chance ergreifen und diesen dämlichen Streit beilegen. Aber ich brachte es nicht über mich, schließlich versuchte ich nur, sie zu beschützen. Andererseits … gab es überhaupt Schutz, wenn sie jemand eingeladen hatte und wir heute unsere nächste Aufgabe erfüllen mussten? Wahrscheinlich nicht.

Trotzdem schüttelte ich seufzend den Kopf. Ich hatte keine Ahnung, was die Vier Farben für diesen Abend geplant hatten, aber sie konnten unmöglich riskieren, dass sich am Ende dieser Nacht irgendjemand, der nicht zu uns gehörte, daran erinnern würde, was geschehen war. Folglich schützte ich Cece immer noch am besten, wenn ich ihr nichts sagte.

»Nein, ganz sicher nicht.«

Was die Frage aufwarf, wer Cece auf die Gästeliste gesetzt hatte. Und warum. Ein mulmiges Gefühl stieg in mir auf. Das gefiel mir nicht. Sie sollte nicht hier sein.

Ceces Gesicht verschloss sich, ihr Blick wurde hart und eiskalt. »Hab ich dir irgendwas getan, dass du dich so verhältst? Irgendwas, das ich auf wundersame Weise vergessen habe? Mir fällt nämlich absolut nichts ein, was dein Verhalten rechtfertigt, Harper.«

Ich straffte mich, mir blutete das Herz, aber sie musste von hier verschwinden. »Nein, hast du nicht. Du gehörst hier nur einfach nicht hin.«

Sie stieß ein freudloses Lachen aus. »Weißt du was? Eigentlich dachte ich, dass du auch nicht hierhergehörst, aber irgendwie werde ich das Gefühl nicht los, dass ich mich geirrt habe. Aber bitte, wenn du so sein willst, tu dir keinen Zwang an.« Sie wandte sich ab und ließ mich ohne ein weiteres Wort stehen.

John machte Anstalten, ihr zu folgen, aber ich hielt ihn auf, indem ich ihn am Arm berührte.

»Verschwindet von hier. Geht irgendwohin, mir egal, aber bitte bleibt nicht hier.« Es kümmerte mich nicht, ob jemand mitbekam, wie ich ihn warnte. Ich wollte einfach nur, dass sie gingen. Wenn wir heute wirklich eine Aufgabe erfüllen mussten, sollte Cece so weit weg sein wie möglich.

»Warum?« Sein Blick war undurchdringlich, er presste die Lippen zu einer schmalen Linie zusammen. Es gefiel ihm nicht, wie ich mit Cece geredet hatte, das stand ihm deutlich ins Gesicht geschrieben. Tja, mir passte es auch nicht, aber wenn ich sie auf diese

Weise dazu brachte, den Ball zu verlassen, konnte ich gut damit leben.

»Erinnerst du dich noch an unser letztes Gespräch?«, wollte ich wissen, ohne seine Frage zu beantworten. »Da hast du mich gebeten, Cece von den Vier Farben fernzuhalten. Das habe ich getan, also warum seid ihr jetzt hier?«

»Sie dachte, die Einladung wäre von dir und wollte mit dir reden, und ich wollte sie nicht allein gehen lassen.«

Das nahm mir für einen Moment den Wind aus den Segeln und mein Herz zog sich schmerzhaft zusammen. Ein Teil von mir wollte Cece hinterherlaufen, sich bei ihr entschuldigen und wieder vertragen. Der andere wusste es besser. »Du hast letztes Mal davon gesprochen, dass es viele Gerüchte über die Vier Farben gibt. Was hast du damit gemeint?«

Ich redete um den heißen Brei herum, aber ich konnte ihm nicht direkt sagen, warum er und Cece verschwinden mussten. Ich konnte ihm lediglich Hinweise geben und hoffen, dass er verstand, was ich meinte. Selbst wenn er niemals erraten würde, worum es hier ging, reichte eine grobe Richtung vielleicht aus.

John zögerte keine Sekunde. »Es gibt eine Menge Gerüchte. Die meisten sorgen zwar eher dafür, dass alle zu den Vier Farben wollen, aber … na ja, dieses Jahr ist einer der Cross gestorben. Und ein Mädchen, das mit einem Cross zusammen war, ist verschwunden«, erwiderte er ernst.

Ich schluckte schwer, auf einmal war mir entsetzlich kalt. Er sprach von Dorian. Dass sein Tod kein Geheimnis war, überraschte mich nicht, aber dass sein Schicksal genug Stoff für Gerüchte über die Vier Farben hergab, beunruhigte mich.

»Und genau deshalb solltet ihr von hier verschwinden. Sorg dafür, dass sie geht«, bat ich John so eindringlich, dass er unter seiner Maske blass wurde.

»Harper …«, setzte er an, doch ich brachte ihn mit einer Handbewegung zum Schweigen. Ich konnte ihm unmöglich sagen, was er wissen wollte.

»Geht einfach!«

John zögerte noch immer, in seinen Augen lagen tausend Fragen, doch dann nickte er. »Pass auf dich auf«, sagte er. Dann folgte er Cece, während ich wie erstarrt stehen blieb und nichts anderes tun konnte, als ihnen mit einem mulmigen Gefühl im Bauch hinterherzusehen.

Irgendwann schaffte ich es schließlich, mich aus meiner Erstarrung zu lösen, und ging zurück auf die Galerie. Der Ball war inzwischen in vollem Gange, es wurde gelacht und getanzt.

Suchend sah ich mich um, aber ich begriff erst, nach wem ich mich umgeschaut hatte, als ich Finley entdeckte, der nur ein paar Meter von mir entfernt dastand. Er trug einen maßgeschneiderten schwarzen Smoking, dazu ein weißes Hemd und eine graublaue Krawatte, die verdächtig gut zu meinem Kleid passte, doch seine Haare waren so zerzaust wie immer. Finleys Augen wirkten durch die schlichte schwarze Maske, die er trug, noch grüner als sonst, als er einen Schritt auf mich zutrat und den Blick bewundernd über mich gleiten ließ. Ich spürte, wie sich mein Mund zu einem Lächeln verzog, und widerstand nur mit Mühe dem Drang, mich einmal im Kreis zu drehen.

Das Kleid hatte mit Blüten besetzte Träger, einen tiefen, ebenfalls mit Blüten besetzten Ausschnitt, der fast bis zu meinem Bauchnabel reichte, und bestand aus fließendem graublauem Stoff, der laut Norah perfekt zu meinen Augen passte. Der Rock fiel weit auf den Boden und die Blumenranken, die Ausschnitt und Ärmel zierten, wanden sich um meinen gesamten Oberkörper, als hätten sie eigentlich auf meine Haut gezeichnet werden müssen. Dazu trug ich eine filigrane Maske, die das Blütenmuster wieder aufgriff und je nach Lichteinfall ebenfalls graublau oder silbern schimmerte.

Finleys Hand zuckte, er machte noch einen Schritt in meine Richtung. Blieb stehen. Und plötzlich lag in seinen Augen eine Mischung aus Sehnsucht, Verlangen und … Schmerz. Mein Lächeln erlosch, als er sich abrupt abwandte und in der Menge abtauchte.

Bevor ich auch nur einen Gedanken daran verschwenden konnte, was für eine absolut dumme Idee das war, lief ich ihm hinterher. Ich wusste nicht warum, hatte keine Ahnung, woher das Gefühl auf einmal kam, aber in seinem Blick hatte etwas gelegen, das mein Herz schneller schlagen ließ, mir die Kehle zuschnürte und eine eisige Kälte durch meine Adern jagte.

In seinen Augen hatte ein Abschied gelegen.

Ich raffte mein Kleid und hastete kopflos die Treppe hinunter, scherte mich nicht darum, dass ich uns in Schwierigkeiten bringen könnte. In meinem Kopf war nur noch Platz für einen einzigen Gedanken.

*Er geht schon wieder. Er lässt mich zurück.*

Ich erwischte ihn in den Schatten zwischen den Treppen. Eine weiße, mit Schnitzereien verzierte Tür führte von dort vermutlich auf den Flur auf dieser Etage, doch sie war geschlossen. Wahrscheinlich war das die einzige Ecke im ganzen Saal, in der wir nicht sofort entdeckt werden würden.

Meine Finger streiften seine, Haut traf auf Haut, und Finley zuckte zurück, als hätte er sich verbrannt. Er wirbelte zu mir herum, einen gehetzten Ausdruck auf dem Gesicht und mein Herz krampfte sich schmerzhaft zusammen.

»Was tust du?«, zischte er leise, aber so eindringlich, dass ich unwillkürlich zurückwich.

»Was tue *ich*? Was ist mit dir? Du … Ist was passiert?«

»Nein. Ich …« Er rang nach Atem, wich meinem Blick aus. »Wir dürfen das nicht tun. Wir sollten uns nicht mehr sehen.«

»*Was*?« Seine Worte waren bei mir angekommen, aber ich verstand sie nicht. Die Welt um mich herum geriet aus dem Gleichgewicht, auf einen Schlag war mir so übel, dass ich glaubte, mich jeden Moment übergeben zu müssen.

»Harper …« Wieder brach er ab und schüttelte den Kopf.

»Ist das dein Ernst?« Meine Stimme klang hohl, leer. Nicht nach mir. »Du hast gesagt, dass wir das hinkriegen. Du …« Ich brach ab, als eine Druckwelle durch den Saal brandete, die meinen ganzen Körper zum Prickeln und mein Herz für den Bruchteil einer Sekunde zum Stillstand brachte. Mein Hirn war nicht in der Lage zu verarbeiten, was gerade passierte. Finleys Worte klangen mir in den Ohren wider, alles in mir drängte danach, ihn zur Rede zu stellen, ihn zu zwingen, mir zu sagen, was er meinte. Doch ich brachte keinen Ton über die Lippen, konnte nur fassungslos dabei zusehen, wie er mir einen gequälten Blick zuwarf und sich dann hastig von mir entfernte. Er tauchte in der Menge ab und ließ mich zurück.

Mein Herz zersprang klirrend in Abertausende Scherben.

Meine Augen brannten, ich bekam keine Luft mehr, rang nach Atem, versuchte, den Schmerz zurückzudrängen, und scheiterte.

Erst als sich eine warme Hand fest um meinen Arm schloss, erwachte ich aus meiner Erstarrung. Ich begegnete Lexies grimmigem Blick. Mein eigener zuckte zu Finley, fand ihn jedoch nicht.

Hatte Lexie uns gesehen? Hatte sie gehört, worüber wir gesprochen hatten?

»Komm schon«, zischte sie und zog mich weiter in den Saal.

Ich stolperte hinter ihr her, nicht sicher, ob ich gleich losschreien oder in Tränen ausbrechen würde. Doch jeder Gedanke an Finley trat in den Hintergrund, als ich mich umblickte. Alle Gäste, die nicht zu den Vier Farben gehörten, waren wie erstarrt. Niemand bewegte sich, niemand tanzte mehr. Sogar die Musik war verstummt. Studierende, Lehrende und auch die Servicekräfte, die sich gerade noch mit Tabletts voller Champagnergläser durch die Menge geschoben hatten, waren reglos stehen geblieben und starrten nach oben. Doch ihre Augen waren vollkommen leer. Als wäre etwas in ihnen erloschen.

Was zur Hölle ging hier vor?

Ich drehte den Kopf, folgte ihren Blicken und schaute nun ebenfalls hoch zur Galerie.

Zu Trent, Reese, Amanda und Beth, die in diesem Moment an das Geländer traten. Ich erkannte sie trotz der goldenen Masken, die ihre Gesichter vollständig bedeckten. Es lag an der Art, wie sie auf uns hinabsahen. Arrogant, kühl, beherrscht. Als könnten sie mit uns machen, was sie wollten. Als müssten sie nur mit dem Finger schnippen, damit jeder in diesem Saal nach ihrer Pfeife tanzte.

Und genau so war es.

# KAPITEL 35

◆

## HARPER

Ein Kribbeln jagte meine Wirbelsäule hinunter, als hinter den Vorsitzenden die anderen Mitglieder der Vier Farben auftauchten. Mein Herz schlug plötzlich viel zu schnell, Adrenalin durchflutete mich.

Mir entwich ein erstickter Laut, als jemand gegen mich stieß. Lexies Hand schloss sich fester um meinen Arm und verhinderte, dass ich stürzte. Einige Gäste setzten sich in Bewegung, wie in Trance stiegen sie die Treppe hinauf und verließen den Saal in völliger Stille. Die Vier Farben ließen sie passieren.

Verwirrt schaute ich mich um, mein Blick huschte über die Anwesenden, fand schließlich Tom und Jasper. Erleichterung durchflutete mich, erstarb im nächsten Moment jedoch wieder.

»Hearts und Cross, folgt uns«, forderte Trent unsere Mitspieler auf. Dann drehte er sich um und ging gemeinsam mit Trent aus dem Saal. Die Hälfte der älteren Diamonds, Spades, Hearts und Cross von der Galerie folgte ihnen, genau wie die Neuen der beiden aufgerufenen Farben. Alle anderen blieben.

In meinen Ohren begann es zu rauschen, meine Gedanken überschlugen sich. Was zur Hölle ging hier vor?

Sobald sie den Saal verlassen hatten, trat Amanda nach vorn

und hob in einer theatralischen Geste die Arme. »Willkommen in Phase zwei unseres Spiels«, verkündete sie und ich war mir sicher, dass sich hinter ihrer Maske ein durchtriebenes Lächeln auf ihrem Gesicht ausbreitete. Sie sprach nicht besonders laut, trotzdem war ihre Stimme in jedem Winkel des Saals zu hören.

»Habt ihr euch schon gefragt, wann es weitergeht? Und was ihr dieses Mal tun müsst?« Sie streckte Beth eine Hand entgegen, die ihr etwas reichte, das ich nicht erkennen konnte. »Heute Abend werdet ihr gegeneinander antreten, Spades gegen Diamonds, Hearts gegen Cross. Eure Aufgabe ist simpel: Diamonds, ihr müsst den Zwilling dieses Schlüssels finden.« Sie hielt einen goldenen, verschnörkelten Schlüssel in die Höhe. »Spades, ihr müsst verhindern, dass die Diamonds den Schlüssel finden.«

»Das soll alles sein?«, fragte Lexie beinahe lautlos. Tom und Jasper standen jetzt neben ihr.

Ich schüttelte den Kopf. Ich konnte mir kaum vorstellen, dass es nur um diesen Schlüssel ging. Nicht, wenn alle anderen Gäste aussahen, als stünden sie unter einem magischen Bann.

Amandas Blick richtete sich auf uns, als hätte sie Lexie gehört, und wieder meinte ich ihr spöttisches Lächeln sehen zu können, obwohl es von ihrer Maske verdeckt wurde. »Keine Sorge, Alexandra, das ist noch lange nicht alles.«

Sie lachte, dann trat sie vom Geländer zurück und setzte sich zu den anderen, die es sich oben auf altmodisch anmutenden Stühlen bequem gemacht hatten und zu uns hinunterblickten.

Beth war die Letzte, die noch am Geländer der Galerie stand und auf uns hinabblickte. Sie drückte den Rücken durch, ihre Stimme hallte klar und deutlich durch den Saal. »Wie Amanda schon sagte, müsst ihr, Diamonds, den Schlüssel finden. Erst wenn ihr die Tür unten öffnet, wird diese Runde beendet sein. Ihr habt eine Stunde Zeit. Sollte die Stunde abgelaufen sein und ihr habt den Schlüssel nicht gefunden, gewinnen die Spades.« Sie machte eine kurze Pause. »Spades, eure Aufgabe ist es, die Diamonds davon abzuhalten, den Schlüssel zu finden. Nutzt eure Fähigkeiten und das, was euch gegeben wird.«

»Findet das noch jemand beunruhigend?« In Toms Stimme schwang ein mehr als alarmierter Unterton mit und ich konnte es ihm nicht verdenken.

*Das, was euch gegeben wird?*

Was würde ihnen denn gegeben werden? Was wurde hier gespielt?

Dass wir den Schlüssel in den Köpfen der Gäste suchen mussten, war naheliegend. Alles andere ergab keinen Sinn, schließlich ging es bei den Aufgaben darum, unsere Fähigkeiten zu trainieren.

Blieb nur noch die Frage, was die Spades tun mussten, um uns davon abzuhalten. Manipulation war auch hier das Naheliegendste, aber uns konnten sie dank der Ringe, die wir trugen, nicht manipulieren. Also würden sie ebenfalls die Gäste unter ihre Kontrolle bringen müssen. Auch logisch und dennoch … irgendwas war hier faul.

Suchend sah ich mich nach Finley um und verfluchte Amanda und die anderen, weil sie sich ausgerechnet diesen Moment ausgesucht hatten, um die zweite Runde zu beginnen. Ich musste wissen, was passiert war. Er würde seine Meinung nicht ohne Grund ändern. Oder nur aus einer Laune heraus. *Nein.*

Mein Inneres verknotete sich, Zweifel stiegen in mir auf. Angst. Wut. Das Gefühl, die Kontrolle zu verlieren.

Ein schriller, angsterfüllter Schrei durchbrach die Stille um uns herum und ließ mich herumwirbeln.

Und dann brach Chaos aus.

Panik brandete durch den Saal wie eine Welle und die Menge um uns herum setzte sich in Bewegung. Die Leute stürmten zu der großen Tür unter der Galerie, zwischen den beiden Treppen, wo Finley und ich vor ein paar Minuten noch im Schatten gestanden und uns vor den Blicken der anderen versteckt hatten.

Sie stürmten zu der verschlossenen Tür, die ohne den Schlüssel niemand würde öffnen können. Den Schlüssel, der irgendwo hier versteckt worden war.

Niemand machte Anstalten, die Treppen hochzulaufen und durch die oberen Ausgänge zu verschwinden. Wahrscheinlich weil sich gerade kein einziger Gast daran erinnerte, dass es diese Türen gab.

Ich stolperte, als jemand gegen mich stieß, schaffte es aber gerade noch, mich zu fangen, bevor ich stürzte. Panik schoss durch meine Adern, ich wusste nicht, wohin ich zuerst sehen, was ich tun sollte. Mein Herz raste, mein Blick verschwamm und für ein paar Sekunden hörte ich nur noch das Rauschen des Bluts in meinen Ohren.

Dann verwandelten sich die unartikulierten Schreie um mich herum in ein Wort: *Feuer.*

»Es brennt?«, stieß Tom entsetzt hervor, seine Stimme war mehrere Oktaven in die Höhe geschossen. Ich verstand ihn nur, weil er direkt neben mir stand. Andernfalls wäre seine Stimme wegen des Lärms um uns herum gar nicht zu hören gewesen.

»Nein«, erwiderte ich tonlos. Ich musste mich nicht einmal umsehen, um zu wissen, dass es nicht brannte. Das machte es allerdings nur unwesentlich besser. »Sie haben die anderen Gäste manipuliert. Sie glauben alle nur, dass es brennt.«

»Was?« Tom klang so ungläubig, dass ich beinahe gelacht hätte.

Dabei war es so simpel wie genial. Simpel, genial und noch dazu ziemlich grausam.

»Wir …« Ich brach ab, als ein zweites Mal jemand mit voller Wucht gegen meinen Rücken prallte. Ein greller Schmerz schoss durch mich hindurch, als der Boden näher kam. Starke Hände schlossen sich fest um meine Taille und verhinderten, dass ich auf dem Boden aufkam.

»Vorsicht!« Jasper stellte mich zurück auf die Füße und sah mich besorgt an. »Wenn du erst einmal unten bist, kommst du wahrscheinlich nicht wieder hoch.« Er deutete auf ein Mädchen, das zusammengekrümmt auf dem Boden lag und schützend die Hände über ihren Kopf gelegt hatte.

»Wir müssen etwas unternehmen«, stieß Lexie atemlos hervor und lenkte meine Aufmerksamkeit wieder auf unser Team.

»Was du nicht sagst.« Jasper stieß ein ungehaltenes Schnauben aus.

»Hat irgendjemand eine Idee?« Tom sah von einem zum anderen.

»Nein, aber wir sollten uns beeilen, sonst sind die anderen schneller.« Lexie deutete zu den Spades, die sich formiert hatten und offensichtlich genauso überlegten, was sie tun sollten wie wir.

»Überlegt euch was, ich bin gleich wieder da!« Fluchend kämpfte Jasper sich zu dem Mädchen durch, das immer noch auf dem Boden kauerte, und zerrte sie unsanft zurück auf die Füße.

Schluchzend klammerte sie sich an ihn, ihr Gesicht war kreidebleich, aber abgesehen von aufgeschürften Armen schien sie unverletzt zu sein. Jasper sagte etwas zu ihr, was ich nicht verstand, dann löste er ihre Hände von seinem Arm und schob sie bestimmt an den Rand der Menge.

»War ja klar, dass er den Helden spielen muss.« Lexie verdrehte die Augen, dann konzentrierte sie sich wieder auf Tom und mich. »Also, irgendwelche Ideen?«

»Lex, ich sag's nur ungern, aber ein ausgeklügelter Plan wird uns jetzt nicht weiterbringen. Wir müssen einfach anfangen zu suchen«, gab Tom zurück. Im nächsten Augenblick schubste ihn jemand und er prallte gegen Lexie und mich.

»Wir könnten versuchen, die Illusion zu lösen«, schlug ich vor, wusste aber schon in der Sekunde, in der ich es aussprach, dass das nicht funktionieren würde.

Wir waren zu viert, oben auf der Galerie standen doppelt so viele Diamonds, die die Leute hier unten kontrollierten. Noch dazu waren sie sehr viel geübter als wir.

»Aber ich schätze, Jasper hat recht, wir sollten einfach anfangen, wir haben ohnehin keine Wahl. Also …« Ich verstummte, als die Panik für einen Moment merklich nachließ, nur um im nächsten Moment erneut aufzuflammen. Die Schreie wurden lauter.

»Leute, wir sollten uns wirklich beeilen.« Jasper war wieder zu uns gestoßen, nachdem er das Mädchen losgeworden war. Grimmig musterte er einen nach dem anderen, ein wütendes Funkeln lag in seinen Augen. »Die anderen spielen schon.«

Instinktiv sah ich hinüber zu den Spades, die sich voll und ganz auf die Ballgäste konzentrierten und uns nicht weiter beachteten. Die Diamonds auf der Galerie mochten für die Illusion des Feuers verantwortlich sein, doch die körperlichen Angstreaktionen, die den Saal ins Chaos stürzten, kamen eindeutig von hier unten. Finley und die anderen waren dafür verantwortlich.

»Dann los.« Lexie warf mir noch einen beunruhigten Blick zu, dann verschwand sie in der Menge, Tom und Jasper folgten ihr.

Ich blickte ihnen nach, beobachtete, wie sie sich aufteilten, und stellte fest, dass keiner von ihnen sich um die Menschen vorn an der Tür kümmerte. Ich zögerte kurz, überlegte, ob es das Risiko wert war, sich mitten ins Auge des Orkans zu wagen, und kam dann zu dem Schluss, dass das nicht nötig war. Immerhin musste ich eine Person nicht berühren, um sie kontrollieren zu können.

Ich entschied mich, bei einem Mädchen anzufangen, das schreiend gegen die Tür schlug, die unter dem Ansturm jedoch keinen Millimeter nachgab. Verwirrt runzelte ich die Stirn. Wieso gab die Tür nicht nach? Ich schüttelte den Gedanken ab, denn letzten Endes spielte es keine Rolle, warum die Tür nicht aufging, sondern nur, dass wir den Schlüssel finden mussten, um das hier zu beenden.

Ich suchte nach dem Licht in meinem Inneren, war Caroline in diesem Moment so dankbar wie nie, dass sie uns dieses Bild gegeben hatte, denn es machte alles so viel leichter, und beobachtete, wie die Fäden sich zwischen den Menschen hindurchschlängelten und schließlich in die Haut des Mädchens sickerten.

Ihr Geist war offen, da war keine Mauer, nichts was sie vor mir schützte, doch ihre Panik schlug mich so heftig zurück, dass es mir für einen Augenblick den Atem raubte. Ich taumelte, fing mich wieder und versuchte es erneut. Dieses Mal war ich auf ihre Angst vorbereitet, schaffte es, mich in ihrem Geist festzuklammern, bekam jedoch keinen einzigen Gedanken richtig zu fassen.

Ich kämpfte mich durch die Bilder in ihrem Kopf, sah die Illusion, die Beth und die anderen ihr eingepflanzt hatten, und für einen Moment *war* ich sie, spürte, wie meine Augen zu brennen begannen, wie meine Lunge nach Sauerstoff verlangte, aber nur Rauch inhalierte.

Ich war sie, als sie hustete, würgte, die Hitze spürte, die auf ihrer Haut brannte und die Kette, die sie trug, so heiß werden ließ, dass sie sie am liebsten von ihrem Hals gerissen hätte.

Ich war sie, als sie ein beunruhigendes Knacken hörte. Das Feuer, das das Gebäude langsam mürbe machte.

Ein Schrei stieg in mir auf, ich verlor die Kontrolle und den Geist des Mädchens. Ein metallischer Geschmack breitete sich in meinem Mund aus, meine Hände waren schweißnass, mein Herz raste.

*Verdammt. Verdammt. Verdammt.*

So würde das nicht funktionieren. Meine Gedanken überschlugen sich, als ich fieberhaft überlegte, welche anderen Möglichkeiten mir blieben. Ich fand keine.

Wir mussten uns durch die Panik kämpfen, die die Illusion hervorrief, um diesen Schlüssel zu finden und die Runde zu beenden. Das alles hier war nur ein Test, um herauszufinden, wie stark wir waren.

Nur ein verdammter Test.

Also versuchte ich es erneut. Ich schickte das Licht in mir in die Gedanken eines anderen Mädchens, das mir etwas näher war. Ich presste die Zähne aufeinander, wehrte ihre Angst ab, die mich auch dieses Mal wieder zurückschlagen wollte.

*Beruhige dich. Es ist alles gut. Das ist nicht echt. Dir passiert nichts. Das ist alles nur in deinem Kopf.*

Ich schrie ihr die Worte im Geist entgegen und für ein paar Sekunden erstarrte das Mädchen. Ihre Panik erlosch, zurück blieb absolute Verwirrung, bevor sie sich wieder in der Illusion verlor.

Doch diese paar Sekunden hatten gereicht, um das Bild aufblitzen zu sehen, das ich so dringend brauchte. Sie hatte den Schlüssel in der Hand gehalten, bevor hier alles ins Chaos gestürzt worden war. Und dann hatte sie ihn weitergegeben.

An einen Jungen, mit flammend roten Haaren und einer grünen Maske.

Gehetzt blickte ich mich um, konnte den Jungen jedoch nicht finden. Wäre ja auch zu einfach gewesen. Ich raffte mein Kleid, zwängte mich zwischen den Leuten hindurch und entdeckte ihn schließlich bei Lexie.

»Hast du ihn?«, rief ich ihr über die Schreie hinweg zu, als ich sie erreichte.

Sie schüttelte den Kopf. »Nein. Er hat den Schlüssel einem Mädchen mit dunklen Haaren gegeben. Schwarzes Kleid, rote Maske. Das ist schon wieder so eine verdammte Schnitzeljagd.«

»Dann such sie, ich gucke, ob ich noch jemanden finde, der den Schlüssel in der Hand hatte. Vielleicht hat das Mädchen mit der roten Maske ihn auch weitergegeben und wir können ein paar Schritte überspringen.«

»Okay, ich … Scheiße!« Lexie fluchte, fokussierte jemanden hinter mir, und als ich mich umdrehte, begegnete ich Jacksons Blick, der unser Gespräch offensichtlich mitbekommen hatte.

Ein diabolisches Grinsen breitete sich auf seinem Gesicht aus, im nächsten Moment stieß Lexie einen spitzen Schrei aus, als sie von hinten gepackt wurde.

Ein Typ, der ganz sicher nicht zu den Vier Farben gehörte, hatte ihr einen Arm um die Taille geschlungen und zerrte sie von mir weg. Sie trat um sich, doch das schien ihn nicht im Geringsten zu interessieren.

Fassungslos beobachtete ich, wie Lexie weggeschleppt wurde. Ich sollte ihr helfen, aber ich war wie erstarrt. Dann legte sich eine große Hand auf meine Schulter und ich kam wieder zu mir. Instinktiv stürzte ich nach vorn, entwand mich dem Griff und rannte los. Doch ich kam nicht wirklich voran.

Während immer wieder jemand versuchte, mich zu packen, hörte ich Jackson hinter mir lachen. Er manipulierte die Leute so, dass sie versuchten, mich und die anderen Diamonds aufzuhalten. Leider funktionierte es.

Das Mädchen mit der roten Maske war vergessen, stattdessen versuchte ich jetzt nur noch zu verhindern, dass auch ich eingefangen wurde. Doch umgeben von Menschen, die in Panik waren und sich verzweifelt aus einem Saal retten wollten, von dem sie dachten, er würde in Flammen stehen, war das gar nicht so einfach.

Etwas traf mich hart am Kopf, ich knickte um, und dieses Mal schaffte ich es nicht, mich wieder zu fangen. Silberne Sterne tanzten vor meinen Augen, als ich stürzte. Zwei starke Hände griffen nach mir, zerrten mich wieder nach oben, und in der nächsten Sekunde fand ich mich in einer Umklammerung wieder, die mir die Luft abschnürte.

Mein Herz hüpfte panisch in meiner Brust herum, mein Magen rebellierte, ich versuchte, tief durchzuatmen und mich zu beruhigen, aber es war völlig hoffnungslos. Ich konnte nicht atmen, mein Blick verschwamm, der Griff um meine Brust wurde fester und fester.

*Denk nach, Harper. Denk nach, denk nach, denk …*

Aber ich konnte nicht mehr denken. Stattdessen spürte ich meinen schwächer werdenden Puls in jeder Faser meines Körpers, spürte, wie meine Lunge zu brennen begann.

Mir schwanden die Sinne, Dunkelheit kroch auf mich zu.

# KAPITEL 36

## HARPER

Plötzlich lockerte sich der Griff um meine Brust, Sauerstoff strömte in meine Lunge und ich schnappte keuchend nach Luft. Die Dunkelheit zog sich zurück, ich blinzelte und konnte endlich wieder richtig sehen.

Der Typ ließ mich zwar immer noch nicht los, hielt mich aber auch nicht mehr wie ein Schraubstock umklammert. Entweder hatte Jackson die Kontrolle verloren oder … Mein Blick flog wie von selbst zu Finley. Ich hatte keine Ahnung, wie ich ihn in dem Durcheinander um uns herum sofort finden konnte, aber ich tat es. Ich sah die Erleichterung in seinen Augen und wusste, dass er gerade gegen alle Regeln der Vier Farben verstoßen hatte, um mir zu helfen.

Warum? Warum hatte er vorhin noch gesagt, dass wir uns nicht mehr treffen konnten und half mir jetzt? Eine dunkle Ahnung breitete sich in mir aus.

Unsere Blicke trafen sich nur eine Sekunde lang, die mir jedoch wie eine Ewigkeit vorkam. Dann blinzelte er, drehte sich um und konzentrierte sich wieder auf seine Aufgabe, als wäre nichts gewesen.

Ich schluckte gegen die aufsteigenden Tränen an, versuchte, die Wut zu finden, an die ich mich die letzten Jahre so verzweifelt geklammert hatte und die so viel besser zu ertragen war als das, was ich jetzt fühlte. Doch die Wut war verschwunden, stattdessen war da nur noch Leere.

Ein Rucken an meinem Arm riss mich zurück in die Realität und erinnerte mich daran, dass ich immer noch versuchen musste, mich zu befreien. Also zwang ich mich, jeden Gedanken an Finley in den hintersten Winkel meines Kopfes zu verschieben und mich darauf zu konzentrieren, was ich tun musste.

Jackson mochte den Kerl, der mich festhielt, dazu gebracht haben, mich einzufangen und nicht mehr loszulassen, bis diese Runde beendet war, aber er kontrollierte gerade zu viele Leute gleichzeitig, und das war meine Chance.

Ich hatte noch nie versucht, die Manipulation einer anderen Farbe mithilfe meiner Fähigkeiten zu brechen, aber irgendwann war immer das erste Mal, und so wahnsinnig viele andere Möglichkeiten hatte ich nicht.

Finley hatte dafür gesorgt, dass ich wieder atmen konnte, aber er hätte Jacksons Manipulation nicht vollständig lösen können, ohne dass es jemand gemerkt hätte. Immerhin saßen auf der Galerie immer noch zu viele Mitglieder der Vier Farben, die uns beobachteten.

Ich machte mir nicht die Mühe, mich vorsichtig in den Kopf meines Angreifers hineinzuschleichen, sondern drang mit voller Wucht in seine Gedanken ein. Die Illusion von Beth und den anderen hatte auch ihn fest im Griff. Er sah genau dasselbe wie die anderen, hörte das Knistern der Flammen, und doch war er vollkommen ruhig. Unnatürlich ruhig. Eindeutig Jacksons Werk.

Ich hatte mich nie wirklich mit unseren Mitspielern und deren Fähigkeiten befasst, weil es bisher nicht nötig gewesen war. Tom, Jasper und Lexie waren die Einzigen, die mir wichtig waren, weil wir ein Team bildeten.

Jetzt allerdings war es nötig und es würde sich zeigen, ob ich stark genug war, mich gegen andere Kräfte durchzusetzen. Ich atmete tief durch, schloss für einen Moment die Augen und legte alle Willenskraft, die ich aufbrachte, in meinen stummen Befehl.

*Lass mich los!*

Der Griff um meine Brust löste sich sofort und ich stolperte hastig ein paar Schritte nach vorn, um so schnell wie möglich von dem Kerl wegzukommen, nur für den Fall, dass Jackson seine Aufmerksamkeit wieder mir zuwandte. Doch Jackson konzentrierte sich gerade voll und ganz auf Tom. Im nächsten Moment wurden die Schreie wieder lauter, panischer, das Gedränge wurde dichter.

Uns lief die Zeit davon.

Ich versuchte, die beiden anderen Spades auszumachen, doch wo auch immer sie steckten, von meiner Position aus konnte ich sie nicht entdecken. Dafür sah ich Lexie, die mit zerzausten Haaren und wütend funkelnden Augen auf mich zukam. Sie hatte ihre Maske irgendwo verloren.

»Ich werde diesen Hosenscheißer so was von fertigmachen«, fauchte sie zornig, als sie mich erreichte.

Ich musste lachen, auch wenn es völlig unangebracht war. »Du musst zugeben, er hat gut gespielt. Aber wir sollten langsam zum Ende kommen.«

Ein grimmiges Lächeln breitete sich auf ihrem Gesicht aus. »Sollten wir. Nimm deinen Ring ab.«

»Ich dachte, wir wollten die Runde zu Ende bringen und uns nicht noch zusätzlich Schwierigkeiten machen.«

Lexie verdrehte die Augen. »Ich habe einen Plan. Wenn einer von uns den Schlüssel findet, können wir uns telepathisch mitteilen, wo er ist. Dann bekommen die Spades nichts mit. Sag den Jungs, sie sollen mitmachen, wenn du einen von ihnen siehst.« Sie zog sich den Ring vom Finger und ließ ihn im Ausschnitt ihres Kleides verschwinden.

»Das ist ein bescheuerter Plan«, gab ich zurück.

»Wenn du einen besseren hast, immer her damit.«

Seufzend schüttelte ich den Kopf. »Schön wär's.«

Ich nahm meinen Ring ab und steckte ihn mithilfe einer Haarnadel in meinen Locken fest, anstatt ihn unter meinem Kleid verschwinden zu lassen, weil mein Ausschnitt dafür viel zu tief war. Lexies Plan war nicht nur bescheuert, sondern auch ziemlich gefährlich, aber eine bessere Chance hatten wir nicht.

Über unsere Gedanken miteinander zu kommunizieren würde deutlich schneller gehen, wenn wir den Schlüssel erst einmal gefunden hatten. Dann konnte derjenige von uns, der näher an der Tür war, die Runde beenden.

»Na dann, weiter geht's. Schwarzes Kleid, rote Maske.« Lexie pustete sich eine Haarsträhne aus der Stirn, wirbelte herum und war verschwunden, bevor ich noch etwas sagen konnte.

Ich straffte die Schultern und machte mich wieder an die Arbeit, suchte in viel zu vielen Köpfen nach dem Schlüssel, fand ihn, verlor ihn wieder, fand ihn und verlor ihn wieder. Es war frustrierend.

Mir entwich ein Stöhnen, als ein stechender Schmerz hinter meiner Stirn aufblitzte und mein Kopf zu pochen begann. Jemand hämmerte mit voller Wucht gegen die Mauer, mit der ich meinen

Geist schützte. Ich zögerte kurz, weil es auch jemand anderes sein konnte als Lexie oder die Jungs, dann ließ ich die Mauer doch fallen. Das Risiko, dass Eli oder einer der anderen gerade versuchte, mich zu manipulieren, war verschwindend gering. Sie hatten im Augenblick Wichtigeres zu tun, als mich zu sabotieren, und wir mussten diese Runde endlich beenden.

*Der Schlüssel steckt im Schloss!*

Jaspers Stimme hallte unerträglich laut durch meine Gedanken. Ich zuckte zusammen und erstarrte in der nächsten Sekunde.

Der Schlüssel steckte im Schloss?

Ernsthaft?!

Fluchend stürzte ich mich ins Gedränge. Das Mädchen, in dessen Kopf ich zuerst eingedrungen war, ohne einen klaren Gedanken erwischen zu können, hatte direkt an der Tür gestanden. Wahrscheinlich hatte sie den Schlüssel ins Schloss gesteckt und war dann so manipuliert worden, dass sie ihn die ganze Zeit verdeckte. Ich hätte diese Runde viel früher beenden können, wenn ich hartnäckiger gewesen wäre.

Allerdings war jetzt der falsche Zeitpunkt, um sich darüber aufzuregen. Stattdessen versuchte ich, mich zwischen den Menschen hindurchzuzwängen, doch die allgegenwärtige Panik machte das beinahe unmöglich. Mehrmals bekam ich einen Ellbogen in die Rippen. Etwas traf mich im Gesicht, ein Typ trat mir auf die Füße. Zweimal stolperte ich, wäre beinahe gestürzt und kam dem Schlüssel trotzdem kaum näher.

Bis die Leute urplötzlich zur Seite traten. Sie strömten immer noch zur Tür, versuchten dem Feuer zu entkommen, das nicht existierte, aber auf einmal war da ein schmaler Pfad, gerade breit genug für mich.

*Jetzt geh schon, Harper! Beeil dich!*

Ich konnte die Anspannung in Lexies Stimme hören. Sie war es, die dafür sorgte, dass ich an den Schlüssel herankam. Ich rannte los, stolperte einmal fast über meine eigenen Füße, während ich Jackson Befehle brüllen hörte. Ich blendete ihn aus, hatte keine Zeit dafür, mir Gedanken darüber zu machen, ob er mich aufhalten würde.

Dann entdeckte ich den Schlüssel und ein glühendes Triumphgefühl stieg in mir auf. Ich streckte eine Hand nach ihm aus, hatte ihn fast erreicht, als ich zurückgerissen wurde.

Mir entfuhr ein frustrierter Schrei, ich schlug um mich, bekam die Hand zu fassen, die sich um meinen Arm geschlossen hatte. Es kümmerte mich nicht einmal, wer mich festhielt, ob es ein Mitglied der Spades oder jemand anders war. Den Blick fest auf den Schlüssel gerichtet, bohrte ich meine Fingernägel in die Haut meines Angreifers und bog seinen Daumen nach außen. Es knackte, doch er stöhnte nicht einmal auf, trotzdem war ich im nächsten Moment frei.

Ich stürzte nach vorn, meine Finger griffen nach dem Schlüssel, und als ich ihn im Schloss herumdrehte, jagte erneut eine Druckwelle durch den Saal.

Die Panik verschwand so plötzlich, wie sie aufgebrandet war, und auf einmal war es totenstill. Niemand rührte sich.

Die Gäste, die gerade noch voller Angst versucht hatten, die Tür zu durchbrechen, standen jetzt da, als wäre nichts gewesen. Die Schreie waren verstummt, die Tränen versiegt.

Meine Beine gaben unter mir nach und ich sank zu Boden, grenzenlose Erleichterung durchströmte mich. Wir hatten es geschafft.

Wir hatten gewonnen.

Wir hatten tatsächlich gewonnen.

Ein Lachen stieg in mir auf und blieb mir im Hals stecken, als mein Herz zu rasen begann. Auf einmal fiel mir das Atmen schwer, kalter Schweiß brach mir aus. Ich brauchte einen Augenblick, bis mir klar wurde, dass ich jetzt diejenige war, die in Panik geriet.

Und ich hatte keine Ahnung, warum.

# KAPITEL 37

♦

## HARPER

Ich bekam kaum mit, wie Beth und Amanda uns zu den Siegern dieser zweiten Runde erklärten, bekam kaum mit, wie auch die Runde der Cross und Hearts beendet wurde, wie die Gäste sich wieder mit den Vier Farben mischten und der Ball weiterging, als wäre nie etwas geschehen. Als hätte die letzte Stunde überhaupt nicht stattgefunden.

Mir war schwindelig, als ich den Ballsaal verließ und mit unsicheren Schritten den Flur entlanghastete. Ich brauchte frische Luft und ich musste mich dringend beruhigen.

Es war alles in Ordnung.

*Alles in Ordnung. Alles in Ordnung.*

Ich wiederholte die Worte wie ein Mantra. Aber es nützte nichts. Mein Herz raste, Verzweiflung breitete sich in mir aus, während ich durch die Eingangshalle stolperte. Ich stieß eine Glastür auf, die auf einen verlassenen Balkon führte, und als die kühle Nachtluft auf meine erhitzte Haut traf, schnappte ich erleichtert nach Luft.

Ich riss mir die Maske vom Gesicht, ließ mich auf den Boden sinken und ignorierte die Tatsache, dass der Steinboden viel zu kalt war und ich mir ohne meinen Mantel vermutlich den Tod holen würde. Meine Beine trugen mich nicht mehr. Panisch griff ich mir an die Kehle, versuchte tief durchzuatmen, aber mehr als ein flaches Luftschnappen gelang mir nicht. Ich hyperventilierte, vor meinen Augen begann alles zu verschwimmen.

Zitternd hockte ich auf dem Boden des Balkons und starrte blicklos in die Tiefe, hoffte, es würde helfen, wenn ich mich auf irgendetwas anderes als meinen rasselnden Atem konzentrierte. Vor mir lag der Park des Anwesens, der sich so weit erstreckte, dass ich die Mauer, die das Grundstück umgab, nicht einmal erahnen konnte.

Mir entwich ein gequältes Aufstöhnen. Ablenkung funktionierte nicht. Ich brauchte Hilfe. Mein Mund öffnete sich, doch ich brachte keinen Ton heraus. Von irgendwoher hörte ich Gelächter, doch ich hatte keine Ahnung, aus welcher Richtung es kam. Auf jeden Fall war es zu weit weg, als dass irgendjemand mich bemerken würde.

Dann hörte ich, wie die Balkontür hinter mir aufging. Ich wollte mich umdrehen, konnte mich aber nicht rühren. Meine Augen begannen zu brennen.

Was zur Hölle geschah mit mir?

Eine große Hand legte sich auf meine nackte Schulter, warm und vertraut. Eine weiche Stimme, Worte, die ich nicht verstand. Ich sackte nach hinten, wurde aufgefangen.

Finleys entsetztes Gesicht erschien in meinem Blickfeld, seine Lippen bewegten sich, aber ich konnte nicht hören, was er sagte. Er griff nach meiner Hand, und als er sie anhob und mein Blick auf den nackten Ringfinger fiel, verstand ich, was hier vor sich ging.

Und endlich verstand ich auch, was Finley sagte.

»Wo ist dein Ring? Harper, wo ist dein Ring?«

Mit bebenden Fingern tastete ich nach meinen Haaren. Ein Stich durchzuckte mich, als ich ihn nicht fand, doch schon im nächsten Moment seufzte ich erleichtert auf. Ich zog die Nadel aus meinen Haaren, stand aber so dermaßen neben mir, dass der Ring mit einem leisen Geräusch zu Boden fiel.

Eilig griff Finley nach dem Ring, schob ihn mir über den Finger, und die Panik, die mich während der letzten Minuten fest im Griff gehabt hatte, ebbte so plötzlich ab, dass mir ein weiteres Mal schwindelig wurde.

»Geht's wieder?«, fragte Finley besorgt und legte eine Hand an meine Wange.

Ich rang mir ein Nicken ab und schob seine Hand weg. Seine Nähe war unerträglich. *Wir dürfen das nicht tun. Wir sollten uns nicht mehr sehen.*

Es entbehrte nicht einer gewissen Ironie, dass ich ihm vor nicht allzu langer Zeit fast das Gleiche gesagt hatte. Nach dem Pub. Nach dem Kuss.

Erschöpft schloss ich die Augen. Es war zu viel. Nicht nur der Ball, die Aufgabe, Jacksons Manipulation. Es war Finley und dieses ständige Hin und Her. Die Anziehung und das permanente Wegstoßen. Die Angst und die Sehnsucht. Hoffnungen und Wünsche, Schmerz und Wut.

»Harper? Alles okay?« Seine Stimme war leise, besorgt. Zu besorgt.

Ich ignorierte ihn, rappelte mich vom Boden hoch und lief davon. Meine Absätze klackerten auf dem dunklen Parkett, als ich durch den Flur eilte, dann eine Treppe hinauf und tiefer in das Anwesen hinein. Ich konnte nicht zurück zum Ball, zu Lexie und den anderen. Konnte nicht so tun, als wäre alles in Ordnung, als läge mein Herz nicht in tausend Scherben auf dem Boden, weil Finley eine Entscheidung getroffen hatte, die ich nicht verstand und die ich auch nicht verstehen wollte.

*Wir kriegen das hin.*

Mir entfuhr ein Laut, der halb Lachen, halb Schluchzen war. Gott, wie dumm und naiv war ich eigentlich? Hatte ich wirklich geglaubt, dass wir das hinbekommen würden? Dass wir es schaffen würden, die Vergangenheit hinter uns zu lassen und die Gegenwart zu überleben, ohne erwischt zu werden und unser Pfand zu verlieren?

Die Flure waren menschenleer. Ich hatte keine Ahnung, wohin ich lief, und es kümmerte mich auch nicht. Ich wollte einfach nur weg.

Ich hörte die Schritte nicht, bemerkte Finley erst, als er mich am Arm packte und in einen Raum zog. Überrumpelt ließ ich es zu. Die Tür fiel mit einem leisen Klicken hinter uns ins Schloss und endlich war sie wieder da, die Wut, nach der ich vorhin vergeblich gesucht hatte. Bebend vor Zorn riss ich mich von ihm los.

»Was willst du eigentlich von mir?«, schrie ich ihn an und in diesem Moment war es mir völlig egal, ob uns jemand hörte. Ich ertrug das alles nicht mehr. »Ist das nur ein beschissenes Spiel für dich? *Mal schauen, wie weit ich Harper treiben kann*? Willst du mich testen? Ablenken? Gucken, wie leicht es ist, sich wieder in mein Herz zu schleichen? Willst du schauen, ob ich denselben Fehler mache wie damals? Dass ich dir vertraue und du mich am Ende doch wieder hängen lässt? *Was zur Hölle willst du von mir?*« Die Worte schossen aus mir heraus wie Pfeile, spitz und schmerzhaft, und als Finley zusammenzuckte, wusste ich, dass sie ihr Ziel gefunden hatten. Ein dumpfes Gefühl von Genugtuung breitete sich in mir aus. Es schmeckte bitter und völlig falsch.

»So ist das nicht«, protestierte Finley und streckte eine Hand nach mir aus. Ich wich zurück, trat tiefer in den dunklen Raum hinein. Aus dem Augenwinkel sah ich hohe Bücherregale, die die Wände bedeckten, einen Schreibtisch, der vor den deckenhohen Fenstern stand, durch die das fahle Licht des Mondes fiel.

»Wie ist es dann? Erklär's mir.« Ich reckte das Kinn, versteckte mich hinter meiner Maske aus Wut und Gleichgültigkeit, damit Finley nicht erkannte, wie sehr er mich quälte. »Na los, sag mir, wie es ist, damit ich es verstehe. Gerade tue ich das nämlich nicht. Du hast gesagt, dass wir das hinbekommen, und eine Woche später sagst du, wir dürfen uns nicht mehr sehen. Und es soll nichts passiert sein, was diesen Sinneswandel ausgelöst hat? Das alles klingt für mich verdammt danach, als hättest du mit mir gespielt!«

»Ich würde nie mit dir spielen!« Fluchend riss Finley sich die Maske vom Gesicht und raufte sich die Haare. »Ich … *Fuck!* Ich will nicht, dass du meinetwegen deinen Wunsch riskierst!«

Ich zuckte zurück und starrte ihn perplex an. »*Was*?«

Finley trat auf mich zu, ich konnte die Hitze spüren, die von ihm ausging. Sein Blick brannte sich in meinen. »Wir taumeln durch dieses Spiel wie kleine Kinder, die sich sicher sind, dass sie nicht erwischt werden, wenn sie gegen die Regeln verstoßen. Aber früher oder später wird genau das passieren. Sie werden uns erwischen. Und ich kann nicht zulassen, dass du dann dein Pfand und deinen Wunsch verlierst, Harper. Du hast dein ganzes Leben lang nach deinen Eltern gesucht. Du wolltest immer nur wissen, wer du bist und wo du herkommst. Und ich dachte wirklich, wir würden das hinbekommen. Weil ich mir genauso eingeredet habe wie du, dass wir mit dem ganzen Mist durchkommen. Aber das wird nicht funktionieren. *Kann* es gar nicht. Wir werden verlieren und das kann ich dir nicht antun.«

Fassungslos starrte ich ihn an, meine Gedanken wirbelten wild durcheinander, ich bekam keinen zu fassen. Ich verstand, was er sagte, und gleichzeitig verstand ich absolut gar nichts.

»Das kannst du *mir* nicht antun? Du verlierst genauso viel wie ich, wenn wir erwischt werden. Und wieso fällt dir das überhaupt erst jetzt ein?«

Mit einem grimmigen Ausdruck kam er mir noch ein Stück näher, war mir jetzt so nah, dass wir uns beinahe berührten. »Mir ist dieser Wunsch völlig egal. Mag sein, dass die Vier Farben einiges können, aber mein Wunsch ist unmöglich zu erfüllen.«

»Das weißt du doch gar nicht.«

»Doch das weiß ich. Weil ich mir wünsche, niemanden mehr zu verlieren, den ich liebe«, gestand er. Auf einmal lag in seinen Augen unendliche Trauer und ich rang nach Atem.

Diesen Wunsch konnte ihm tatsächlich niemand erfüllen.

Ich schüttelte den Kopf, versuchte meine Gedanken zu sortieren. »Selbst wenn das so ist … so war es letzte Woche auch schon. Es hat sich nichts geändert. Seit das Spiel angefangen hat, riskieren wir alles. Du wusstest das letzte Woche schon. Und an dem Abend, als du mir aus dem Pub gefolgt bist. Du –«

»Ich habe unsere Akten gefunden«, unterbrach er mich, seine Stimme klang plötzlich erschreckend tonlos.

»Was?« Verwirrt blinzelte ich ihn an.

»Ich habe unsere Akten gefunden«, wiederholte er und rieb sich in einer müden Geste über die Stirn. »Sämtliche Unterlagen aller Spieler. Zeugnisse, Bewerbungsunterlagen … Stammbäume.« Das letzte Wort kam ihm nur zögerlich über die Lippen. »Die Vier Farben wissen alles über uns und unsere Familien. Sie kennen sogar Mitglieder meiner Familie, von denen ich noch nie gehört habe. Nur dein Stammbaum war leer. Und ich … ich weiß nicht, ob mir vorher nicht wirklich bewusst war, wie wichtig dieser Wunsch für dich ist, oder ob ich mir eingebildet habe, dass es eine andere Möglichkeit gibt, deine Eltern zu finden. Aber wenn sie es nicht wissen, dann brauchst du diesen Wunsch. Ich hab keine Ahnung, wie sie es anstellen wollen, ihn dir zu erfüllen, aber ich kann … ich kann dir diese Chance nicht verbauen.«

Ich brauchte einen Moment, bis ich verstand, was er mir da sagte. Und noch einen, bis ich begriff, dass er sich deshalb von mir zurückzog.

»Ist das dein Ernst?!«, fauchte ich, und bevor ich mich aufhalten konnte, stieß ich ihm beide Hände so fest gegen die Brust, dass er zurückstolperte. »Hör auf, ständig Entscheidungen für mich treffen zu wollen, weil du zu wissen glaubst, was das Beste für mich ist! Oder weil du mir irgendwas nicht antun kannst. Oder was auch immer! Lass es einfach! Ich kann meine eigenen Entscheidungen treffen. Ich weiß, was ich tue und was ich riskiere. Und wofür ich es tue. Entscheide für dich selbst, ob du damit umgehen kannst oder nicht. Entscheide für *dich*, ob du damit leben kannst. Aber tu es nicht für mich. Ich will dieses Spiel gewinnen und ich will meine Eltern finden, auch wenn ich keine Garantie dafür habe, dass es funktionieren wird. Ich kann kämpfen und am Ende verliere ich vielleicht trotzdem. Aber im Moment geht es nicht um das Spiel und meinen Wunsch. Es geht um uns. Und ich bin dieses ständige Hin und Her leid. Ich kann das nicht. Entscheide dich. Für mich. Gegen mich. Mir egal, aber tu es. *Ich* weiß, was ich will. Und ich bin nicht bereit, länger zu warten, damit ich es bekomme.

Ich habe lange genug gewartet.« Schwer atmend verstummte ich schließlich.

Finleys Blick war dunkel, in seinen Augen lagen so viele widerstreitende Gefühle, dass ich kein einziges davon richtig entschlüsseln konnte. Ich wartete darauf, dass er etwas sagte, doch er brachte keinen Ton heraus.

Mein Herz krampfte sich schmerzhaft zusammen und meine Lippen verzogen sich zu einem traurigen Lächeln, als ich verstand. Ich wollte mich an ihm vorbeischieben und verschwinden, doch ich kam nicht weit.

Finleys Arm schlang sich um meine Taille und einen Moment später wurde ich mit dem Rücken gegen das Bücherregal hinter mir gepresst.

»Ich will dich, Harper. Ich wollte immer dich. Damals. Heute. Immer.« Die Sehnsucht in seinen Augen traf mich mitten ins Herz. Er hob eine Hand und strich mir eine Haarsträhne hinters Ohr, die sich gelöst hatte. Die Berührung ließ meine Haut kribbeln.

»Dann hör auf wegzulaufen«, wisperte ich atemlos, als er den Kopf neigte und seine Lippen über mein Gesicht wanderten, bis sie schließlich meinen Mund streiften. Es war kein Kuss, nur eine hauchzarte Berührung, das Verlangen nach mehr.

»Okay.« Seine Antwort war ein leises Flüstern, kaum verständlich, aber ich spürte sie auf meiner Haut.

Ich hob die Hände, legte sie auf seine Brust, direkt über sein Herz. Es schlug viel zu schnell, ein Echo meines eigenen rasenden Pulses. Meine Hände wanderten höher, über Finleys Schultern in seinen Nacken. Er keuchte auf, als ich mich ihm entgegenstreckte, mich an ihn presste. Und dann wurde aus der Berührung endlich ein Kuss.

Süß und sanft in der einen Sekunde, brennend und voller Verlangen in der nächsten. Hitze durchströmte mich, als ich die Lippen öffnete und unsere Zungen sich berührten. Mir entwich ein leises Seufzen, als Finley die Finger in meinen Haaren vergrub und Nadel um Nadel aus meinen Locken zog, bis sie weich über meinen Rücken und meine Schultern fielen. Er schob meine Haare zur Seite, entblößte meinen Hals und streifte mit seinem Mund über die empfindliche Stelle unter meinem Ohr. Ich wimmerte, bog mich ihm entgegen, flehte nach mehr.

Seine Lippen hinterließen eine glühend heiße Spur auf meiner Haut, während er den Blumen meines Ausschnitts folgte, die schmalen Ärmel weiter nach unten und den Stoff auseinanderschob.

Der letzte klare Gedanke – dass jeden Moment jemand hereinkommen und uns bei etwas erwischen konnte, was beim besten Willen nicht misszuverstehen war – verabschiedete sich, als seine Finger über meine Brüste strichen, während seine andere Hand in meinen Nacken wanderte. Er zog mich zu sich und ich ertrank in seinem Kuss.

Jede Faser meines Körper sehnte sich nach ihm, nach mehr. Ich wollte alles und ich wollte ihn.

Gierig öffnete ich die Knöpfe seines Hemdes, strich über seine warme Haut und musste lächeln, als ich spürte, wie er unter meiner Berührung erzitterte. Ich erkundete seinen Körper, so wie er es mit meinem tat.

In diesen gestohlenen Minuten lernten wir uns auf eine ganz neue, ganz andere Weise kennen. Es gab nichts mehr, was zählte, abgesehen von uns. Nicht die Vier Farben, nicht die Spades oder die Diamonds, nicht das Spiel. Unsere Wünsche waren nicht wichtig, Hoffnungen und Träume spielten keine Rolle. Außer einem.

Ich streifte ihm Smoking und Hemd von den Schultern, der Stoff landete raschelnd auf dem Boden, die Krawatte folgte. Seine Hände wanderten über meinen Körper, Hitze sammelte sich in meinem Unterleib. Als würde er es spüren, hob er mich hoch, presste mich gegen das Bücherregal, und ich schlang die Beine um seine Hüfte.

Ich fühlte sein eigenes Verlangen an meinem, stöhnte leise auf, als eine Hand unter mein Kleid wanderte, während er mich mit der anderen stützte.

Er atmete schwer, als er sich ein Stück von mir löste, um mich anschauen zu können. In seinen Augen lag eine stumme Frage und ich hoffte, er würde meine Antwort verstehen, als ich meinen Mund wieder auf seinen presste, und ihn stumm darum bat, mir zu geben, wonach ich mich so sehr sehnte.

Als er mich berührte, vergaß ich alles um mich herum.

Alles außer ihm.

# KAPITEL 38

## FINLEY

*Irgendwann wirst du sie wiedersehen, das weiß ich. Du wirst sie wiedersehen und du wirst bereuen, dass du nicht eher nach ihr gesucht hast. Wovor hast du solche Angst? Manchmal muss man Risiken eingehen, Finley. Nur so kann man gewinnen. Also sei mutig.*

Dorians Worte hallten in meinen Ohren wider.

*Sei mutig. Sei mutig. Sei mutig.*

Ich war nicht mutig gewesen, hatte nicht nach ihr gesucht. Es war reiner Zufall, dass wir uns wiedergefunden hatten, obwohl Dorian wahrscheinlich behaupten würde, dass es Schicksal war.

Vielleicht hatte er recht.

Ich hatte nicht oft mit ihm über Harper geredet, weil es zu schmerzhaft war und weil ich tief in mir die ganze Zeit gewusst hatte, dass ich einen Fehler gemacht hatte und zu feige war, etwas dagegen zu unternehmen. Aber Dorian war hartnäckig geblieben, hatte immer wieder nach ihr gefragt. In den ersten Wochen, die ich bei ihm und seinen Eltern wohnte, weil ich nachts aus dem Schlaf schreckte, hektisch nach Harpers Hand tastete und sie nicht fand. Und später, als er und unsere Freunde mit Mädchen ausgegangen waren, sich verliebten, Sex hatten, Partys feierten. Er hatte wieder und wieder nach ihr gefragt, denn im Gegensatz zu seinen Eltern hatte er immer gewusst, dass ich sie nicht loslassen konnte.

Auch dann nicht, als ich es versucht hatte. Als ich Mädchen kennengelernt, es mit einer Beziehung versucht hatte und gescheitert war. Er hatte gewusst, dass ich früher oder später nach ihr suchen würde. Nur dass das Schicksal – und ja verdammt, vielleicht war es Schicksal – offensichtlich andere Pläne und keine Geduld mit mir gehabt hatte.

*Sei mutig. Sei mutig. Sei mutig.*

Ich war damals nicht mutig gewesen und hätte jetzt beinahe schon wieder versagt. Weil ich in dem Irrglauben, ihr etwas wegzunehmen, das sie noch nicht einmal erreicht hatte, beinahe das völlig Falsche getan hätte. Und dann hätte ich sie verloren, obwohl ich sie doch gerade erst wiedergefunden hatte.

Ich hatte während der vergangenen Jahre oft von Harper geträumt, auch wenn ich mich die meiste Zeit gezwungen hatte, nicht über sie nachzudenken. Weil es wehtat und zu nichts führte. Aber nur weil ich versuchte, mich nicht zu fragen, wie es ihr ging oder ob sie mich genauso vermisste wie ich sie, bedeutete das nicht, dass ich sie aus meinen Träumen fernhalten konnte.

Ich hatte davon geträumt, wie wir uns nach Jahren wiedertrafen, wie wir uns neu kennenlernten, wieder ineinander verliebten. Ich hatte unschuldige und … weniger unschuldige Träume gehabt.

Harper war immer der Mensch gewesen, den ich nie hatte loslassen können, und zum ersten Mal hatte ich die Hoffnung, dass ich sie vielleicht auch nicht loslassen musste. Nicht nach dieser Nacht.

Es gab kein Zurück. Jetzt nicht mehr. Eigentlich war es schon in dem Moment zu spät gewesen, als wir uns vor dem Verbindungshaus der Diamonds wiedergesehen hatten.

Ich hatte es nur nicht wahrhaben wollen, hatte mich dagegen gewehrt, weil ich mir eingebildet hatte, stark genug zu sein. Stark genug, um sie zu beschützen und sie gleichzeitig nicht zu nah an mich heranzulassen. Stark genug, um zu verhindern, dass sie mir wieder unter die Haut ging.

Tja, ich war es nicht. War es nie gewesen.

Meine Gedanken wanderten zurück zum Ball, zu ihrem Körper unter meinen Händen, ihrem Mund auf meinem, dem leisen Seufzen, das ihr über die Lippen gekommen war. Ihrem Blick, der meinen nicht losgelassen hatte, keine Sekunde.

Auch dann nicht, als wir unser Versteck wieder verlassen hatten und zurück in den Ballsaal gegangen waren. Ich zuerst, dann sie, Meter voneinander getrennt, aber ihren Blick hatte ich die ganze Zeit auf mir gespürt. Hatte ihn gespürt, obwohl sie mich gar nicht anschaute, während wir zu unseren Farben zurückkehrten, so taten, als wäre nichts geschehen, als hätte sich nicht schon wieder alles geändert. Dieses Mal endgültig.

Ich hatte ihren Blick gespürt, als die Gäste, die nicht zu den Vier Farben gehörten, nach und nach den Ball verließen, müde und betrunken nach Hause gingen, ohne sich daran zu erinnern, was ihnen an diesem Abend widerfahren war, während Amanda und die anderen Vorsitzenden die Punkte für diese Spielrunde verteilten. Wir hatten Punkte bekommen, obwohl wir verloren hatten. Aber offenbar hatten wir die Diamonds lange genug in Schach gehalten, um wenigstens nicht ganz leer auszugehen. Anschließend waren wir ebenfalls entlassen worden.

Harpers Blick hatte sich wie eine Berührung angefühlt, eine federleichte Berührung, kaum spürbar, aber unbestreitbar da.

Getrieben von einer drängenden inneren Unruhe, schwang ich

die Beine aus dem Bett und stand auf. Es war viel zu früh, beinahe noch dunkel, aber ich konnte nicht mehr schlafen. Nicht dass ich während der letzten Stunden überhaupt viel Schlaf abbekommen hatte.

Gähnend stapfte ich zum Bad, blieb jedoch abrupt stehen, als ich aus dem Augenwinkel etwas Helles auf dem dunklen Teppich liegen sah. Langsam drehte ich mich um und beäugte misstrauisch den Umschlag, der unter meiner Tür hindurchgeschoben worden war.

Was sollte das jetzt wieder?

Mit einem mulmigen Gefühl im Bauch bückte ich mich, um den Umschlag aufzuheben. Und als ich den Brief herauszog, wurde mir sofort klar, dass Harper und ich in ernsten Schwierigkeiten steckten.

**BEI DEN VIER FARBEN WERDET IHR EUER HAPPY END NICHT FINDEN. GERADE DU SOLLTEST DAS WISSEN.**

Jemand hatte uns gesehen.

## HIGHSCORE

### RUNDE 2

75 Punkte

70 Punkte

65 Punkte

65 Punkte

# KAPITEL 39

## HARPER

Mit einem dankbaren Lächeln nahm ich dem Mädchen hinter der Theke den Kaffeebecher ab und verließ den Starbucks, in dem es an diesem Montagmorgen wie in einem Bienenstock summte. Wieso waren alle so früh am Morgen so entsetzlich gut drauf und motiviert?

Ich wäre am liebsten im Bett geblieben und hätte den Tag verschlafen, so wie gestern. Der Ball hatte mich auf mehr als eine Art aufgewühlt und völlig durcheinandergebracht, sodass mir meine Reaktion – mich zu verkriechen und allem und jedem aus dem Weg zu gehen – völlig angemessen erschien. Ich hatte mein Handy ausgeschaltet, beide Zimmertüren abgeschlossen, mir die Decke über den Kopf gezogen und versucht mir einzureden, dass alles in Ordnung war.

Leider wurde ich die Bilder des Abends nicht los – weder die Panik, die im Ballsaal ausgebrochen war, noch alles, was danach geschehen war.

Bei der Erinnerung daran, wie Finleys Hände über meinen Körper gestreichelt, seine Lippen sich auf meine gepresst hatten, wurde mir auch jetzt wieder ganz warm.

Ich schob die Gedanken an ihn beiseite und fischte mein Handy aus der Jackentasche. Ich musste mich konzentrieren, schließlich hatte ich eine Aufgabe zu erfüllen. Stirnrunzelnd las ich noch einmal die Nachricht, die ich heute Nacht bekommen hatte.

> Unbekannt 00:00:
> Du hast deine erste Aufgabe erfüllt, herzlichen Glückwunsch. Doch dir bleibt keine Zeit, dich auf deinen Erfolgen auszuruhen. Die nächste Sonderaufgabe wartet auf dich. Geh morgen Mittag um 12 Uhr in die Bodleian Library. Du weißt, was zu tun ist.

Ja, ich wusste, was ich zu tun hatte. Trotzdem gab es einen Teil von mir, der sich weigern wollte. Das Gefühl, das hier irgendetwas ganz und gar nicht stimmte, wurde mit jedem Tag lauter, und das lag nicht nur daran, dass bei den Vier Farben anscheinend noch niemand etwas von Ethik und Mitgefühl gehört hatte, was auf dem Ball eindrucksvoll bewiesen worden war. Es war mehr als das, ich bekam es nur nicht genau zu fassen.

Seufzend ließ ich das Handy wieder in die Jackentasche gleiten, nachdem ich noch einen Blick auf die Uhrzeit geworfen hatte. Ich musste mich beeilen, wenn ich nicht zu spät zu meinem ersten Kurs kommen wollte. Doch als ich den Kopf hob und Finley vor dem Gebäude stehen sah, war jeder Gedanke an das britische Rechtssystem wie weggeblasen. Seine Haare standen wirr in alle Richtungen ab, als wäre er mehrmals mit den Fingern hindurchgefahren. Sein Anblick stellte seltsame Dinge mit mir an und meine Lippen verzogen sich unwillkürlich zu einem Lächeln.

Doch je näher ich kam, desto deutlicher erkannte ich den finsteren Ausdruck auf seinem Gesicht. Mein Lächeln erstarb und ein mulmiges Gefühl breitete sich in mir aus.

Seine Schultern spannten sich an, als er mich entdeckte, dann wandte er sich ruckartig ab und ging, jedoch nicht, ohne mir noch einen langen Blick zuzuwerfen, der mich eindeutig dazu aufforderte, ihm zu folgen.

Ich zögerte keine Sekunde und lief ihm hinterher, nachdem ich mich kurz vergewissert hatte, dass niemand der Vier Farben ausgerechnet jetzt in der Nähe unterwegs war, doch es war niemand zu sehen. Trotzdem hielt ich ein paar Meter Abstand, nur für den Fall.

Mit heftig klopfendem Herzen folgte ich Finley über den Campus. Mein Kaffeebecher, halb voll und inzwischen kalt, wanderte in den Müll. Ich hätte ohnehin nichts mehr hinunterbekommen, so sehr hatte sich mein Magen verkrampft. Wenn er sich wieder umentschieden hatte, dann … Keine Ahnung, was ich dann tun würde, aber schön würde es nicht werden.

Als Finley um die nächste Ecke bog, verlor ich ihn für ein paar Sekunden aus den Augen und musste einen Moment später feststellen, dass er verschwunden war. Verwirrt lief ich weiter, blickte mich suchend um, konnte ihn jedoch nirgendwo entdecken. Dann schloss sich eine Hand um mein Handgelenk und ich wurde in einen schmalen, schlecht beleuchteten Durchgang gezogen. Ich stieß einen erschrockenen Laut aus, der im nächsten Moment von vertrauten Lippen erstickt wurde.

Ich erwiderte den Kuss, ohne zu zögern, legte beide Hände an sein Gesicht, während er die Arme um meine Taille schlang und mich so fest an sich drückte, dass es mir für ein paar Sekunden den

Atem raubte. Gierig und heiß presste er seinen Mund auf meinen, doch es lag mehr in dem Kuss als reines Verlangen. Viel mehr.

»Kann es sein, dass du eine Vorliebe dafür hast, mir in einsamen Gassen aufzulauern?«, keuchte ich, als wir uns wieder voneinander lösten.

Auf Finleys Gesicht erschien ein schiefes Lächeln, das jedoch viel zu schnell wieder erstarb. »Tut mir leid, ich … Wir müssen reden.« Er ließ mich los und trat einen Schritt zurück. Schlagartig wurde mir eiskalt.

»Was ist passiert?«

»Jemand hat uns gesehen.«

Es dauerte ein paar Sekunden, bis seine Worte bei mir ankamen, dann wurde ich kreidebleich. »Was?«

Wortlos reichte er mir einen schlichten Briefumschlag. Das Papier war nicht so dick wie sonst, glatter und weiß anstatt cremefarben, und obwohl all das Anzeichen dafür waren, dass es sich nicht um einen offiziellen Brief der Vier Farben handelte, gab es absolut keine Zweifel, dass er von irgendjemandem innerhalb der Verbindungen gekommen war. Entsetzen durchflutete mich, während ich die wenigen Worte las.

*Jemand hat uns gesehen.*

Meine Hände zitterten so sehr, dass ich das Blatt beinahe fallen gelassen hätte. »Was machen wir jetzt?«

»Keine Ahnung. Stillhalten und uns nichts anmerken lassen«, schlug Finley mit einem Seufzen vor, dann stieß er ein bitteres Lachen aus. »Was ich gerade richtig gut hinbekommen habe.«

»Wann hast du den Brief erhalten?«

»Er lag gestern in meinem Zimmer, als ich aufgewacht bin.«

»Und das sagst du mir erst jetzt?«, stieß ich ungläubig hervor.

»Ich wusste nicht, wie. Ich habe nicht mal deine Handynummer und ich kann auch schlecht einfach zu euch rüberkommen und mit dir reden.«

»Aber auf dem Campus auf mich zu warten, ist unauffälliger, oder was?« Meine Stimme klang schärfer als beabsichtigt, aber meine Nerven lagen blank.

Finley stieß einen leisen Fluch aus. »Schon klar, dass das nicht die beste Idee war, aber was hätte ich machen sollen? Nicht mehr mit dir reden, weil wir ständig Gefahr laufen, beobachtet zu werden?«

»Nein.« Ich schenkte ihm ein Lächeln, doch der klägliche Versuch, der ganzen Situation etwas von ihrer Bedrohlichkeit zu nehmen, scheiterte. »Und was machen wir jetzt?«

»Wie gesagt, ich glaube, wir sollten gar nichts machen. Ich habe den Brief gestern bekommen und bisher wurden wir weder vorgeladen noch haben wir unser Pfand verloren. Ich habe keine Ahnung, wer uns gesehen hat, aber ich schätze, wir wurden noch nicht verraten.«

»Das gefällt mir nicht«, stellte ich düster fest.

»Mir auch nicht, aber ich fürchte, wir können nichts tun.«

»Glaubst du, dass es Jackson war? Vielleicht hat er uns gesehen, als du mir gefolgt bist?«

Finley schüttelte den Kopf. »Nein, ich habe aufgepasst, er war's nicht.«

»Aber es muss einer der Spades gewesen sein. Von den anderen Verbindungen kommt doch niemand zu euch ins Haus, oder?«

Wieder schüttelte Finley den Kopf, dann erstarrte er und wurde kreidebleich. »Dorian.«

Ich runzelte die Stirn und verstand auf einmal gar nichts mehr. »Was?«

»Die letzte Zeile: *Gerade du solltest das wissen …* Was ist, wenn Dorian damit gemeint war? Er hatte eine Freundin, als er hier war. Sie heißt Via. Ich weiß nicht viel über sie, er hat nie wirklich was erzählt, aber ich weiß, wie wichtig sie ihm war. Anfangs hab ich gedacht, sie würde zu den Vier Farben gehören, aber es gibt hier keine Via, und jedes Mal, wenn ich versucht habe, mit jemandem darüber zu reden, wurde ich abgewimmelt. Also dachte ich, dass sie vielleicht doch nicht bei den Vier Farben war. Aber was, wenn ich mich geirrt habe?« Er nahm mir den Brief aus der Hand und deutete auf den letzten Satz. »Was ist, wenn sie doch dazu gehört hat? Und wenn Dorian gestorben ist, weil er mit ihr zusammen war?«

Mir schwirrte der Kopf. »Aber du hast doch gerade selbst gesagt, dass es bei den Vier Farben keine Via gibt, also …« Ich brach ab, als Finley zu fluchen begann.

»Es gibt auch keine Via. Aber es gab eine Viola.« Er schlug mit der flachen Hand gegen die Wand und ich zuckte zusammen. »Ist dir mal aufgefallen, dass es nur neunzehn Cross und Spades gibt? Die Hearts haben sogar nur siebzehn Mitglieder. Die Diamonds sind die Einzigen, die vollzählig sind. Ich dachte, dass ein paar abgegangen sind. Oder rausgeworfen wurden. Keine Ahnung, auf jeden Fall sind sie nicht mehr hier. Aber ich habe ihre Akten fotografiert.«

»Das ist gut«, murmelte ich abwesend. Meine Gedanken überschlugen sich, dann fiel mir etwas ein. »Dorian war bei den Cross, richtig?«

Er nickte. »Wieso?«

»Ich habe gehört, dass ein Mädchen verschwunden ist, das mit einem Cross zusammen war. Vielleicht war sie das und du findest sie deshalb nicht.«

»Das habe ich auch schon überlegt. Das Mädchen, das verschwunden ist, hieß Sylvia. Es würde passen, aber irgendwie … Ich weiß auch nicht. Sie gehörte auf jeden Fall nicht zu den Vier Farben. Natürlich könnten die Verbindungen trotzdem etwas mit ihrem Verschwinden zu tun haben.« Finley raufte sich die Haare und begann auf und ab zu laufen. »Was zum Teufel geht hier vor?«

»Keine Ahnung.« Ich tastete nach seiner Hand, doch er ließ die Berührung nicht lange zu, sondern entzog sich mir wieder.

»Nichts von dem, was hier passiert, ergibt Sinn! Absolut gar nichts! Wir wissen nicht mal, warum es die Vier Farben überhaupt gibt und woher sie die Fähigkeiten haben. Da muss es doch auch eine Geschichte geben. Was verbergen die noch alles vor uns?«

Er hatte recht, aber das brachte uns gerade nur unwesentlich weiter. »Okay, weißt du was? Vergiss den Kurs. Komm mit.«

Seine Augenbrauen wanderten nach oben. »Haben wir nicht gerade noch darüber gesprochen, dass wir uns möglichst nicht noch mal erwischen lassen wollen?«

Entschlossen erwiderte ich seinen Blick, ein elektrisierendes Prickeln breitete sich in meinem Körper aus. »Ja, aber erstens wurden wir schon erwischt. Zweitens geht hier viel zu viel ab, was wir nicht verstehen. Und drittens sollten wir dringend herausfinden, was mit Dorian passiert ist. Also was ist? Kommst du?«

# KAPITEL 40

## HARPER

Mit hochgezogenen Augenbrauen beobachtete Finley, wie ich mich an dem Schloss eines Kursraums zu schaffen machte. Ein paar Sekunden, dann hörte ich ein leises Klicken und die Tür schwang auf.

»Vermutlich sollte ich das nicht so scharf finden, wie ich es tue«, murmelte er so leise, dass ich ihn beinahe nicht verstand. Aber nur beinahe.

Ein triumphierendes Grinsen breitete sich auf meinem Gesicht aus. »Vermutlich.«

Sein leises Lachen ließ meine Wirbelsäule kribbeln. »Na los, lass uns reingehen, bevor uns noch jemand sieht.« Er legte mir eine Hand auf den Rücken und schob mich sanft, aber bestimmt in den verlassenen Raum.

Einen Kursraum zu finden, der gerade nicht genutzt wurde, war gar nicht so schwierig, vorausgesetzt, man hatte kein Problem damit, vorher in sechs verschiedene Seminare hineinzuplatzen, in denen man nichts zu suchen hatte.

Nach einem letzten Blick über den Flur, um sicherzugehen, dass uns wirklich niemand gesehen hatte, verschloss ich die Tür hinter uns, um ungebetene Besucher fernzuhalten, während Finley sich auf einen Stuhl fallen ließ.

Als ich mich zu ihm umdrehte, stockte mir der Atem, und einen Moment lang konnte ich ihn einfach nur anstarren. Finley schaute auf, als hätte er meinen Blick gespürt, und eine tiefe Falte grub sich zwischen seine Augenbrauen.

»Alles okay?«

Ich nickte, schüttelte den Kopf, nickte wieder. Ein seltsames Gefühl stieg in mir auf, etwas, das ich nicht in Worte fassen konnte.

»Harper?«

»Alles okay, lass uns loslegen.« Ich zwang mich zu einem Lächeln, straffte mich und setzte mich auf den Platz neben ihn.

»Wo fangen wir an?«

Ich zog Block und Stifte aus meinem Rucksack und schlug eine leere Seite auf. »Am Anfang.« Sorgfältig schrieb ich die vier Farben und ihre jeweiligen Fähigkeiten auf.

*Diamonds: kontrollieren Gedanken und Erinnerungen*
*Spades: kontrollieren den Körper*
*Hearts: kontrollieren Emotionen*
*Cross: kontrollieren den Tod*

»Was wissen wir sonst noch?«, fragte ich und drehte den Stift zwischen meinen Fingern hin und her.

»Wir kennen die Regeln.«

Ich nickte und fügte sie unter den Farben hinzu.

1. *Loyalität und Verschwiegenheit stehen an oberster Stelle. Niemand darf von den Fähigkeiten der Vier Farben erfahren.*

2. *Beziehungen zwischen Spielern unterschiedlicher Farben sind während des Spiels verboten.*
3. *Das Spiel hat immer Vorrang.*

»Mein Schnitt ist echt beschissen«, stellte ich fest. »Es gibt nur drei Regeln und zwei habe ich schon gebrochen.«

»Genau genommen hast du die erste Regel nicht gebrochen. Du hast Cece von den Fähigkeiten erzählt, bevor du wusstest, welche wir überhaupt haben«, warf Finley ein.

»Ich glaube nicht, dass darauf Rücksicht genommen wird, wenn herauskommt, dass Cece etwas weiß.« Ich seufzte und ein Stich durchfuhr mich, als ich an meine beste Freundin dachte. Sie würde wahrscheinlich nie wieder mit mir reden, so wie ich sie auf dem Ball behandelt hatte. Ich schluckte schwer und zwang mich, nicht weiter darüber nachzudenken. Nicht jetzt. »Egal, lass uns weitermachen. Was haben wir noch?«

Für ein paar Sekunden sah Finley aus, als wollte er das nicht einfach auf sich beruhen lassen, dann gab er nach. »In dem Spiel treten alle Farben gegeneinander an. Die Farbe mit den meisten Punkten kommt in die letzte Runde, in der dann nur noch die vier Spieler dieser Farbe übrig sind.«

Ich nickte. »Aber wir haben keine Ahnung, wie viele Runden wir spielen müssen.«

»Wäre ja auch zu einfach.«

»Wie immer. Also am Ende kann nur einer gewinnen. Und welche Farbe in die letzte Runde kommt, erfahren wir auch erst ganz zum Schluss, richtig?«, fragte ich und malte eine Tabelle mit dem aktuellen Punktestand unter die Spielregeln. »Immerhin werden die Punkte der Sonderaufgaben erst am Ende dazugerechnet.«

»Welche Sonderaufgaben?« Finleys irritierter Tonfall ließ mich aufblicken.

»Na die Sonderaufgaben«, sagte ich. »Ich weiß, wir sollen nicht darüber sprechen, aber mal ehrlich, du wirst mich kaum verpetzen und ich –«

»Harper, ich habe keine Ahnung, wovon du redest«, unterbrach er mich und sah mich dabei so ernst an, dass eine dunkle Ahnung in mir aufstieg.

*Nein. Nein. Nein.*

Ich ließ den Stift fallen, griff nach meinem Handy und rief die Nachrichten auf, die ich bekommen hatte. Etwas fester als nötig drückte ich ihm mein Smartphone in die Hand. »Die Aufgaben meine ich.«

»Also ich habe keine bekommen«, sagte er, nachdem er die Nachrichten gelesen hatte. Er reichte mir das Handy zurück. »Und du bist sicher, dass diese Aufgaben von der Spielleitung kommen? Vielleicht hat dein Brieffreund beschlossen, sich auch auf moderne Weise in deine Angelegenheiten einzumischen.«

Ich erstarrte und stieß einen leisen Fluch aus. Xavier hatte ich komplett vergessen. Warum war ich nicht eher auf die Idee gekommen, dass er mir geschrieben haben könnte? Meine Gedanken überschlugen sich, mein Herz begann zu rasen, mir wurde heiß.

*Stopp. Beruhige dich. Noch mal von vorn.*

Xavier hatte mir die Briefe geschrieben, das stimmte. Es war nicht unmöglich, dass er sich noch einmal einmischte, allerdings nicht besonders wahrscheinlich, immerhin hatte ich nach seinem letzten Brief nichts mehr von ihm gehört. Außerdem hatte Xavier keine Ahnung, welche Aufgabe mir bei der Schnitzeljagd zugeteilt worden war. Er wusste nicht, dass ich nach *Romeo und Julia* hatte suchen müssen.

Es sei denn, er gehörte zu den Diamonds. Oder er beobachtete mich. Allein bei dem Gedanken lief mir ein unangenehmer Schauer über den Rücken.

»Harper?«, fragte Finley erneut, seine Augen funkelten beunruhigt.

Ich hob die Hand, bat ihn stumm, noch einen Moment länger still zu sein. Ich musste nachdenken. Konnte es tatsächlich sein, dass Xavier einer der Diamonds war? Zumindest war auch das nicht unmöglich. Dann erinnerte ich mich an den Brief, der zur ersten Sonderaufgabe gehört hatte – und die Spielkarte, die ich ausgetauscht hatte. Mein Gedankengerüst stürzte in sich zusammen.

»Die Aufgabe kam von den Diamonds. In der Bibliothek habe ich einen Brief gefunden.« Ich zog den Umschlag aus meinem Rucksack und gab ihn Finley. »Ich kenne Beths Handschrift. Sie hat den Brief geschrieben. Die Aufgabe kam von ihr.«

»Okay, und was hat das dann alles zu bedeuten? Warum habe ich keine Sonderaufgabe bekommen? Hast du mit Lexie und den anderen gesprochen? Mussten sie auch solche Aufgaben erfüllen?«

Ich zog die Beine auf die Sitzfläche des Stuhls und überkreuzte sie. »Keine Ahnung. Ich hab ihnen nichts davon erzählt. Ich wollte keinen Punktabzug riskieren.«

»Vielleicht solltest du mit Beth reden«, schlug er vor. »Oder mit Lexie?«

Nachdenklich schüttelte ich den Kopf. »Wenn ich mit jemandem darüber rede, verstoße ich schon wieder gegen die Regeln. Und was wäre – also wirklich nur mal angenommen –, wenn der Brief doch nicht von Beth kam. Was soll das Ganze dann? Ich meine, ich musste in das Büro eines Dozenten einbrechen, um eine Spielkarte zu stehlen. Wahrscheinlich gehört er auch zu den Vier Farben, oder? Warum sonst sollte er ausgerechnet eine Spielkarte in einem Rahmen in seinem Büro haben?« Ich wartete Finleys Antwort gar nicht ab, sondern spann den Gedanken sofort weiter. »Das würde eigentlich nahelegen, dass die Aufgabe tatsächlich von Beth gekommen ist, aber wenn nicht, kann ich nur herausfinden, wer und was dahintersteckt, wenn ich es weiter durchziehe, oder? Vielleicht gibt die Person sich dann irgendwann zu erkennen.«

Finley stieß ein Stöhnen aus. »Das ist nicht dein Ernst.«

»Ich hab doch gesagt, ich bin gut darin, mich selbst in Schwierigkeiten zu bringen«, erwiderte ich, obwohl mir der Gedanke genauso wenig gefiel wie ihm.

Aber was sollte ich machen? Nichts? Einfach alles weiterlaufen lassen? Hier stimmten so viele Dinge nicht, dass sich das Puzzle wahrscheinlich nicht mal zusammensetzen ließ, wenn wir alle Teile gefunden hatten.

Finley rieb sich über das Gesicht. »Ich hab ein ganz mieses Gefühl bei der Sache.«

»Ich auch, aber das ist jetzt nicht unser größtes Problem«, erinnerte ich ihn und setzte die Sonderaufgaben mit einem großen Fragezeichen auf meine nicht besonders strukturierte Übersicht. »Mit den Aufgaben können wir uns später immer noch befassen. Was weißt du über Dorians Zeit bei den Vier Farben?«

Finleys Blick verdunkelte sich. »Nicht viel«, gab er mit belegter Stimme zu. »Er durfte ja genauso wenig darüber reden wie wir. Ich weiß nur, dass er zu den Cross gehört hat und dass er eine Freundin hatte. Aber auch über Via hat er nicht viel erzählt. Moment …«

Er stockte kurz und runzelte die Stirn, als wäre ihm etwas eingefallen. »Er hat sich gewünscht, dass ich sie kennenlerne, wenn das erste Jahr vorbei ist. Und damit auch das Spiel.«

»Okay«, sagte ich und griff behutsam nach seiner Hand. »Nehmen wir mal an, sie hat nicht zu den Vier Farben gehört. Was könnte dann der Grund gewesen sein, warum er nichts gesagt hat?«

Ich spürte, wie Finley sich verkrampfte, dann ließ er den Kopf hängen. »Keine Ahnung. Dorian war nicht besonders gut darin, etwas für sich zu behalten.« Ein schwaches Lächeln huschte über sein Gesicht.

»Dann ist es wahrscheinlich, dass seine Freundin doch zu den Vier Farben gehört hat, richtig? Und dass sie nicht bei den Cross war, oder?« Ich hasste es, ihm all diese Fragen zu stellen, weil ich mich so entsetzlich unsensibel fühlte, aber es ging nicht anders.

»Alles andere ergibt keinen Sinn«, bestätigte er. »Und es würde auch erklären, warum sie nicht bei der Beerdigung war. Weil es sie verraten und sie dann ihr Pfand verloren hätte.«

»Richtig. Dann müssen wir aber auch davon ausgehen, dass sein Tod nichts mit ihrer Beziehung zu tun hatte. Denn sonst hätte er auch nur sein Pfand verloren, wäre aber nicht gestorben.«

»Es sei denn, er hat sein Pfand verloren und wäre nie älter als neunundzwanzig geworden. Immerhin verlieren die Cross zehn Jahre ihres Lebens. Und wenn das Schicksal – oder was auch immer – für Dorian ohnehin nur ein kurzes Leben vorgesehen hatte, besteht zumindest die Möglichkeit, dass er nur deswegen gestorben ist«, warf Finley ein.

Ich zögerte kurz, ließ mir den Gedanken einmal durch den Kopf gehen und zog die Schultern hoch. »Irgendwie glaube ich das nicht.«

»Ich auch nicht.« Finley stöhnte auf und rieb sich die Schläfe. »Das ist alles viel zu kompliziert.«

»Nur, weil wir noch nicht alles wissen.« Entschlossen löste ich meine Hand aus seiner, griff wieder nach dem Stift und schrieb alle Mitglieder der Vier Farben auf, deren Namen ich kannte. Es waren erschreckend wenig.

»Lass mich mal.« Finley griff nach meiner Liste und vervollständigte sie, nachdem er sein Handy aus der Hosentasche gezogen und eine Liste geöffnet hatte. Achtzig Namen, achtzig Spieler. Fünf Namen unterstrich er. »Diese fünf sind nicht mehr hier.«

Dorian, Viola, Samuel, Vincent und Brianna.

»Ihre Akten waren auch in dem Archiv, aber ich habe nichts darüber herausgefunden, wo sie jetzt sind oder warum sie die Vier Farben verlassen haben. Als wäre nur ihre Vergangenheit wichtig und alles, was nach dem Spiel möglicherweise mit ihnen geschehen ist, egal. Dabei wurde uns auf der Einführungsparty gesagt, dass man die Vier Farben nicht einfach so verlassen kann«, fuhr er nachdenklich fort.

»Dann sollten wir als Erstes herausfinden, was mit den anderen passiert ist, oder?«, schlug ich vor. »Vielleicht hilft uns das auch mit Dorian. Wenn Viola wirklich seine Via ist, wird es einen Grund geben, warum sie nicht mehr hier ist. Vielleicht weiß sie, was passiert ist. Wir brauchen einen vernünftigen Plan. Und dafür sollten wir nicht nur herausfinden, was mit Dorian passiert ist, sondern was es grundsätzlich mit den Vier Farben auf sich hat. Vielleicht kommen wir weiter, wenn wir erst mal wissen, wie die Verbindungen überhaupt entstanden sind. Wer sie gegründet hat und woher die Fähigkeiten kommen. Und vor allem auch, warum es genau diese Fähigkeiten sind. Sonst schauen wir uns immer nur einzelne Teile an, aber nie das große Ganze und dann verstehen wir vielleicht nie, was hinter all dem steckt.«

Ich hob den Blick von Finleys Liste und begegnete seinem durchdringenden Blick. Wehmut lag in seinen Augen, mischte sich mit Trauer, Hoffnung und … einer tiefen Erleichterung.

»Danke«, flüsterte er mit rauer Stimme, beugte sich vor und lehnte seine Stirn an meine. Sein Atem strich warm über meine Haut und meine Lider schlossen sich.

»Wofür denn?«

»Dass du da bist.«

Etwas in mir begann zu flattern. Ich wollte etwas sagen, doch ich brachte keinen Ton heraus. Und vielleicht war das auch gar nicht nötig. Ich streckte mich ihm entgegen, mein Mund berührte seinen, zaghaft, tastend. Ein süßer, zögerlicher Kuss. Ein Kuss wie ein Versprechen.

»Du musst jetzt los«, wisperte Finley an meinen Lippen, dann löste er sich von mir. »Du hast noch eine Aufgabe zu erledigen.«

Ich stöhnte auf. Das hatte ich vollkommen vergessen.

# KAPITEL 41

♦

## HARPER

*Das soll ja wohl ein Witz sein.*

Ungläubig starrte ich auf das schmale graue Ziegelsteinhaus. Meine zweite Aufgabe war simpel – zumindest, wenn ich danach ging, dass ich exakt das Gleiche tun musste, wie beim ersten Mal. Das Herz-Ass, das ich diesmal in der Bibliothek in *Romeo und Julia* gefunden hatte, gegen seinen Zwilling auszutauschen.

So weit, so gut.

Nur dass ich dieses Mal nicht in das Büro eines Professors einbrechen musste, sondern in dessen Haus, das inmitten einer Reihe von Ziegelsteinhäusern stand, in denen viele Leute wohnten, die mich bei dem Versuch, meine Aufgabe zu erfüllen, beobachten konnten.

Wer kam bitte auf so eine bescheuerte Idee?

Das war gerade wirklich die Frage der Fragen.

*Was, wenn die Aufgaben nicht von den Diamonds gekommen sind?*

Seit ich Finley vor zwei Stunden auf dem Campus zurückgelassen hatte, ging mir diese Frage wieder und wieder durch den Kopf. Ich musste den Verstand verloren haben, als ich ihm gesagt hatte, ich würde die Aufgaben durchziehen, um herauszufinden, wer oder was dahintersteckte.

Es war dumm. Leichtsinnig. Bescheuert. Gefährlich. Dumm. Leichtsinnig. Bescheuert … Hatte ich alles schon, oder?

Trotzdem stand ich jetzt vor diesem Haus und dachte nicht einmal eine Sekunde lang darüber nach, mich umzudrehen und zu verschwinden. Mein Gefühl sagte mir, dass mehr hinter der ganzen Sache steckte, als irgendwelche Sonderpunkte, mehr als ich im Augenblick sehen oder auch nur erahnen konnte. Und ich wollte herausfinden, was es war.

Ich straffte mich und setzte mich in Bewegung. Jetzt oder nie.

Charles Keaton war Professor für Psychologie und zu meinem Glück im Moment nicht zu Hause, er hatte eine Sprechstunde, und ich hatte inzwischen lange genug auf der Straße herumgelungert, um zu wissen, dass auch sonst niemand im Haus war, der mich erwischen konnte.

Von neugierigen Nachbarn einmal abgesehen. Ich spekulierte allerdings darauf, dass ein Großteil von ihnen noch arbeiten musste und dass der andere Teil sich zu sehr mit seinen eigenen Angelegenheiten befasste, als mich zu bemerken.

Mit forschen Schritten ging ich über die Straße, das Kinn erhoben, nicht zu schnell, nicht zu langsam. Einfach ganz normal. Unauffällig. Zielstrebig stieg ich die vier Stufen zur Haustür hinauf und kramte gleichzeitig in meinem Rucksack nach meinem Werkzeug, als würde ich nach meinem Schlüssel suchen. Es war ziemlich leichtsinnig und es wäre mir auch lieber gewesen, ich hätte durch die Hintertür einsteigen können, aber bei diesen Reihenhäusern war es etwas schwierig, in den Garten zu kommen. Außerdem … Dreistigkeit siegt.

Manchmal zumindest.

Und ich war nicht einfach nur eine kleine Einbrecherin. Im Notfall konnte ich immer noch Erinnerungen löschen. Zumindest versuchte ich mir das einzureden, während ich das Schloss aufbrach. Einen Moment später hörte ich ein Klicken und die Tür schwang auf.

Das Haus war überraschend modern eingerichtet, weiße Wände, glänzende graue Möbel, viel Glas. Es gab keine Fotos, keine Pflanzen, keine persönlichen Gegenstände. Wohnte hier überhaupt jemand? Und wie zum Teufel sollte ich die zweite Karte finden?

Eilig schaute ich mich im Erdgeschoss um, aber es war völlig hoffnungslos, dort etwas finden zu wollen. Also beschloss ich, nach oben zu gehen. Es gab zwei Schlafzimmer, ein geräumiges Bad und dann … ein Arbeitszimmer. *Bingo!*

Es war genauso aufgeräumt wie der Rest des Hauses, doch die Farben waren dunkler. Es gab kein Weiß, kein Grau, sondern dunkles Holz und Leder. Auf dem Schreibtisch lagen Papierstapel und Stifte. Das erste Anzeichen dafür, dass hier doch jemand wohnte.

Fieberhaft suchte ich das hohe Bücherregal nach der Spielkarte ab, in der Hoffnung, dass Keaton sein Herz-Ass genauso wie Kent das Kreuz-Ass in einem Bilderrahmen im Regal aufbewahrte. Was natürlich nicht der Fall war. Wäre auch zu einfach gewesen.

Ich wollte mich gerade am Schreibtisch zu schaffen machen, als ich unten ein Geräusch hörte. Die Haustür, die ins Schloss fiel. *Scheiße.*

Wie erstarrt stand ich da, traute mich kaum zu atmen, während ich lauschte. Ich glaubte schon, mich verhört zu haben, doch dann ertönte Gelächter. Zwei Stimmen. Adrenalin jagte durch meine Adern, als ich einen Augenblick später leichte Schritte hörte, die die Treppe heraufkamen.

*Großartig. Wirklich großartig.*

Meine Gedanken überschlugen sich. Ich musste hier weg, bevor mich jemand erwischte, aber ich brauchte diese Karte, wenn ich herausfinden wollte, was es mit dieser Aufgabe auf sich hatte.

Was passierte, wenn ich versagte, und die Aufgabe tatsächlich nicht von den Diamonds kam, darüber wollte ich lieber nicht nachdenken. Vielleicht würde gar nichts passieren. Vielleicht aber auch … Vielleicht war jetzt auch nicht unbedingt der richtige Zeitpunkt, um mir darüber den Kopf zu zerbrechen.

Leise fluchend sah ich mich nach einer Fluchtmöglichkeit um. Aus dem Fenster zu klettern, war keine gute Option. Ich war zwar bescheuert und leichtsinnig, aber nicht lebensmüde.

Mir blieb also nur eine Möglichkeit.

Vorsichtig trat ich an die offen stehende Bürotür, drückte mich flach an das Holz, und lugte in den Flur, um mir einen Überblick zu verschaffen. Ich entdeckte eine dunkelhaarige Frau, die mit einem breiten Lächeln auf den Lippen nach oben kam. Sie war gerade auf dem Weg ins Bad, als ich in ihren Kopf eindrang. Ihr Geist lag offen und ungeschützt vor mir, da war keine Panik wie am Abend des Balls, kein Misstrauen wie bei Poppy, die mich vor Kents Büro erwischt hatte. Noch nie war es so einfach gewesen, jemanden zu manipulieren.

*Verlasst das Haus*, befahl ich ihr. *Sag ihm, dass du Hunger hast und Essen gehen möchtest. Bestehe darauf. Verlasst das Haus.*

Ohne auch nur eine Sekunde zu zögern, drehte sie sich um und lief die Treppe wieder hinunter. Ich hörte, wie sie etwas sagte, konnte ihre Worte aber nicht verstehen. Keaton erwiderte etwas mit tiefer brummiger Stimme, schien von dem Vorschlag seiner Freundin jedoch nicht allzu begeistert zu sein.

Ich kniff die Augen zu und lauschte. *Jetzt verschwindet endlich!* Die beiden diskutierten noch ein paar Minuten, dann hörte ich ein ergebenes Seufzen und schließlich wieder Schritte. Kurz darauf fiel die Haustür ins Schloss und ich atmete erleichtert aus.

Das war gerade noch mal gut gegangen.

Bevor ich Gefahr lief, doch noch erwischt zu werden, machte ich mich eilig ein zweites Mal auf die Suche nach der Karte. Schließlich fand ich sie in der unteren Schreibtischschublade. Achtlos hineingeworfen, als hätte Keaton nicht einmal einen Gedanken daran verschwendet.

Verwirrt runzelte ich die Stirn. Warum hatte Kent seine Karte ins Regal gestellt, als wäre sie etwas ganz Besonderes und Keaton nicht? Warum hatten die beiden überhaupt diese Spielkarten? Und warum sollte ich sie stehlen? Wieder kam mir der Gedanke, dass die beiden ebenfalls zu den Vier Farben gehörten. Vielleicht waren sie ehemalige Mitglieder.

Seufzend schob ich die Fragen beiseite und tauschte die Karte gegen das Herz-Ass aus, das ich aus der Bibliothek mitgebracht hatte. Jetzt war *wirklich* nicht der richtige Zeitpunkt, um sich Gedanken darüber zu machen. Erst mal musste ich verschwinden.

Ich hatte das Haus gerade verlassen, als mein Handy in der Jackentasche vibrierte. Ich zog es heraus, checkte meine Nachrichten und blieb mitten auf der Straße stehen. Mein Magen machte einen unangenehmen Satz und eine dunkle Vorahnung stieg in mir auf, während ich die wenigen Worte las.

> Beth 14:17
> 20.00 Uhr im Gemeinschaftshaus der Vier Farben. Seid pünktlich.

♦

»Hat irgendjemand eine Idee, was hier vor sich geht?« Jasper sah uns der Reihe nach fragend an.

»Schön wär's«, murmelte Lexie, eine tiefe Falte grub sich zwischen ihre Augenbrauen. Sie sah beunruhigt aus und ich konnte es ihr nicht verdenken.

»Meint ihr, es geht um die nächste Aufgabe?« Tom verschränkte die Arme vor der Brust, schien aber selbst nicht so richtig daran zu glauben. Wir anderen auch nicht.

»Wäre das nicht ein bisschen früh? Seit der letzten Aufgabe sind erst drei Tage vergangen.« Mit einem mulmigen Gefühl im Bauch blickte ich mich um. Eine drückende Anspannung hing im Salon wie eine dunkle Gewitterwolke.

Mein Blick tastete die inzwischen vertrauten Gesichter nach Finley ab. Ich fand ihn neben Jackson. Er hatte die Arme vor der Brust verschränkt und den Mund zu einem schmalen Strich zusammengepresst. Mein Herz geriet stolpernd aus dem Takt, auf einmal war mir furchtbar kalt. Ich schauderte und verschränkte die Arme vor der Brust, als würde das helfen.

*Es ist alles gut. Es ist nichts passiert. Es ist alles gut.*

Ich wollte mich selbst beruhigen und scheiterte kläglich. Die Sorge, die ich zu unterdrücken versuchte, seit ich Beths Nachricht gelesen hatte, bahnte sich ihren Weg nach oben und nistete sich in meinem Kopf ein.

Warum waren wir hier?

Das leise Murmeln, das den Raum erfüllt hatte, seit wir hergekommen waren, verstummte, als Trent, Amanda, Beth und Reese hereinkamen. Sie wirkten ungewöhnlich ernst. Es gab keine Melodramatik, kein geheimnisvolles Getue.

Reese trat nach vorn, seine Schultern waren verkrampft. Worum auch immer es ging, ihm schien es nicht zu gefallen. Er atmete tief durch und sagte dann: »Wir sind heute hier, weil gegen die Regeln verstoßen wurde.«

Mein Herz setzte für einen Schlag aus, bevor es panisch in meiner Brust herumhüpfte, und ich spürte, wie mir sämtliches Blut aus dem Gesicht wich. Mein entsetztes Keuchen ging im allgemeinen Luftschnappen der anderen unter. Ich starrte zu Finley, der genauso fassungslos aussah, wie ich mich gerade fühlte.

Es war gegen die Regeln verstoßen worden.

*Wir* hatten gegen die Regeln verstoßen.

Vor ein paar Stunden noch hatten wir uns gefragt, ob der unbekannte Absender des Briefes, den Finley erhalten hatte, uns verraten würde. Tja, offensichtlich hatte er oder sie es getan.

Ich begann am ganzen Körper zu zittern. Wir waren verraten worden und jetzt würden wir unser Pfand verlieren. Ich würde die Erinnerungen an einen geliebten Menschen verlieren. Wen würde es treffen? Cece? Finley?

Alles in mir schrie danach, aus dem Raum zu stürmen und so schnell wegzulaufen, dass mich niemand erwischen und mir meine Erinnerungen stehlen konnte. Doch ich konnte mich nicht bewegen, nicht einmal einen Zentimeter nach vorn treten.

»Ihr alle kennt die Regeln. Während des Spiels sind Freundschaften, Sex, Liebe zwischen den Mitgliedern unterschiedlicher Farben verboten.« Reese bedachte jeden Einzelnen von uns mit einem scharfen Blick, doch ich hätte schwören können, dass er mich länger ansah als alle anderen.

Mir schnürte sich die Kehle zu, vergeblich versuchte ich, Sauerstoff in meine Lunge zu zwingen. Nackte Angst durchflutete mich. Ich hatte versagt. Ich hatte alles riskiert und verloren. Für

Finley. Aber trotz der Angst, die ihre Klauen so tief in mein Herz geschlagen hatte, dass die Wunden vermutlich nie verschwinden würden, empfand ich keine Reue. Mir blieb jedoch keine Zeit, darüber nachzudenken, warum das so war, denn Reese fuhr bereits fort.

»Außerhalb des Spiels ist Loyalität unser höchstes Gebot. Ihr habt unsere Geheimnisse zu wahren, so wie wir eure. Niemand außerhalb der Vier Farben darf von dem Spiel und euren Fähigkeiten erfahren. Ihr alle kennt die Regeln und dennoch hat jemand dagegen verstoßen.« Ein Schatten huschte über sein attraktives Gesicht, erneut atmete er tief durch. »Komm bitte zu mir, Heather.«

Tränen stiegen mir in die Augen, ich zwang meine Füße dazu, sich zu bewegen, zu Reese hinüberzugehen, als der Name richtig bei mir ankam.

*Heather.*

Nicht Harper.

Ich war nicht gemeint.

*Wir* waren nicht gemeint.

Eine Hand schloss sich um mein Handgelenk, fest und unnachgiebig, und zog mich zwei Schritte nach hinten. Ich wandte den Kopf und begegnete Lexies hartem Blick. Ich musste sie nicht einmal in meinen Geist eindringen lassen, um ihre unausgesprochene Warnung zu hören.

*Reiß dich zusammen! Was auch immer du angestellt hast, heute geht's nicht um dich, also sorg dafür, dass das auch so bleibt!*

Es war mir egal, dass ich mich gerade verraten hatte. Lexie war die Einzige, die auf mich geachtet hatte, die Blicke aller anderen klebten auf Heather, einem Mädchen mit schulterlangen kaffeebraunen Haaren, das zu den Hearts gehörte. Sie war kreidebleich, ihre Haut hatte einen mehr als deutlichen Grünstich bekommen und sie zitterte so heftig, dass es mich nicht wundern würde, wenn sie in der nächsten Sekunde einfach umkippte.

Sie war eine von uns. Eine Neue, eine Spielerin. Und gleich würde sie ihr Pfand verlieren.

Heather stand zwischen den anderen Hearts, die alle so entsetzt aussahen, als hätten sie nie damit gerechnet, dass ausgerechnet eine von ihnen gegen die Regeln verstoßen hatte. Hätte ich auch nicht. Allerdings hätte ich auch nie damit gerechnet, dass jemand außer Finley und mir dumm genug sein könnte, das zu tun.

»Ich … ich habe … ich habe nichts getan«, stieß sie stammelnd hervor, aber es war weder zu übersehen noch zu überhören, dass sie log. Die Schuld stand ihr deutlich ins Gesicht geschrieben.

Reese seufzte schwer und erst jetzt begriff ich, warum er der Einzige war, der bisher etwas gesagt hatte. Er war für Heather verantwortlich, also war es auch seine Aufgabe, Anklage zu erheben.

»Doch, hast du«, erwiderte er überraschend sanft und streckte ihr eine Hand entgegen, weil sie noch immer keine Anstalten machte, zu ihm zu gehen. »Wir wissen, dass du deinem Freund alles erzählt hast. Du hast dem Falschen vertraut, Heather.«

»Nein … ich …« Sie brach ab und wurde noch bleicher, auch wenn ich das kaum für möglich gehalten hätte. Wahrscheinlich fehlte nicht mehr viel, bis sie völlig die Fassung verlor.

»Einer der Gründe, warum ihr unser Geheimnis und eure Fähigkeiten für euch behalten sollt, ist die Gier anderer Menschen. Ihr unterschätzt sie. Menschen hungern nach Macht und Kontrolle, und wenn sie erfahren, dass es Möglichkeiten gibt, beides zu bekommen, scheuen sie oft nicht davor zurück, es sich zu holen.

Anthony ist zu mir gekommen, Heather. Ich weiß, dass du ihm alles gesagt hast.«

Bei Reese' Worten brach Heather in haltloses Schluchzen aus. Ihre Beine gaben nach, sie sackte zu Boden und schlug sich die Hände vor das Gesicht. Niemand rührte sich, um ihr zu helfen.

Mitgefühl durchströmte mich. Sie war verliebt. Sie hatte ihm vertraut. Und er hatte sie verraten.

Lexies Griff um mein Handgelenk wurde genau in dem Moment fester, als ich wieder zu Finley hinüberschauen wollte. Eine stumme Warnung. Ich hatte bis eben nicht einmal gemerkt, dass sie mich immer noch festhielt, zu gebannt war ich von der Szene, die sich uns bot.

»Helft ihr auf«, mischte Amanda sich ein und wir zuckten bei ihrem harschen Befehlston zusammen. »Lasst es uns endlich hinter uns bringen.« Sie warf Reese einen herablassenden Blick zu, den er mit einem wütenden Funkeln in den Augen erwiderte. Es schien ihm gar nicht zu passen, dass sie das Kommando an sich riss.

»Heather, komm nach vorn«, forderte er sie ein weiteres Mal auf, doch Heather blieb wie ein Häufchen Elend auf dem dunklen Parkett hocken. Ihre ganze Welt war gerade über ihr zusammengebrochen.

Zwei der Hearts erbarmten sich, griffen ihr unter die Arme und zogen sie zurück auf die Füße. Sie mussten sie festhalten, damit sie nicht sofort wieder in sich zusammensackte, und halfen ihr in die Mitte des Kreises, der sich ganz von selbst gebildet hatte. Dort ließen sie Heather wieder los und traten zu den anderen Mitgliedern ihrer Farbe zurück.

Reese kam zu ihr, hob eine Hand, und ich dachte schon, er würde sie trösten wollen, doch dann zog er ihr den Ring vom

Finger, der sie vor den Manipulationen der anderen schützen sollte. Mein Magen krampfte sich zusammen. Ich wollte das nicht sehen, wollte nicht miterleben, wie sie Heather einen Teil von ihr raubten. Dabei war mir völlig klar, warum sie so eine große Sache daraus machten. Es war eine Warnung an uns alle. An jeden Einzelnen von uns. Davor, den gleichen Fehler zu machen wie sie.

Beth, Trent und Amanda stellten sich neben Reese. Trents Gesicht glich einer ausdruckslosen Maske, während Beth Heather voller Mitgefühl musterte. Amanda dagegen machte eher den Eindruck, als würde ihr das Ganze Spaß bereiten. Was mich nicht überraschte.

Die vier fassten sich an den Händen und wir anderen taten es ihnen nach. Lexies Finger lösten sich von meinem Handgelenk und schoben sich zwischen meine, auf der anderen Seite griff Jasper nach meiner Hand.

Stille breitete sich aus, eine alles erdrückende Stille. Sogar Heathers Schluchzen war verstummt. Sie hatte die Augen geschlossen, wartete auf ihre Strafe.

Eine Druckwelle raste durch den Raum. Ich wusste nicht, wer sie auslöste, ob die Vorsitzenden dafür verantwortlich waren oder wir alle, doch ich konnte nicht weiter darüber nachdenken, denn Heather stieß einen gellenden Schrei aus. Sie bog den Rücken durch und für einen Wimpernschlag glaubte ich ein sanft goldenes Leuchten zu sehen, das ihren Körper verließ.

Dann war es verschwunden und Heather stand vollkommen reglos da. Ihre Lider flatterten, sie öffnete die Augen. Wir alle konnten sehen, wie sie in sich hineinhorchte, danach suchte, was ihr genommen worden war. Sekunde um Sekunde verstrich, sie wurde blasser und blasser, ein Beben durchlief ihren Körper.

Ihr Blick zuckte zu Reese, nackte Panik lag in ihren Augen. »Was … was habt ihr mir genommen?«

Reese schluckte schwer, seine Stimme klang belegt, als er antwortete: »Deine Hoffnung.«

# KAPITEL 42

◆

## HARPER

*Hoffnung.*

Sie hatten ihr die Hoffnung genommen. Das war grausam. Fassungslos standen wir da, starrten Heather und die Vorsitzenden mit großen Augen an. Dass sie ihr eine Emotion rauben würden, war klar gewesen, aber ihr die Hoffnung zu rauben, war schlimmer als alles, was ich erwartet hätte.

Stumme Tränen liefen Heather über die Wangen, ihr kam kein Laut mehr über die Lippen.

»Geht jetzt.« Reese entließ uns mit einem Seufzen und einer wedelnden Handbewegung. Er wirkte erschöpft.

Keiner rührte sich. Wir warteten darauf, dass er noch etwas sagte, uns noch einmal davor warnte, gegen die Regeln zu verstoßen, doch Reese und die anderen wandten sich ohne ein weiteres Wort ab und ließen uns im Salon zurück. Dann wurde mir klar, dass eine erneute Warnung gar nicht nötig war.

Wer jetzt noch gegen die Regeln verstieß, war nicht nur leichtsinnig, sondern hatte völlig den Verstand verloren.

Dieses Mal konnte mich nichts und niemand davon abhalten, zu Finley hinüberzusehen, auch nicht Lexie, die immer noch meine

Hand hielt und jetzt an meinen Fingern zog, als wollte sie mich vor einem Fehler bewahren. Tja, da kam sie Tage, Wochen, *Jahre* zu spät. Sie stieß ein leises, ergebenes Seufzen aus, als ich mich ihr entzog.

Auf Finleys Gesicht lag eine ausdruckslose Maske, als mein Blick ihn fand. Würde ich ihn nicht kennen, könnte ich in seinen Augen nicht all die Gefühle sehen, die gerade genauso in ihm tobten wie in mir. Zu viele Gefühle, um sie fassen zu können.

*Wir taumeln durch dieses Spiel wie kleine Kinder, die sich sicher sind, dass sie nicht erwischt werden, wenn sie gegen die Regeln verstoßen. Aber früher oder später wird genau das passieren. Sie werden uns erwischen.*

Er hatte recht. Es war nur eine Frage der Zeit. Ein bitterer Geschmack breitete sich in meinem Mund aus. Schuldgefühle. Ich hatte Finley dazu gebracht, sich zu entscheiden, und er hatte sich für mich entschieden. Und dafür würde er bezahlen müssen.

Mir war das Risiko bewusst gewesen, aber etwas zu wissen und tatsächlich zu sehen, wie jemand sein Pfand verlor, waren zwei völlig verschiedene Dinge.

Finley senkte den Kopf, unser Blickkontakt riss ab, und ich wollte mich schon abwenden, als ich sah, wie er sich mit einer schnellen Handbewegung den Ring vom Finger zog, bevor er sich abwandte und zusammen mit den anderen Spades den Salon verließ.

Ich dachte nicht nach, als ich in seinen Geist eindrang. Ich reagierte nur. Bilder blitzten in meinem Kopf auf. Gesichter, die ich in der Realität noch nie gesehen hatte, die ich jetzt aber trotzdem erkannte. Finley sah seinen Eltern sehr ähnlich, er hatte die Augen seines Dad, aber sein Lächeln glich dem seiner Mum. Ich erkannte Dorians Eltern, Natalie und Pete. Ich sah Dorian. Und ich sah mich. Mein sechzehnjähriges Ich, mein achtzehnjähriges Ich. Immer wieder ich.

Ich verlor mich in einem Strudel aus Bildern und Erinnerungen, bis ich Finleys Stimme hörte. Ein leises, sanftes Flüstern.

*Alles wird gut. Alles wird gut. Alles wird gut.*

*Es tut mir leid. Es tut mir so leid*, wisperte ich zurück und schluckte gegen das ätzende Brennen in meiner Kehle an.

*Mir nicht. Pass auf dich auf. Wir finden eine Lösung.*

Wieder blitzte ein Bild vor meinem inneren Auge auf, eine Erinnerung an den Kuss auf dem Ball, dann wurde ich mit einer Heftigkeit aus Finleys Gedanken geschleudert, dass ich einen Schritt zur Seite taumelte. Ich musste es nicht einmal sehen, um zu wissen, dass er den Ring jetzt wieder trug.

»Alles okay?« Jaspers besorgte Stimme ließ mich den Kopf heben.

Ich nickte abgehackt. »Mir geht's gut.«

Lexie stieß ein Geräusch aus, das eine Mischung aus Lachen und Schnauben war. »Klar. Uns geht's allen blendend. Wir sind zum Glück gar nicht verstört.«

Toms Augenbrauen wanderten in die Höhe. »Du bist verstört? Hätte nicht gedacht, dass das überhaupt möglich ist.«

Sie zog eine Grimasse. »Ich bin verstört von mir selbst, weil mein erster Gedanke war, dass wir jetzt einen Gegner weniger haben. Heather ist völlig fertig, sie wird das Spiel im Leben nicht weiter durchziehen können.«

»Oder sie wird kämpfen, um ihren Herzenswunsch dafür zu nutzen, ihre Hoffnung zurückzubekommen«, erwiderte ich tonlos.

Lexie begann zu fluchen und Toms Gesicht verlor an Farbe. Mir gefiel der Gedanke auch nicht. Wir alle hatten Wünsche, um die wir kämpfen würden. Aber ich bezweifelte stark, dass auch nur einer von uns so sehr um seinen Herzenswunsch kämpfen würde wie Heather.

Denn ohne Hoffnung waren wir alle nichts. Hoffnung hielt uns am Leben. Und Heather hatte gerade nicht mehr viel zu verlieren.

◆

Ein zögerliches Klopfen an meiner Zimmertür ließ mich den Blick vom Fernseher abwenden, über den irgendeine Serie flimmerte, von der ich noch gar nichts mitbekommen hatte.

»Komm rein«, rief ich, ohne mich auch nur einen Millimeter zu bewegen. Ich hatte schon damit gerechnet, dass Lexie früher oder später mit mir reden wollen würde. Dass sie allerdings einen ganzen Tag durchhalten würde, bevor sie zu mir kam, hätte ich nicht gedacht. Ich war fast ein bisschen stolz auf sie.

Gestern Abend hatten wir uns alle in stummem Einverständnis in unsere Zimmer zurückgezogen. Es hatte kein gemeinsames Abendessen gegeben, niemand war im Aufenthaltsraum gewesen.

Heute in der Uni war ich für einen Moment kurz davor gewesen, zu Cece zu gehen und ihr alles zu sagen. Was völlig paradox war. Aber die letzte Nacht war furchtbar gewesen, ich hatte kaum geschlafen, die ganze Zeit nur an Finley und Cece denken können, an die Menschen, die ich liebte, die mir so nah waren und mit denen ich trotzdem nicht reden konnte.

Ich war einsam gewesen. War es immer noch.

Deswegen war ich jetzt beinahe erleichtert, als Lexie ihren Kopf in mein Zimmer streckte, einen ungewohnt unsicheren Ausdruck auf dem schmalen Gesicht.

»Du hast ganz schön lange gebraucht, um rüberzukommen«, stellte ich fest und verschränkte die Arme vor der Brust.

Lexie zuckte mit den Schultern, ihr Mund verzog sich zu einem leichten Lächeln. »Ich dachte, ich gebe dir etwas Zeit, um dir eine wahnsinnig gute Ausrede einfallen zu lassen.«

»Als ob du dich mit einer Ausrede zufriedengeben würdest.« Ich rollte so übertrieben mit den Augen, dass sie lachen musste.

»Stimmt, wahrscheinlich nicht. Was hältst du davon, wenn wir einen Kaffee trinken gehen?«, schlug sie mit einem bedeutungsvollen Blick vor.

Ich nickte und schwang die Beine aus dem Bett. Wenn wir schon darüber redeten, war es wahrscheinlich besser, das nicht direkt im Hauptquartier der Diamonds zu machen. Während ich in ein kurzes Kleid, Schuhe und Jacke schlüpfte, verschwand Lexie kurz wieder in ihrem eigenen Zimmer, um sich ebenfalls gegen die Kälte draußen zu wappnen.

Ein paar Minuten später verließen wir das Verbindungshaus und gingen in einvernehmlichem Schweigen die Straße hinunter. Ohne uns abzusprechen, schlugen wir den Weg zu Pattys Plattenladen ein.

Wie beim letzten Mal war der Laden auch heute gut besucht. Patty schenkte mir ein strahlendes Lächeln, als sie mich und Lexie vor dem Kaffeeautomaten entdeckte. Ich winkte ihr kurz zu, ignorierte Lexies neugierigen Blick und ging zu einem der freien Sofas hinüber.

»Wieso habe ich das Gefühl, dass du viel mehr Geheimnisse hast, als ich dachte?«, sinnierte sie und ließ sich auf die weichen Polster fallen.

Ich zuckte mit den Schultern und setzte mich neben sie, antwortete jedoch nicht. Was sollte ich ihr auch sagen? Ich mochte Lexie, und obwohl ein Teil von mir ihr vertrauen wollte, sträubte sich der andere, vollkommen ehrlich zu ihr zu sein. Sie ahnte, dass zwischen Finley und mir mehr war, als hätte sein dürfen, und ich war bereit, sie einzuweihen, weil sie mir sowieso keine andere Wahl lassen würde. Aber ich konnte ihr nicht von Patty erzählen, nicht davon, dass ich nach meinen Eltern suchte. So weit war ich noch nicht.

Lexie seufzte schwer. »Okay, darauf komme ich später noch mal zurück. Warum hast du mich nicht längst angefleht, Beth und den anderen nichts von deinem Geheimnis zu verraten?«

Ich trank einen Schluck Kaffee, bevor ich ihr antwortete. Als könnte ich so Zeit schinden. »Vielleicht hast du ja gar keine Ahnung, welches Geheimnis ich habe – mal angenommen, dass ich überhaupt eins habe.«

Lexies Augenbrauen wanderten so weit nach oben, dass sie unter ihrem kurzen Pony verschwanden. »Das ist jetzt aber ein sehr schwacher Versuch, dich herauszureden, oder für wie blind hältst du mich?«

Ich seufzte schwer. »Ich halte dich nicht für blind. Ich weiß nur nicht, ob es so eine gute Idee ist, mit dir darüber zu reden, weil du dann mit drinhängst.«

Lexie schlug in einer fließenden Bewegung die Beine übereinander, musterte mich für ein paar Sekunden eindringlich und zuckte dann mit den Schultern. »Das Problem ist, dass ich irgendwie mit drinhänge, seit ich dich davon abgehalten habe, nach vorn zu treten und dich damit selbst zu verraten. Ich habe deine Blicke gesehen. Seine übrigens auch. Wenn jemand meine Gedanken lesen sollte, würde sowieso herauskommen, dass ich etwas weiß, ob du mir nun davon erzählst oder nicht.«

Sie hatte recht, trotzdem brachte ich die Worte nicht über die Lippen. »Warum sollte ich dir vertrauen?« Ich bereute die Frage noch in der Sekunde, in der ich sie aussprach und Lexies Augen verletzt aufblitzten.

»Ist das dein Ernst? Ich dachte, wir wären weiter. Wir haben beschlossen, füreinander da zu sein, wenn eine von uns Hilfe braucht, erinnerst du dich? Und ich habe dich mit zu Norah genommen. Du bist mein kleinstes Übel.«

»Ich weiß, aber –«

»Harper, wenn ich dich hätte verraten wollen, hätte ich es längst getan«, unterbrach sie mich. Ihre Augen flackerten, sie biss sich auf die Unterlippe, dann atmete sie tief durch. »Okay, pass auf: Ich hab auch gegen die Regeln verstoßen.« Das Geständnis kam ihr so leise über die Lippen, dass ich zuerst glaubte, mich verhört zu haben.

»Was?« Ich richtete mich so abrupt auf, dass ich mir beinahe schon wieder Kaffee über die Hände geschüttet hätte. Entsetzt starrte ich sie an.

Lexie war blass geworden, ihre Finger hatten sich so fest um die Tasse geschlossen, dass die Knöchel weiß hervortraten. »Ich habe meiner Schwester die Wahrheit gesagt. Und danach ihre Erinnerungen gelöscht. Sie weiß also nichts mehr und kann mich nicht verraten, was sie sowieso nicht tun würde. Trotzdem habe ich genau genommen genauso gegen die Regeln verstoßen wie Heather.« Die Worte sprudelten so schnell aus ihr heraus, dass sie einzelne Silben beinahe verschluckte.

»Scheiße«, platzte es aus mir heraus und Lexie lachte trocken auf.

»Tja, wie gesagt, du bist das kleinste Übel.«

»Warum hast du mir das erzählt? Wenn sie mich überprüfen, werden sie das auch herausfinden.«

»Dann sollten wir entweder gegenseitig unsere Gedanken löschen oder dafür sorgen, dass wir nicht erwischt werden«, meinte Lexie ungerührt und hob ihre Tasse an die Lippen. Ihre Nervosität war genauso schnell verschwunden, wie sie aufgetaucht war. Sie wirkte jetzt wieder genauso abgebrüht und selbstbewusst wie sonst auch.

Ich ließ mich gegen die Sofalehne sinken, mir schwirrte der Kopf. Eine Idee formte sich, viel zu verrückt, um sie auch nur in Erwägung zu ziehen, und gleichzeitig so verrückt, dass sie uns vielleicht beide retten konnte.

»Hast du Angst?«

»Davor erwischt zu werden?« Lexie machte eine Kopfbewegung, die alles und nichts bedeuten konnte. »Ja und nein. Wenn du mich nicht verpfeifst, glaube ich eigentlich nicht, dass sie jemals von meinem Regelverstoß erfahren. Und wenn sie es doch herausfinden … Es gibt nur zwei Personen, die ich genug liebe, um es wirklich als Strafe zu empfinden, sollten sie mir die Erinnerung an sie stehlen.«

»Deine Schwester.« Es war kein Kunststück, das zu erraten.

Lexie nickte schweigend. »Und Norah.«

»Was ist mit deinen Eltern?«

»Bitte.« Ihr entfuhr ein abfälliges Schnauben. »Denen wäre es wahrscheinlich am liebsten, wenn sie mich vergessen könnten.«

Ich verschluckte mich an meinem Kaffee und musste husten. »So schlimm?«, krächzte ich, als ich mich zumindest wieder so weit gefangen hatte, dass ich atmen konnte.

Lexie zog eine Grimasse. »Du hast ja keine Ahnung. Ist aber

auch egal, ich will wirklich nicht über meine Eltern reden. Was ist mit dir?«

»Meine Eltern kann ich nicht vergessen, weil ich keine Ahnung habe, wer sie eigentlich sind, also liebe ich sie auch nicht.« Jetzt erzählte ich ihr doch davon, aber nachdem, was sie gerade über ihre Eltern gesagt hatte, hatte ich zum ersten Mal das Gefühl, dass Unwissenheit nicht das Schlimmste war, was einem als Kind passieren konnte. Ich zögerte kurz, als mein Herz sich bei meinem nächsten Gedanken schmerzhaft zusammenzog. »Ich habe auch nur zwei Menschen, die mir wichtig genug sind.«

»Wer?«, erkundigte Lexie sich behutsam.

»Meine beste Freundin, auch wenn Cece im Moment nicht mit mir redet. Und …« Ich brach ab, brachte seinen Namen nicht über die Lippen.

»Finley«, ergänzte sie.

Ich nickte, weil es sowieso keinen Zweck hatte, es zu leugnen.

»Ich wusste schon auf der Party, dass da etwas zwischen euch ist.«

»Seitdem hat sich viel geändert«, murmelte ich.

»Möchtest du darüber reden?«

Energisch schüttelte ich den Kopf. »Nein. Ich möchte dich aber um etwas bitten.«

Neugierig richtete Lexie sich auf. »Was denn?«

»Sie dürfen uns nur die Erinnerungen an einen geliebten Menschen nehmen, wenn wir gegen ihre Regeln verstoßen, richtig?«, fragte ich, obwohl die Antwort darauf vollkommen klar war.

Das schien Lexie auch so zu sehen, denn sie runzelte irritiert die Stirn. »Ja. Worauf willst du hinaus?«

»Ich kenne deine Schwester nicht und du kennst Cece und Finley nicht. Sie bedeuten dir nichts, so wie deine Schwester und Norah mir nichts bedeuten. Wenn wir erwischt werden und das für uns die einzigen Erinnerungen sind, die wir auf keinen Fall verlieren wollen … Was wäre, wenn du meine Erinnerungen kennst und ich deine? Wenn ich erwischt werde, könntest du sie mir zurückgeben. So wie ich dir deine zurückgeben könnte.« Es war nur eine Idee, von der ich keine Ahnung hatte, ob sie funktionierte. Aber es war ein Funken Hoffnung, und um Hoffnung würde jeder von uns kämpfen.

Lexie entfuhr ein ungläubiges Lachen. »Ist das dein Ernst? Wir sollen gegenseitig unser Backup sein? Vorhin hast du noch gefragt, warum du mir vertrauen solltest, und jetzt willst du mir *alles* anvertrauen?«

»Ja«, erwiderte ich schlicht.

»Was ist wenn sie merken, dass wir unsere Erinnerungen zurückhaben?«

Ich hob die Schultern. »Keine Ahnung. Dann nehmen sie sie uns noch einmal, schätze ich.«

»Also kann es sein, dass wir unsere Erinnerungen so oder so verlieren.« Nachdenklich rieb Lexie sich die Nase.

Ich nickte, und obwohl sich ein flaues Gefühl in meinem Bauch ausbreitete, blieb ich bei meiner Entscheidung. »Ja, aber wir haben auch eine winzig kleine Chance, dass wir mit der ganzen Sache durchkommen. Und ich finde, wir sollten sie nutzen. Oder?«

Auf Lexies Gesicht breitete sich ein unheilvolles Lächeln aus. »Du meinst also, wenn wir schon die Regeln brechen, dann sollten wir es auch richtig machen.«

Ich erwiderte ihr Lächeln, Aufregung durchflutete mich. »Sieht ganz so aus. Also, was ist? Bist du dabei?«

# KAPITEL 43

◆

## HARPER

»Ist das dein Ernst?« Mit einem ungläubigen Lachen schaute ich mich um. Als ich vorgeschlagen hatte, dass wir uns irgendeinen Ort suchen sollten, an dem uns niemand stören würde oder belauschen konnte, und Lexie gesagt hatte, sie wüsste genau, wo wir uns zurückziehen konnten, hätte ich mit allem gerechnet, nur nicht damit.

»Was denn?« Unbeeindruckt zog Lexie eine Augenbraue hoch, ging zum Kühlschrank, holte zwei Flaschen Limonade heraus und reichte mir eine, bevor sie zum Sofa hinüberschlenderte.

»Du wohnst bei den Diamonds im Verbindungshaus und hast trotzdem ein eigenes Apartment?« Ich drehte mich einmal um mich selbst. Es war wunderschön hier mit der offenen Küche, den hohen Fenstern und den dunklen Balken, die den Wohnbereich vom Essbereich trennten.

»Das Apartment gehört eigentlich Norah. Sie hat es mir überlassen, als ich die Zusage für die Uni bekommen habe. Sie hat vor Kurzem das Haus gekauft, in dem auch ihr Laden ist, und sie braucht nicht zwei Wohnungen. Also …« Lexie zuckte so gleichgültig mit den Schultern, dass ich sie nur fassungslos anstarren konnte.

»Du hast also eine eigene Wohnung und wohnst trotzdem im Verbindungshaus? Warum?«

»Ich wohne nicht *trotzdem* im Verbindungshaus. Ich wohne im Verbindungshaus, weil das so vorgesehen ist. Ganz abgesehen davon wollte ich nicht, dass Beth und die anderen von dem Apartment erfahren. So habe ich immer einen Rückzugsort, an dem mich niemand finden kann.« Sie rutschte ein Stück zur Seite und blickte demonstrativ vom Sofa zu mir, bis ich mich schließlich neben sie fallen ließ.

»Das ist …« Ich brach ab, denn mir fehlten die Worte.

»Für uns absolut perfekt. Weil uns hier niemand suchen wird. Du bist die Einzige, die davon weiß.« Ein vielsagendes Glitzern trat in ihre Augen. »Und wenn du ganz lieb bitte sagst, gebe ich dir vielleicht den Zweitschlüssel, damit du auch mal für eine Nacht ›verschwinden‹ kannst.«

Ich spürte, wie ich rot wurde. »Das ist nicht –«

»Glaub mir, früher oder später wird es nötig sein«, unterbrach sie mich grinsend, dann wurde sie wieder ernst. »Wollen wir loslegen?«

Ich nickte. »Bringen wir es hinter uns.«

»Ich schätze, es wäre ein guter Anfang, die Ringe abzunehmen. Soll ich zuerst oder willst du anfangen?«

»Ich fange an. Bist du dir sicher, dass du das machen willst?« Es war die letzte Chance für einen Rückzieher, die letzte Chance, das Ganze als Schnapsidee abzuhaken und uns lieber darauf zu konzentrieren, gar nicht erst erwischt zu werden, als uns darauf vorzubereiten, wie wir unsere Strafe umgehen konnten, wenn es jemals so weit kommen sollte. »Die ganze Sache könnte auch nach hinten losgehen. Immerhin könnten sie durch eine von uns herausfinden, dass wir beide die Regeln gebrochen haben.«

»Ich weiß.« Lexie seufzte. »Aber lieber spekuliere ich darauf, dass sie Besseres zu tun haben, als meine gesamten Erinnerungen nach deinen Fehltritten zu durchsuchen, als die Möglichkeit sausen zu lassen, die wir mit dem Tausch vielleicht haben. Sollten wir jemals angeklagt werden, werden sie nach dem Regelverstoß suchen und nicht danach, wie wir das Löschen unserer Erinnerungen zu umgehen versuchen.«

»Was ist, wenn sie die Erinnerungen an deine Schwester aus meinem Kopf löschen? Und meine Erinnerungen aus deinem?« Nachdenklich biss ich mir auf die Unterlippe. Zu viele Fragen, um die ich mir vorher noch keine Gedanken gemacht hatte. Trotzdem war ich mir sicher, dass ich es durchziehen wollte. Cece und Finley waren es mir wert.

Lexie zuckte mit den Schultern. »Dann haben wir eben Pech gehabt, aber es wenigstens versucht. Außerdem weißt du sowieso schon Bescheid, und ich auch. Wenn wir ganz sichergehen wollen, müssten wir den ganzen Tag aus unserer Erinnerung streichen und selbst das würde nicht ausreichen. Es wäre ein ewiger Kreislauf, weil wir uns immer an irgendetwas erinnern würden. Wenn ich die Erinnerung aus deinem Kopf lösche, weißt du zwar nichts mehr, aber sobald du in meinem Geist bist, um meine Erinnerungen zu löschen, siehst du sie wieder. Im Endeffekt hätten wir das Ganze nur vermeiden können, wenn wir nie miteinander geredet hätten. Da das nicht funktioniert, können wir es auch einfach durchziehen.«

Sie hatte recht.

»Okay. Dann los.«

»Viel Spaß.« Lexie streifte sich den Ring vom Finger, lehnte sich auf dem Sofa zurück und schloss die Augen. Trotzdem entging mir nicht, wie verkrampft sie dasaß. Ihre Schultern waren angespannt, die Hände so fest zu Fäusten geballt, dass ihre Fingerknöchel weiß hervortraten. Ihre Brust hob sich, als sie tief durchatmete, dann schüttelte sie sich und versuchte, sich zu entspannen.

Doch ihre Schultern waren immer noch verkrampft, zwischen ihren Augenbrauen bildete sich eine leichte Falte. Sie wartete auf mein Eindringen wie auf einen Angriff. So sanft wie möglich verschaffte ich mir Zugang zu ihrem Geist, wurde jedoch jäh von ihren Gedanken zurückgeschlagen. Ich wurde von einem Bild zum nächsten geschleudert, ertrank in einem Strudel aus Erinnerungen und ihrem stummen Flehen, dass ich es schnell hinter mich bringen sollte. Angestrengt kniff ich die Augen zusammen, um wenigstens das Zimmer um mich herum und Lexies blasses Gesicht ausblenden zu können. Ich musste mich konzentrieren. Und ich brauchte einen Plan, denn ich konnte nicht wahllos durch Lexies Gedanken taumeln, um so viel wie möglich in mich aufzunehmen. Ich brauchte eine Struktur.

Mein Puls beschleunigte sich, je länger ich in ihrem Geist blieb, Schweißperlen traten mir auf die Stirn und ich war kurz davor, mich erneut zu verlieren, als mir eine Idee kam. Ich hatte Poppys Erinnerungen an mich gelöscht, indem ich sie von allen anderen Erinnerungen und Gedanken gelöst, sie davon getrennt hatte. Und wenn man etwas trennen konnte, konnte man es vielleicht auch verbinden.

Unwillkürlich erschien ein Lächeln auf meinem Gesicht.

»Was grinst du denn so?« Lexies krächzende Stimme riss mich für einen Augenblick aus meiner Konzentration.

Ich verlor den Faden und wurde aus ihrem Geist gedrängt. Sie warf mich nicht absichtlich raus, das konnte ich spüren, es war einfach ein Reflex. Trotzdem entfuhr mir ein unwilliges Stöhnen. Ich schlug die Augen auf und funkelte sie vorwurfsvoll an. »Ich hab eine Idee. Die kann ich allerdings nur umsetzen, wenn du still bleibst.«

Ihre Augen blitzten amüsiert auf, doch allmählich bekamen ihre Wangen wieder etwas Farbe. »Yes, Ma'am, bin schon brav.«

»Du bist unmöglich«, gab ich augenrollend zurück, musste aber lachen.

»Ich weiß. Das sagt Meg auch immer. Mach weiter.« Sie lehnte sich zurück, dieses Mal schon etwas entspannter, und ich ließ erneut das Licht aus meinem Inneren in ihre Haut sickern.

Ich fing bei Lexies letzter Erinnerung an ihre Schwester Meg an. Sie war mit anderen Erinnerungen verknüpft und schön chronologisch geordnet. Entschlossen griff ich nach der Erinnerung und betete, dass ich jetzt keinen Fehler machte. Wenn ich versagte, würde ich Meg zwar nicht aus Lexies Gedächtnis streichen, aber ich würde alles durcheinanderbringen, und das war nicht Sinn und Zweck des Ganzen.

Ich konzentrierte mich auf Carolines Worte, darauf, dass Erinnerungen wie Drahtseile waren, wie Fäden aus verschiedenen Strängen, egal, wie fein sie waren. Ich zupfte an den Fäden, trennte einen Strang ab und hielt ihn eisern in der Hand, während ich nach der nächsten Erinnerung suchte. Auch diese teilte ich und dann verflocht ich die Stränge zu etwas Neuem.

Ein Licht blitzte in meinem Kopf auf, grell und scharf, und ich glaubte schon, dass es nicht funktionierte, als der neue Faden aufleuchtete und … hielt. Erleichterung durchströmte mich, gefolgt von Aufregung. Es funktionierte. Es funktionierte tatsächlich.

Also machte ich weiter, trennte von jeder Erinnerung, die Lexie an Meg hatte, einen feinen Strang ab und verflocht ihn mit meinem Faden, der mit jedem neuen Bild dicker und heller wurde. Ich sah alles, was die beiden zusammen erlebt hatten, in einer Art Schnelldurchlauf, glitt durch Lexies Gedächtnis und nahm alles mit, was ich zu fassen bekam. Ich war mir nicht sicher, ob ich wirklich jeden Tag und jede Minute erwischte, die die beiden miteinander verbracht hatten, aber ich gab mein Bestes. Dann machte ich dasselbe mit ihren Erinnerungen an Norah.

Hinter meiner Stirn begann es unangenehm zu pochen. Ich hatte keine Ahnung, wie lange ich mich schon in Lexies Geist aufhielt, aber ich spürte, dass ich langsam an meine Grenzen kam.

Mir war kalt und ich begann zu zittern, hörte das Blut in meinen Ohren rauschen. Jede Faser in mir schrie nach einer Pause, aber ich war noch nicht bereit dafür. Ich *wollte* keine Pause, zu groß war die Angst, dass meine Arbeit sich dann vielleicht in Luft auflösen könnte.

Dummerweise machte mir mein Körper einen Strich durch die Rechnung. Ich spürte den Schwindel erst, als ich zur Seite sackte. Wieder verlor ich die Verbindung zu Lexies Geist, doch ich bekam gerade noch mit, dass das Band, das ich geknüpft hatte, hielt.

Stöhnend ließ ich mich auf den Rücken fallen und drückte mir die Handballen auf die Augen, um die silbernen Sterne zu vertreiben, die vor mir aufblitzten.

»Wie sieht's aus?«, erkundigte Lexie sich und klang dabei so kraftlos, wie ich mich fühlte.

»Ich schätze, wir werden eine ganze Weile hierbleiben müssen.« So kurz und knapp wie möglich erklärte ich ihr, was ich getan hatte, schlug aber weder die Augen auf noch setzte ich mich auf. Es fühlte sich an, als hätte man mir jegliche Energie entzogen.

»Geht's dir gut?« Der besorgte Unterton in Lexies Stimme

brachte mich schließlich doch dazu, wenigstens die Augen zu öffnen und den Kopf so zu drehen, dass ich sie anschauen konnte.

»Frag mich in ein paar Minuten noch mal. Im Moment fühle ich mich wie erschlagen.«

Seufzend fuhr sie sich mit beiden Händen durch die kurzen Haare, bis die dunklen Locken in alle Richtungen abstanden. »Was haben wir uns nur dabei gedacht?«

Ein glucksendes Lachen stieg in mir auf. »Ich hab keine Ahnung.«

»Was hältst du davon, Pizza zu bestellen? Sieht aus, als könntest du etwas fettigen Käse gut vertragen, du bist ein bisschen blass um die Nase.«

»Klingt himmlisch.« Ich setzte mich auf und strich mir ein paar wirre Haarsträhnen aus der Stirn. Das Schwindelgefühl war abgeklungen, und allmählich fühlte es sich nicht mehr so an, als hätte man meinen Schädel mit einem Hammer bearbeitet. Wirklich gut fühlte ich mich zwar auch nicht, aber ich bezweifelte ganz stark, dass das heute Nacht irgendwann noch der Fall sein würde. »Du bestellst, dann machen wir weiter und ich bin hoffentlich fertig, bis die Pizza kommt.«

Lexie hatte ihr Smartphone längst in der Hand, tippte auf dem Display herum und warf es einen Moment später neben sich auf die Matratze. »Bist du sicher, dass du nicht warten willst?«

»Ja«, seufzte ich. »Sonst wird das eine seeeehr lange Nacht.« Prüfend musterte ich Lexie. Sie machte auch keinen allzu fitten Eindruck, doch ihr schien es immer noch besser zu gehen als mir. »Bist du bereit?«

»Leg schon los.«

Ich nickte und machte mich erneut an die Arbeit, knüpfte Erinnerung an Erinnerung, bis ich schließlich nur noch einen golden leuchtenden, geflochtenen Faden sah. Mir tat alles weh und ich war auf einmal so müde, dass ich glaubte, jeden Moment einfach einzuschlafen, doch ich kämpfte dagegen an, mich ein weiteres Mal rauswerfen zu lassen. Dieses Mal würde ich es beenden.

Behutsam zupfte ich an dem Faden, prüfte, wie dehnbar die einzelnen Stränge waren, und zog schließlich etwas entschiedener daran. Licht sickerte aus Lexie heraus, als ich weiter und weiter an dem Band zog, es mitnahm, ohne es von ihr zu trennen.

Mir entwich ein gequältes Stöhnen, als das Licht dieses Mal in meinen Körper eindrang, ein stechender Schmerz zuckte durch meinen Kopf, dann war es vorbei.

◆

Das Pochen hinter meiner Stirn hatte sich in ein beinahe unerträgliches Hämmern verwandelt. Ich ertrug es trotzdem. Weil ich keine andere Wahl hatte und weil wir schon zu weit gekommen waren, um jetzt aufzugeben. Ich hatte keine Ahnung, wie spät es war, aber wir sollten garantiert längst im Bett liegen und schlafen.

Die Erinnerungsübertragung war anstrengender, als ich erwartet hatte, weil ich mich die ganze Zeit zwingen musste, die Mauern, die ich seit meiner Zeit bei den Diamonds so sorgfältig aufgebaut hatte, weit genug offen zu lassen, damit Lexie ungehindert arbeiten konnte.

Zum Glück bekam ich nicht mit, welche Erinnerungen sie gerade verknüpfte, ihr anzügliches Kichern zu Beginn hatte mir gereicht, um zu wissen, dass sie Finley und mich entweder am Ballabend oder nach der ersten Aufgabe in der Gasse gesehen hatte.

Ich hätte ihr in dem Augenblick am liebsten das Kissen an den Kopf geworfen, das ich wie ein Kuscheltier an mich gedrückt hielt, aber das hätte sie ziemlich sicher aus ihrer Konzentration gerissen. So unangenehm es mir auch war, dass sie sah, was wir getan hatten, ich wollte diese Momente um keinen Preis der Welt verlieren.

Die Kopfschmerzen ließen so abrupt nach, dass meine Schultern nach vorn sackten und mir ein erleichtertes Seufzen entfuhr.

»War's das?«, wollte ich mit brüchiger Stimme wissen.

Lexie ließ sich mit einem tiefen Aufstöhnen zur Seite fallen. »Ja. Ich habe alle Erinnerungen ganz tief in meinem Gedächtnis vergraben, wo sie hoffentlich niemand finden wird. Aber hey, ich verstehe jetzt, warum du wegen Finley die Regeln gebrochen hast.« Ein süffisantes Lächeln breitete sich auf ihrem Gesicht aus und ich spürte, wie mir das Blut in die Wangen schoss.

»Sag es nicht«, flehte ich und hielt mir das Kissen vors Gesicht.

»Was denn?« Der unschuldige Unterton in ihrer Stimme brachte mich dazu, das Kissen wieder sinken zu lassen. Sie war immer noch blass, doch in ihren Augen lag ein durchtriebenes Glitzern. »Dass Finley nicht nur heiß, sondern wirklich liebenswert ist? Oder meinst du das, was er mit seiner Zunge und seinen Fingern so alles anstellen kann?«

»Ach halt doch die Klappe.« Meine Wangen begannen zu glühen und dieses Mal warf ich das Kissen tatsächlich nach ihr, doch Lexie fing es lachend auf.

»Niemals. Solche Talente sollte man nicht unkommentiert lassen.«

»Lexie, bitte.«

»Na gut, weil du es bist«, gab sie endlich kichernd nach.

»Danke, das ist sehr großzügig von dir.« Ich verdrehte die Augen, konnte aber nicht verhindern, dass meine Mundwinkel sich nach oben bogen, weil ich nicht länger gegen das Lachen ankam, das in mir aufstieg.

Es dauerte eine Weile, bis wir uns wieder beruhigt hatten, doch als unser Gelächter schließlich abgeklungen war, musterte Lexie mich ernst. »Was hat es mit den Briefen auf sich, die du bekommen hast? Und mit den Sonderaufgaben?«

Mein Herz geriet aus dem Takt. Ich hatte gewusst, dass Lexie sowohl von den Briefen als auch von den Nachrichten erfahren würde, schließlich war beides mit den Erinnerungen an Cece und Finley verknüpft. Aber dass sie mich auf die Sonderaufgaben ansprach, ließ nur einen Schluss zu: Sie hatte auch keine bekommen. Und damit sank die Wahrscheinlichkeit gegen null, dass die Sonderaufgaben tatsächlich von Beth und den Diamonds gekommen waren.

Ich griff nach meinem Glas und trank einen Schluck, bevor ich Lexie alles erzählte. Sie im Unklaren zu lassen, war in unserer aktuellen Situation einfach absurd. Ich wusste, dass ich ihr vertrauen konnte.

»Du hast also auch keine zusätzlichen Aufgaben bekommen, oder?«, schloss ich meine Erzählung schließlich.

Lexie schüttelte nachdenklich den Kopf. »Nein. Aber das muss ja nichts heißen. Vielleicht bekommt nur ein Spieler von jeder Farbe Sonderaufgaben. Oder wir kriegen unsere Aufgaben später.«

Frustriert rieb ich mir übers Gesicht. »Darüber habe ich auch schon nachgedacht. Aber kennst du das, wenn du so ein Gefühl hast, dass etwas nicht stimmt? Ich habe keine Ahnung, was dahintersteckt, aber irgendwas ist hier faul.«

Lexie drehte sich auf die Seite und schob einen Arm unter den

Kopf. »Du meinst, dass die Aufgabe gar nicht von Beth gekommen ist, obwohl es ihre Schrift war?«

Ich zuckte mit den Schultern. »Ausschließen kann ich es nicht, oder?«

»Hast du die Nummer mal angerufen, von der du die Nachrichten bekommen hast?«

Ich erstarrte und hätte mir im nächsten Moment am liebsten selbst in den Hintern getreten. Warum war ich noch nicht auf die Idee gekommen? Sie war so simpel wie effektiv.

»Offensichtlich nicht«, feixte Lexie. Sie setzte sich auf und streckte mir auffordernd eine Hand entgegen. »Gib mir mal dein Handy.«

»Was hast du vor?«, fragte ich, obwohl ich die Antwort längst kannte. Ich reichte ihr trotzdem mein Handy.

»Na, was schon. Wir rufen da jetzt an. Ich unterdrücke deine Nummer, keine Sorge.«

»Jetzt?« Ich warf einen Blick auf die Uhr, es war kurz nach elf.

Sie machte eine wegwerfende Handbewegung. »Warum nicht? Dass wir jetzt jemanden erreichen, ist wahrscheinlicher als morgen früh. Wer auch immer dir die Aufgaben gestellt hat, wird wahrscheinlich auch arbeiten oder studieren oder so. Also los geht's.«

Sie wählte die Nummer, schaltete den Lautsprecher ein, und ich hielt instinktiv den Atem an, während das Freizeichen wieder und wieder ertönte. Enttäuschung durchflutete mich, je länger es dauerte, und ich wollte ihr gerade sagen, dass sie auflegen sollte, als sich doch jemand meldete.

»Hallo?« Die Stimme, verschlafen, tief und eindeutig männlich, gehörte offensichtlich nicht Beth.

Und auch sonst niemandem, den ich auf Anhieb erkannte.

*Verdammt.*

»Hallo?«, wiederholte der Typ am anderen Ende der Leitung. »Wer ist da?«

Ich wusste, ich sollte etwas sagen, ihn irgendwie dazu bringen, mir seinen Namen zu verraten, aber ich brachte keinen Ton heraus. Meine Gedanken waren plötzlich nur noch ein einziges, wirbelndes Durcheinander. Doch ich hatte keine Zeit, mich mit dem Chaos in meinem Kopf zu beschäftigen. Dafür war nach dem Telefonat noch genug Zeit. Ich räusperte mich und senkte die Stimme, in der Hoffnung, dass er mich genauso wenig erkannte, wie ich ihn. »Becca. Hier ist Becca und mit wem spreche ich?«

»Niemandem, der eine Becca kennt«, antwortete er und legte auf, bevor ich etwas erwidern konnte.

»Na, das ist ja bombastisch gelaufen«, meinte ich seufzend.

»Hätte auch schlechter laufen können. Immerhin wissen wir jetzt, dass deine Sonderaufgaben nicht von Beth oder einem der anderen Diamonds gekommen sind.«

Ich griff erneut nach dem Kissen und drückte es mir an die Brust. »Du hast recht. Dann muss ich jetzt wohl herausfinden, wer das war.«

»Und ob er vielleicht derselbe ist, der dir die Briefe geschrieben hat«, ergänzte Lexie.

Ich nickte und gähnte. »Morgen. Morgen können wir damit anfangen.«

»Wir?« Mit hochgezogenen Augenbrauen musterte Lexie mich, ein leises Lächeln umspielte ihre Lippen, und ich konnte nicht anders, als es zu erwidern.

»Klar. Du bist auch mein kleinstes Übel, schon vergessen?«

# KAPITEL 44

## HARPER

Ich kam nicht dazu, mir zu überlegen, wie ich herausfinden sollte, wer der Unbekannte war.

Als Lexie und ich am nächsten Morgen zum Verbindungshaus zurückkehrten – nachdem wir beschlossen hatten, die Uni zu schwänzen, weil diese ganze Erinnerungsübertragung deutliche Spuren hinterlassen hatte, vor allem in Form von tiefer Erschöpfung –, wurden wir bereits erwartet.

Caroline saß mit übereinandergeschlagenen Beinen im Aufenthaltsraum, blätterte lustlos in einem Buch und blickte erleichtert auf, als sie uns bemerkte. »Hat eine von euch beiden in letzter Zeit mal auf ihr Handy gesehen?«, begrüßte sie uns und verzog vorwurfsvoll das Gesicht.

»Sorry, unsere Akkus waren leer«, gab Lexie schulterzuckend zurück.

»Beide?« Zweifelnd zog Caroline die Augenbrauen hoch.

»Wir hatten kein Ladekabel mit«, erklärte ich, während eine dunkle Ahnung in mir aufstieg. Caroline wartete nicht ohne Grund auf uns. Sie wirkte allerdings eher genervt und nicht, als würden wir in Schwierigkeiten stecken, also hielt sich meine Sorge in Grenzen.

»So was Unvorbereitetes.« In gespieltem Tadel schüttelte sie den Kopf. »Geht schon mal in die Bibliothek, ich sage den anderen Bescheid, dass ihr da seid.«

»Können wir vorher noch kurz duschen?«, maulte Lexie und zog eine Schnute. Sie sah ungefähr so wach aus, wie ich mich fühlte. Jede Faser meines Körper flehte nach meinem Bett und etlichen Stunden Schlaf.

»Nein. Dafür habt ihr später noch genug Zeit.« Sie scheuchte uns Richtung Bibliothek, während sie selbst zur Treppe nach oben ging und uns damit keine Gelegenheit gab zu protestieren.

Weil wir sowieso keine andere Wahl hatten, gaben wir uns geschlagen und gingen in die Bibliothek. Da wir die Ersten waren, konnten wir zumindest zwei der wenigen Stühle für uns erobern.

Mit einem erleichterten Seufzen setzte Lexie sich hin. »Geht es um das, was ich denke?«

Ich musste lachen. »Wenn du damit die nächste Aufgabe meinst, hast du vermutlich recht.«

»Na toll.« Sie gähnte. »Ich dachte, wir hätten mehr Zeit.«

»Ich auch.« Es war eigentlich zu früh für die nächste Aufgabe. Seit der zweiten Runde war nicht einmal eine Woche vergangen. Nachdem sie sich zwischen Runde eins und zwei so viel Zeit gelassen hatten, hatte ich irgendwie erwartet, bis zur nächsten Aufgabe würden ein paar Wochen vergehen, und nicht nur wenige Tage. Aber gut, wir hatten schließlich alle keine Ahnung, wie lange das Spiel tatsächlich dauern würde und wie viele Aufgaben wir erfüllen mussten.

Es dauerte nicht lange, bis Caroline mit den anderen zurückkam und sich alle Diamonds unten in der Bibliothek versammelt hatten. Tom und Jasper stellten sich in Ermangelung weiterer Stühle hinter Lexie und mich.

»Wo habt ihr zwei euch denn herumgetrieben?«, erkundigte Tom sich flüsternd, allerdings nicht so leise, dass ihn sonst niemand gehört hätte.

Eli stieß einen hämischen Laut aus, der alles und nichts bedeuten konnte, so wie er uns anschaute allerdings nicht auf etwas Positives schließen ließ. Was bei Eli jetzt nun wirklich nicht überraschend war. Beth warf ihm einen scharfen Blick zu und er verdrehte genervt die Augen, sagte aber nichts. Sein Glück, denn ich bezweifelte, dass er sich mit Lexie und mir gleichzeitig anlegen wollte. Vor allem nicht, wenn wir wegen unseres Schlafmangels ohnehin schon gereizt waren.

»Wahrscheinlich ahnt ihr längst, worum es heute gehen soll«, begann Beth ernst, das leise Tuscheln verstummte abrupt. »Eure nächste Aufgabe steht an. Ich darf euch allerdings noch nicht verraten, worum es geht. Um neun Uhr heute Abend geht es los. Sorgt dafür, dass ihr fit seid.« Vielsagend blickte sie Lexie und mich an, und wir zogen ertappt die Köpfe ein.

»Ihr werdet bei dieser Aufgabe von je einem Mitglied jeder Farbe begleitet«, fuhr sie fort. »Caroline, du wirst Jasper begleiten, Chuck wird Lexie begleiten, Keith, du bist Harper zugeteilt und Allison wird mit Tom gehen.« Sie redete weiter und teilte zwölf weitere Mitglieder der Diamonds den Spielern der anderen Farben zu. Als sie Elis Namen aufrief, drehte ich ganz automatisch den Kopf und begegnete seinem eiskalten Lächeln. In seinen Augen blitzte pure Berechnung auf und mir lief ein unangenehmer Schauer über den Rücken.

Was auch immer wir dieses Mal machen mussten, um die Aufgabe zu erfüllen, er schien sich darauf zu freuen. Und das war beunruhigender als alles, was Beth uns gesagt oder vielmehr nicht gesagt hatte.

♦

Unruhig wälzte ich mich von einer Seite auf die andere. Seit einer gefühlten Ewigkeit versuchte ich einzuschlafen, damit ich vor der nächsten Aufgabe wenigstens noch etwas Erholung bekam, doch in meinem Kopf herrschte ein derartiges Chaos, dass ich einfach nicht zur Ruhe kam.

Wenn ich mir Gedanken um die bevorstehende Aufgabe machen würde, wäre es irgendwie noch in Ordnung, dass ich nicht schlafen konnte. Stattdessen dachte ich an Finley. Ich sollte es nicht tun, sollte ihn so weit wie möglich aus meinen Gedanken verbannen, um mich auf das Spiel zu konzentrieren, und trotzdem kam ich nicht dagegen an.

Es fühlte sich an, als hätten wir uns eine halbe Ewigkeit nicht gesehen, dabei waren seit unserem letzten Treffen erst zwei Tage vergangen.

Zwei Tage.

Wir hatten uns jahrelang nicht gesehen und jetzt genügten zwei Tage, dass ich nicht schlafen konnte und mich fragte, ob es ihm gut ging.

*Ich will dich. Ich wollte immer dich. Damals. Heute. Immer.*

Mit seinen Worten schoss Sehnsucht durch meine Adern. Brennende, alles verschlingende Sehnsucht. Für einen Moment konnte ich wieder seine Lippen spüren, die weich und fest zugleich über meine streiften, seine Finger, die fiebrig heiße Spuren auf meiner

Haut hinterließen. Ich spürte das Verlangen, ihn näher, immer näher spüren zu wollen, mich in ihm zu verlieren, ihm alles von mir zu geben und alles von ihm zu nehmen. Ihm mein Herz zu schenken und seins zu stehlen.

Ich gab mich der Erinnerung an seine Hände und seinen Mund hin, verlor mich in Träumen, die wir nicht träumen konnten. Nicht jetzt. Nicht solange wir noch in diesem Spiel gefangen waren. Wir konnten dem Spiel nicht entkommen. Wir konnten gegen Regeln verstoßen und beten, dass wir nicht erwischt wurden, aber wir konnten nicht verschwinden, konnten nicht einfach alles hinter uns lassen und so tun, als hätten die letzten Wochen nie existiert. Sie würden uns finden, daran bestand kein Zweifel.

Irgendwann schlief ich doch ein. Ich schlief ein und träumte von dem Jungen, den ich nie hatte wiedersehen wollen und der trotzdem immer zu mir gehört hatte.

◆

Es war kurz vor neun, als ich nach unten ging. Ich war früh dran, aber nicht früh genug. Lexie, Jasper, Chuck und Caroline waren nirgendwo zu sehen, als ich nach draußen trat. Dafür entdeckte ich Tom und Allison, die gerade den Weg zum Tor entlanggingen und … Eli. Nicht Keith.

Ein ungutes Gefühl stieg in mir auf. Das durfte nicht wahr sein.

Eli erwartete mich mit einem hämischen Grinsen. »Komm mit«, befahl er ohne Begrüßung.

»Ganz sicher nicht.« Abwehrend verschränkte ich die Arme vor der Brust. »Wo ist Keith?«

»Nicht hier. Ich bin jetzt für dich zuständig.«

»Verarsch mich nicht, Eli«, knurrte ich. Beth hätte dem im Leben nicht zugestimmt. Sie wusste schließlich, dass Eli und ich uns nicht unbedingt mochten. Die Untertreibung des Jahres.

»Wieso sollte ich?«, erwiderte er herablassend. »Deine Aufgabe gehört mir.«

Ich kniff die Augen zusammen und funkelte ihn wütend an. »Weiß Beth, dass du mit Keith getauscht hast?«

»Beth muss nicht alles wissen. Los jetzt, beweg dich.« Er wandte sich ab und ging ohne ein weiteres Wort den Weg hinunter zur Straße, als zweifelte er keine Sekunde daran, dass ich ihm folgen würde.

Einen Augenblick lang war ich drauf und dran, genau das zu tun, aber ich hatte keine Ahnung, welche Konsequenzen es nach sich ziehen würde, wenn ich mich weigerte, ihn zu begleiten. Und ich wollte nicht bei einer Aufgabe versagen, noch bevor ich wusste, was überhaupt verlangt wurde. Ganz abgesehen davon würde ich Eli diesen Triumph nicht gönnen, denn er legte es ohne Zweifel darauf an, dass ich scheiterte.

Mit einem schweren Seufzen setzte ich mich in Bewegung, blieb jedoch verblüfft stehen, als ich durch das Tor trat. Sieben glänzend schwarze Wagen standen in einer Reihe am Straßenrand.

Ich sah gerade noch, wie Eli sich in einer geschmeidigen Bewegung auf den Fahrersitz des letzten Wagens gleiten ließ. Er hatte sich nicht einmal nach mir umgeschaut, sondern sich einfach darauf verlassen, dass ich ihm wie ein braves Hündchen hinterherlief. Für einen Moment überlegte ich, zu einem anderen Auto zu gehen und so zu tun, als hätte ich ihn nicht gesehen. Aber ich war zu müde für Trotz und hatte keine Nerven für Spielchen mit Eli. Eigentlich hoffte ich nur, dass die Fahrt eine ganze Weile dauern würde und ich so die Gelegenheit bekam, noch ein bisschen weiterzuschlafen.

Also stapfte ich zum Auto, in dem Eli am Steuer saß, und ließ mich demonstrativ auf den Rücksitz der Beifahrerseite fallen. Mehr Abstand würde ich in den nächsten Stunden wohl nicht zwischen uns bringen können.

»Hast du Angst, Prinzessin?« Elis Stimme troff vor Spott, er warf mir im Rückspiegel einen arroganten Blick zu, bevor er den Wagen startete und der Motor mit einem leisen Schnurren zum Leben erwachte.

»Ganz sicher nicht«, knurrte ich, fischte meine Kopfhörer aus dem Rucksack und beendete mit *How Villains Are Made* von Madalen Duke das Gespräch, noch bevor es angefangen hatte.

Dabei hatte ich Fragen. Ich wollte wissen, wohin wir fuhren und warum die drei Mitglieder der Hearts, Spades und Cross uns nicht begleiteten, obwohl Beth angekündigt hatte, dass jeder Spieler von je einem Mitglied jeder Farbe beobachtet werden würde. Doch bevor ich freiwillig mit Eli redete, ließ ich mich lieber auf eine böse Überraschung ein. Schlimmer als die, dass er mich begleitete, konnte es ohnehin nicht mehr werden.

Ganz abgesehen davon bezweifelte ich, dass Eli mir überhaupt antworten würde. Und wenn doch, würde er sicher nichts Sinnvolles von sich geben.

Ich schloss die Augen und ließ mich von ihm zu meiner nächsten Aufgabe bringen. Ein Song folgte auf den nächsten, das einzige Indiz dafür, dass mehrere Stunden vergingen, bis Eli den Wagen schließlich zum Stehen brachte. Es hatte irgendwann angefangen zu regnen, der Himmel war von dicken grauen Wolken bedeckt, nicht mal der Mond schaffte es durch die dichte Wolkendecke.

Ohne ein Wort stieg Eli aus und mir blieb wieder keine andere Wahl, als ihm zu folgen. Ich fröstelte und zog unwillkürlich die Lederjacke enger um mich, als ein nicht gerade sanfter Windstoß mich traf. Innerhalb von Sekunden war ich bis auf die Haut durchnässt und verfluchte mich dafür, dass ich nichts anderes angezogen hatte. Andererseits hätte ich in meinem Kleiderschrank nicht wirklich etwas gefunden, was geeigneter gewesen wäre als das, was ich trug.

Mitten in der Nacht bei einem Sturm draußen eine Aufgabe zu erfüllen … das war doch genau das, was ich mir immer gewünscht hatte. Was zum Teufel sollte ich hier?

Eli war nur noch ein dunkler Schatten ein paar Meter vor mir, in der Ferne hörte ich ein Rauschen, das mir seltsam vertraut vorkam, das ich aber trotzdem nicht richtig zuordnen konnte. Missmutig lief ich ihm hinterher, versuchte zu erkennen, wo wir waren, doch das Einzige, was ich entdeckte, war ein weiteres schwarzes Auto.

Ein heftiges Donnergrollen ließ mich erschrocken zusammenzucken, nur Sekunden später wurde der Himmel von einem grellen Blitz erhellt. Dieser Moment reichte aus, damit ich begriff, wo wir waren. Ich kannte nicht den genauen Ort, aber das war auch nicht nötig. Das Meer lag in seiner ganzen ungezähmten Schönheit unter uns, tosende Wellen brachen sich an den Klippen, deren Rand wir immer näher kamen.

Neben vier Gestalten blieb Eli schließlich stehen. Vier, nicht drei. Wenn von jeder Farbe je ein Mitglied bei unseren Aufgaben dabei sein würde, konnte das nur eins bedeuten: Die vierte Person, die da auf mich wartete, war die Person, die ich manipulieren musste.

Mein Magen verkrampfte sich, alles in mir schrie danach, umzukehren und wegzulaufen, aber ich konnte nicht. Stattdessen ging ich mit heftig klopfendem Herzen auf die kleine Gruppe zu, hoffte und betete, dass das alles nur ein Witz war. Ein Albtraum, aus dem ich jede Minute aufwachen würde.

Dann erkannte ich das Mädchen, das zwischen den Mitgliedern der Vier Farben stand, erkannte die vertrauten dunklen Haare und den weinroten Mantel, den sie an dem Tag getragen hatte, als wir beide in Oxford angekommen waren. Sie war kreidebleich, in ihren dunklen Augen schimmerte nackte Angst.

Mir drehte sich der Magen um.

Cece.

# KAPITEL 45

♦

## HARPER

»Geht's dir gut?« Mir lagen unendlich viele Fragen auf den Lippen, aber bevor ich den anderen die Hölle heißmachen konnte, musste ich wissen, ob mit Cece alles okay war – war es natürlich nicht, aber ich musste sie trotzdem fragen.

Sie schüttelte stumm den Kopf, ihr kam nicht der kleinste Laut über die Lippen. Ich streckte ihr eine Hand entgegen, doch ein großgewachsener Typ, dessen Namen ich vergessen hatte, von dem ich aber immerhin noch wusste, dass er zu den Cross gehörte, hielt Cece mit einem wortlosen Kopfschütteln davon ab, sie zu ergreifen.

Bebend vor Zorn wandte ich mich an meine Beobachter. »Was soll das werden?«

Inzwischen machte Eli einen so selbstzufriedenen Eindruck, dass ich am liebsten auf ihn losgegangen wäre. »Das wird deine nächste Aufgabe.«

»Drück dich gefälligst etwas klarer aus«, fauchte ich. Es kümmerte mich nicht, ob mein Tonfall mich in Schwierigkeiten brachte. Wochenlang hatte ich mich von meiner besten Freundin ferngehalten, um sie aus dem Spiel herauszuhalten, und jetzt zogen sie Cece schon wieder mit hinein? Hatte der Ball nicht gereicht?

Nein. Offensichtlich nicht. Auch wenn sie letztendlich gar nicht bei der Aufgabe dabei gewesen war, hatten sie trotzdem für ihre Anwesenheit dort gesorgt.

»Bei dieser Aufgabe geht es darum, einen geliebten Menschen mithilfe deiner Fähigkeiten dazu zu bringen, sich seiner größten Angst zu stellen«, mischte Priya sich ein. Der Wind wehte der Spade die dunklen Haare ins Gesicht und sie band sie mit einem genervten Seufzen zu einem Zopf zusammen, während ich erstarrte.

»Was in diesem Fall was genau bedeutet?« Meine Stimme bebte, ich wusste, wovor Cece am meisten Angst hatte. Das konnten sie unmöglich von mir verlangen.

»Bring sie dazu, von der Klippe zu springen«, entgegnete Eli.

Mir entfuhr ein ungläubiges Lachen. »Das ist ein Scherz, oder? Irgendein bescheuertes Psychospielchen.«

»Ist es nicht!«, fuhr der Typ von den Cross mich an und warf mir einen bösen Blick zu, der mich vermutlich einschüchtern sollte, aber ich war gerade so wütend, dass mich vermutlich nicht einmal der Teufel höchstpersönlich hätte beeindrucken können.

»Das könnt ihr vergessen.« Abwehrend hob ich die Hände und trat einen Schritt zurück. Meine Gedanken überschlugen sich, ich musste Cece hier wegbringen. Keine Ahnung wie, aber wir mussten von hier verschwinden.

»Weigerst du dich, deine Aufgabe zu erfüllen?« Drohend trat Eli auf mich zu.

»Ja.« Ich straffte mich, hob das Kinn und erwiderte trotzig seinen eindringlichen Blick. Nie im Leben würde ich Cece dazu bringen, von der Klippe zu springen. Sie hatte Höhenangst. Das würde sie umbringen.

Ganz abgesehen davon, dass ein Sprung von einer Klippe sie *tatsächlich* umbringen konnte.

»Das ist wirklich schade.« In gespieltem Tadel schüttelte er den Kopf. »Dann muss ich Beth wohl sagen, dass dein Pfand dir nicht so wichtig ist.«

»Eli, sei nicht so ein Arsch.« Das rothaarige Mädchen, die Vierte im Bunde, schaute ihn warnend an, doch er würdigte sie keines Blickes.

»Was soll das jetzt wieder heißen?«, fragte ich gepresst, während jeder Muskel sich vor Anspannung verkrampfte.

»Ach, wurde das bei der Einführung etwa nicht erwähnt?«, gab Eli zurück, in seiner Stimme schwang ein bedauernder Unterton mit, den ich ihm auch in tausend Jahren nicht abgekauft hätte. Er genoss die Situation, genau deswegen war er hier. Um mich zu quälen.

Glühender Hass brandete in mir auf.

»Kannst du eigentlich irgendwann zum Punkt kommen, oder willst du einfach weiter dumm herumlabern?« Ich befand mich nicht mehr nur auf dünnem Eis, sondern war schon dabei, splitternd einzubrechen und in die Tiefe gerissen zu werden, aber auch das kümmerte mich nicht. Nicht, wenn gerade sowieso mehr auf dem Spiel stand, als ich geahnt hatte.

Eli trat so nah an mich heran, dass ich in jeder anderen Situation vielleicht zurückgewichen wäre. Aber nicht jetzt, nicht, wenn ich ihn dadurch gewinnen ließ. Ein grausames Lächeln umspielte seine Lippen. »Es gibt mehr als eine Möglichkeit, dein Pfand zu verlieren. Verrat ist eine davon, gegen die Regeln zu verstoßen eine andere – und wenn du dich weigerst, die Aufgaben während des Spiels zu erfüllen, wirst du ebenfalls bestraft.«

Ich wollte ihm ins Gesicht lachen, ihn zu seinem Scherz gratulieren, aber die anderen sahen so ernst aus, dass mir jeder Laut in der Kehle stecken blieb. Das hier war kein Scherz. Sie meinten es ernst.

Aber das war Wahnsinn.

Ich warf dem rothaarigen Mädchen – Alice, ihr Name war Alice – einen hilfesuchenden Blick zu, doch sie schüttelte mit entschuldigender Miene den Kopf. »Du hattest die Chance zu gehen und bist geblieben. Wenn du jetzt einen Rückzieher machst, musst du den Preis dafür bezahlen.«

Wie betäubt stand ich da, starrte ins Leere und fragte mich, wie das alles nur so hatte schiefgehen können. Mir war kotzübel, Regentropfen stachen mir wie Nadeln in die Haut. Ich musste Cece dazu bringen, von der Klippe zu springen. Meine beste Freundin. Wie sollte ich das tun? Wie sollte irgendjemand diese Aufgabe erfüllen? Einen geliebten Menschen dazu bringen, sich seiner größten Angst zu stellen?

Das war jenseits von allem, was ich mir jemals hätte vorstellen können.

Und trotzdem hatte ich keine Wahl.

Doch. Hatte ich. Weil Lexie mein Backup war. Sie konnten mir mein Pfand nehmen und ich würde am Ende trotzdem nichts verlieren.

Aber etwas in mir sperrte sich gegen diese Option. Das alles hier waren Tests, das ganze Spiel war eine einzige große Prüfung. Sie wollten schauen, wie weit wir gehen würden, um das zu bekommen, was wir wollten. Ich war mir nicht sicher, ob es mir immer noch um meinen Herzenswunsch ging. Der Traum, meine Eltern zu finden und mit ihnen einen Teil von mir selbst, fühlte sich in diesem Moment unendlich weit weg an.

»Was ist jetzt? Opferst du dein Pfand für deine kleine Freundin oder ziehst du es durch?« Eli riss mich aus meinen Gedanken und der Blick, den er mir zuwarf, gab schließlich den Ausschlag.

Also traf ich eine Entscheidung.

# KAPITEL 46

♠

## FINLEY

Schweigend saß ich neben Ryan auf dem Beifahrersitz, mehr als nur ein bisschen erleichtert darüber, dass er mich bei dieser Aufgabe betreuen würde und nicht Amanda oder Derek. Ich hatte keinen Schimmer, worum es ging oder wohin wir fuhren, aber was auch immer wir dieses Mal würden tun müssen, spaßig würde es mit Sicherheit nicht werden.

»Bist du bereit?« Ryan durchbrach die Stille zwischen uns. Er sprach leise, trotzdem kam mir seine Stimme unnatürlich laut vor.

Ich schnaubte. »Nein«, gab ich zu, weil es keinen Zweck hatte, das Gegenteil zu behaupten. Ich war nicht bereit. So gar nicht. Ich hatte versucht, mich auf das Schlimmste vorzubereiten, seit Amanda uns heute Mittag verkündet hatte, dass die nächste Aufgabe anstand. Denn natürlich hatte sie sich nicht dazu herabgelassen, näher auszuführen, was auf uns zukommen würde.

Doch die Sache ist die: Man kann versuchen, sich auf das Schlimmste vorzubereiten, so viel man will – man ist nie wirklich darauf vorbereitet. Weil man keine Vorstellung davon hat, was das Schlimmste überhaupt sein könnte. Das weiß man erst, wenn es so weit ist.

Ryan nickte stumm. Wir waren auf dem Weg nach London, das hatte ich schon gemerkt, kurz nachdem wir losgefahren waren. Aber ich hatte mir keine Gedanken darüber gemacht, was wir ausgerechnet in London wollten. Obwohl das nicht stimmte. Ich hatte darüber nachgedacht, war nur zu keinem Ergebnis gekommen.

Erst als wir durch die vertrauten Straßen von Mayfair fuhren, stieg eine dunkle Ahnung in mir auf. Ich verkrampfte mich, jeder Muskel war plötzlich zum Zerreißen gespannt. Ich wusste, wohin wir fuhren, und ich wusste, wen ich manipulieren musste.

Ich würde sie umbringen. Ich würde sie alle umbringen.

»Das ist nicht euer Ernst! Sag mir, dass das einfach nur ein kranker Scherz ist«, presste ich zwischen zusammengebissenen Zähnen hervor und funkelte Ryan wütend an.

Er würdigte mich keines Blickes, doch ich sah, wie sich seine Kieferpartie verhärtete, wie seine Finger sich fester um das Lenkrad schlossen. »Ich bin nicht für die Aufgaben verantwortlich, Finley. Ich tue auch nur, was man mir aufträgt«, gab er zurück und parkte den Wagen am Straßenrand.

»Das ist völlig gestört!«

Ryan hob die Schultern, widersprach aber nicht. Stattdessen stieß er ein langes Seufzen aus und stieg aus. Ich folgte ihm, wollte ihm und den anderen die selbstgefällige Arroganz aus dem Leib prügeln, mit der sie über unser Leben entschieden. Darüber, was wir anderen Menschen antun mussten.

Er ging auf die vertraute schwarze Haustür zu, hob die Hand und klopfte. Ich dagegen blieb wie angewurzelt direkt am Wagen stehen, schaffte es nicht, auch nur einen Schritt auf das Backsteinhaus zuzutreten, in dem ich nicht nur die letzten zwei Monate gewohnt hatte, bevor das Studium in Oxford losgegangen war.

Ich war auch als Kind oft hier gewesen. Mit meinen Eltern. Meine Kehle wurde eng, ich taumelte. Bilder stürmten auf mich ein, die ich zu lange verdrängt hatte, weil sie zu sehr wehtaten.

Das Lachen unserer Eltern, das zu uns nach oben drang, während wir in Dorians Zimmer saßen und zockten. Sie hatten sich damals oft getroffen. Wir hatten Geburtstage und Weihnachten zusammen verbracht. Wir waren eine Familie gewesen, auch wenn wir nicht verwandt waren.

Bis Natalie, Pete und Dorian weggezogen waren, weil Pete ein vielversprechender Job in New York angeboten worden war, der ihn dazu gebracht hatte, die gemeinsame Kanzlei mit meinem Dad zu verlassen. Danach war alles anders gewesen. Pete und Dad hatten sich vor dem Umzug gestritten, zu oft und zu laut, als dass Dorian und ich es nicht mitbekommen hätten. Mom war an diesen Abenden immer zu uns hochgekommen und hatte uns vorgelesen, obwohl wir inzwischen schon zu alt für Gute-Nacht-Geschichten gewesen waren, während Natalie versucht hatte, den Streit zu schlichten und unsere Väter dazu zu bringen, die gemeinsame Zeit, die sie noch hatten, zu genießen.

Es war ihr nicht gelungen.

Dad und Pete hatten irgendwann kein Wort mehr miteinander geredet.

Deshalb hatten Natalie und Pete auch nicht sofort vom Tod meiner Eltern erfahren. Deshalb war ich in eine Pflegefamilie gekommen. Weil ich offiziell keine Familie mehr hatte. Deshalb hatte ich Harper kennengelernt.

Mein Leben bestand aus unendlich vielen kleinen Teilen und jedes einzelne hatte dafür gesorgt, dass ich am Ende hier landete.

Meine Eltern. Natalie und Pete. Dorian. Harper.

Jeder einzelne von ihnen war dafür verantwortlich, dass ich an diesem Abend vor dem Haus stand, mit dem ich zu viele Erinnerungen verband.

Sie alle waren dafür verantwortlich, aber letztendlich waren es meine Entscheidungen gewesen, die mich hierhergeführt hatten. Nur meine.

»Finley?«

Ich hatte nicht gemerkt, dass die Haustür geöffnet worden war. Im ersten Moment dachte ich, Natalie würde dort stehen, die rotblonden Haare der Frau leuchteten im Schein des nach draußen fallenden Lichts kupferrot auf. Doch es war Beth, die mit ernster Miene in der Tür stand und auf mich hinabsah.

»Finley?«, wiederholte sie und in ihrer Stimme schwang ein Unterton mit, den ich nicht deuten konnte.

Ich schüttelte den Kopf, wich zurück, bis ich gegen das Auto stieß. »Ich mach das nicht. Was auch immer ihr vorhabt. Ich werde das nicht machen.«

»Du hast keine andere Wahl«, mischte Ryan sich ein, der jetzt ein paar Schritte in meine Richtung kam, als fürchtete er, ich könnte jeden Moment einfach abhauen.

Leider war der Gedanke ziemlich verlockend.

»Du musst die Aufgabe erfüllen, Finley. Bring die Menschen, die du liebst, dazu, sich ihrer größten Angst zu stellen.« Er verkündete das, als wäre es nichts. Keine große Sache. Als würden wir nicht mitten in Mayfair auf der Straße stehen und als könnte uns niemand hören. Tatsächlich war keine Menschenseele zu sehen, nicht einmal jemand, der mit seinem Hund unterwegs war. Es war halb elf und die Straße lag vor uns wie ausgestorben.

Ein Lachen brach aus mir heraus, ungläubig und eine Spur hysterisch. »*Das* ist die Aufgabe? Habt ihr jetzt völlig den Verstand verloren?«

»Das ist die Aufgabe und du *musst* sie erfüllen.« Beth machte nun ebenfalls einen Schritt in meine Richtung.

»Ich scheiß auf die Punkte. Dann verliere ich halt, mir egal«, fauchte ich und machte Anstalten, tatsächlich einfach wegzulaufen, als Beth mich aufhielt.

»Du verlierst dein Pfand, wenn du dich weigerst, Finley.«

Es dauerte einen Augenblick, bis ihre Worte bei mir ankamen. Fassungslos starrte ich sie an. Ich brauchte sie nicht einmal zu fragen, ob sie mich verarschte, die Wahrheit stand ihr deutlich ins Gesicht geschrieben. Wie viele Regeln hatten sie uns noch verschwiegen?

Fluchend wirbelte ich herum und trat gegen den Wagen. Es kümmerte mich nicht, ob ich deswegen Ärger bekam, ich kochte vor Wut und sie musste raus. Die Beule in der Karosserie verschaffte mir jedoch nur für einen kurzen Moment Befriedigung. Es reichte nicht. Ich trug so viel Wut in mir, dass sie mich früher oder später zerreißen würde, wenn ich sie nicht loslassen konnte.

Ich zuckte zusammen, als sich eine schmale Hand auf meine Schulter legte.

»Komm mit und tu es. Ich weiß, dass das schwierig für dich ist. Aber es ist deine Aufgabe und du wirst sie erfüllen.« Beths Stimme war ungewöhnlich sanft, in ihren Augen lag jedoch eine unbarmherzige Nachdrücklichkeit, als sie mich zu sich herumzog. »Diese Aufgabe ist es nicht wert, dass du dein Pfand dafür riskierst.«

»Was ist es denn dann wert?« Die Worte platzten aus mir heraus, bevor ich sie zurückhalten konnte.

Ihr Blick wurde weich. »Es gibt nichts. Und jetzt komm.«

Dieses Mal folgte ich ihr. Sie hatte unrecht. Es gab etwas. Jemanden. Für Harper würde ich es riskieren. Weil sie alles war, was ich je gewollt hatte. Abgesehen davon, meine Eltern zurückzubekommen. Meine Eltern und Dorian. Abgesehen vom Unmöglichen.

Für Harper würde ich alles riskieren. Weil sie mich gerettet hatte. Weil sie ein Teil von mir war, seit ich an jenem verschneiten Tag in dieses fremde Haus kam, wo ich zusammengebrochen und von ihr aufgefangen worden war.

Und weil es dank ihr immer noch einen Funken Hoffnung in meinem Leben gab, konnte ich mich nicht weigern, meine Aufgabe zu erfüllen, egal, wie egoistisch das war.

Ich folgte Beth ins Haus, atmete tief den vertrauen Geruch nach Lavendel ein, der auch dann nicht verschwand, wenn das Haus monatelang leer stand, weil Pete und Natalie nur zweimal im Jahr herkamen. Ich hatte nicht verstanden, warum sie das Haus nicht verkauft hatten, als sie nach New York gezogen waren, und nahm mir in diesem Moment fest vor, sie danach zu fragen, sollten ich nach dieser Nacht jemals wieder mit ihnen reden. Denn wenn wir uns irgendwann wiedersehen würden, hätte sich für sie nichts zwischen uns geändert, das wusste ich. Weil die Vier Farben nie zulassen würden, dass sie sich an das erinnerten, was gleich kommen würde. Es ging um mich. Darum, dass ich ihnen nach dem, was ich ihnen antun musste, vielleicht nie wieder unter die Augen treten konnte.

Natalie und Pete saßen im Wohnzimmer, völlig entspannt, und unterhielten sich mit Tania von den Cross und Asher, der zu den Hearts gehörte. Mir musste niemand erklären, warum sie hier waren. Sie würden wieder in Ordnung bringen, was ich meinen Adoptiveltern antat.

Als sie mich sahen, breitete sich ein strahlendes Lächeln auf ihren Gesichtern aus und ich hätte am liebsten gekotzt. Sie waren manipuliert worden, sonst hätten sie nie so reagiert. Nicht, wenn drei völlig Fremde in ihrem Haus waren und sie eigentlich in New York hätten sein müssen. Ich wollte nicht wissen, wie sie dazu gebracht worden waren, hierherzukommen. Noch dazu, ohne sich vorher bei mir zu melden.

»Finley, wie schön, dass du auch endlich hier bist.« Natalie stand auf und zog mich in eine herzliche Umarmung. Ich drückte sie so fest an mich, dass sie lachend nach Luft schnappte. Meine Augen begannen zu brennen.

*Ich kann das nicht. Ich kann das nicht. Ich will das nicht.*

Aber Beth und Ryan hatten recht, ich hatte wirklich keine große Wahl.

Ich weigerte mich, Pete zu umarmen, ihn auch nur anzusehen, weil ich sonst vermutlich zusammengebrochen wäre. Stattdessen wandte ich mich steif Beth zu.

»Was muss ich tun?« Die Frage war eigentlich überflüssig, ich wusste, wovor die beiden am meisten Angst hatten. Einander zu verlieren. Oder mich.

P*ass auf dich auf, Liebling. Wir können dich nicht auch noch verlieren. Willst du nicht doch hierbleiben? Harvard, Yale, die Columbia … Du hast alle Möglichkeiten der Welt.*

Ja, die hatte ich gehabt und am Ende war ich trotzdem hier gelandet.

*Bleib in unserer Nähe. Bitte.*

Ich erinnerte mich noch gut an das Flehen in Natalies Stimme, in ihrem Blick, als sie mich vor Monaten zum Flughafen gebracht hatten. Für ein paar Sekunden wünschte ich, ich hätte auf sie gehört.

»Lass sie glauben, dass er stirbt.«

Ich hatte damit gerechnet, trotzdem trafen mich Beths Worte wie ein Schlag. Ich wollte protestieren, schreien, mich weigern, aber an dem Punkt war ich vor ein paar Minuten schon einmal gewesen. Und wohin hatte es geführt?

Als ich Pete jetzt doch ansah, hatte er verwirrt die Stirn gerunzelt. Er war aufgestanden, streckte eine Hand nach Natalie aus, die blass geworden war. Mit weit aufgerissenen Augen starrte sie mich an. Ich ignorierte sie, ignorierte meinen leise geflüsterten Namen, auch wenn es mir das Herz brach. Es in Abermillionen kleine Fetzen zerriss.

Ich würde es tun.

Ohne zu zögern, suchte ich nach Petes Herzschlag. Wenn ich auch nur eine Sekunde zu lange darüber nachdachte, was ich hier tat, würde ich sofort damit aufhören. Also zwang ich mich, jeden Gedanken an ihn und Natalie aus meinem Kopf zu verbannen, dass sie meine Familie waren, mich aufgenommen, sich um mich gekümmert und mir ein Zuhause geschenkt hatten. Sie hatten mich geliebt wie ihren eigenen Sohn und das war nun der Dank dafür?

Petes Herz schlug kräftig und viel zu schnell. Ich spürte das Adrenalin, das durch seine Adern schoss, spürte, wie sich jeder Muskel in seinem Körper anspannte. Er verstand nicht, was hier vor sich ging – wie auch? –, aber er begriff, dass er in Gefahr war. Und dass diese Gefahr von mir ausging.

Es war leicht. Viel zu leicht, ihn unter meine Kontrolle zu bringen. Es war viel zu leicht, sein Herz dazu zu bringen, langsamer zu schlagen. Langsamer, immer langsamer.

Ich hörte Natalie schreien, hörte sie meinen Namen und Petes rufen, hörte ihr ersticktes Flehen. Sie wollte auf mich losgehen, mich davon abhalten, denn sie spürte instinktiv, dass ich dafür verantwortlich war, dass Pete jetzt zusammensackte. Er war kreidebleich geworden, seine Hand hatte sich in den Pullover gekrallt, direkt über seinem Herzen.

Entsetzt starrte er mich an. Ich starrte zurück und fühlte mich auf einmal unendlich leer. Als hätten die Vier Farben mir mit dieser Aufgabe alles geraubt, was mich ausmachte. Als hätten sie mir meine Seele genommen.

Dann schlossen sich Petes Augen und sein Herzschlag setzte aus.

# KAPITEL 47

## HARPER

Mir war klar, dass ich eine sehr dumme Entscheidung getroffen hatte, die eher meinem Stolz geschuldet war als meinem Verstand, der sich schon lange verabschiedet hatte. Das hier mochte ein Teil des Spiels sein, aber es war gleichzeitig eine Sache zwischen Eli und mir.

Dabei spielte es keine Rolle, wie leichtsinnig und dämlich es war, mich derartig von ihm beeinflussen zu lassen. Er hatte es von Anfang an darauf angelegt, mich zu provozieren, aber ich hatte nicht vor, ihn gewinnen zu lassen. Und er würde gewinnen, wenn ich mich weigerte, die Aufgabe zu erfüllen.

»Du kannst mich mal!« Ich schenkte ihm ein grimmiges Lächeln, das wahrscheinlich eher an ein Zähnefletschen erinnerte, und trat auf Cece zu. Dieses Mal hielt mich niemand auf, als ich ihr eine Hand entgegenstreckte.

Cece rührte sich nicht, sie blickte nur mit panisch aufgerissenen Augen von einem zum anderen. Sie verstand nicht, was hier vor sich ging. Wie sollte sie auch?

Mein schlechtes Gewissen traf mich wie ein Schlag und ich wünschte, ich hätte ihr doch alles erzählt, anstatt sie auszuschließen – in dem offensichtlich völlig falschen Glauben, sie dadurch zu beschützen. Ich hatte sie nicht beschützt, sondern ins offene Messer laufen lassen. Hätte ich gegen die Regeln verstoßen und sie eingeweiht, wäre sie vorbereitet gewesen.

Allerdings war jetzt nicht der richtige Zeitpunkt, meine früheren Entscheidungen zu bereuen. Entschlossen wandte ich mich Priya zu. »Wird ihr Gedächtnis hinterher gelöscht?«

Im Grunde kannte ich die Antwort schon. Nie im Leben würden die Vier Farben sechzehn Opfer mit Erinnerungen an diese Nacht herumlaufen lassen. Nicht, wenn sie so darauf bedacht waren, ihre Fähigkeiten vor der Öffentlichkeit zu verbergen.

»Sie wird sich an nichts erinnern können«, bestätigte Priya mit einem Nicken und plötzlich begriff ich, warum ein Mitglied von jeder Farbe hier war. Sie stellten sicher, dass alle lebend und unverletzt aus dieser Aufgabe herauskommen würden. Sie würden die Erinnerungen und Emotionen unserer Opfer manipulieren, sich um mögliche Verletzungen kümmern und dafür sorgen, dass niemand starb.

Das machte die ganze Aufgabe allerdings nur unwesentlich besser, denn wir Spieler würden uns an alles erinnern können. An das, was wir den Menschen antaten, die wir so sehr liebten, dass man sie gegen uns benutzen konnte.

Mein Herz schlug viel zu schnell, als ich meine Aufmerksamkeit wieder voll und ganz auf Cece richtete. Das Licht floss aus mir heraus und legte sich wie eine leuchtende Decke über ihren Körper, bevor es verblasste, als ich in ihren Geist eindrang.

In ihrem Kopf herrschte pures Chaos, was angesichts der Umstände nicht allzu überraschend war. Doch in ihren Gedanken schwang eine so allumfassende Panik mit, dass ich spürte, wie mir

Tränen in die Augen schossen. Ich versuchte, die Gefühle auszublenden, mich darauf zu konzentrieren, was ich zu tun hatte, damit ich nicht die Fassung verlor, und wieder streckte ich eine Hand nach ihr aus.

*Ich weiß, dass du nicht verstehst, was hier vor sich geht, und ich wünschte, ich könnte es dir erklären, aber ich kann nicht. Vertrau mir*, flehte ich. *Bitte vertrau mir.*

Sie zuckte zusammen, als sie meine Stimme in ihrem Kopf hörte, und wurde auf einen Schlag so kreidebleich, dass es mir beinahe das Herz zerriss.

*Ich werde verrückt. Völlig verrückt. Was geht hier vor? Was soll das? Ich will nach Hause. Wo ist John? Was macht Harper hier? Wer sind die alle? Was passiert hier? Was passiert hier? WAS PASSIERT HIER?*

Mir entfuhr ein ersticktes Schluchzen. Ich hasste das alles. Was ich tat. Dass sie mich überhaupt dazu bringen konnten, das zu tun.

*Du wirst nicht verrückt. Es ist alles gut. Sieh mich an.*

Cece schüttelte den Kopf. Sie weigerte sich und ich konnte es ihr nicht einmal verdenken. An ihrer Stelle hätte ich vermutlich auch so reagiert.

Verzweiflung stieg in mir auf. Nie im Leben konnte ich sie dazu bringen, an den Rand der Klippe zu gehen und zu springen. So stark war ich nicht.

»Wird das hier heute noch was?«, beschwerte sich eine tiefe Stimme, die dieses Mal nicht Eli gehörte. Trotzdem verlor ich für einen Moment die Kontrolle und taumelte aus Ceces Geist.

Als ich dem Typen von den Cross einen bitterbösen Blick zuwarf, zog er nur unbeeindruckt die Augenbrauen hoch, was mich plötzlich an Amanda erinnerte, die während des Balls auf der Galerie gestanden und mit einer grenzenlosen Arroganz auf uns hinabgesehen hatte.

Eine Idee blitzte in meinem Kopf auf und ich vergaß alles um mich herum. Als ich zum zweiten Mal in Ceces Kopf eindrang, hielt ich mich nicht damit auf, ihr noch einmal gut zuzureden. Stattdessen konzentrierte ich mich auf das, was sie sah, und begann die Bilder zu verändern. Zu meiner grenzenlosen Erleichterung wehrte sie sich nicht, sonst hätte ich mich geschlagen geben müssen, noch bevor ich richtig angefangen hatte.

Die Manipulation auf dem Ball war so echt gewesen, dass die Gäste wirklich geglaubt hatten, sie würden sich in einem brennenden Gebäude befinden. Wenn eine völlig harmlose Situation so verfälscht werden konnte, dass sie eine Bedrohung darstellte, musste das auch andersherum funktionieren.

Meine Nerven waren zum Zerreißen gespannt, während ich versuchte, die Umgebung zu verändern. Zuerst ließ ich Eli und die anderen verschwinden, verwandelte sie in Bäume, deren Blätter sich in einem lauen Wind bewegten. Als die dunklen Wolken strahlendem Sonnenschein wichen, breitete sich ein metallischer Geschmack in meinem Mund aus und ich wusste, dass ich mir zu viel abverlangte. Meine Brust hob und senkte sich angestrengt, mein Herz hämmerte gegen meine Rippen, als könnte es mich zum Aufhören bringen, wenn es nur heftig genug protestierte, und hinter meiner Stirn begann es schmerzhaft zu pochen. Ich hatte nicht genug Übung für eine so weitreichende Manipulation, aber Aufgeben kam nicht infrage.

Als Nächstes verschwand die Klippe, verwandelte sich in den Rand eines Pools, auf dessen Wasseroberfläche sich glitzernd die Sonne spiegelte. Ein perfekter Sommernachmittag, den man eindeutig in Bikinis und nicht in Lederjacke und Mantel verbringen sollte. In meinen Ohren begann es warnend zu schrillen, während ich der Illusion, die ich geschaffen hatte, den letzten Schliff verpasste.

Cece würde nie von einer Klippe springen, nicht mit ihrer Höhenangst. Ein Pool war dagegen etwas ganz anderes. Harmlos. Vertraut.

*Wollen wir schwimmen gehen?*, fragte ich sie mit einem Lächeln. *Es ist so heiß heute!*

Kurz runzelte Cece die Stirn, als würde sie etwas irritieren. Als würde sie mir nicht glauben. Doch dann glätteten sich die misstrauischen Falten und sie zuckte mit den Schultern. »Gute Idee«, erwiderte sie laut und legte ihre Hand in meine. Ihre Haut war eiskalt. Es wurde wirklich Zeit, dass ich es zu Ende brachte.

Ein undeutliches Murmeln brachte meine Illusion ins Wanken, die beunruhigten Fragen der anderen, was ich vorhatte. Ich blendete sie aus, konzentrierte mich, und der metallische Geschmack auf meiner Zunge verstärkte sich. Blut.

*Schneller. Schneller. Schneller.*

Ich musste mich beeilen.

Bevor ich es mir anders überlegen konnte, zog ich Cece mit mir an den Rand des Pools und starrte durch ihre Augen in das einladend kühle Wasser.

»Bereit?«

Cece kicherte. »Bereit.«

Wir sprangen zusammen. Ich hätte mir nie verziehen, sie allein in diesen Abgrund zu schicken.

Entsetzte Rufe folgten uns.

Ein Schrei stieg in mir auf, als wir fielen, meine Illusion verblasste. Auf einmal war um uns herum nur noch Dunkelheit. Schroffe Felsen rasten an uns vorbei, dann krachten wir in die Wellen. Ein gleißender Schmerz jagte durch meinen Körper, meine Wirbelsäule hinauf, Eiseskälte umfing mich. Der Atem wurde aus meinen Lungen gepresst, ich wurde herumgewirbelt, verlor Cece – und in der nächsten Sekunde wurde alles schwarz.

# KAPITEL 48

## FINLEY

Ich presste die Handballen so fest auf meine Augen, dass es wehtat, doch der Druck half gegen das flaue Gefühl in meinem Magen. Mein Herz raste, stolperte, rebellierte gegen das, was ich getan hatte.

Ich dachte, ich wüsste, was es bedeutete, sich selbst zu hassen. Allerdings wurde mir jetzt klar, dass ich keine Ahnung gehabt hatte. Die Verachtung, die mich von innen heraus zerfraß, ließ mich würgen. Mir war heiß und eiskalt zugleich, mein Pulli klebte schweißnass an meinem Oberkörper.

Wieder und wieder hörte ich Natalies Schreie, ihr verzweifeltes Flehen, ihr das nicht anzutun. Ich hatte es trotzdem getan. Weil ich ein egoistischer Scheißkerl war, der sich nicht an seine eigenen Worte hielt.

Ich hatte heute eine Grenze überschritten, hatte die Menschen verletzt, die mir alles gegeben hatten.

Auch jetzt konnte ich noch Petes schwächer werdenden Puls spüren, konnte spüren, wie die Wärme seinen Körper verließ. Mir drehte sich der Magen um, ich verlor die Kontrolle, sprang auf und stürzte in das angrenzende Bad, wo ich mich in die Toilette erbrach.

Erschöpft ließ ich mich schließlich auf den Rücken fallen und schloss die Augen. Aber ich wurde die Bilder nicht los, wurde die Leere nicht los, die mich noch immer fest im Griff hatte. Nur mein Selbsthass hatte es bisher geschafft, sie zu füllen. Im Grunde verdiente ich auch nichts anderes.

Meine Augen begannen zu brennen. Ich würde mir nie verzeihen, was ich getan hatte. Und vielleicht war das die wahre Aufgabe hinter all dem. Demut zu lernen. Unsere Fähigkeiten bedacht einzusetzen.

Obwohl ich das nach allem, was bisher geschehen war, irgendwie bezweifelte.

Als es an der Badezimmertür klopfte, stieß ich ein unwilliges Brummen aus. Ich wollte niemanden sehen, allerdings war ich mir sicher, dass meine Wünsche hier nicht unbedingt berücksichtigt werden würden. Im nächsten Moment ging die Tür auf und Beth kam herein.

Sie musterte mich besorgt. »Geht's dir gut?«

Mein Mittelfinger war wohl Antwort genug.

»Ich habe dafür gesorgt, dass sie sich an nichts erinnern können«, versprach sie sanft, als würde das alles besser machen. Was es nicht tat.

Ich würde mich für immer daran erinnern, was ich getan hatte, und ich würde mich für immer dafür hassen.

»Du hattest keine Wahl.« In ihrer Stimme schwang Mitleid mit, das ich nicht wollte.

»Doch, hatte ich.« Ächzend setzte ich mich auf. Ich hätte mein Pfand opfern können. Ich hätte die richtige Entscheidung treffen können.

»Hier hat niemand eine Wahl«, gab sie tonlos zurück.

Ich hob den Kopf, begegnete ihrem schmerzerfüllten Blick und fragte mich zum ersten Mal, wozu man sie wohl gezwungen hatte, als sie an meiner Stelle gewesen war.

Sie wollte noch etwas sagen, als ihr Handy klingelte. Mit einem entschuldigenden Blick in meine Richtung verließ sie das Bad und nahm das Gespräch entgegen. »Eli, ich hab doch …« Sie brach ab. »*Was?*« Das Entsetzen in ihrer Stimme sorgte dafür, dass sich sämtliche Härchen an meinen Armen aufstellten, eine dunkle Ahnung stieg in mir auf.

»Wir kommen sofort zurück. Hol Caroline, sie soll sich um sie kümmern. … Nein, du nicht. … Weil ich das sage! Tu es einfach!«, blaffte sie, dann legte sie auf und drehte sich zu mir um. Ihr Gesicht war kreidebleich, die Augen hatte sie weit aufgerissen. »Wir müssen zurück nach Oxford.«

»Was ist passiert?« Mein Puls beschleunigte sich. Die dunkle Ahnung verwandelte sich in eine grauenhafte Gewissheit, noch bevor sie es ausgesprochen hatte.

»Harper ist bei ihrer Aufgabe mit ihrer Freundin von der Klippe gesprungen, anstatt Cecily allein springen zu lassen. Und weil sie ihren Ring getragen hat, hat es eine Weile gedauert, bis sie gefunden wurde.«

Für einen Augenblick blieb die Welt stehen, mein Herz setzte einen Schlag aus. Noch einen, noch einen, noch einen. Mir wurde schwindelig. Ein greller Schmerz durchzuckte mich.

Nein. Alles nur das nicht.

»Geht's ihr gut?« Die Stimme klang fremd, nicht nach mir. Ich räusperte mich, versuchte verzweifelt, die Fassung zu wahren, denn vor mir stand Beth und ich war kurz davor, uns zu verraten.

Aber spielte das überhaupt noch eine Rolle? Oder war gerade alles völlig egal geworden?

# KAPITEL 49

## HARPER

Hustend und würgend kam ich wieder zu mir. Mir tat alles weh. Jede Faser meines Körpers schrie vor Schmerz. Es fühlte sich an, als hätte ich ein Messer geschluckt, das mir von innen die Kehle aufriss.

Ich brauchte einen Moment, bis ich erkannte, dass ich in meinem Bett lag. Die Vorhänge waren halb zugezogen, die aufgehende Sonne – war es überhaupt der Sonnenaufgang? – tauchte mein Zimmer in ein gedämpftes Licht. Mühsam versuchte ich, mich aufzurichten, ließ es aber wieder sein, als meine Muskeln protestierten.

Ich brauchte einen weiteren Moment, bis ich mich wieder daran erinnerte, was passiert war. Bilder blitzten in meinem Kopf auf. Die Klippe, der Sturm, peitschender Regen. Cece, Eli und die anderen. Meine Aufgabe. Die Illusion, die ich erschaffen hatte. Und dann unser Sprung in eine unbekannte Tiefe.

Bei der Erinnerung an die Felsen, an denen wir haarscharf vorbeigeflogen waren, und die Wellen, die uns unter sich begraben hatten, begann mein Herz zu rasen. Ich schmeckte wieder das Salz auf der Zunge, als das Wasser in meinen Mund eingedrungen war, als ich mich verschluckt hatte und meine Lunge zu bersten drohte. Zu viele Bilder für die wenigen Sekunden, die es wahrscheinlich nur gedauert hatte, von der Klippe zu springen und uns verschlingen zu lassen.

*Cece.* Hoffentlich ging es ihr gut. Wenn ihr etwas passiert war, würde ich mir das nie verzeihen. Ich hätte mich weigern müssen, die Aufgabe zu erfüllen. Sie hätte sterben können, an den Felsen zerschellen, ertrinken.

Vielleicht *war* ihr etwas zugestoßen. Vielleicht war sie verletzt oder … tot. Ich wusste es nicht. Ich wusste gar nichts.

Mein Puls beschleunigte sich, verzweifelt versuchte ich, mich zu erinnern, was nach dem Sprung passiert war. Wie ich zurück nach Oxford und in mein Bett gekommen war, doch da war nichts. Nicht mal das Aufblitzen einer Erinnerung.

Mit einem gequälten Stöhnen richtete ich mich auf, wollte aufstehen – und fiel in der nächsten Sekunde zurück auf die Matratze, als meine Beine unter mir nachgaben. Silbrige Sterne begannen vor meinen Augen zu tanzen, mir war auf einmal so schlecht, dass ich befürchtete, mich jeden Moment übergeben zu müssen.

Ich zwang mich, tief durchzuatmen, mich zu beruhigen. Ich *musste* mich beruhigen. Aufstehen. Nach unten gehen. Herausfinden, ob es Cece gut ging. Erfahren, was passiert war. Wie es weiterging.

Wieder und wieder atmete ich tief ein und aus, bis das Blitzen vor meinen Augen verblasste. Ich vertraute meinen Beinen noch immer nicht, doch dieses Mal trugen sie mich, als ich mich langsam erhob. Sie zitterten, aber sie trugen mich.

Konzentriert machte ich einen Schritt nach vorn, dann noch einen, und als ich mir einigermaßen sicher war, dass ich nicht in der nächsten Sekunde auf dem Hintern landen würde, verließ ich mein Zimmer. Gedämpfte Stimmen drangen zu mir nach oben, trotzdem war die Erregung der anderen ganz deutlich zu hören. Mein Blick fiel auf die Uhr im Eingangsbereich. Es war erst kurz nach sieben. Viel zu früh. Gleichzeitig war ich mir sicher, dass letzte Nacht absolut niemand geschlafen hatte.

Als ich den Aufenthaltsraum betrat, verstummten die Stimmen abrupt und alle Blicke richteten sich auf mich. Erst jetzt fiel mir auf, dass ich mir absolut keine Gedanken darüber gemacht hatte, was ich anhatte. Ich senkte den Kopf und stellte erleichtert fest, dass irgendjemand – ich hoffte, dass es Lexie, Caroline oder Beth gewesen war – mich in eine weite Jogginghose und einen kuscheligen Pullover gesteckt hatte. Beides kam definitiv nicht aus meinem eigenen Kleiderschrank.

Mein Blick zuckte durch den Raum, alle Diamonds waren anwesend. Als Erstes entdeckte ich Eli, der mich nur einmal flüchtig anschaute, bevor er ein herablassendes Schnauben ausstieß und demonstrativ den Kopf wegdrehte. Seine Schultern waren angespannt, alles an ihm strahlte eine nicht zu leugnende Wut aus. Auf mich, weil ich die Aufgabe manipuliert hatte, ohne die Regeln zu brechen.

Tom, Lexie und Jasper saßen still und bleich auf einem Sofa und starrten mich aus großen Augen an.

»Hi«, krächzte ich, meine Stimme war so rau und leise, dass ich mich selbst kaum hörte.

Beth war die Erste, die sich rührte. Mit ernster Miene stand sie auf und kam zu mir. Behutsam legte sie mir eine Hand auf den Rücken und schob mich zu dem Sessel, in dem sie gerade noch gesessen hatte. »Du solltest im Bett liegen.« Sie warf mir einen scharfen Blick zu und ein mulmiges Gefühl breitete sich in mir aus.

Ich steckte in Schwierigkeiten. In sehr großen Schwierigkeiten. Sie musste es nicht einmal sagen, ihr war anzusehen, wie wenig begeistert sie von meiner Aktion war.

Entschlossen kämpfte ich die aufsteigende Nervosität nieder und straffte mich, auch wenn meine Schultern mit einem grellen Schmerz gegen die Bewegung protestierten. »Ich habe nichts falsch gemacht«, kam ich Beth zuvor, noch bevor sie überhaupt sagen konnte, dass ich meine Aufgabe nicht erfüllt hatte. Das hatte ich.

»Du bist von einer Klippe gesprungen.« In Chucks Stimme schwang ganz eindeutig *Hast du den Verstand verloren?* mit, doch da war auch ein Hauch Bewunderung, ein Funken Belustigung.

Ich zwang mich zu einem Grinsen, das aber nicht ansatzweise so frech und trotzig wurde, wie ich es gern gehabt hätte. »Und? Niemand hat gesagt, dass ich das nicht darf.«

Allison stieß ein ungläubiges Lachen aus. »Wer springt bitte freiwillig von einer Klippe?«

»Wer ist so grausam, andere dazu zu bringen, von einer Klippe zu springen?«, gab ich beißend zurück und ihr Lachen erstarb. Wütend funkelte ich sie an, bevor ich mich wieder Beth zuwandte. Es gab wichtigeres als Allison. »Was ist mit Cece? Geht's ihr gut?« Meine Kehle wurde eng, meine Augen begannen zu brennen. Wenn ihr etwas passiert war …

»Ihr geht es gut«, beruhigte Beth mich sanft und strich sich eine Haarsträhne hinters Ohr, bevor sie sich auf die Lehne des Sessels setzte, in dem Caroline mit angezogenen Knien hockte und sich auf die Unterlippe biss. »Cece war in guten Händen. Alice und Priya haben sich um sie gekümmert. Sie haben sie aus dem Wasser geholt und dafür gesorgt, dass sie keine Schäden davonträgt. Du dagegen … Was zum Teufel hast du dir dabei gedacht?« Von einer Sekunde zur nächsten klang sie so aufgebracht, dass ich beinahe zurückgezuckt wäre. Der Ärger passte nicht zu ihr, genau wie meine plötzliche Unsicherheit nicht zu mir passte, aber irgendwie schien der Sprung heute Nacht einiges durcheinandergebracht zu haben.

»Ich konnte sie nicht allein springen lassen«, verteidigte ich mich, obwohl ich wusste, dass das Argument bei den Diamonds nicht ziehen würde. Trotzig wollte ich die Arme vor der Brust verschränken, doch sie waren schwer wie Blei. Ich konnte sie kaum ein paar Zentimeter heben, bevor ich aufgeben musste, als hätte ich den schlimmsten Muskelkater aller Zeiten.

»Doch, genau das hättest du tun können. Du hättest es sogar tun müssen!«, fuhr Beth mich an, eiskalter Zorn blitzte in ihren Augen auf. »Die Aufgaben fordern nicht nur eure Fähigkeiten heraus, sondern auch euch. Eure moralischen Werte, eure Wünsche und Grenzen. Dir mögen die Aufgaben grausam erscheinen, und das sind sie auch, aber entgegen allen Gerüchten, die über uns im Umlauf sind, legen wir es nicht darauf an, jemanden zu verletzen oder sterben zu lassen. Du hättest darauf vertrauen sollen, dass Cece nichts passieren kann.«

»Ich vertraue auf nichts und niemanden«, schoss ich zurück. Was sie gesagt hatte, war richtig, aber für mich spielte es keine Rolle. Ich hätte sie nie im Leben allein springen lassen.

»Und das hätte dich fast das Leben gekostet«, warf Caroline leise ein. Sie legte ihr Kinn auf die angezogenen Knie und blickte mich aus großen, besorgten Augen an.

Mir stockte der Atem. Für einen Moment war mir entsetzlich heiß, bevor mir schlagartig eiskalt wurde und ich zu zittern begann. Mein Herz stolperte in meiner Brust herum, als der Sinn ihrer Worte richtig bei mir ankam. Ich öffnete den Mund, schloss ihn wieder, brachte keinen Ton heraus.

*Das hätte dich fast das Leben gekostet.*

Ich hatte nicht mal einen Gedanken daran verschwendet, dass mir etwas zustoßen könnte, wenn ich mit Cece sprang. Mir war nur wichtig gewesen, sie nicht allein zu lassen. Doch zu hören, dass ich beinahe gestorben wäre ... Mir drehte sich der Magen um.

»Na sieh mal einer an, man muss sie nur mit ihrer eigenen Sterblichkeit konfrontieren und schon verstummt sie«, bemerkte Eli spöttisch.

In jeder anderen Situation hätte ich ihm einen passenden Konter an den Kopf geworfen, jetzt schaffte ich es nicht einmal, ihm einen bösen Blick zuzuwerfen.

»Eli, halt die Klappe oder verschwinde«, fuhr Beth ihn an. »Deine Kommentare sind nicht hilfreich und wir werden noch darüber reden, dass du heute Nacht gegen meine Anweisungen verstoßen hast.«

Aus dem Augenwinkel sah ich, wie er schmollend das Gesicht verzog, doch er hielt tatsächlich den Mund und Beth wandte sich mit einem Seufzen wieder an mich. »Caroline hat recht. Du hast deinen Ring getragen, als du gesprungen bist. Das hat deine Rettung etwas ... erschwert, weil Priya nicht die Kontrolle über deinen Körper übernehmen konnte.« Ein Schatten huschte über ihr Gesicht und ich sah ganz automatisch auf meine Hand.

Erleichterung durchflutete mich, als ich sah, dass der Ring immer noch an meinem Finger steckte. Oder ... schon wieder. Mir brach kalter Schweiß aus. Hatten Sie mir den Ring abgenommen? Hatten sie in meine Gedanken geschaut? Und wenn ja, was hatten sie gesehen? Reflexartig sah ich zu Lexie hinüber, die die Panik auf meinem Gesicht offensichtlich richtig deutete, denn sie schüttelte kaum merklich den Kopf. Beruhigt sackte ich in mich zusammen.

»Mit deinem Sprung hast du auch Cecily in Gefahr gebracht. Priya sollte sich nur um sie kümmern und musste plötzlich euch beide retten«, fuhr Beth fort und riss mich aus meinen Gedanken.

»Und was genau bedeutet das jetzt?«, wollte ich wissen. Wahrscheinlich sollte ich mich entschuldigen, weil ich so ein Chaos verursacht hatte. Aber die Sache war die: Es tat mir nicht leid. Okay, ich hätte sterben können, Cece auch. Ich hatte uns beide in eine gefährliche Situation gebracht, aber ganz egal, was Beth sagte, ich vertraute den Vier Farben nicht.

Wieder seufzte Beth. »Gar nichts. Du hast deine Aufgabe erfüllt. Cece ist nicht gesprungen, weil du bei ihr geblieben bist, sondern weil du sie manipuliert hast. Eli hat das in ihrem Gedächtnis überprüft, bevor er ihre Erinnerungen gelöscht hat.«

Eli hatte Ceces Erinnerungen gelöscht? *Eli?* Ich warf ihm einen scharfen Blick zu, den er mit einem genervten Schulterzucken abtat, doch da lag etwas in seinen Augen, etwas Gehässiges, das mir einen unangenehmen Schauer über den Rücken jagte. Ich schüttelte das Gefühl ab.

»Also ist alles in Ordnung?«, hakte ich nach, nur um sicherzugehen, dass ich nicht doch ein Schlupfloch übersehen hatte und gleich mein Pfand verlieren würde.

»Abgesehen davon, dass du dich fast umgebracht hast?« Beth zog eine Augenbraue hoch und verschränkte die Arme vor der Brust. »Ja, abgesehen davon ist alles in Ordnung.«

## HIGHSCORE

### RUNDE 3

110 Punkte

110 Punkte

100 Punkte

95 Punkte

# KAPITEL 50

## HARPER

Meine Tür flog so heftig auf, dass sie gegen die Wand knallte und ich erschrocken zusammenzuckte. Mit einem selbstzufriedenen Grinsen auf dem Gesicht spazierte Lexie in mein Zimmer, zwei Tassen in der Hand, aus denen heißer Dampf aufstieg.

»Was soll das werden?«, fragte ich, setzte mich ächzend auf und pausierte die Serie, die über den Fernseher flimmerte.

Mir tat noch immer alles weh. Ich fühlte mich so elend, dass ich kaum ein paar Schritte gehen konnte, ohne dass meine Muskeln zu brennen begannen. Von den Wellen herumgeschleudert zu werden, war meinem Körper nicht allzu gut bekommen.

Priya war nach Ceces und meiner Rettung nicht mehr in der Verfassung gewesen, uns beide vollständig zu heilen, und während ich bewusstlos gewesen war, hatten sie sich nicht die Mühe gemacht, sich um jede noch so kleine Verletzung zu kümmern. Vielleicht war das die Strafe für die Entscheidung, die ich getroffen hatte. Niemand hatte mit mir darüber geredet und ich hatte auch nicht nachgefragt.

Ich hätte darum bitten können, die Heilung doch noch abzuschließen, nachdem ich aufgewacht war, allerdings war ich nicht besonders scharf darauf gewesen, meinen Ring abzunehmen und irgendjemandem die Chance zu geben, meinen Körper zu kontrollieren. Zu groß war die Gefahr, dass dann auch jemand in meinen Geist eindringen würde – auch wenn das vielleicht schon längst geschehen war. Aber ich zog es vor, so zu tun, als hätte die Möglichkeit während meiner Bewusstlosigkeit überhaupt nicht bestanden. Der Einzige, dem ich gestattet hätte, mich zu heilen, war gleichzeitig auch der Einzige, den ich nicht fragen konnte.

»Du hast echt was verpasst«, verkündete Lexie und reichte mir eine der Tassen, bevor sie zu mir ins Bett kroch.

Skeptisch zog ich die Augenbrauen hoch. Ich bezweifelte doch stark, dass ich bei der Punktevergabe irgendetwas hätte verpassen können. Sonst hätte Beth nie zugestimmt, dass ich im Verbindungshaus blieb, um mich auszuruhen und wieder zu Kräften zu kommen. »Ach ja?«

»Ja.« Sie trank einen Schluck. »Dir wurden die Hälfte deiner Punkte abgezogen.«

»Was?« Empört starrte ich sie an. »Ich habe meine Aufgabe doch erledigt! Und Beth hat gesagt –«

»Es geht nicht darum, dass du mit Cece von der Klippe gesprungen bist, sondern darum, dass sie dir erst damit drohen mussten, dir dein Pfand zu entziehen, bevor du dich dazu durchgerungen hast, es zu tun. Im Übrigen finde ich es ziemlich frech, dass uns nie gesagt wurde, dass wir unser Pfand auch dann verlieren können, wenn wir uns weigern, eine Aufgabe zu erfüllen«, unterbrach Lexie mich und rümpfte die Nase.

»Tja, da zeigt sich wieder ihr Hang zum Drama, würde ich sagen. Wäre für die Vier Farben ja völlig witzlos gewesen, uns das direkt am Anfang zu sagen. So haben sie viel mehr Möglichkeiten, uns zu quälen.« Ich trank einen Schluck und hustete, als der brennende Geschmack von Alkohol sich in meinem Mund ausbreitete. »Was ist das?«

»Heiße Schokolade mit Whiskey.« Lexie zuckte grinsend mit den Schultern. »Ich dachte, nachdem du dich die letzten Tage nur von Tee und Suppe ernährt hast, brauchst du mal was Stärkeres.«

»Das ist sehr großzügig von dir«, gab ich zurück und verdrehte die Augen, konnte mir ein Lächeln aber nicht verkneifen. Nach meinem mehr oder weniger freiwilligen Ausflug ins Meer hatte mein Hals so gekratzt, dass ich nichts anderes herunterbekommen hatte als heiße Flüssigkeiten. Alles andere hatte beim Schlucken einfach nur wehgetan.

»Ich weiß. Aber zurück zu den wichtigen Dingen: Du warst nicht die Einzige, der Punkte abgezogen wurde, weil du dich anfangs geweigert hast. Zwei Hearts waren auch dabei und … Finley.« Über den Rand der Tasse hinweg warf sie mir einen vielsagenden Blick zu, als mir der Atem stockte.

Es überraschte mich nicht, dass er sich zunächst ebenfalls geweigert hatte. Wir hatten beide nicht viele Menschen, die uns so viel bedeuteten, dass die Vier Farben sie für die Aufgabe gegen uns hätten verwenden können. Aber für eben diese Menschen hätten wir alles getan.

»Weißt du, was er tun musste?«

Sie schüttelte den Kopf. »Nein, darüber wurde nicht gesprochen. Niemand weiß, was die anderen machen mussten. Abgesehen von dir, aber ich schätze, das ist ganz normal.«

Ich stieß ein Seufzen aus. »Ich werde wohl für immer das Mädchen sein, dass dumm genug war, freiwillig von einer Klippe zu springen.«

»Du warst nicht dumm. Gut, vielleicht ein bisschen. Aber vor allem warst du mutig. Du hast getan, was du für richtig gehalten hast, ohne dich manipulieren zu lassen. Ich wünschte …« Kopfschüttelnd brach sie ab, aber ich wusste trotzdem, was sie hatte sagen wollen. Dass sie es gern genauso gemacht hätte.

»Willst du darüber reden?«

»Nein. Ich will einfach nur vergessen, dass es passiert ist. Aber falls sich das je ändert, sage ich dir Bescheid.«

Ich griff nach ihrer Hand und drückte sie fest. »Okay.«

Sie rang sich ein Lächeln ab und schnappte sich die Fernbedienung. »Und jetzt lass uns aufhören über die Vier Farben nachzudenken und einfach mal so tun, als wären wir ganz normale Studentinnen.«

Ich tat ihr den Gefallen, obwohl der Drang, sie nach ihrer Aufgabe zu fragen, beinahe übermächtig war. Aber ich konnte und wollte sie nicht dazu bringen mit mir zu reden, wenn sie nicht bereit dazu war.

Also blieben wir für den Rest des Abends im Bett, schauten *Peaky Blinders* und ignorierten, dass es noch eine Welt außerhalb dieses Zimmers gab.

◆

Nachdem ich mich fünf Tage lang in Selbstmitleid und Vorwürfen gesuhlt hatte, zwang ich mich, mich zusammenzureißen und wieder zur Uni zu gehen. Ich hatte mir während der letzten Tage nicht gestattet, an Finley zu denken, mir zu wünschen, bei ihm zu sein, sonst hätte sich der Strudel aus Selbstmitleid und Vorwürfen in einen ausgewachsenen Sturm verwandelt, gegen den ich absolut nichts hätte machen können. Außer ihm zu folgen – und Finley und mich damit in noch größere Schwierigkeiten zu bringen.

Aber jetzt kam ich nicht mehr gegen die Sehnsucht an, nicht, wenn ich ihn gleich sehen würde.

Mein Körper hatte sich von meinem Klippensprung soweit wieder erholt, dass ich nicht länger das Bedürfnis hatte, den ganzen Tag zu verschlafen, und sogar meine Beine trugen mich allmählich wieder. Es wurde wirklich Zeit, dass ich mich um mein Studium kümmerte. Tiberius, mein Tutor, hatte mir zwar jeden Tag Notizen und Aufgaben vorbeigebracht, aber ich wollte nicht länger fehlen als nötig.

Doch schon als ich den ersten Kursraum betrat, fiel mir auf, dass Cece fehlte. Und Cece kam nie zu spät.

Mit einem mulmigen Gefühl im Bauch ließ ich mich auf meinen Platz fallen, wartete und wartete, dass sie kam, während der Raum sich langsam füllte. Mein Herz machte einen aufgeregten Satz, als Finley hereinkam, und ich konnte nichts gegen das Lächeln tun, das sich unwillkürlich auf meinem Gesicht ausbreitete.

In seinen Augen lag grenzenlose Erleichterung und ich konnte sehen, wie verkrampft seine Schultern waren, weil alles in ihm zu mir drängte, so wie alles in mir zu ihm drängte. Doch er riss sich zusammen und setzte sich auf einen Platz so weit von mir entfernt wie möglich.

Enttäuschung durchflutete mich, egal, wie dumm es war. Ich hasste das Spiel, hasste die Regeln, die uns auferlegt worden waren und uns voneinander fernhielten.

Als Professorin Bishop schließlich den Raum betrat und Cece immer noch nicht da war, wurde aus dem mulmigen Gefühl in meinem Bauch eine drängende Unruhe. Ich versuchte mir einzureden, dass mit ihr alles in Ordnung war, doch es gelang mir nicht.

Nach dem zweiten Kurs gab ich auf, packte meine Sachen zusammen und verließ den Campus. Ich war noch nicht weit gekommen, als ich auf dem Weg zum Wadham College an einer Straßenecke vorbeilief und sich eine warme Hand sanft, aber bestimmt um meinen Arm schloss und in die menschenleere Seitengasse zog. Ich war so überrumpelt, dass ich nicht einmal geschrien hätte, wenn ich Finley nicht schon in der Sekunde erkannt hätte, in der seine Haut meine streifte.

Er umarmte mich so fest, dass es mir für einen Moment den Atem raubte. Instinktiv schlang ich ebenfalls die Arme um ihn, vergrub das Gesicht an seiner Brust und atmete seinen vertrauten Duft ein. Er erbebte und ich konnte seinen Herzschlag hören, zu schnell, zu stark.

Seine Lippen streiften meine Stirn. »Mach das nie wieder!« In seinem heiseren, rauen Flüstern schwangen so viele Emotionen mit, dass ich die Augen schließen musste, um die aufsteigenden Tränen zu unterdrücken.

»Du meinst, von einer Klippe zu springen?« Ich löste mich so weit von ihm, dass ich ihn ansehen konnte, und verzog die Lippen zu einem zaghaften Lächeln.

Ihm entfuhr ein leises erleichtertes Lachen, das ein kribbelndes Glücksgefühl in mir auslöste. »Ja, bitte jag mir nicht noch einmal so einen Schrecken ein.«

»Ich gebe mir Mühe, mich nicht noch einmal in eine Situation zu bringen, die einen Sprung von einer Klippe erfordert«, versprach ich, ließ meine Hände über seine Brust nach oben wandern und vergrub sie in seinen wie immer zerzausten Haaren. Eine tiefe Ruhe überkam mich, nur weil ich ihn berührte.

»Danke, das weiß ich sehr zu schätzen.« Er legte eine Hand an mein Gesicht, in seinen Augen spiegelte sich brennende Sehnsucht, als er mit dem Daumen über meine Wange strich und damit blitzende Stromstöße durch meinen Körper schickte. »Geht's dir gut?«

»Ja, alles okay«, versicherte ich ihm und vielleicht auch ein bisschen mir selbst. Dabei wusste ich tief in mir, dass es mir alles andere als gut ging. Aber ich war noch nicht bereit, mich dem zu stellen, was in meinem Inneren auf mich lauerte und nur darauf wartete, meine Seele in Fetzen zu reißen.

»Sicher?«, fragte er, als würde er spüren, was in mir vorging.

Ich nickte und schob das beklemmende Gefühl in mir zur Seite. »Was ist mit dir?« Für einen Moment verkrampfte Finley sich unter meinen Händen, ich konnte es ganz deutlich spüren, konnte sehen, wie fest er die Kiefer aufeinanderpresste und wie etwas Dunkles in seine Augen trat. In diesem Moment begriff ich, dass nicht nur meine Seele in Gefahr war, sondern auch seine. Vielleicht die von uns allen.

»Bei mir ist auch alles okay«, erwiderte er gepresst.

Ich stellte mich auf die Zehenspitzen und drückte ihm einen zarten Kuss auf die Lippen. »Wir sind beide miserable Lügner.«

Ein erschöpftes Lächeln huschte über sein Gesicht. »Sieht ganz so aus.«

»Finn, wir …«, setzte ich an, brach ab und warf einen nervösen Blick Richtung Straße, in Erwartung, dass uns jemand sah, der uns nicht sehen sollte.

»Ich weiß.« Er seufzte. »Ich sollte gar nicht hier sein, aber ich musste … ich musste mich einfach vergewissern, dass dir auch wirklich nichts fehlt.« Widerwillig ließ er mich los und trat einen Schritt zurück.

»Nein, du solltest wirklich nicht hier sein, aber ich bin froh, dich zu sehen.« Die Worte kamen mir so leicht über die Lippen, dass ich beinahe gelacht hätte. Vor ein paar Wochen hatte ich Finley noch verflucht und jetzt … jetzt war alles anders.

»Ich sollte jetzt gehen. Bevor uns noch jemand sieht.« Seine Hand zuckte, als wollte er nach mir greifen, doch er tat es nicht und ein bittersüßer Stich fuhr mir durchs Herz.

»Solltest du«, wisperte ich, doch er rührte sich nicht, und auch ich konnte mich keinen Zentimeter von der Stelle bewegen.

Unsere Blicke verhakten sich ineinander, ich ertrank in dem Grün seiner Augen, wollte ihn berühren, ihn küssen. Ich wollte nur einen Tag. Einen einzigen Tag ohne gestohlene Augenblicke, ohne ständig Angst davor zu haben, dass uns jemand erwischte. Mein Atem beschleunigte sich, mein ganzer Körper begann zu kribbeln und mir war plötzlich viel zu heiß.

Warum musste alles so kompliziert sein?

»Ich will aber nicht gehen.« Seine Stimme war so leise, dass ich ihn kaum verstand, trotzdem ließen seine Worte mein Herz stolpern. »Ich weiß, dass das unvernünftig ist. Nach allem, was passiert ist, sollte ich gehen und … und wenn das Spiel vorbei ist, könnten wir alles sein, was wir wollen. Aber ich kann nicht. Ich habe Angst, dass ich dich wieder verliere, bevor ich dich richtig wiedergefunden habe«, gestand er und sah mich dabei an, als würde alles andere keine Rolle spielen. Als wäre alles egal, abgesehen von mir. Von uns.

»Du wirst mich nicht verlieren.« Ich trat einen Schritt auf ihn zu und in diesem Moment war auch mir alles egal. Ich wollte mich nicht von Regeln einsperren lassen, deren Grenzen ich noch immer nicht verstand. Ich wollte mich nicht von den Vier Farben dazu bringen lassen, meine Gefühle zu verleugnen und jeden zu hintergehen, den ich liebte. Ich wollte das *alles* nicht.

Finleys Finger streiften meine, eine tiefe Falte grub sich zwischen seine Augenbrauen. »Das weißt du nicht.«

Ich schenkte ihm ein zögerliches Lächeln. »Nein. Aber noch habe ich Hoffnung.«

Ein belustigtes Glitzern trat in seine Augen und vertrieb die Sorge. »Seit wann bist du denn so optimistisch?«

»Einer von uns beiden muss es ja sein.« Ich zuckte mit den Schultern und schob meine Hand in seine. Ich konnte einfach nicht anders, auch wenn es gefährlich war. »Komm mit.«

♦

Nervös trat ich von einem Fuß auf den anderen, das Herz schlug mir bis zum Hals. Das war lächerlich. Sie war meine beste Freundin, auch wenn wir die letzten Wochen nicht miteinander geredet hatten. Doch die Angst, sie könnte mich einfach wegschicken, ohne mir die Chance zu geben, mich zu vergewissern, dass ihr nichts fehlte, ließ sich leider nicht so einfach ignorieren. Erst als Finley beruhigend meine Hand drückte, schaffte ich es, die andere zu heben, und an die Tür zu klopfen.

Ihn mitzunehmen war wahrscheinlich die beste und gleichzeitig dümmste Idee, die ich je gehabt hatte – abgesehen von einigen anderen, über die ich jetzt lieber nicht nachdenken wollte.

»Es ist bestimmt alles in Ordnung. Du musst dir keine Sorgen machen«, versuchte er, mich zu beruhigen, doch je länger wir vor

Ceces Zimmertür standen und sie nicht öffnete, desto unruhiger wurde ich.

Ich klopfte noch einmal, nachdrücklicher dieses Mal, und dann hörte ich ein dumpfes Poltern, gefolgt von einem genervten Stöhnen. Mir entwich ein erleichtertes Seufzen. Sie war also doch da.

Aber als Cece die Tür öffnete, zuckte ich erschrocken zurück. Sie war kreidebleich, ihre Augen rotgeweint und ihre Wangen so eingefallen, als hätte sie seit Tagen nichts gegessen und nicht länger als ein paar Stunden geschlafen. Sie trug nur ein übergroßes T-Shirt, keine Hose. Ihre Haare waren wild zerzaust, die Lippen blutleer. Mein Magen krampfte sich schmerzhaft zusammen, neben mir hörte ich Finley scharf einatmen. Es ging ihr nicht gut. Ganz und gar nicht.

»Harper?«, fragte sie ungläubig, als könnte sie nicht glauben, dass ich tatsächlich vor ihr stand. Ihre Stimme war nur ein leises Flüstern. »Was machst du hier?«

»Ich … ich wollte … ich wollte nach dir sehen«, stammelte ich, löste mich von Finley und streckte eine Hand nach ihr aus.

Ceces Unterlippe begann zu beben, ihre Augen füllten sich mit Tränen und dann brach sie schluchzend zusammen. Es gelang mir gerade noch, sie aufzufangen, doch ohne Finley, der mich stützte, als sie schwer in meine Arme fiel, wären wir beide auf dem Boden gelandet.

Er warf mir einen alarmierten Blick zu, den ich hilflos erwiderte. So fest ich konnte, drückte ich Cece an mich, spürte, dass sie am ganzen Körper zitterte. Ihr verzweifeltes Schluchzen zerriss mir beinahe das Herz.

»Harper, wir können hier nicht stehen bleiben«, sagte er leise.

Erst jetzt erinnerte ich mich daran, dass wir auf einem Flur standen, von dem noch andere Zimmer abgingen. Zimmer, deren Türen sich mehr oder weniger weit geöffnet hatten und aus denen uns zu viele Augenpaare teils besorgt und teils viel zu neugierig beobachteten.

Ich nickte und einen Moment später nahm Finley mir Cece behutsam aus dem Arm, hob sie hoch und trug sie zurück in ihr Zimmer, wo er sie sanft aufs Bett legte. Ich warf dem gaffenden Publikum einen vernichtenden Blick zu, bevor ich die Tür heftiger als nötig hinter uns zuwarf und zu meiner besten Freundin ging. Finley hatte bereits die Bettdecke über ihre nackten Beine ausgebreitet, und so schlüpfte ich eilig aus Jacke und Schuhen und kroch zu ihr ins Bett, während Finley sich auf den Stuhl am Fenster setzte und uns besorgt musterte.

Ohne zu zögern, schmiegte Cece sich an mich, als hätte es die letzten Wochen des Schweigens nicht gegeben. Als würde es nicht mehr zählen, dass ich sie ausgeschlossen und weggestoßen hatte. Und vielleicht war das auch so. Vielleicht gab es Momente, in denen nichts anderes mehr zählte, als füreinander da zu sein, wenn man sich brauchte. Egal, was sonst noch vorgefallen war.

Ceces Schluchzen war verstummt, stattdessen tropften stumme Tränen von ihren Wangen auf meine Schultern.

»Es wird alles gut«, flüsterte ich, strich ihr wieder und wieder beruhigend übers Haar und hoffte, dass ich mein Versprechen würde halten können.

Zittrig atmete sie ein, ein Beben durchlief ihren Körper, der sich viel schmaler und zerbrechlicher anfühlte als früher.

»Ich glaube, ich werde verrückt. Ich verliere den Verstand, Harper. Ich verliere wirklich den Verstand!«

# KAPITEL 51

## HARPER

»Du wirst nicht verrückt«, widersprach ich, war mir aber schon in der Sekunde, in der ich es aussprach, nicht sicher, ob ich überhaupt die Wahrheit sagte. Eli hatte ihre Gedanken manipuliert. Er war in ihrem Geist gewesen und konnte ihr sonst was angetan haben.

»Da sind Bilder in meinem Kopf«, wisperte Cece. In ihren Augen lag nackte Panik und jeder Muskel in meinem Körper spannte sich an.

»Was für Bilder?«

»Bilder, die da nicht hingehören. Ich … es ist … Nein, du glaubst mir sowieso nicht. Ich drehe noch durch.«

Ich wechselte einen besorgten Blick mit Finley, dann griff ich nach Ceces Hand, die eiskalt war, und verschränkte unsere Finger miteinander. »Ich höre dir zu und werde dir glauben, versprochen.«

Doch sie schüttelte den Kopf, löste sich aus meiner Umarmung und setzte sich auf. »Wirst du nicht. Das ist nicht … Was passiert nur mit mir?«

»Cece, du musst mir sagen, was für Bilder du im Kopf hast, dann kann ich dir helfen.« Bittend streckte ich eine Hand nach ihr aus.

Ich musste sie berühren, brauchte diesen Körperkontakt, weil ich sonst das Gefühl hatte, sie zu verlieren. Sie entglitt mir, obwohl sie direkt neben mir saß. Und ich konnte nicht in ihren Kopf eindringen, um selbst zu überprüfen, welche Bilder Eli ihr eingepflanzt hatte, weil ich dann nicht besser wäre als er. Ich konnte ihr das nicht antun. Nicht schon wieder.

Doch Cece zog die Beine an und umarmte sich selbst, machte sich ganz klein. Ihr Blick ging ins Leere. »Da ist eine Klippe. Das Meer. Es regnet und stürmt und es ist dunkel. So dunkel.« Sie schauderte und ich bekam für einen Moment keine Luft mehr, war plötzlich so wütend, dass ich schreien und toben und Eli in Stücke reißen wollte.

Er hatte ihre Erinnerungen nicht gelöscht. Doch die Wahrheit hatte er ihr auch nicht gelassen, das wusste ich. Er hätte niemals gegen die Regeln verstoßen. Stattdessen hatte er sie sich so zurechtgebogen, wie er sie brauchte, um mir wehzutun. Es ging ihm nicht um Cece. Eli hasste *mich*, nicht sie, aber er wusste ganz genau, dass es nur wenige Möglichkeiten gab, mich zu verletzen. Cece war eine davon.

»Und du bist da«, fuhr Cece leise fort. »Und dann springe ich, aber du hältst mich nicht auf. Du hilfst mir nicht. Du lässt mich einfach springen. Warum? Warum lässt du mich einfach springen?«

Die Verzweiflung in ihrem Blick trieb mir Tränen in die Augen. Ich würde ihn umbringen. *Ich würde ihn umbringen.* In mir brannte ein Feuer, das sich nicht so schnell wieder löschen lassen würde, und ich musste mich zwingen, nichts zu sagen, was ich später bereut hätte.

Aber ich musste auch nichts sagen, denn Cece sprach bereits weiter. »Ich … ich pralle gegen die Felsen und es tut so … weh.«

Dicke Tränen kullern über ihr Gesicht, ohne dass sie sich die Mühe machte, sie wegzuwischen. »Dann war da nur noch Wasser. Es war so … kalt und dunkel. Und es hat mich nach unten gezogen. Ich habe versucht zu schwimmen, nach oben zu kommen, aber ich konnte mich nicht bewegen. Ich konnte nichts tun. Ich konnte nicht …« Sie brach ab, schüttelte den Kopf und wieder war da Panik in ihren Augen. »Ich träume jede Nacht davon. Und ich sehe die Bilder jeden Tag, ich werde sie einfach nicht los. Ich erlebe … das alles. Wieder und wieder. Und es fühlt sich so *echt* an. Es fühlt sich an, als wäre es wirklich passiert, dabei *weiß* ich, dass das nicht möglich ist! Ich weiß, dass nichts davon wirklich passiert ist. Warum fühlt es sich dann so an?«

Entsetzt starrte ich sie an. Eli hatte ihre Erinnerungen so manipuliert, dass Cece sie nicht als tatsächliche Erinnerungen erkannte. Wie konnte man so grausam sein?

»Cece –«

»Ich weiß, dass sich das verrückt anhört. Ich weiß es. Ich werde wirklich verrückt, oder?«, unterbrach sie mich, raufte sich die Haare und zog so fest an den dunklen Locken, dass es wehtun musste.

So sanft wie möglich umfasste ich ihre Handgelenke, löste die Strähnen aus ihrem Griff und hielt ihre Hände fest. »Du wirst nicht verrückt, glaub mir. Wir kriegen das wieder hin.«

Ich konnte spüren, dass Finley mich ansah, konnte spüren, wie sein Blick über meine Haut strich, weich, aufmunternd. Ich musste ihn nicht anschauen, um zu wissen, dass er an mich glaubte. Daran, dass ich das wirklich hinbekommen würde, auch wenn ich mir selbst gar nicht so sicher war. Aber ich würde alles versuchen, alles geben.

»Versprochen?« Ihre Stimme bebte, doch in ihren Augen glomm ein Funken Hoffnung auf, als ich langsam nickte.

»Vertraust du mir?«

Sie zögerte einen Moment und mir blieb fast das Herz stehen, weil ich fürchtete, sie würde Nein sagen. Nach den letzten Wochen könnte ich ihr das nicht einmal verübeln.

»Ja«, erwiderte sie dann jedoch und ich stieß ein erleichtertes Seufzen aus.

»Sieh mich an. Dir passiert nichts, okay? Ich passe auf dich auf.« Ich klang zuversichtlicher, als ich mich fühlte, aber ich hatte keine Zeit, um mich mit meiner Versagensangst zu beschäftigen, die nur darauf lauerte, dass ich ihr genug Raum gab, damit sie ihre Klauen in mein Herz und meinen Verstand graben konnte. Ich musste Cece helfen. Ich konnte sie nicht im Stich lassen. Nicht schon wieder.

Ich fand das Licht in mir schnell, ließ es über meine Hände in Ceces Haut sickern wie flüssiges Gold. Ihre Gedanken waren ein einziges Chaos. Ich zuckte zurück, als mich ihre Schreie trafen, wild und schrill, verzweifelt und ängstlich. Dazwischen nahm ich ein leises, giftiges Zischen wahr, das ihr Zweifel und Ängste einflüsterte. Es war Elis Stimme, ganz unverkennbar.

Ich hatte keine Ahnung, wie er es angestellt hatte, ob es normal war, dass ich seine Stimme noch immer in ihren Gedanken hören konnte. Ich wusste nur, dass ich ihn loswerden, Ceces Erinnerungen von ihm befreien musste, bevor sie tatsächlich den Verstand verlor.

Mühsam kämpfte ich mich durch die Bilder, die auf mich einstürmten, mich beinahe aus ihrem Geist drängten, bis ich schließlich die Erinnerungen fand, die ich brauchte.

Ich spürte, wie mein Körper zu protestieren begann, je länger ich mich in Ceces Gedanken befand, doch ich ignorierte das Pochen hinter meiner Stirn und den metallischen Geschmack, der sich in meinem Mund ausbreitete. Ihre Gedanken waren goldglänzende Fäden, die so unversehrt aussahen, als hätte Eli sie niemals manipuliert. Panik durchströmte mich, brachte mein Herz zum Rasen, je länger ich die Stränge nach Hinweisen absuchte, wie ich das, was Eli ihr angetan hatte, wieder in Ordnung bringen konnte.

Es musste eine Möglichkeit geben!

Dann spürte ich, wie sich zwei warme Hände auf meine Schultern legten, und die Panik verblasste. Stattdessen durchströmte mich eine tiefe Ruhe. Nicht, weil Finley mich manipulierte – ich trug immer noch meinen Ring –, sondern einfach nur, weil er da war. Weil er mich damit nicht alleinließ, und Cece auch nicht.

Und dann fand ich sie – winzig kleine Einkerbungen in den Fäden, die eindeutig nicht dorthin gehörten. Für einen Moment schloss ich die Augen, atmete tief durch, konzentrierte mich auf Finley hinter mir, auf Ceces Hände in meinen. Und dann ließ ich mich von dem Licht leiten.

Ich folgte meinem Instinkt, löste die Erinnerungen und Gedanken, die Eli verflochten hatte, und verband sie wieder mit ihren ursprünglichen Strängen. Ich brachte wieder Ordnung in das Chaos, das Eli angerichtet hatte, schob alle Bilder, alle Gedanken dahin zurück, wo sie hingehörten. Wie Puzzleteile, für die es nur einen einzigen richtigen Platz gab.

Schließlich stand ich nur noch vor der Entscheidung, Cece die *wahre* Erinnerung an jene Nacht zu lassen oder sie zu durchtrennen – was ich machen *müsste*, wenn ich nach den Regeln der Vier Farben spielen wollte.

Mir fiel die Entscheidung nicht schwer, ich traf sie, ohne zu zögern. Ich zog mich aus Ceces Geist zurück und ließ ihr alle Erinnerungen an diese Nacht. Sie würde damit fertigwerden. Ich würde für sie da sein, würde ihr helfen, so gut ich konnte.

»Cece?«, fragte ich vorsichtig, hoffte und betete, dass ich mich richtig entschieden hatten. Finleys Griff um meine Schultern wurde fester, als wüsste er, was ich getan hatte, ohne dass ich es ihm sagen musste.

Cece blickte auf und in ihren Augen lagen grenzenlose Erleichterung und ein tiefer Frieden.

»Mir geht's gut«, erwiderte sie leise, immer noch heiser, aber nicht mehr so verzweifelt wie vorhin. »Ich bin nicht verrückt. Das ist wirklich passiert.« Es war keine Frage, sondern eine Feststellung.

Ich nickte und ein zögerliches Lächeln breitete sich auf meinem Gesicht aus.

»Dann schuldest du mir eine Erklärung.«

◆

»Puuuuh.« Schnaubend ließ Cece sich auf den Rücken fallen, nachdem ich meine Geschichte beendet hatte. »Das ist alles ganz schön abgefahren.«

»Du sagst es«, bestätigte ich und mein Blick wanderte kurz Richtung Tür, in der Hoffnung, dass Finley bald wiederkommen würde.

Er war vor einer guten Stunde gegangen, um uns etwas zu essen zu holen und mir und Cece ein wenig Freiraum zu geben. Vielleicht hatte er auch geahnt, dass ich mit meiner besten Freundin nicht nur über die Vier Farben, sondern auch über ihn reden wollte.

Ich hatte ihr alles erzählt, hatte beim Abend der Party angefangen, ihr von unseren Aufgaben und dem Ball erzählt. Ich hatte ihr von Patty und meiner Mutter erzählt, von Eli, der eine Erwähnung eigentlich nicht verdient hatte. Aber es war wichtig, dass sie auch über ihn Bescheid wusste, nach allem, was er ihr angetan hatte. Inzwischen schwirrte mir der Kopf und sie machte nicht den Eindruck, als würde es ihr viel besser gehen.

»Ich weiß ehrlich gesagt nicht, was ich sagen soll.« Cece griff nach meiner Hand und drückte sie fest. »Eigentlich müsste ich sagen, dass du dich in ziemliche Schwierigkeiten gebracht hast. Das Spiel klingt echt nicht ungefährlich, und dass du mir jetzt die ganze Wahrheit gesagt hast … Es tut mir leid, dass ich so sauer auf dich war, weil du mir nichts über die Vier Farben verraten hast.« Treuherzig blinzelte sie mich an, doch ich schüttelte entschieden den Kopf.

»Du musst dich nicht entschuldigen. Du hattest jedes Recht, wütend auf mich zu sein. An deiner Stelle wäre ich auch wütend gewesen.«

»Ja, aber an deiner Stelle hätte ich auch nichts gesagt. Du wolltest mich beschützen.« Wieder drückte sie meine Hand, als könnte sie spüren, wie sich meine Kehle bei ihren Worten zuschnürte.

»Das hat ja großartig funktioniert«, erwiderte ich und stieß einen erstickten Laut aus, der irgendwo zwischen einem Lachen und einem Schluchzen lag.

Cece zupfte an meiner Hand und schenkte mir ein schiefes Lächeln. »Der Wille zählt. Was hast du jetzt vor?«

Ich hob die Schultern, ließ Cece los und rutschte ein Stück nach hinten, bis ich mich mit einem Seufzen an das Kopfteil des Bettes lehnte. »Keine Ahnung. Mich bedeckt halten, schätze ich. So wenig wie möglich auffallen und niemandem einen Grund geben, in meinen Gedanken nach irgendwelchen Regelverstößen zu suchen. Davon gibt es inzwischen viel zu viele.«

»Meinst du, das kriegst du hin? Unauffällig ist kein Wort, mit dem ich dich beschreiben würde«, meinte sie und zog vielsagend die Augenbrauen hoch.

»Keine Ahnung. Ich würde Eli wirklich gern dafür bezahlen lassen, was er dir angetan hat, aber wenn ich das mache …«

»Dann wissen sie, dass du bei mir gewesen bist, und werden sich selbst davon überzeugen wollen, ob du dich an die Regeln gehalten hast«, beendete Cece meinen Satz.

»Richtig.« Aufstöhnend vergrub ich mein Gesicht in den Händen und versuchte, die Wut zurückzudrängen, die allein bei dem Gedanken an Eli in mir aufstieg.

»Hast du noch mal was von Xavier gehört?«, wollte Cece wissen und setzte sich mit einem neugierigen Funkeln in den Augen auf.

Ich schüttelte den Kopf. »Nicht, seit ich hier bin.«

Nachdenklich biss sie sich auf die Unterlippe. »Das ist doch merkwürdig, oder?«

»Keine Ahnung. Ich meine, ihm war wichtig, dass ich herkomme. Warum auch immer. Im Endeffekt hat er bekommen, was er wollte. Aber eine kleine Vorwarnung, was das Spiel angeht, wäre nett gewesen.«

»Das wäre es wohl«, sagte sie kichernd, wurde aber sofort wieder ernst. »Und was ist mit Finley?«

Ich versteifte mich. »Was soll mit ihm sein?«

Sie blickte mich an, als hätte ich den Verstand verloren. »Was schon? Was läuft da zwischen euch? Und wo soll es hinführen?«

Ich spürte, wie mir das Blut in die Wangen stieg. »Keine Ahnung. Es ist … wir hatten noch nicht so viel Zeit zu reden.«

»Ich verstehe gar nicht warum«, gab Cece zurück und blinzelte unschuldig, doch um ihren Mund spielte ein süffisantes Grinsen. »Mir würden da auch interessantere Dinge einfallen als zu reden.«

»Darum geht's doch gar nicht«, protestierte ich. Mein Gesicht begann zu glühen. »Es ist einfach … Jeder Moment, den wir zusammen hatten, seit wir hier sind, ist gestohlen. Wir verstecken uns vor allen anderen und … ehrlich, ich hab keine Ahnung, wo das alles hinführen soll. Wir sollten die Finger voneinander lassen, zumindest bis das Spiel vorbei ist, aber …« Hilflos brach ich ab.

»Du bist immer noch in ihn verliebt.« Aus großen Augen starrte Cece mich an und ich hätte mich am liebsten versteckt. Vor ihr, vor der Wahrheit, einfach vor allem.

»Ich kann nicht immer noch in ihn verliebt sein«, widersprach ich. »Wir haben uns jahrelang nicht gesehen. Er ist anders heute und ich bin es auch.«

Cece machte eine wegwerfende Handbewegung. »Ja und? Wahre Liebe findet immer einen Weg.«

Ich musste lachen. »Aus welchem Disneyfilm hast du das denn?«

»Aus allen, schätze ich.« Sie grinste, doch dann huschte ein Schatten über ihr Gesicht und Sorge trat in ihre Augen. »Aber mal im Ernst: Ihr zwei seid das tragische Liebespaar der Vier Farben. Eure Liebe ist verboten, und das leider nicht nur im übertragenen Sinne. Passt einfach auf euch auf, ja?«

»Machen wir«, versprach ich und hoffte inständig, dass ich dieses Versprechen halten konnte.

Einen Moment lang musterte Cece mich schweigend, dann fragte sie: »Was ist mit deinen Eltern? Willst du sie immer noch finden?«

»Ich weiß es nicht«, erwiderte ich leise und wich ihrem Blick aus.

Ich war vor allem zu den Vier Farben gegangen, weil ich mein ganzes Leben lang hatte wissen wollen, wer ich war. Ich war hergekommen, weil ein Unbekannter mir geschrieben hatte, dass ich sie mithilfe der Vier Farben finden könnte. Und jetzt … jetzt war ich mir nicht mehr sicher, ob es tatsächlich das war, was ich wollte. Ob ich eigentlich etwas anderes wollte.

Oder redete ich mir nur ein, dass es mir nicht mehr so wichtig war, sie zu finden, um vor mir selbst zu rechtfertigen, dass ich meinen Herzenswunsch für Finley riskierte?

»Es ist okay, wenn du Zweifel hast«, sagte Cece sanft. »Wer deine Eltern sind, hat nichts damit zu tun, wer du bist, Harper. Du bist du. Und das wird auch immer so bleiben, ob du sie kennenlernst oder nicht.«

Meine Augen begannen zu brennen und ich versuchte krampfhaft, die aufsteigenden Tränen zurückzudrängen. »Und was soll ich mir dann wünschen? Wofür soll ich das Spiel gewinnen?«

»Vielleicht musst du gar nicht gewinnen. Aber weißt du was? Ich glaube, du hast noch andere Wünsche.« Sie schenkte mir ein aufmunterndes Lächeln und genau in diesem Moment klopfte es verhalten an der Tür.

Cece sprang vom Bett und ließ Finley herein. Mir wurde warm, als sein weicher Blick ganz automatisch auf mir landete. Mein Herz geriet aus dem Takt und etwas in mir begann zaghaft zu flattern.

Hoffnung.

Cece hatte recht. Ich hatte noch andere Wünsche.

# KAPITEL 52

## HARPER

»Wir sollten gehen«, flüsterte Finley und deutete mit dem Kinn zum Bett, auf dem Cece lag und tief und fest schlief. Wir saßen mit lang ausgestreckten Beinen an die Wand gelehnt auf dem Boden, vor uns die leeren Pizzakartons.

Ein friedlicher Ausdruck lag auf Ceces Gesicht und mein Herz zog sich bei diesem Anblick schmerzhaft zusammen. Dass sie nach den schlaflosen Nächten der letzten Tage überhaupt so lange durchgehalten hatte, war ein kleines Wunder. Es war schon spät, kurz nach halb elf, und wir sollten wirklich gehen. Wahrscheinlich wurden wir längst vermisst. Ich hatte mich nicht getraut, während der vergangenen Stunden einen Blick auf mein Handy zu werfen. Wenn mich jemand suchte …

Langsam schüttelte ich den Kopf, den Blick noch immer auf meine beste Freundin gerichtet. Sie war so verletzlich. Wenn Eli es darauf anlegte, konnte er sie immer wieder manipulieren, nur um mir wehzutun, und ich konnte sie nicht beschützen. »Ich kann sie nicht allein lassen.« Noch nicht.

Ich spürte, wie Finley mich ansah, spürte, dass er verstand, auch wenn wir beide wussten, dass es Cece gut ging. Körperlich war sie unversehrt, das hatte Finley überprüft. Übermüdet, aber gesund. Was mir Sorgen machte, war ihr Geist. Den ganzen Abend lang hatte es so gewirkt, als würde sie mit all dem klarkommen, was ich ihr erzählt hatte, und damit, was Eli getan hatte. Aber das bedeutete noch lange nicht, dass das morgen immer noch so war.

Also blieben wir.

Schweigend saßen wir da, so nah nebeneinander, dass unsere Beine sich berührten, aber ohne die Hitze und die Leidenschaft der anderen wenigen verborgenen Momente, in denen wir uns einander hingegeben hatten. Dieses Mal war es anders.

Leiser. Wärmer. Weicher.

Irgendwie neu. Irgendwie vertraut. Irgendwie richtig.

Als Finleys Hand nach meiner tastete, breitete sich ein Lächeln auf meinem Gesicht aus. Unsere Finger verschränkten sich, sein Daumen streichelte über meinen Handrücken.

Und auf einmal waren da Worte in mir, viele ungesagte Worte, die nicht mehr ungesagt bleiben wollten. Die nicht ungesagt bleiben durften. Nicht im Angesicht dessen, was uns möglicherweise erwartete. Was auf uns lauerte, wenn wir nicht vorsichtig waren.

»Als du damals gegangen bist, ohne dich von mir zu verabschieden, hast du mir das Herz gebrochen«, sagte ich leise und spürte, wie Finley sich neben mir verkrampfte. Ich drehte den Kopf, begegnete seinem Blick, und was auch immer er in meinem sah, ließ seine Schultern wieder nach unten sinken und er entspannte sich. »Ich habe mir die ganze Zeit eingeredet, dass es daran lag, dass du mein bester Freund warst. Dass du auf mich aufgepasst hast, wenn ich dich brauchte. Aber im Grunde warst du nie mein bester Freund.« Ich schaute zu Cece, die sich mit einem Seufzen auf die andere Seite drehte und weiterschlief. »Cece war immer meine beste Freundin. Ich habe immer sie angerufen oder ihr geschrieben, wenn ich jemanden zum Reden brauchte. Du dagegen … du warst der erste Junge, in den ich mich verliebt habe. Du warst … irgendwie ein Teil von mir, auch wenn das keinen Sinn ergibt, weil wir uns doch gar nicht kannten. Aber als du damals zu uns gekommen bist, wusste ich sofort, dass du … mehr für mich bist. Und irgendwie ist das immer noch so.« Ich atmete tief durch, verschluckte mich beinahe an den nächsten Worten. »Cece hat gefragt, wohin das mit uns führen soll, aber ich habe keine Ahnung. Wirklich, ich weiß es nicht, und ich bin mir auch nicht sicher, ob ich es wissen will. Aber ich will, dass du weißt, wie viel du mir bedeutest. Weil ich dir das beim letzten Mal nicht gesagt habe und ich nicht möchte, dass du noch einmal gehst, ohne dass du es weißt.«

Finley griff nach meiner anderen Hand, zog sanft an mir, bis ich weiter zu ihm rutschte und mich auf seinen Schoß gleiten ließ, meine Knie umschlossen seine Hüfte. Er hob eine Hand an mein Gesicht, strich mir eine verirrte Strähne hinters Ohr, während seine andere Hand warm und fest auf meinem Rücken lag.

Ein Kribbeln lief meine Wirbelsäule hinauf, das sich in jeder Faser meines Körpers ausbreitete und mich mitten ins Herz traf. Ich spürte meinen Puls überall, spürte das schnelle, harte Klopfen gegen meine Rippen, spürte sein Echo unter meinen Händen, die auf Finleys Brust lagen.

»Ich werde nirgendwohin gehen. Nicht ohne dich. Es sei denn, du schickst mich weg. Aber so lange das nicht der Fall ist, werde ich nicht gehen.«

»Versprochen?« Meine Stimme zitterte und ich klang kaum noch nach mir, sodass mir für einen Augenblick ganz schwindelig wurde. Meine Abwehr, die Wut und Arroganz, die ich mit mir herumtrug wie ein Schutzschild, waren verschwunden. Übrig blieb ein Mädchen, das sich nach Geborgenheit sehnte, nach Sicherheit, nach Liebe.

Und meine Chance auf all das war zum Greifen nah.

»Versprochen.« Finley lehnte seine Stirn an meine, sein Atem strich warm über meine Haut. »Ich habe dich jeden Tag vermisst. Ich werde nur gehen, wenn du das willst.« Seine Lippen streiften meine, eine hauchzarte Berührung, die mich erzittern ließ. »Ich war der erste Junge, in den du dich verliebt hast – und du bist das einzige Mädchen, das ich je geliebt habe. Und das hat sich nie geändert.«

Ich nahm seine Worte in mich auf, verschloss sie tief in meinem Herzen, während ich seinen Mund mit meinem verschloss, ihn küsste, bis alles, was gewesen war, nicht mehr zählte. Bis nur noch das Hier und Jetzt wichtig war. Und das, was noch vor uns lag.

Ich küsste ihn und Tränen liefen mir über die Wangen, während ich mir eingestand, dass ich einen Teil von mir viel zu lange verleugnet hatte, weil ich mir keine Schwäche zugestehen wollte. Doch Schwäche zu zeigen bedeutete nicht, dass man nicht stark sein konnte. Es bedeutete nur, dass man menschlich war. Mehr nicht. Aber auch nicht weniger.

»Erzähl mir etwas«, bat ich leise, als wir uns schließlich voneinander lösten. Ich kletterte von Finleys Schoß, setzte mich zwischen seine Beine und kuschelte mich an seine Brust, als er zu erzählen begann. Von den letzten Jahren, von seiner Kindheit, seinen Eltern und von mir. Leise flüsternd unterhielten wir uns die ganze Nacht, tauschten Erinnerungen, Schmerz und Freude, bis ich irgendwann einschlief, immer noch in seinen Armen.

# KAPITEL 53

## HARPER

Cece ging es gut. Das versicherte sie mir während der nächsten Tage immer wieder. Und mit jedem Tag, der verging, ohne dass sie einen Nervenzusammenbruch hatte, glaubte ich ihr ein bisschen mehr. Wir verbrachten in der nächsten Woche viel Zeit miteinander, saßen in den Kursen wieder nebeneinander und schrieben uns unzählige Nachrichten, wenn wir uns nicht sahen.

Eine seltsame Stille hatte sich über die Vier Farben gelegt, nachdem wir die letzte Aufgabe mehr oder weniger bestanden hatten. Niemand wollte etwas von uns, die nächste Aufgabe ließ auf sich warten und ich bekam auch keine Nachricht mit einer weiteren Sonderaufgabe, die ich erfüllen sollte. Es kam mir vor wie die Ruhe vor dem Sturm und je mehr Zeit verging, desto nervöser wurde ich.

Finley und ich hielten Abstand, gingen uns in der Uni so weit wie möglich aus dem Weg und ignorierten einander, wenn wir uns vor den Verbindungshäusern begegneten.

Doch jedes Mal, wenn ich ihn in unseren Kursen sah oder auf dem Campus auch nur glaubte, ihn zu sehen – das Aufblitzen eines blonden Haarschopfes, grüne Augen, die gar nicht seine waren –, schlug mein verräterisches Herz schneller, zog mich eine drängende Sehnsucht in seine Richtung. Würde ich den Ring nicht tragen, wäre ich schon lange aufgeflogen.

Ich wusste, dass er immer noch versuchte, herauszufinden, was mit Dorian geschehen war, und sosehr ich hoffte, dass er die Antworten auf seine Fragen finden würde, so unsicher war ich mir gleichzeitig, dass es ihm gelang. Die Vier Farben waren wahre Meister darin, ihre Geheimnisse für sich zu behalten.

Ganz offensichtlich.

Am liebsten hätte ich ihm geholfen, aber was ich Cece gesagt hatte, war richtig gewesen. Wir mussten uns bedeckt halten. Durften keine Aufmerksamkeit erregen. Auch wenn der Drang, Eli einen kräftigen Tritt zwischen die Beine zu verpassen oder ihm sein arrogantes Grinsen aus dem Gesicht zu wischen, stärker wurde, je öfter er mir im Haus der Diamonds über den Weg lief. Leider hätte ich mich damit tendenziell in noch größere Schwierigkeiten gebracht, also zwang ich mich, tief durchzuatmen, ihn links liegen zu lassen und mir vorzustellen, was ich alles mit ihm machen würde, wenn ich die Gelegenheit dazu bekam.

Träume waren ja wohl noch erlaubt.

»Du weißt schon, dass dir deine Mordfantasien anzusehen sind, oder?«, fragte Lexie und riss mich aus meinen Gedanken. Wir saßen mit unseren Unterlagen oben in einem der Studienzimmer und lernten. Bald standen die ersten Prüfungen an, und obwohl wir während des Spiels quasi einen Freifahrtschein hatten und tun und lassen konnten, was wir wollten, hatte ich nicht vor, bei den Prüfungen durchzufallen oder gar nicht erst anzutreten.

»Das ist Absicht«, gab ich zurück und schenkte Eli, der zusammen mit Allison zwei Tische weiter saß, ein übertriebenes Lächeln.

Er beobachtete mich, seit er mit Allison das Zimmer betreten hatte, und ich war mir fast sicher, dass er nur hergekommen war, um mich zu reizen. Das schien sein neues Lieblingsspiel zu sein.

»Was hat er eigentlich gegen dich?« Lexie blickte über ihre Schulter und sah Eli frostig an.

Ich zuckte mit den Schultern. »Er hält sich für etwas Besseres, weil ich nur ein armes Pflegekind bin und er aus einer Familie stammt, die keine Ahnung was geleistet hat, um keine Ahnung was zu erreichen.«

»In der Kindererziehung haben seine Eltern auf jeden Fall versagt. Sollten deine Mordfantasien irgendwann Wirklichkeit werden, sag mir Bescheid, dann bin ich dein Alibi.« Sie drehte sich wieder zu mir um, ein verschwörerisches Lächeln umspielte ihre Lippen.

Ich musste lachen. »Danke, das weiß ich sehr zu schätzen.«

»Er hätte es verdient.« Ihr Lächeln erlosch, ein dunkler Schatten legte sich über ihr Gesicht und ich brauchte einen Moment, bis ich das plötzliche Flackern in ihren Augen als Angst erkannte. »Was meinst du, was wir als Nächstes machen müssen?«

»Keine Ahnung«, erwiderte ich leise und konnte nicht verhindern, dass mir ein kalter Schauer über den Rücken rann.

»Es wird übel, oder?« Sie runzelte die Stirn und biss sich unsicher auf die Unterlippe.

Mir entwich ein freudloses Lachen. »Welche Aufgabe war denn bitte nicht übel?«

»Auch wieder wahr.« Mit einem Seufzen schlug sie ihre Bücher zu und streckte sich. »Ich glaube, das reicht für heute. Ich kann mich nicht mehr konzentrieren.«

Ich tippte auf das Display meines Handys. »Es ist auch schon nach zehn.«

»Wenn ich meinen Eltern je erzählen würde, dass ich so spät noch lerne, würden sie mir wahrscheinlich nicht glauben.« Lexie zog eine Grimasse und ein Stich durchfuhr mich. Sie hatte mehr verdient als solche Eltern. »Gott sei Dank würde ich es ihnen sowieso nicht erzählen.« Sie stand auf, gab mir keine Chance, etwas zu erwidern, sondern sah mich auffordernd an. »Kommst du mit?«

Ich nickte, packte meine Unterlagen zusammen und folgte ihr, als sie den Arbeitsraum verließ. »Willst du darüber reden?«

Sie tat meine Frage mit einem Schulterzucken ab. »Irgendwann vielleicht.«

Ich nahm ihre Hand, drückte sie, ein kurzes Zeichen, dass ich da war, wenn sie so weit sein sollte. Beinahe hätte ich über mich selbst gelacht. Ich hatte mich immer dagegen gewehrt, Menschen zu nah an mich heranzulassen, und Lexie war nach allem, was ich über sie wusste, in diesem Punkt nicht anders. Und trotzdem waren wir irgendwie Freundinnen geworden.

Ohne dass wir uns absprechen mussten, kam Lexie nach einem kurzen Abstecher in ihr eigenes Zimmer zu mir und kroch in mein Bett, um noch eine Folge *Peaky Blinders* mit mir zu gucken. Etwas, was an den letzten Abenden irgendwie zur Gewohnheit geworden war. Vielleicht weil wir uns beide tief in unserem Inneren doch nach Nähe sehnten, egal wie sehr wir uns äußerlich dagegen sträuben mochten.

Meine Lider wurden schwer, ich merkte, wie ich wegdämmerte, kam nicht gegen die Müdigkeit an, die mich in den Schlaf zog. Ich spürte noch, wie die Matratze sich hob und senkte, als Lexie aufstand und in ihr Zimmer zurückging, dann schlief ich ein.

◆

Dunkelheit umfing mich, als ich die Augen aufschlug. Tiefschwarze, erdrückende Dunkelheit. Ich blinzelte gegen die Finsternis an, versuchte einen Streifen Licht zu finden, der durch den Spalt in meinen Vorhängen jede Nacht in mein Zimmer fiel. Aber da war nichts.

Mein Herz schlug schneller. Was zur Hölle war hier los? Ich setzte mich auf – oder versuchte es zumindest. Ein greller Schmerz blitzte hinter meiner Stirn auf, als ich auf Widerstand traf. Auf einmal war alles in gleißende Helligkeit getaucht, nur für einen Moment, einen winzig kleinen Moment, dann war er vorbei und da war wieder nur Schwärze.

*Alles ist gut. Alles ist gut. Alles ist gut.*

Ich versuchte, mich selbst zu beruhigen, während ich die Hände hob und meine Finger über eine kühle, raue Oberfläche strichen. Holz. Das war eindeutig Holz.

Ich lag nicht mehr in meinem Bett.

Nein, ich war irgendwo anders. Mein Atem beschleunigte sich, rasselnd atmete ich ein und aus, während meine Finger weitertasteten, nach etwas suchten, an dem ich mich festhalten konnte. Doch ich fand nur das raue Holz. Über mir. Neben mir. Unter mir.

Nah. Viel zu nah. Viel zu eng.

Ich geriet in Panik. Sie überrollte mich wie eine turmhohe Welle, schlug über mir zusammen und zog mich in eine Tiefe, der ich nicht entkommen konnte, egal, wie sehr ich dagegen ankämpfte. Mein Herz raste, stolperte in meiner Brust, wollte ausbrechen.

*Raus. Raus. Raus.*

Einfach nur raus.

Raus aus meinem Körper. Raus aus der Dunkelheit. Raus aus der Enge.

Ein verzweifeltes Schluchzen brach aus mir hervor, und erst als heiße Tränen über meine Wangen rannen, spürte ich, wie kalt es war. Als hätte mein Körper nur auf diese Erkenntnis gewartet, begann ich zu zittern, ich kam nicht dagegen an. Auch nicht gegen den Gedanken, der die ganze Zeit da gewesen war.

Ich war eingesperrt.

In eine schmale Kiste, die gerade groß genug für mich war.

Keuchend schnappte ich nach Luft.

*Einatmen, Harper. Du musst einatmen.*

Aber ich konnte nicht atmen. Meine Kehle war wie zugeschnürt, meine Lunge flehte nach Sauerstoff, aber ich konnte *nicht atmen.*

Da war nur Panik.

Meine Fingernägel kratzten über das Holz, suchten fieberhaft nach einem Spalt, nach irgendetwas, das darauf hindeutete, dass ich hier wieder rauskommen konnte, aber da war nichts.

Nur ich und die Dunkelheit, gefangen in einer Kiste.

Ein Schrei stieg in mir auf, schrill und voller Angst. Ich flehte darum, dass mich jemand befreite. Doch niemand kam, und die Angst riss mein Herz in Fetzen, drehte mir den Magen um, ließ mich schluchzen und betteln. Bis ich mich selbst in ihr verlor.

# KAPITEL 54

## FINLEY

Hinter meiner Stirn hatte sich ein unerträgliches Pochen breitgemacht, als ich aufwachte. Mein Mund war trocken, pelzig, eklig, meine Augen fühlten sich seltsam verquollen an, die Wimpern verklebt. Stöhnend setzte ich mich auf und rieb mir über die Augen. Ich fühlte mich, als hätte ich den schlimmsten Kater aller Zeiten. Inklusive dem Drang, alles von mir zu geben, was ich noch im Magen hatte.

Ich blinzelte gegen den Schleier an, der über der Welt lag, und wünschte in der nächsten Sekunde, ich hätte es nicht getan, weil mir so schwindelig wurde, dass ich mich einen Augenblick später auf dem Rücken liegend wiederfand. So fing der Tag doch gut an.

Was zur Hölle war gestern passiert?

Ich konnte mich nicht daran erinnern, mich jemals so abgeschossen zu haben, dass es mir dermaßen beschissen ging.

Meine Finger tasteten über glatten Boden, ich hatte es letzte Nacht offensichtlich nicht mal ins Bett geschafft.

Noch einmal schlug ich blinzelnd die Augen auf und dieses Mal verschwamm mein Sichtfeld nicht sofort wieder. Das war zumindest ein Anfang.

Vorsichtig richtete ich mich auf, schluckte gegen den aufsteigenden Brechreiz an und unterdrückte ein Stöhnen, als das Pochen in meinem Kopf sich in ein schmerzhaftes Stechen verwandelte. Langsam nahm der Raum um mich herum Gestalt an. Er wirkte vertraut und im ersten Moment dachte ich, ich würde in der Eingangshalle der Spades liegen, aber der Teppich hatte eine andere Farbe und der Aufenthaltsraum lag links und nicht rechts.

Wo zur Hölle war ich? Und was zum Teufel machte ich hier?

Krampfhaft versuchte ich, mich an den letzten Abend zu erinnern, ob ich mit den Spades unterwegs gewesen war. In einem Pub oder Club oder wo auch immer. An irgendeinem Ort, der erklärte, warum ich mich dermaßen mies fühlte. Aber dann würde ich jetzt in meinem Bett liegen, schlimmstenfalls auf dem Boden des Badezimmers, das ich mir mit Jackson teilte.

Wieder wurde mir schwindelig, als ich mich auf die Beine kämpfte. Ich taumelte, fing mich jedoch wieder.

Der nächste Schritt war geschafft.

Verwirrt schaute ich mich um. Ich war eindeutig in einem Verbindungshaus, nur eben nicht in dem der Spades. Und außer mir schien keine Menschenseele hier zu sein.

Durch die Fenster fiel fahles Licht in die Eingangshalle, entweder war es kurz vor Sonnenauf- oder Sonnenuntergang. Tendenziell eher Sonnenaufgang. Ich konnte unmöglich einen ganzen Tag hier herumgelegen haben.

Mein Instinkt drängte mich dazu, das Haus zu verlassen, so schnell wie möglich zu verschwinden, bevor ich erwischt wurde, weil ich nicht hier sein durfte, doch meine Füße bewegten sich wie von selbst Richtung Treppe.

Wie ferngesteuert lief ich nach oben. Mein Magen rebellierte, krampfhaft versuchte ich, die aufsteigende Nervosität herunterzuschlucken, konnte sie aber nicht gänzlich zurückdrängen.

Das alles hier fühlte sich völlig falsch an. Meine Kopfschmerzen, die Übelkeit, meine bloße *Anwesenheit* in diesem Haus.

Die Alarmlocken in meinem Inneren begannen lautstark zu schrillen, als ich schließlich den zweiten Stock erreichte. Die dritte Tür auf der rechten Seite stand offen. Alle anderen waren geschlossen.

Es war eine Falle. Es *musste* eine Falle sein.

Ich trat trotzdem in das dahinterliegende Zimmer, hatte keine Kontrolle mehr über meinen Körper. Ich wurde angezogen wie ein Magnet, und auch wenn ich tief in meinem Inneren wusste, dass ich mich wehren musste, weil hier irgendetwas völlig schieflief, tat ich es nicht.

Ich folgte einer unsichtbaren Schnur in dieses Zimmer. In ein Zimmer, das mir seltsam vertraut vorkam. Ich kannte die Klamotten, die über dem Schreibtischstuhl lagen. Kannte das Foto, das auf dem Nachttisch stand.

Ich nahm jedes noch so kleine Detail in mich auf, bevor mein Blick auf die Gestalt fiel, die vollkommen reglos neben dem Bett lag. Kreidebleich. Die Brust hob und senkte sich nicht.

Dorian.

Dorian.

*Dorian.*

Ich taumelte, wankte auf ihn zu, meine Beine knickten unter mir weg und ich landete neben ihm. Sein Gesicht war schmerzhaft vertraut. Und so leblos. Die Augen geschlossen, die Lippen blutleer.

Mit zitternden Händen strich ich über seine Wange. Warm. Seine Haut war noch warm.

Meine Gedanken überschlugen sich. Ich musste etwas tun. Ich konnte ihn retten. Ihn retten. Retten. Er war noch nicht tot. Ich tastete nach seinem Puls und fand ihn nicht. Stattdessen spürte ich meinen eigenen in jeder Faser meines Körpers, hörte das Blut in meinen Ohren rauschen.

Schlug sein Herz oder nicht? Konnte ich seinen Puls nicht finden, weil ich nur meinen eigenen spürte?

Erst in diesem Moment erinnerte ich mich daran, dass ich ein Spade war. Dass ich die Gabe besaß, Körper zu kontrollieren. Solange Dorians Körper noch warm war, konnte ich ihn retten. Ich konnte sein Herz wieder zum Schlagen bringen.

Ich konnte es.

Eine leise Stimme in meinem Inneren flüsterte mir zu, dass das ein Test war, eine Aufgabe. Ich drängte sie zurück. Es spielte keine Rolle, ob ich getestet wurde. Ich musste ihn retten.

Ich legte beide Hände auf seine Brust, schloss die Augen, konzentrierte mich voll und ganz auf sein Herz und zwang es zu schlagen.

*Los jetzt. Tu es. Schlag weiter. Rette ihn. Lebe.*

Ein trockenes Schluchzen kam mir über die Lippen.

*Rette ihn. Rette ihn. Rette ihn.*

Doch Dorians Herz blieb stumm. Schlug nicht weiter. Ergab sich nicht meinem Willen.

Die Hilflosigkeit schlug über mir zusammen wie eine Welle, riss mich mit sich in eine bodenlose Tiefe, aus der es kein Entkommen gab.

Ich schrie auf, schrie den Schmerz hinaus, der seit Tagen, Wochen, Monaten in mir schwelte.

Er war tot.

Er war tot.

Er war seit Monaten tot.

Und dann begriff ich, was das hier war, was die Stimme in meinem Kopf vorhin schon versucht hatte, mir klarzumachen.

Es war nicht echt.

Eine Illusion.

Ich war manipuliert worden.

Meine Faust traf mit einem lauten Knacken auf den Boden, doch ich spürte den Schmerz kaum. Es war nur eine verdammte Illusion. Und trotzdem fühlte es sich viel zu echt an. Tränen strömten mir über die Wangen, während ich Dorians wachsbleiches Gesicht betrachtete, die kantigen Züge und die langen Wimpern, um die Natalie ihn immer beneidet hatte.

So war er gefunden worden. Tot in seinem Zimmer im Verbindungshaus der Cross. Er war tot und ich konnte absolut nichts dagegen tun.

Auf einmal fühlte ich mich entsetzlich leer. Blicklos starrte ich auf Dorians leblosen Körper.

Es war nur eine Illusion.

Nur eine Illusion.

Die Welt um mich herum verschwamm. Mir entwich ein erstickter Laut.

*Dorian. Dorian. Dorian.*

Hass loderte in mir auf, rein und glühend heiß. Hass auf die Vier Farben, weil Dorian zu ihnen gehört hatte und er hier gestorben war. Und weil sie ihn jetzt für meine Aufgabe benutzten.

# KAPITEL 55

## HARPER

Meine Stimme war nur noch ein heiseres Flüstern, mir tat alles weh. Mein Hals fühlte sich an, als hätte ich Säure geschluckt, meine Hände waren aufgerissen, ich spürte, wie Blut an meinen Armen hinablief, weil ich mir die Haut an dem rauen Holz aufgerissen hatte. Splitter bohrten sich schmerzhaft fest in meine Finger.

Ich wusste nicht, wie lange ich schon in der Dunkelheit gefangen war. Wie lange die Wände der Kiste näher und näher kamen, mich erdrückten, mir die Luft zum Atmen nahmen. Es konnten Minuten oder Stunden sein. Eine Sekunde oder die Ewigkeit.

Inzwischen war ich jenseits von Gut und Böse. Ich wollte nur noch hier raus. Aber niemand erhörte meine Schreie, mein stummes Flehen.

Ich war gefangen.

Ich würde sterben.

Ein Teil von mir fragte sich, ob das hier echt war. Ob es nicht vielleicht einfach nur eine Illusion war. Es musste eine sein, sie konnten mich unmöglich in eine Kiste gesperrt haben. Oder doch?

Noch einmal versuchte ich, mich zu beruhigen, suchte in meinem Kopf nach golden leuchtenden Fäden, die nicht da waren, wo sie hingehörten. Nach Puzzlestücken, die sich zwar einfügten, aber nicht richtig passten.

Doch da war nichts. Nichts, was auf eine Illusion hindeutete.

Ich schluchzte auf. Sie hatten mich wirklich eingesperrt. In eine Kiste, die kaum größer war als ich.

Ich musste hier raus.

Meine Panik fraß den Sauerstoff, löste ihn praktisch in Nichts auf, und ein letzter winzig kleiner rationaler Teil von mir wusste, dass ich mich beruhigen musste, um Sauerstoff zu sparen.

Aber ich konnte nicht.

Ich konnte mich nicht beruhigen.

Ich bekam keine Luft.

Heiße Tränen liefen über mein Gesicht. Kraftlos hob ich die Hände, klopfte gegen das Holz, obwohl ich wusste, dass es nichts bewirkte.

Meine Stimme versagte.

Ich bekam keine Luft.

Konnte nicht atmen.

Ich würde sterben.

Ein Funken Erleichterung stieg in mir auf. Weil ich Finley gesagt hatte, was ich für ihn empfand. Wenigstens das würde ich nicht bereuen. Und mit dieser Erkenntnis verstummte mein letztes Aufbäumen. Ich hatte keine Kraft mehr, darum zu kämpfen, hier herauszukommen. Ich würde es nicht schaffen.

Ich war gefangen.

Ich konnte nicht atmen.

Ich würde sterben.

Dann wurde die Dunkelheit um mich herum weich und warm, ich atmete aus und gab auf.

# Danksagung

Diese Danksagung zu schreiben, ist irgendwie verrückt. Die Geschichte von Harper und Finley hat mir eine Menge abverlangt und mich ziemlich viele Nerven gekostet. Aber gleichzeitig hat es auch unfassbar viel Spaß gemacht mit ihnen nach Oxford zu reisen, sie haben mich herausgefordert und ich bin mit den beiden gewachsen.

Aber dass es überhaupt so weit gekommen ist, habe ich vielen wundervollen Menschen zu verdanken.

Kathrin, ich wiederhole mich, aber das wird sich auch nicht ändern: Ich danke dir für deine Unterstützung, dein immer offenes Ohr und dafür, dass du meinen Geschichten hilfst, ein Zuhause zu finden.

Nadja: Ich danke dir und dem Ravensburger Verlag dafür, dass ihr Harper und Finley ein Zuhause gegeben habt. Ich danke dir für deine Begeisterung, deine ermutigenden Worte und überhaupt dafür, dass ich dieses Projekt mit dir zusammen auf die Beine stellen konnte. Unsere Zusammenarbeit hat so viel Spaß gemacht!

Franziska: Danke, dass du mir dabei geholfen hast, das Beste aus dem Text herauszuholen, dass du dir Kapitel gewünscht hast, die ich eigentlich gar nicht schreiben wollte und die ich jetzt doch nie wieder hergeben würde.

Vivi: Danke für alles! Auch hier wiederhole ich mich, aber ich schreibe wirklich nie wieder ein Buch ohne dich. Danke, dass du jeden meiner mittelschweren Nervenzusammenbrüche mitgemacht hast und so viele tolle Anmerkungen hattest.

Elena: Ohne dich hätte ich das Buch wahrscheinlich nie abgegeben. Danke, dass du mir all meine Zweifel ausgeredet hast.

Marie und Ann-Kathrin: Danke, dass ihr die roheste Rohversion dieser Geschichte gelesen und dennoch geliebt habt. Danke für eure Anmerkungen und eure Begeisterung.

Becca: Du hast mir durch das Lektorat geholfen und dafür werde ich dir auf ewig dankbar sein.

Ich danke meiner Familie und meinen Freundinnen. Ohne euch wäre alles ganz furchtbar und ich bin euch vor allem dankbar dafür, dass ihr immer für mich da seid und ich immer auf euch zählen kann.

Benedikt, ich weiß nicht, was ich ohne dich täte. Danke für alles und vor allem dafür, dass du jede meiner Launen mitmachst.

Und weil das Beste am Schluss kommt, möchte ich euch danken, Buchhändler:innen, Blogger:innen, Leser:innen. Ohne euch würde das alles nur halb so viel Spaß machen. Mein Herz ist voll, weil ihr meine Bücher lest und liebt, und das werde ich euch nie vergessen.

Vielleicht hasst ihr mich nach dem Cliffhanger ein bisschen, vielleicht auch ein bisschen mehr, aber ich werde es in Band 2 wiedergutmachen. Vielleicht, vielleicht aber auch nicht, wir werden sehen …